Beide Titel sind auch als Einzelbände erhältlich.

Von Evelyn Holst ist außerdem erschienen:
Ein Mann aus Samt und Seide (Band 60636)

Über die Autorin:
Evelyn Holst, Jahrgang 1952, ist echte Hamburgerin. Nach dem Studium von Englisch und Geschichte fing sie beim *Stern* an, wurde mit dem Egon-Kisch-Preis ausgezeichnet, verbrachte fünf Jahre in New York als Korrespondentin und lebt jetzt wieder mit Mann und Kind in ihrer Heimatstadt.

Evelyn Holst

Ein Mann für gewisse Sekunden
Der Mann auf der Bettkante

Zwei Romane

Knaur

Besuchen Sie uns im Internet:
www.droemer-knaur.de

Vollständige Taschenbuchausgaben Februar 1999
Droemersche Verlagsanstalt Th. Knaur Nachf., München

Umschlaggestaltung: Agentur ZERO, München
Umschlagillustration: Tony Stone, München / Frank Orel
Satz: Ventura Publisher im Verlag
Druck und Bindung: Ebner, Ulm
Printed in Germany
ISBN 3-426-61056-6

5 4 3 2

Ein Mann für gewisse Sekunden

Dieser Titel ist auch unter der Bandnummer 60727 und 65049 erhältlich.

Dieses Buch ist Raimund und Lea gewidmet, die mir so nahestehen, daß beide in ihm nicht vorkommen. Ansonsten schrieb diesen Roman zwar das Leben, alle Personen und intimen Details sind jedoch frei erfunden.

Handelnde Personen:

Marie-Viola Wissbach	Fotografin. Verheiratet, aber beide Augen offen
Christoph Wissbach-Cholewa	Ehemann »Ritter Sport«: quadratisch, praktisch, gut
Stephanie, Gabriel, Daniel	ihre gemeinsam erzeugten Sargnägel
Jenna Wissbach	Journalistin und frustrierter Single
Anneliese Wissbach	Witwe mit Vorliebe für männliches Frischfleisch
Ingrid, Trudi, Karin	Annelieses Doppelkopfrunde
Manfred Prieß	Chefredakteur von *Dolce Vita*; erfolgreich, aber eingestanzte Haarinseln
Tony Cazzone	in Italien Pizzabäcker, in Deutschland reichte es nur zum Schlagersänger
Hans-Jürgen Sachs	Ressortleiter vom *Berliner Morgen*, bluthochgedrückt und auch ansonsten 'ne Nervensäge
Tinka Gillmeyer	Sekretärin mit Kodderschnauze
Dr. Heiko Ahrends	Fertilitätsspezialist und Familienvater
Uta Kaiser	seine Sprechstundenhilfe; Expertin für männliche Ergüsse

Heinrich Faltermeyer	Ressortleiter bei *Dolce Vita*; unerwidert in Jenna verliebt
Rolf Lafayette	128 ist besser als in die hohle Hand gespuckt
Michael König	der Mann für gewisse Sekunden
Inken Rehmann	seine Freundin, die seitdem eine Abneigung gegen Reagenzgläser hat
Hans Schilowsky	ein häßlicher, deutscher Frosch
Sandra Örtel	MM für Arme, nur schlauer
Klaus Jürgens	Samenspender; weiß noch nicht, daß es nicht die Masse macht
Jo Steinberger	Annelieses Frischfleisch; im Hauptberuf arbeitsloser Lehrer
Jan Vogel	Klatschreporter; hat keinen, schießt manchmal einen ab
Rüdiger Schneider	hat Abitur, ist trotzdem nur Manager geworden
Erika Fluhr	Groupie von Jo Steinberger

★ *Frauen bevorzugen die einfachen*
Dinge des Lebens – Männer. ★

Marie

Ich war sechs Jahre mit ihm verheiratet, also behielt ich beim Sex die Brille auf. Früher hatte sie mich beim Küssen gestört, aber wir küßten uns schon lange nicht mehr so, daß eine Brille gestört hätte. Zungenspiele, Spucke, halber Wahnsinn, das waren die Anfangswochen. Jetzt ist es ein kurzes, trockenes »Peck« auf beide Wangen, ein schneller Schmatzer, wenn Vorspiel verlangt ist.
Früher habe ich auch über die Frage nachgedacht, warum Küssen früher aufhört als Sex. Jetzt weiß ich, warum. Zungenküsse, lang und feucht, sind für Fremde, deren Münder entdeckenswertes Gebiet sind. Forschungsgegenstand. Man hängt seine Zunge nicht in Münder, in deren Ecken morgens Müslikrümel sind, die man abends zahnpastabeschmiert auf dem Nachbarkopfkissen vorfindet.
Man zungenküßt nur selten einen Mund, der einem in allen Geruchsvariationen übervertraut ist – Knobi mit Zwiebeln, schal vom Alkohol, aschig vom Rauchen.
Christoph ist ein so lala Küsser. Er liebt's grandcanyonmäßig, Münder bis zum Anschlag auf, hallo Zäpfchen, hinein die Zunge. Auch als Lover ist er kein Rhett Butler, aber freundlich dabei. Er liebt die Rückenstellung, seine. Verwöhn mich, sagt er, was ich als sportliche Herausforderung betrachte. Sexuelles Aerobic. Seit meinem 16. Lebensjahr beherrsche ich alle akustischen Varianten des vorgetäuschten Orgasmus, damit die Sache nicht zu lange dauert. Das schrille Kreischen für den

rustikalen Lover, seit meiner Heirat ein bißchen eingerostet, das abgehackte Stöhnen, das leise Jammern, das dramatische Hinundherwerfen des Kopfes, das ich aufgegeben habe, seit ich mich einmal ganz fürchterlich an der Bettkante stieß.
Für Christoph habe ich die abgehackte Stöhnvariante perfektioniert. Manchmal, wenn die Kinder ausnahmsweise früh im Bett sind, nach einer Flasche Rüttgers Club, ist die Ekstase sogar echt. Dann bin ich richtig dankbar, und Christoph wundert sich über meine gute Laune.
Aus dem Badezimmer hörte ich das laute Prusten, mit dem mein Ehemann jeden Abend seine Zahnhygiene betreibt. »Liebling«, rief er, und ich wußte, was kam, »wollen wir es uns gleich ein bißchen gemütlich machen?«
Ich seufzte. Neben mir lag die neue Utta Danella, ich hatte schon drei Kinder, Sex also nichts mehr mit Fortpflanzung zu tun, nur noch mit Vergnügen. »Okay«, rief ich zurück, »aber beeil dich, in 20 Miauten fängt Dallas an.«
Als er das Schlafzimmer betrat, trug er nur sein Oberteil. Er wollte also auch schnell zur Sache kommen. Ich rutschte auf seine Seite rüber, weil ich nasse Stellen im Bett hasse, schielte zur Uhr, noch 18 Minuten, und griff ins Eingemachte. Er griff zurück und fand diesmal, Göttin sei's gedankt, die richtige Stelle. Manchmal fummelte er so ungeschickt herum, daß ich die Geduld verlor. Warum, so fragte ich dann in die dunkle Nacht, warum nur sind die meisten Männer keine Handvirtuosen, warum schrammeln sie, womöglich mit klammen Fingern (!), am weiblichen Instrument, statt sanft und sicher in die Saiten zu greifen?
13 Minuten vor Dallas, ich hatte gerade einen kunstvollen, sogar halb echten Stöhner herausgequetscht, klingelte das Telefon auf dem Nachttisch. In meiner Hand erschlaffte es, während ich den Hörer abnahm. Das konnte nur meine Schwester Jenna sein. Perfektes Timing. Jetzt mußte ich noch mal ganz von vorn anfangen.

»Was willst du um diese Zeit?« grunzte ich.
»Schwesterherz«, ertönte ihre fröhliche Stimme vor dem Hintergrund einer offensichtlich angeheiterten Tafelrunde, »ich sitz hier gerade im *La Plage*, mit fünf netten Herren aus der Modebranche, nur drei davon sind schwul. Willst du nicht kurz vorbeikommen? Mister C. kann doch auch allein vor dem Fernseher einschlafen.«
»Wir schlafen nicht«, zischte ich leise, »wir sind im Bett, du störst uns.«
»Excuse me«, rief sie laut, wahrscheinlich verfolgte das ganze Lokal mit Henkelohren unser Gespräch, »dann will ich eure eheliche Frustnummer nicht weiter aufhalten.«
Sie hängte ein, ich legte den Hörer auf. Das Gebilde in meiner rechten Hand war inzwischen zur Schneckenform geweicht.
»Bist du noch in Stimmung?« fragte ich den Körper, der mit geschlossenen Augen neben mir lag.
Ekstase – oder eingeschlafen? Gedämpftes Schnarchen war zu hören. Ich lächelte. Dann stellte ich den Fernseher leise an und schlug mein Buch auf.
Danke, Schwesterherz.

Jenna

Als ich den Hörer aufgelegt hatte, griff ich als erstes zur Zigarette. Irgendwie regten mich die Gespräche mit meiner Schwester Marie-Viola immer ein bißchen auf, und ich verfiel wieder in meine schlechten Gewohnheiten. Rauchen zum Beispiel. Wir hatten es uns beide zusammen abgewöhnt, und sie, die widerlich Konsequente, die vor ihren drei Kaiserschnittentbindungen der Narkoseschwester auf die Frage: »Wieviel rauchen Sie?« frech ins Gesicht gelogen hatte: »Nicht mehr als 'ne Schachtel.«
»Dann werden's wohl zwei sein«, sagte die ungerührt, was

immer noch untertrieben war, sie also riß jetzt jedesmal die Balkontür auf, wenn ich nur meine Handtasche öffnete. Noch nicht mal postkoital war sie verführt, was für oder gegen Christoph sprechen mochte.

Ich war wieder schwach geworden, zumal in einer reinen Männerrunde wie an diesem Abend, wenn mir fünf potentielle Lustspender gegenübersaßen und aus den verschiedensten Gründen keiner in Frage kam. Die zwei Unschwulen hatte ich blitzschnell auf ihre spätere Verwendbarkeit als Ehemänner und Väter meiner noch zu gebärenden Kinder überprüft. Der linke, ein Moderedakteur von *Elle* – mein dünnes Haar und seine blaßblauen Augen, was für ein häßliches Baby! Der rechte, Abteilungsleiter von Hertie, verdiente höchstens acht Mille im Monat, da würde ich kein Babyjahr einlegen können. Wenn es mal soweit ist.

In dem Gespräch an diesem Abend ging es um die neuen Modeschöpfer in der ehemaligen DDR.

»Ich hab da einen aus Stralsund aufgetan, der macht auf Retro-Look der frühen Siebziger«, schwärmte Blaßauge. »Erinnern Sie sich noch an die Rippchenpullis aus Neon, die Plateauschuhe, die Hosen mit Glöckchenschlag?«

»Aus Erzählungen«, murmelte ich, mußte ich doch – in dieser Runde von Wenn-auch-nicht-in-Frage-Kommenden, so doch Männern – nicht mein vorbiblisches Alter veröffentlichen. Ich war 35, nicht weit von meiner fünften Dekade entfernt, die Schreckensworte barg wie Wechseljahre, Witwenbuckel, trockene Schamlippen. Noch stand ich im Saft, doch wie lange noch?

»Wollen wir in meiner Hotelbar noch über die Einzelheiten Ihrer Reportage sprechen?« unterbrach Mr. Hertie meinen trüben Gedankenfluß mit einer feuchten Hand, die er kurz über meinem Knie deponierte, da, wo ich am kitzligsten bin. Das Magazin *Dolce Vita,* für das ich seit drei Jahren unterbezahlt und übergestreßt als Reporterin arbeite, wollte eine Geschichte

über Kaufhausmode, vorgestellt von den Angestellten ebendesselben. Eine Idee, für die ich mich schämte, Abitur zu haben, aber mein Chefredakteur Manfred Prieß, ein kurzer Dicker mit eingestanzten Haarinseln auf dem Kopf, durch die rosa Kopfhaut schimmerte, verstand sich als innovativer Modeexperte. Nur keine langweilig perfekten Models, hieß seine Devise, Mode ist fürs Volk und soll vom Volk vorgestellt werden. Daß das Volk zum großen Teil häßlich ist, war eins der kleinen Hindernisse meiner Arbeit. »Sie sind doch auch keine Illustriertenschönheit«, hatte er sich gleich am Anfang unserer Zusammenarbeit bei mir beliebt gemacht. »Sie bringen mir den Ansatz von der Straße mit. Machen Sie 'ne Story, die riecht.« Meine erste Geruchsgeschichte hatte das Liebesleben von Gastarbeitern behandelt, und noch Monate später war mein Anrufbeantworter jede Nacht voll von lüsternen Angeboten mit leichtem oder mittelschwerem südlichen Akzent. Am hartnäckigsten war Piero aus Andalusien, den ich in meiner Reportage als einen »John Travolta aus der Baugrube« präsentierte. Der Fotograf hatte ihn als Brando-Verschnitt mit weißem T-Shirt und viel Präpotenz im Blick vor einen Preßlufthammer gestellt. Die zahlreichen Zuschriften – »Bin eine 42jährige, alleinstehende Sozialarbeiterin und tue gern etwas für die Völkerverständigung« – leitete ich kommentarlos an Piero weiter, obwohl es mir in den Fingern juckte, etwas Süffisantes dazuzuschreiben. Auch das Thema »Bademode im Altersheim« war ein großer Erfolg gewesen. Wir hatten Schulmädchen mit Eierschalen hinterm Ohr vor einer Kulisse von geilen Rentnern fotografiert. Ich unterzeichnete diese Story mit meinem Pseudonym Elvira Sandhügel. Falls meine Mutter in dieser Woche zum Zahnarzt mußte, sollte sie sich ihrer Tochter nicht zu schämen brauchen.
»Sorry«, sagte ich zu Mr. Hertie, »diese müden Knochen wollen in die Horizontale.«
Verdammt, das falsche Stichwort! Das er sofort aufgriff: »Kann ich Ihnen dabei nicht behilflich sein, junge Frau?«

Während ich den Kopf schüttelte, mußte ich an meinen Schwager denken. Marie-Viola hatte mir in einer dieser schwesterlichen Plauderstunden erzählt, wenn Mann und Kinder schlafen und ich meistens so viel Tee trinke, daß ich alle zehn Minuten pinkeln gehen muß, wenn also alles auf den Tisch kommt, meine Entjungferung mit 19 auf der Tischtennisplatte im Partykeller von Harry Heller, als ich nach Hause kam und sie weckte, und als sie fragte: »Na und, wie war's?«, und ich antwortete: »Ich weiß nicht, ob es das schon war«, und ...
Aber ich schweife ab. Sie hatte mir also erzählt, daß Christoph einen Kleinen hat. Nicht richtig freakig klein, nicht babyspargelklein, aber kleiner, als ihm lieb war. Und daß er in der ersten Nacht ganz besorgt gefragt hatte: »Spürst du mich?« Was mich enttäuschte, weil er eigentlich genau mein Typ ist. Marke Ritter Sport – quadratisch, praktisch, gut. Kompakt, mit leichtem Brusthaargeflaum auf der Brust, keine dicke Wolle, das verabscheuten wir beide. Er hatte wunderschöne, muskulöse Oberarme, und wenn ich seine Hände sah, zupackende, warme Hände, dann stellte ich mir manchmal allerhand vor, was meine Schwester nicht wissen durfte.

Christoph

Christoph wachte zuerst auf, weil er, zu seinem großen Ärger, den leichteren Schlaf hatte. Gabriel, sein jüngster Sohn, stand vor dem Bett und sagte fordernd: »Muß Pipi.«
»Geh zu Mama«, brummte Christoph und rollte sich in Schlafposition.
»Mama läft noch«, meinte Gabriel, und seufzend erhob sich der müde Vater und schleppte sich in Richtung Klo. »Willst du sitzen, oder soll ich dich halten?« fragte er.
»Von der Leiter Pipi«, meinte Gabriel.
Auch das noch. Alles würde natürlich daneben gehen, nur weil

Marie und er, leicht beschwipst, sich diese Variante ausgedacht hatten, damit der Zweijährige es mal im Stehen probieren konnte.
»Du kannst mit Mama Leiter«, sagte Christoph bestimmt, »vor dem Frühstück wird im Sitzen gepinkelt.«
Es war halb sieben und November, und draußen hingen die Wolken in Kniekehlenhöhe. Und Marie schlief immer noch. Den Schlaf der Ungerechten. Zwei Wecker standen auf ihrem Nachttisch, und wenn die um sieben losschrillten, dann schnellte ihre Hand hoch und stellte beide ab, ohne daß sie ernsthaft aufwachte. Als Stephanie und Daniel, Nummer eins und zwei, noch gestillt wurden und alle zwei Stunden an die Brust wollten, da war es Christoph gewesen, der die schreienden Kinder an die schlafende Mutter legte.
Im Schlaf liebte er Marie am meisten. Der leicht geöffnete Mund, der keine spitzen Bemerkungen machte, sondern rund in ihrem Gesicht lag wie ein Froschteich, die rosig aufgepuffte Haut, die wirren Haare: Wenn er sie so daliegen sah unter einer Bettdecke und zwei Wolldecken, schoß ihm nach sechs Jahren Ehe noch immer eine heiße Welle von Zärtlichkeit ins Gesicht.
Er schüttelte sie. »Liebling, aufwachen, der neue Tag will dich.«
Es grunzte aus der Bettdecke. Wenn er jetzt nicht zu drastischen Maßnahmen griff, würde sie noch bis Mittag pofen. Er blies ihr ins Ohr, was sie im wachen Zustand haßte. Nichts. Die drei Gläser Rotwein am Vorabend hatten sie schachmatt gesetzt. War eigentlich noch was passiert? Es sprach für den lauwarmen Zustand ihrer sexuellen Beziehung, daß er sich nicht mehr genau daran erinnern konnte.
Daß der Zustand lauwarm war, lag erst seit kurzem auch an ihm. In den ersten fünf Jahren hatte er, ungeachtet ihres auf- und abschwellenden Bauches, immer Lust auf sie gehabt. Er liebte es, den Kopf auf ihren großen Busen zu legen, die Hand auf das pochende Gewölbe darunter, und sich ganz langsam

vorwärtszutasten. Er liebte es, wenn sie dabei unterschiedliche Geräusche von sich gab, und ganz heiß und weich wurde. Jetzt war sie meistens unwillig, ließ sich zwar zu dem herab, was er den »wöchentlichen Gnadenfick« nannte, aber er merkte den großen Unterschied und war traurig. Das Waffenarsenal und die Begeisterung seines Einsatzes waren dieselben, trotz schlafgestörter Nächte und einem ehefraulichen Körper, der natürlich durch drei Schwangerschaften erheblich an Knackigkeit eingebüßt hatte; nur das Ziel entzog sich ihm.
Es war halb acht. Stephanie, freche sechs und sein uneingestandener Liebling, war inzwischen im Badezimmer und schminkte sich und ihre Umgebung mit Maries Lippenstiftvorräten. Daniel, drei und kein bißchen leise, stand unter der Dusche, natürlich ohne Vorhang. Die Badematte schwamm. Es war wieder so ein Morgen, wo Christoph gern zum Zigarettenkaufen gegangen wäre: »Tschüs, Liebling, ich will nur mal eben schnell 'ne Schachtel Marlboro holen.«
Marie schlief immer noch. Christoph holte tief und energisch Luft, öffnete weit das Schlafzimmerfenster und hob die Decke von ihrer Ehebetthälfte. »Ich lüfte nur mal«, sagte er und legte sie aufs Fensterbrett. Das genügte. Mit dem Aufschrei: »Ich hasse dich!« sprang Marie aus dem Bett, taumelte ins Badezimmer. »Du Zwergenmonster, gib sofort die Lippenstifte her.« Der Tag konnte beginnen.
Das Telefon klingelte. Daniel stürzte zum Hörer. »Hallo, Mama schreit grade«, sagte er fröhlich, bevor ihm Christoph schwer atmend den Hörer entreißen konnte. Er arbeitet als Karikaturist für diverse Tageszeitungen und wollte, wenn Kunden anriefen, den Eindruck von cooler Professionalität erwecken. Wenn er einen wichtigen Anruf erwartete, gab Marie sich als seine Sekretärin aus. »Wissbach-Cholewa und Partner, guten Tag«, flötete sie dann. »Er ist gerade im Meeting. Moment, ich schau, ob er zu sprechen ist.«
Da dies ein Morgen war, der sich selbst ans Bein trat, war

ausgerechnet Hans-Jürgen Sachs vom *Berliner Morgen* am Apparat, ein bluthochgedrückter Ressortleiter für Aktuelles, der alles am besten schon gestern wollte und jedesmal die Preise drückte. Christoph wünschte ihm Pest und Cholera gleichzeitig an den Hals, aber das Blatt hatte eine Auflage von 800 000, also preßte er Höflichkeit in seine Stimme: »Herr Sachs, was kann ich für Sie tun?«

»Morjen, Cholewa«, knurrte Sachs. Das Schnippen des Feuerzeugs verriet Christoph, daß es mit dem Aufgeben wieder nicht geklappt hatte. »Also dieses Bildchen« (Christophs Magenschleimhaut vibrierte jedesmal, wenn seine liebevollen Zeichnungen als Bildchen bezeichnet wurden) »von Kohl, finden Sie nicht, daß es ein wenig übertrieben ist? Der Mann hat ja eine ganze Kinnfamilie. Ich kenne ja Ihre politischen Wünsche, Cholewa, aber die Bildunterschrift ›Ihro Mulschigkeit – die Birne von gestern‹ halte ich für etwas voreilig.«

Christoph seufzte, und während er mit einem Arm den um sich tretenden Daniel vom Telefon fernhielt – »Nein, jetzt ist Papa dran, sei ruhig, ja, es gibt gleich Kaba« –, antwortete er: »Herr Sachs, es ist nur eine Frage der Zeit, bis die CDU in sich zusammenfällt. Waren Sie kürzlich mal bei Aldi, haben Sie nachts eine Zigeunerfamilie in Ihrem Häusereingang gefunden, wenn Sie morgens zur Arbeit wollten, und dann die kleinen Häufchen aufgesammelt, die sie hinter die Mülltonnen geschissen haben? Diese ganze Wiedervereinigung ist eine einzige Katastrophe, und wenn Sie heute eine Umfrage machen würden, mindestens die Hälfte der Deutschen wurden zu Fuß nach Berlin gehen und die Mauer wieder aufbauen, Stein für Stein.«

Dem stakkatohaften Rauchausblasen am anderen Ende war zu entnehmen, daß Hans-Jürgen Sachs dabei war, die Geduld zu verlieren. »Cholewa«, bellte er, »keine Politik am frühen Morgen. Ein neues Bildchen bitte, mit weniger Bauch und allerhöchstens drei Kinnen. Haben wir uns verstanden?«

Es klickte, und Christoph gab Daniel den Hörer in die kleine

Faust: »Du darfst einmal Scheiße sagen, aber ganz leise, daß Mama nichts hört.«
»Okay«, sagte Daniel glücklich und hielt den stummen Hörer ganz dicht an den Mund. »Scheiße«, flüsterte er mit leuchtenden Augen, »Scheiße, Scheiße.«

★ *Männer und Frauen passen einfach nicht zusammen.* ★

Jenna

Als ich aufwachte, lag mein Kopf wie ein klopfender Stein zwischen zwei verkrampften Schultern. Es kostete mich fast übermenschliche Anstrengung, ihn hochzuheben und in Weckerrichtung zu drehen, was mich daran erinnerte, daß man in meinem Alter mit dem Alkohol vorsichtiger sein mußte. Ich blickte zur Seite – Gott sei Dank, kein fremder Männerkopf.

Ich wurde nur noch gelegentlich schwach, unter anderem deshalb, weil ich mit dem Überstülpen dieser Gummis nur nach sehr viel unerotischem Gefummel klarkam. Und wenn es dann endlich soweit war, ließ das mühsam hochgezüchtete Pflänzchen meiner mittelalterlichen Lust oft sein welkes Köpfchen hängen.

Diese lächerlichen Dialoge!

Sag mal, hast du was dabei? Du meinst ...? Genau. Mach mal die Nachttischschublade auf deiner Seite auf. Raschel, raschel. Wieso hast du denn 'ne Klinikpackung? Weil die billiger ist. Brauchst du denn so viele? Nein, meine reichen mindestens drei Jahre. Ach so. Willst du oder soll ich? Ne, mach ruhig selber. Okay.

Um Gottes willen, acht Uhr durch. Ich war mit Marie zum Frühstück verabredet. Danach hatten wir einen gemeinsamen Job. Marie ist der einzige weibliche Paparazzo aus Hamburg; für ihre Fotos von Freddy Quinn am Nacktbadestrand von Amrum hatten sie sich ein neues Schlafzimmer gekauft. Auch Vicky Leandros oben ohne war ein Knüller. Marie liebte es, in

den Abend- und Nachtstunden, wenn die Kinder im Bett waren und Christoph vor der Glotze saß, vor Hotels und Bars ihren Opfern aufzulauern. Ihre Tips bekam sie von ihrem besten Freund, dem Klatschreporter Jan Vogel; wenn sie was Lukratives abschoß, war er mit 25 Prozent dabei.
Heute vormittag hatten wir einen legitimen Auftrag: Interview mit Tony Cazzone, in der Branche ehrfürchtig »der Schwanz« genannt, der seine neue Platte *»Nostalgia«* im Interconti vorstellte. Ich sah dieser Begegnung mit gemischt-gespannten Gefühlen entgegen, denn vor 1000 Jahren hatte ich mal einen 1 1/2-night-stand mit ihm verbracht. Wir waren beide so daneben gewesen, daß ich mich an nichts mehr erinnern konnte, und hoffte inbrünstig, er auch nicht. Als ich ein paar Jahre später in einer Illustrierten las: »Tony Cazzone – Ich habe es in München mit einer ganzen Sambatruppe getrieben, die Damen kamen mir im Fahrstuhl entgegen«, ließ ich sofort einen Aidstest machen. Doch wenn ich Tony im Fernsehen sah, konnte ich erleichtert feststellen, wie gut er noch im Futter stand.
Ich duschte kalt, weil sich die Poren schließen müssen. Das hatte mir meine Mutter mit fünf Jahren erklärt, und es leuchtete mir schon damals sehr ein. Ich stellte mir die Mehrzahl der Warmduscher mit lauter Löchern in der Haut vor, mit großen, schlaffen Kratern im Gegensatz zu meiner rosig durchbluteten, durch den eiskalten Powerstrahl fest versiegelten.
Dann rief ich Marie an. »Scheiße, Scheiße, Scheiße«, krähte eine Kinderstimme. »Daniel, hier ist Jenna«, sagte ich, »ist Mama schon auf?«
Im Hintergrund hörte ich Christoph: »Ich stoß das Bett um, wenn du jetzt nicht aufstehst.«
Kurz darauf meine Schwester am Telefon: »Bring Brötchen mit«, nuschelte sie – Zahnpastaschaum? – und knallte den Hörer auf.
Schließlich rief ich im Büro an. »*Dolce Vita*, Redaktion«,

hauchte meine Sekretärin Tinka, stimmäßig auf spannendere Anrufe eingestellt. »Was kann ich für Sie tun?«
»Ich bin's«, dämpfte ich sie gleich, »bin heute vormittag im Interconti bei Tony Cazzone, zur Nachmittagskonferenz wieder da.«
Sie kicherte. »Machst du wieder eins deiner eindringlichen Interviews mit ihm?«
Ich verfluchte die letzte Weihnachtsfeier, bei der ich zu vorgerückter Stunde zum Thema »Mein peinlichstes Erlebnis« mit Tony Cazzone aufgewartet hatte. »Wenn du nicht die Schnauze hältst, werde ich deine Nacht mit dem Pförtner verbreiten«, drohte ich, »und wie du den Abdruck deiner Titten an alle unsere Anzeigenkunden gefaxt hast.«
Schweigen.
»Was ist eigentlich Tony Cazzone, eine neue Spaghettimarke?« fragte Tinka hastig.
»Schon besser«, grinste ich und knallte den Hörer auf.

Uta

Es war mir unklar, warum die Spermaproben am Montag immer kümmerlicher ausfielen als an allen anderen Tagen. Da wir unsere potentiellen Väter jedesmal mit der Bitte: »Alles aufsparen, erst am Montag morgen loslegen«, ins Wochenende schickten, hätte man das triebgepeinigte Gegenteil annehmen können. Oder bildet sich Sperma frustriert zurück, wenn es nicht zum Einsatz kommt? Die Verlegenheit der Überbringer war allerdings an jedem Tag dieselbe – mit gesenkten Augen traten sie an meinen Tresen und nuschelten leise: »Hier ist die Probe, Fräulein.« Ganz Schamvolle wickelten den kleinen Plastikbecher in Alufolie.
Völlig unnötig, denn Dr. Heiko Ahrends, bei dem ich seit drei Jahren als Sprechstundenhilfe arbeitete, war als Fertilitätsspe-

zialist in ganz Deutschland bekannt und über 90 Prozent seiner Patienten deshalb verhinderte Väter. Sie kamen unwillig, angespannt-cool, nachdem sich ihre Partnerinnen, die verhinderten Mütter, bereits jeder denkbaren Prozedur unterzogen hatten. »Mein Sperma ist okay«, hatten die Männer behauptet und leicht genervt zugesehen, wie sich ihre gestreßten Frauen morgens, noch vor dem Pinkeln, ein Thermometer zwischen die ungeputzten Zähne schoben, wie sie sich selber die Hormonspritzen in die Pobacken drückten und um den Eisprung herum ihre Urinproben in der Handtasche zum Frauenarzt transportierten. Irgendwann waren diese Frauen ausgeflippt, und jetzt standen die Männer da und schoben ihre Ergüsse über den Rezeptionstresen.

»Danke, Herr Jürgens«, sagte ich freundlich und nahm den Joghurtbecher in Empfang, auf dessen Grund ein kleines Pfützchen klebte. Es gehörte zu den delikaten Aufgaben meines Berufes, den Patienten taktvoll klarzumachen, wenn die Probe nicht ausreichte.

»Stimmt es so?« fragte Herr Jürgens verschreckt.

»Es könnte ein bißchen mehr sein«, flüsterte ich, »kommen Sie bitte mit.«

Wir gingen in einen kleinen Raum, den wir das »Sexkabinett« nannten. An der Wand stand ein Sessel, davor ein Tisch mit *Playboy, Penthouse* und *Hustler.* »Schauen Sie sich beim nächsten Mal in Ruhe diese Hefte an, dann wird es sicher reichen.«

Er schluckte: »Kann ich's nicht gleich probieren? Dann hab ich's hinter mir.«

Ich seufzte. Wie ich es manchmal satt hatte, diese Spermaprobleme tagaus, tagein. Ich wollte keine Kinder und fand diesen Fortpflanzungswahn unverständlich. Im Augenblick war ich nach einer kurzen, heißen Affäre mit einem Geschäftsmann (selbstverständlich verheiratet, Sex in der Mittagspause auf der Besuchercouch, bitte keine Gespräche durchstellen, Frau Meyer) beziehungslos und zufrieden.

»Tut mir leid, Herr Jürgens«, bedauerte ich, »Sie müssen wieder ein bißchen ansammeln, drei Tage kein Alkohol, keine Zigaretten, kein Sex.«
Am Tresen wartete ein neuer Patient. Groß, blond, Patrick-Swayze-Softie in schwarzer Lederjacke, engen Jeans, Cowboystiefeln. Dieser Wahnsinn hatte dünnes Sperma? Mein Gott.
»Waren Sie schon einmal hier?« fragte ich sachlich.
»Nein«, sagte Swayze, und auch die Stimme tat Dinge in meinen Kniekehlen, die Spermaproblematiker sonst nicht tun, »aber ich habe etwas dabei.«
Schade, dachte ich. Laut sagte ich: »Geben Sie es mir bitte.« Ob er sein kleines Präsent wohl auch in Alufolie eingewickelt hatte?
Er wühlte in seinen Manteltaschen, fluchte: »Scheiße, das darf doch wohl nicht wahr sein.«
Rot bis in die Ohrläppchen, blickte er hoch, und ich hätte ihn am liebsten gleich hier und jetzt, auf dem Tresen. »Der Deckel ist abgegangen, ich hab das Zeug in der Tasche«, teilte er mir mit.
»Dann müssen Sie noch mal wiederkommen«, sagte ich.

Tony

Er blieb sitzen, ließ sie den ganzen Weg über den rot-grau gemusterten Teppich der Hotellobby bis zu der Sitzgruppe kommen, wo er mit seiner Agentin, dem Promotiongirl der Plattenfirma und seinem Manager saß. Jenna Wissbach, hatte er damals mit ihr oder nicht? Er hatte mit so vielen, daß er sich an die letzten 20 Jahre, die er als wandelnde Geschlechtsdrüse verbracht hatte, kaum noch erinnern konnte. Wahrscheinlich hatte er, denn sie war blond, ihr Busen sah selbst unter dem weiten Pullover ziemlich vielversprechend aus, und ihre Unterlippe war voll und kußfreundlich. Als sie vor ihm stand, erhob er sich, schenkte ihr seinen »Na,-wie-wär's?«-Blick, der ihm zur zweiten Natur geworden war, selbst bei Briefträgern und seiner Mutter, und sagte: »Ich bin zu allen Schandtaten bereit.«

Jenna

Ich blickte ihm streng und neutral ins Triefauge – ich bin zwar single, aber immun, mein Lieber – und sagte mit meiner erprobten Reporterstimme: »Herr Cazzone, mein Name ist Wissbach. Ich freue mich, Sie wiederzusehen.« Dann stellte ich meine Schwester vor, die unfairerweise, obwohl ungeduscht und mit dicker Laufmasche in der schwarzen Strumpfhose, wie Kim Basinger für Arme aussah, schludrige Locken, bettwarmes Gesicht.
Ich sah sofort, wie sie von Tony gemustert wurde, an diesen Beischlafblick erinnerte ich mich gut. Vorsichtshalber hatte ich ihr auf dem Hinweg von den dürren diesbezüglichen Qualitäten unseres Interviewopfers berichtet und unter Beachtung meines Reportercredos »Übertreibung macht anschaulich« den Satz tröpfeln lassen: »Wenn ich mich recht entsinne, dann vögelt er wie ein Kaninchen. Oft und kurz.«
Der Blick von Marie war deshalb kühl und uninteressiert: »Wissbach-Cholewa«, sagte sie, »ich bin die Fotografin.«
Wir setzten uns in die Lobby, ein paar Schritte weiter lungerten ein paar Muttis herum, Fanalben im Anschlag. Ich ignorierte sie und stellte meine erste Frage: »Herr Cazzone, wie erklären Sie sich Ihr überraschendes Comeback?«
Er lächelte siegessicher, fast mitleidig. »Ich war ja nie weg, gnädige Frau«, sagte er freundlich. »Jeder in Deutschland kennt mich. Auch in meinen sieben zugegebenermaßen mageren Jahren. Wenn ich zum Beispiel eine Sauna besuchen will, gemischt natürlich, dann gibt es jedesmal einen Aufstand.«

»Warum«, konnte ich mir leider nicht verkneifen, »weil Sie so gut gebaut sind?«
Jetzt grinste er fett wie Butter. »Müssen Sie das wirklich fragen, gnädige Frau?«
Trotz langjähriger Berufserfahrung spürte ich diese unerwünschte Hitze, die mir langsam vom Hals ins Gesicht stieg. Verdammt. Wo war Marie? Sie kauerte über ihrer Kameratasche, den Kopf verdächtig tief. »Marie, vielleicht machen wir gleich ein paar Interviewfotos«, schlug ich vor. »Marie?«
»Sofort«, grunzte es aus der Tasche, und ich hörte an ihrer Stimme, daß sie sich verzweifelt bemühte, ihr Kichern unter Kontrolle zu bringen. Auch ich spürte dieses hochnotpeinliche Grollen in mir, das danach lechzte, sich in einem langen, lauten Gegacker zu befreien. Schluß, Jenna, rief ich mich streng zur Ordnung und biß diskret, aber hart in meinen rechten Handballen. Ich war schließlich Profi.
»Herr Cazzone«, fragte ich und dachte dabei an meine Steuererklärung, »Sie sind im besten Mittelalter, seit zwei Jahren Star der Fernsehserie *Die Trattoria am Gardasee,* Ihre Galas laufen bombig. Haben Sie endlich mit dem Trinken aufgehört?«
Stille. Ich hatte ihn am Kragen. Maries Leica war im Hocheinsatz. Ich checkte meinen Sony. Die rote Lampe blinkte. Wir warteten.
Dann lächelte Tony plötzlich und sagte ganz sanft: »Fräulein Wissbach, Sie sind eine wißbegierige Person. Sie dürfen wählen. Was interessiert Sie mehr – die Beschaffenheit meines Geschlechtsteils oder mein Alkoholkonsum?«
»Hat eins denn nicht mit dem anderen zu tun?« fragte ich zuckersüß zurück.

»Paß auf! Rot!« schrie Marie und griff in mein Lenkrad, über das ich mich, vom Lachen völlig erschöpft, gekrümmt hatte.
»Hast du sein Gesicht gesehen?« stieß ich hervor.
»Ja, ich hab's gesehen. Er sah idiotisch aus. Ich hab vier Rollen

Film, viel zuwenig«, schimpfte Marie. »Warum kannst du denn in solchen Momenten nicht einmal den Mund halten. Ich denk, du willst 'n Profi sein?«
Eine berechtigte Frage, aber mein Schöpfer in seiner göttlichen Unberechenbarkeit hat mich leider so geschaffen; ich wäre sonst geplatzt. Diese flippigen Antworten, das freche letzte Wort, sie sind draußen, ehe ich darüber nachdenken kann. Schon so manches Mal bin ich schmallippig verabschiedet worden, ist mein Gesprächspartner mit den Worten: »Ich glaube, Ihre Zeit ist abgelaufen« aufgestanden. Die energische Ehefrau eines bekannten Schlagersängers hat sogar auf die Aus-Taste gedrückt, als ich ihren Gatten fragte: »Wieviel Geld hat es Sie eigentlich gekostet, daß die Fotos von Ihnen in Domenicas Peitschenkeller nicht veröffentlicht wurden?« Aber es juckt mich einfach, ein bißchen Pfeffer auf ein Interview zu pudern, das ansonsten leise vor sich hin schnarcht. Und was interessiert denn die Leute an Stars? Etwa, für welches Waisenheim sie gespendet haben? Oder warum sie wieder in die Kirche eingetreten sind? Na also.
Beim Mittagessen in Maries Wohnung spürte ich an meinem allmonatlichen Ziehen, daß ich mir keine Gedanken darüber machen mußte, ob der amerikanische Musiker vor drei Wochen für ein- oder zweisprachige Erziehung war. Warum war ich plötzlich so enttäuscht? Die berüchtigte, biologische Uhr? In den letzten Monaten hatte sich mein früher so eindeutiges Verhältnis zu Kindern – ein vorsichtiges Auf-den-Hinterkopf-Getätschel, aber kein klebriges Auf-dem-Schoß-Gesitze, Tante: jein, Mutter: vielleicht eins vor den Wechseljahren – in eine merkwürdig hartnäckige Sehnsucht verwandelt. Ich sah mich schwanger, leuchtend ausgefüllt, mütterlich gerundet ohne Schwangerschaftsstreifen, ich fühlte das Kicken, mein braves Kind auf dem Schoß, wenn ich Elton John interviewte – »Fernando/a liebt Flugzeuge und Hotelhallen, er/sie ist pflegeleicht und international« –, ein Kind, das viel schlief und auch

ansonsten sehr friedlich war. So friedlich, daß auch ich immer runder und harmonischer wurde, mich nichts mehr aufregte, ich allgemein ein netterer Mensch wurde. »Jenna ist als Mutter noch schöner geworden«, würden die Leute sagen, »fabelhaft, wie lässig sie Beruf und Baby kombiniert.« Ein Vater war in diesem Bild nicht vorgesehen, höchstens in der Zeugungsnacht.

»Dany hat mich heut gefragt, was Ficken ist«, unterbrach Marie meine Träumereien. »Wie soll ich das denn wissen, schließlich bin ich sechs Jahre verheiratet.«

Christoph, der gerade Pesto über die Spaghetti löffelte, sagte gar nichts. Ich wußte, daß er in seiner Nachttischschublade einen Satz Kondome mit Schweinepfote unter den Taschentüchern vor den Kindern versteckte, womit er vermutlich seine allwöchentlichen sexuellen Wiederbelebungsversuche machte.

Es war überhaupt gut, daß er nicht wußte, wie genau ich über sein Intimleben Bescheid wußte. Daß er einen kleinen Dicken mit leichter Rechtskrümmung hatte. Daß er leicht schwitzte und Softpornos liebte, die meine Schwester vom Videoladen um die Ecke auslieh, mit Plastiktüte von Karstadt, damit die Nachbarn nichts merkten. Daß er auf der Skala von eins bis zehn eine solide Fünf war, mit manchmal Tendenz zur Sechs.

Der Küchentisch, an dem wir mit den Kindern saßen, glich einer Verkehrskreuzung nach einer Massenkarambolage. Stephanie manschte mit der Ketchupflasche, in die sie ein Brötchen krümelte. Daniel spielte Regen mit dem Salzfaß, und Gabriel rief aus dem Badezimmer: »Mama, Schiedischadi.«

»Bleib sitzen, Mama kommt!« rief Marie, aber es war zu spät. Schwankend und stolz kam Gabriel mit dem Topf in die Küche. »Hab Schiedischadi macht«, sagte er stolz, und ich dachte: »Willst Du *das* wirklich?«

★ *Why am I soft in the middle now*
when the rest of my life is so hard?
Paul Simon ★

Heinrich

Er hieß Heinrich Faltermeyer, und so sah er auch aus. Groß, trichterbrüstig, intellektuell, mit leichtem Mundgeruch, wenn er aufgeregt war oder in der Hektik seines Ressortleiterlebens zu wenig gegessen hatte. Er verehrte Jenna mit einer Mischung aus Unsicherheit und Ungeschicklichkeit, die sie noch nie bemerkt hatte, weil sie auf Robert de Niro stand und er eine Kreuzung von Dieter Thomas Heck und Michael Groß war. So wenig kam er für sie als Sexualpartner in Frage, daß er, mit zusammengepreßten Lippen und drohendem Magengeschwür, von ihr als Klagemauer für ihre zahlreichen Männergeschichten zwangsverpflichtet worden war. Von ihm als männlichem Neutrum erwartete Jenna Antworten auf Fragen wie: »Könnt ihr eigentlich auch einen Orgasmus vortäuschen?« Als er darauf unvorsichtigerweise »Ich glaube schon« geantwortet hatte, mußte er hinter verschlossener Tür die Töne vormachen, damit Jenna entscheiden konnte, ob sie sich echt anhörten oder nicht.

O-Ton Heinrich

Mein Plus war die Tatsache, daß ich bei *Dolce Vita* als Ressortleiter für Lifestyle-Themen arbeitete und damit Jennas direkter Vorgesetzter war. Nicht, daß ich diese Position ausnützen wollte, das hatte ich weiß Gott nicht nötig, insgeheim hoffte ich

jedoch, daß meine kleine Macht sie ein wenig schärfer machte. Ich rollte deshalb meine Hemdsärmel hoch und trug rote Hosenträger; mein Anblick sollte Kompetenz, Hektik, Erfolg signalisieren, vermischt mit der Aura einer internationalen Zeitschrift. Als unsere Sekretärin, eine schrille Schwarzgefärbte namens Tinka, sie anmeldete, schob ich schnell eine Zigarette zwischen die Lippen. Ich wußte, Jenna mochte es lässig.
Während sie mein Büro betrat, wie immer in Eile, wie immer mit einer kleinen textilen Unachtsamkeit, diesmal war's die Bluse, die hinten aus dem Rock hervorquoll – wo hatte sie die Mittagspause verbracht? –, spürte ich wieder dieses Ziehen in der Magengrube, diese Unsicherheit, die ich mit einer forschen Stimme zu übertönen versuchte: »Jenna, setz dich. Wie war's bei Tony? Hat er sich noch an dich erinnert?« Ich hatte die letzte Weihnachtsfeier ebenfalls an ihrem Tisch gesessen.
Sie setzte sich, wobei ihr ohnehin kurzer Rock in für meine Libido quälende Höhen rutschte. »Natürlich, Heinrich. Was gibt's?« fragte sie und blickte zur Uhr, eine Frau in Eile.
Ich kannte viele ehrgeizige Frauen, aber keine wie Jenna. Sie war Lady Ehrgeiz persönlich. Als erste am Schreibtisch, als letzte am Computer. Vier Schachteln Kim lagen bei Arbeitsbeginn auf ihrem Schreibtisch, am Abend war der Papierkorb voll von Kippen, rotgeküßt mit Lippenstift. Schade, daß ich keine Kippe war! Sie war hoch geschätzt im Verlag, eine erstklassige Schreiberin, voller Geist und Witz.
Um so mehr hatte ich mich über das sauertöpfische Manuskript vor mir gewundert, dessen Thema, »Sexlügen im Bett«, sie selbst vorgeschlagen hatte. Es handelte vom angeblich deutschland-, wenn nicht europa-, wenn nicht gar weltweiten Frust der Frauen, die allesamt gestraft waren durch das Zusammenleben mit einem ungeschickten Klops mit eiskalten Fingern, und ihrer mühevollen Heuchelei beim Sex. Eine Vorstellung, die ich so trübsinnig und übertrieben fand, daß ich sie nicht in *Dolce Vita* gedruckt sehen wollte.

»Jenna«, begann ich, den Blick auf ihren Pullover gerichtet, und versuchte die absolut nicht jugendfreien Bilder aus meinem Hirn zu verscheuchen, »was hast du dir bei dieser Story bloß gedacht? Wo ist denn dein Humor geblieben?«
Sofort wurde sie bissig. Ihr Baby wurde angegriffen, die Löwin fuhr die Pranken aus. »Heinrich, Heinrich«, meinte sie, »kannst du als Mann dich denn nicht der Wahrheit stellen? Ich wette, daß dir auch schon oft einer vorgehechelt worden ist.«
Ich haßte sie in diesem Augenblick. Weil sie den Finger auf meine empfindlichste Stelle (nicht die, leider) legte und meine geheimsten Befürchtungen beim Namen nannte. Ich hielt nicht viel von meinen horizontalen Qualitäten, und wenn die Dame, die ich gerade beglückte, zu ruhig wurde, fürchtete ich, daß sie eingeschlafen war. Was auch einmal der Fall gewesen war und ich erst bemerkt hatte, als die Betreffende anfing zu schnarchen.
»Glaubst du wirklich«, fragte ich schwach, »daß es keine Frau in Gesamtdeutschland gibt, auch nicht in der ehemaligen DDR, die im Bett richtig Spaß hat?«
»Ich habe noch keine getroffen«, sagte sie ruhig.
»Mein Gott, Jenna!« rief ich aus und vergaß völlig, daß ich ihr Vorgesetzter war. »Gehörst du etwa auch dazu?«
Sie lachte. »Was meinst du, Heinrich«, fragte sie zurück, »wie wirke ich auf dich, befriedigt oder unbefriedigt?«
Es wurde Zeit, daß wir das Gleichgewicht wieder herstellten. Ich setzte mich gerade und nahm die kaltgewordene Zigarette aus dem Mund. »Jenna«, sagte ich streng mit meiner Ressortleiterstimme, die ich vor Amtsantritt mit einem Stimmlehrer von der Oper geübt hatte – voll, resonant, leichte Betonung der Endkonsonanten –, »diese Story ist daneben, Prieß findet sie gräßlich. Aber ich hab ein anderes Thema für dich.«

Dr. Ahrends

Es war Montagmorgen acht Uhr, ich war unausgeschlafen und verschnupft, und vor meinem Schreibtisch saß eine der Aufgaben, die ich an meinem Beruf so fürchtete. Rolf Lafayette, der seine Spermaprobe eingereicht hatte, weil er Vater werden wollte. Die Untersuchung hatte ergeben, daß dies medizinisch unmöglich war. Sein Sperma war so taub wie eine alte Nuß. Von den mindestens eine Million Spermien, die für eine Befruchtung notwendig waren, hatte ich unter dem Mikroskop nicht mehr als 128 gezählt. Das reichte noch nicht einmal zur Zeugung eines Hamsters.

Jetzt saß dieser Mann vor mir und knackte nervös mit den Knöcheln. Wie ich diese Situationen haßte! Diskret schob ich die gerahmten Fotos meiner Kinder zur Seite. Schließlich wollte ich nicht taktlos sein und ihm unter die Nase reiben, was er niemals schaffen würde.

»Also«, begann ich, »wir haben Ihre Probe untersucht und festgestellt ...«

»Reden Sie nicht lange um den heißen Brei herum«, unterbrach er mich. »Ist etwas damit nicht in Ordnung?«

»Sie haben nicht genügend Spermien in Ihrem Ejakulat«, sagte ich bedauernd.

»Wieviel zu wenig?« fragte er aggressiv.

Die Antwort würde niederschmetternd sein für sein Ego, und ich war sicher, daß ich ihn nach dieser Demütigung als Patienten verlieren würde, aber es mußte sein: »Sie haben 128.«

»Aber das sind doch 127 mehr, als ich für die Zeugung eines Babys brauche«, witzelte er zaghaft, »ich will doch keine 128linge.«

Ich seufzte und setzte zu einer Erklärung an, daß es auch auf die Beweglichkeit ankomme und wie viele der kleinen Monster auf dem Weg zum Ei bereits abstarben, aber dann merkte ich, daß er gar nicht mehr zuhörte.

Manchmal wunderte ich mich, daß ich überhaupt noch einen hochkriegte, wenn ich nachts zu meiner Frau Doro ins Bett stieg. Da lag sie hingegossen auf drei Kissen, auf der Nase eine Brille mit aschenbecherdicken Gläsern (tagsüber trug sie Kontaktlinsen), fett glänzte die Haut, weil sie glaubte, je fetter die Creme, desto später die Falten, und sie seufzte: »Liebling, soll es heute abend wieder zum Letzten kommen?« Dieser Satz in Verbindung mit meinem Beruf hätte mich eigentlich impotent machen müssen, aber ich war scharf auf Doro wie zur Anfangszeit, als wir uns in den finsteren Lokalen am Bahnhof so rotweinbeduselt abknutschten, daß sich die Gäste genervt beim Wirt beschwerten. Lang ist's her.
»Kann man da was machen?« fragte jetzt Mr. 128, und er war richtig blaß um die Ohrläppchen.
»Wir können Ihre Hoden mikrochirurgisch untersuchen oder es mit Hormonen probieren«, sagte ich. »Die Beschaffenheit Ihres Spermas ist allerdings so gering, daß ich mir wenig davon verspreche.«
Die darauffolgende Stille war so dick wie meine Schwiegermutter. Ich hatte ihm eben einen Todesstoß versetzt, seine Männlichkeit zerschlitzt, ihn der Lächerlichkeit preisgegeben. »Sie können es natürlich jederzeit mit heterologer Insemination probieren oder ein Kind adoptieren«, tröstete ich ihn und blickte diskret zur Uhr. Um halb neun hatte ich drei Schwangerschaftsvorsorgen, danach eine Bauchspiegelung.
Ich erhob mich langsam, als mich Lafayettes donnernde Stimme mitten in der Bewegung stocken ließ: »Schlagen Sie mir etwa allen Ernstes vor, daß ich meine Frau mit fremdem Sperma vollpumpen lassen soll, womöglich von schwulen Aidsinfizierten?«

Michael

Es gibt Tage, da ist schon beim Aufstehen der Wurm drin. Die Seele wie unter Kopfkissen erstickt, der Weg vom Bett zur Dusche bereits gespickt mit Widrigkeiten. Unter dem Strahl eine kleine Woody-Allen-Nummer, zum Glück ohne Zuschauer. Die Seife flutscht weg, Schaum im Auge, man rutscht in der Wanne herum, blind, lächerlich. So fängt der Tag an. Warum bleibt man nicht im Bett und verschläft ihn? Weil man hofft, daß er zur Vernunft kommt. Tut er aber nicht. Der Milchrest riecht verdächtig, ohne Milch schmeckt der Kaffee nicht. Das Auto springt nicht an, dann endlich doch, vor der Praxis ist eine Parklücke, sollte sich das Glück noch wenden, das gibt's doch nicht, welches Arschloch, huuup, huuup. Was tun? Ganz einfach, raus, den Frechling aus dem Auto reißen, in kleine Stücke fetzen, ins Klo damit, runterspülen.

Ich hasse die Frage nach meinem Beruf. Das »Und was machst du so?« auf Partys, am Tresen, im Fitneßcenter. Was soll ich sagen? Meistens antworte ich: »Ich studiere Soziologie«, was irgendwie stimmt. Ich bin immatrikuliert, damit günstig krankenversichert, und schaue gelegentlich bei den Vorlesungen vorbei. »Reicher Vater, was?« sagen die Leute dann und schielen vielsagend auf meine Reeboks mit Pufferzone, die schlappe 300 Mark kosten, auf mein Versace-Jackett. Ich hmme dann und stelle mir die Gesichter vor, wenn ich tatsächlich die Wahrheit sagen würde: »Ich verdiene mein Geld als Samenspender.«

Die Fragen danach sind immer dieselben.

Dafür gibt's Geld?

Hast du denn soviel?

Kannst du das denn auf Bestellung?

Alle drei Fragen kann ich guten Gewissens mit Ja beantworten. Ich stamme aus Leipzig und lebe erst seit zwei Jahren in Hamburg. Meine Familie ist laut und gebärfreudig. Ich besitze sechs Geschwister, acht Onkel und acht Tanten. Schon als

13jähriger warnte mich mein Vater: »Michi, paß auf mit den Mädels! Kein Gefummel ohne Hütchen. Laß niemanden an deiner Unterhose schnüffeln, sonst bist du die nächsten 18 Jahre mit Alimenten dabei.«
Das hat Eindruck gemacht, und mein Gewissen, bis auf eine Abtreibung, ist rein. Meiner Lebensabschnittsgefährtin Inken Rehmann, einer niedlichen Chemiestudentin, habe ich sofort ein Pessar verpassen lassen. Ich saß unterdessen im Wartezimmer ihres Gynäkologen und löste das Kreuzworträtsel im *Goldenen Blatt*. Zur Sicherheit frage ich sie vor jedem Beischlaf: *»Darling, are you protected?«*, weil ich noch immer einen leicht sächsischen Akzent hab und sie gleich zu Anfang unserer Beziehung gefordert hat: »Im Bett sprich bitte Englisch, Mike.«
Ohne Verhütung läuft also gar nichts. Der Gedanke, mit 22 Jahren jede Nacht fünfmal hochzumüssen, weil im Nebenzimmer das Neugeborene kreischt und sich vollgeschissen hat, macht mich innerhalb von Sekunden vollschlapp, ein Zustand, den ich sonst nicht kenne.
Vor ein paar Monaten sprach mich mein Freund Guido an. »Du bist doch ein aufgeschlossener Mensch«, begann er.
»Ich höre«, antwortete ich.
»Wie oft schläfst du eigentlich mit Inken?«
»Das geht dich einen Feuchten an. Oft«, sagte ich.
Guido zündete sich eine Filterlose an, inhalierte tief. Hinter seiner flachen Stirn arbeitete es. »Wärst du bereit, für ein gewisses Entgelt gelegentlich auf Sex mit ihr zu verzichten?«
Ich rückte ab. War mein Kumpel auf meinen Body scharf? Hatte er Kontakte zu Zuhältern oder reichen, unbefriedigten Frauen? Ein faszinierender Gedanke, rein theoretisch natürlich nur.
»Wieviel?« fragte ich.
»250 Mark für eine Probe«, sagte Guido, »und drei Tage vorher keinen Sex, damit es auch reicht.«
Mein Gott, was gab es bloß für freakige Weiber. Wahrscheinlich

hatten sie ihren Alten bei der Scheidung abgezockt und konnten jetzt ihre Lover pro Erguß bezahlen.

»Wie soll ich denn wissen, ob es genug ist?« meinte ich. »Das ist doch pervers.«

Als mich Guido dann aufklärte, wurde ich ganz still. »So was gibt's tatsächlich?« fragte ich erstaunt. »Wie heißt denn der Arzt, bei dem du, ähem, also, bei dem du abgibst?«

Inzwischen bin ich Stammgast im Hause Ahrends. »Hi, Uta«, sagte ich heute, als ich an der Rezeption mein Gläschen in Empfang nahm.

»Hey, Siegfried«, rief sie mir nach.

Ich drehte mich um. Sie winkte mich zu sich, senkte die Stimme: »Bist du brav gewesen?«

Ich nickte.

»Schön gesammelt, nichts verschleudert?«

»Klar«, sagte ich mit angekratztem Gewissen. Ob wohl die klitzekleine Morgennummer vor zwei Tagen zählte, wo mittendrin das Telefon klingelte: »Hallo, ich bin's, Mami, seid ihr schon wach?« Doch die Miete war fällig, ich brauchte die 250 Mark.

Auf dem Weg zur »Abspritzkammer«, die direkt neben dem Sexkabinett lag und ähnlich ausgestattet war, kam ich am Wartezimmer vorbei und riskierte einen schnellen Blick auf meine Kundinnen. Es war streng verboten, sich öffentlich blicken zu lassen oder gar mit den Frauen ein Gespräch anzufangen, denn unsere Tätigkeit ist auf Wunsch aller Parteien anonym, aber manchmal ritt mich der Teufel, und ich schaute mir die Frauen an. Die meisten sahen im grellen Licht der Neonschirme, hingekauert auf scheußlich-braune Cordsessel, außerordentlich vaginal-vergrämt aus. Schlecht durchblutet, irgendwie, tja, unfruchtbar. Mit keiner von ihnen hätte ich im wirklichen Leben schlafen mögen. Immer, wenn ich eine Schwangere auf der Straße sah, besonders, wenn sie strahlend aus dem Behandlungszimmer von Dr. Ahrends kam, dachte

ich: »Ob das mein Kind ist?« Ein merkwürdiger Gedanke, aber einer, der mich nicht beklemmte, sondern stolz machte. Mein Sperma, der Göttertropfen, verteilt an die Unfruchtbaren, auf daß sie fruchtbar wurden.
In der Kammer ging es schnell, und Uta war zufrieden. »Halt dich in den nächsten Tagen bereit«, sagte sie, »dein Typ ist gefragt.«
Leicht benommen fuhr ich nach Hause. Schon im Treppenhaus stieg mir knobitriefender Bratenduft in die Nasenflügel. Als ich die Haustür aufschloß, kam mir Inken entgegen. Unter der Schürze war sie nackt.
»Darling«, gurrte sie, *»let's talk English.«*

★ Es müssen sich die Weiber legen
schon ihrer hübschen Leiber wegen. ★

Marie

Das Telefon klingelte, und ich beschloß, es klingeln zu lassen. Ich hatte das Badezimmer zur Dunkelkammer umfunktioniert, aber da wir über ein Extraklo verfügten, wurde ich nur alle fünf Minuten gestört. Die Fotos von Tony Cazzone waren sensationell geworden; er sah sexy aus, nur sein blitzendes Zahngold störte etwas, aber ich war sehr zufrieden mit mir. Da ich meistens unter Zeitdruck arbeiten mußte, und oft gegen den Willen meiner fotografischen Opfer, sahen meine Bilder manchmal wie Karikaturen aus, die Stars hatten die Hand vor dem Gesicht oder die Zunge raus – und dieser Effekt, den ich anfangs so gelungen fand, ermüdete mich jetzt nur noch. Ich hatte den Ehrgeiz, von meinem Paparazzo-Image wegzukommen und als gute Porträtfotografin anerkannt zu werden, aber da ich bislang ausschließlich schwarzweiß in Tageszeitungen veröffentlicht hatte und meine seltenen Farbbilder, wenn überhaupt, dann in der Lesemappe gedruckt wurden, war ich in der Branche so gut wie unbekannt. Mit diesen Fotos konnte sich das ändern. Nur schade, daß ich nicht mehr Zeit gehabt hatte. Es klingelte immer noch. »Geh mal einer ans Telefon!« schrie ich aus der Dunkelkammer, deren Tür ich nicht öffnen durfte, weil sonst meine Fotos ruiniert worden wären. Natürlich ging keiner. Es hörte auf. Wahrscheinlich Mutti, die mir vorjammern wollte, daß sie schon wieder eine neue Falte entdeckt hatte. Sie war 59 Jahre und sah für ihr Alter blendend aus. Aber da mein Vater, der ihr dies jeden Tag bestätigen mußte (»Du bist für mich immer noch so schön wie als junges Mädchen.« – »Wie jung, Karl-Friedrich?« – »Höchstens 25.« – »Du machst dich lustig über mich.« – Seufz. – »Nicht mehr als 32, Anneliese.«), vor drei Jahren von einem Herzinfarkt dahingerafft worden war, fehlte ihr jetzt das bewundernde, wenn auch erschöpfte Publikum. Also mußten wir Töchter herhalten. Manchmal zweimal am Tag. »Kind, diese Linie von Nase zu Mund, weißt du, welche, nein, aber bald ist es auch bei dir soweit, also die ist spürbar tiefer geworden. Was hältst du von Collageneinspritzungen, dann kann ich gleich meine Oberlippe mitbehandeln lassen, die ist schrecklich eingefallen in letzter Zeit.«

Was immer man darauf sagte, es war verkehrt. Stimmte man ihr zu, rastete sie völlig aus: »Du meinst, ich gehöre auf den Abfallhaufen, ich bin eine verbrauchte, alte Frau.« Widersprach man ihr mit: »Mutti, für dein Alter siehst du doch noch phantastisch aus«, entgegnete sie unwirsch: *»Für mein Alter? Noch?* Was soll das denn heißen? Wie alt sehe ich denn aus?«

Es war mühsam mit ihr, aber von ihrem Alters-Tick abgesehen war sie eine amüsante Frau, unkonventionell und warmherzig. Nur Oma wollte sie nicht genannt werden, selbst Kosenamen wie Doda, Granny, Goma, die auch nur entfernt daran erinnerten, waren verpönt. Wir hatten uns schließlich auf Tula geeinigt; das klingt wie ich, meinte sie, jung und international.

Vielleicht steckte sie wieder in ihrer montäglichen Depression. Ich hängte die Abzüge zum Trocknen auf die Wäscheleine über der Badewanne und rief sie an. Es war verdächtig ruhig in der Wohnung, immer ein schlechtes Zeichen bei drei Kindern, aber da Christoph als Babysitter dran war, kümmerte ich mich nicht darum.

»Wissbach«, tönte ihre tiefe Stimme – Erbgut, keine Zigaretten – über die Telefonleitungen der vier Straßen hinweg, die

wir voneinander entfernt wohnten. »Hallo, Mutti, ich bin's, Marie. Hast du eben angerufen?«
Aus dem Hintergrund waren Lachen und Wortfetzen zu hören, ihre dreimal wöchentliche Doppelkopfrunde, genannt »die Mädels«, tagte also.
Sie war kurz angebunden: »Marie, meine Damen sind da, ich hab die Herz-Zehn, stör mich jetzt nicht, nein, ich hab nicht angerufen.«
Obwohl es mich erleichterte, wenn sie beschäftigt und zufrieden war, schluckte ich doch an einem kleinen Beleidigtsein, als sie abrupt den Hörer aufknallte. Dann eben nicht.

Tony

Er legte den Hörer auf, streckte sich auf dem Hotelbett aus und schloß erschöpft die Augen. Diese Promotion-Tours hingen ihm kilometerlang zum Halse heraus. »Sei dankbar, Tony, daß sich die Presse wieder für dich interessiert«, hatte ihn sein Manager ermahnt. »Reiß dich zusammen und kehr den Charmebolzen raus, auch wenn's weh tut.«
Es tat wirklich weh. Besonders, wenn peinigend dumme Fragen von diesem Blick begleitet wurden, der sagte: Du bist zwar weit unter meinem intellektuellen Niveau, aber dieses Interview gehört leider zu meinen Dienstpflichten. Auf Fragen wie: Waren Sie ein Sexbesessener? Sind Sie einsam? Haben Sie Angst, wieder zu scheitern? Sind Ostfrauen anders als Westfrauen? Wer sind Ihre musikalischen Vorbilder? hatte er ein Repertoire von witzigen Einzeilern parat:

sexbesessen – ich bin's immer noch;
einsam – nicht in den Armen einer schönen Frau;
Ost-West – Ostfrauen haben meist einen

schöneren Busen, Westfrauen
den niedlicheren Hintern;
Vorbilder – Joe Cocker und Vico Torriani.

Bei den daraus resultierenden Storys kam er oft gut weg, wenn die Schreiber so viel Humor hatten, ihn nicht restlos ernst zu nehmen. Und sollten sie es doch tun, dann unter Überschriften wie »Tony Cazzone, der müde Gockel« oder »Tony, wie er schmalzt und trinkt«.

Er lachte längst darüber. Seine Seele hatte Hornhaut. Frauen waren für einen wie ihn so leicht zu haben, daß sie ihre Bedeutung verloren hatten. Gelegentliche Bettwärmer, nur in besonderen Fällen auch Frühstücksgäste.

Jenna, jetzt erinnerte er sich wieder, war eine dieser Ausnahmen gewesen. Die Nacht mit ihr war unter Alkoholnebel für immer verschwunden, aber das Frühstücksei tauchte plötzlich wieder auf. Sie wollte es hart, auch das Gelbe, er mochte es weich, auch das Weiße. Der Roomservice hatte ihre Eier verwechselt und sie sich angewidert geschüttelt: »Igitt, das sieht ja aus wie Sperma.« Es war ein schöner Morgen gewesen, und er hatte es bedauert, daß er Tony Cazzone war und nicht ein normaler Mann mit normalen Gefühlen; daß er sich nicht verlieben konnte, in keine Frau, auch in Jenna nicht. Er war einfach nicht fähig zu emotionaler, geschweige denn sexueller Exklusivität, sie engte ihn ein, erstickte den Künstler in ihm, langweilte ihn. Noch mehr ödete es ihn an, darüber nachzudenken.

Marie, Jennas kleine Schwester. Er hatte sich bei einer kleinen Unruhe ertappt, als sie heute morgen seine Fotos machte. Ein kurzes Ziehen in der Magengrube, nun ja, genauer, kurz darunter, eine fast begehrliche Sehnsucht. Nachdem sie gegangen waren und er ihren Namen im Telefonbuch gefunden hatte, rief er sie an. Es klingelte und klingelte, und erstaunt hatte er festgestellt, daß er ganz feuchte Handflächen hatte. Was sollte

er sagen, wenn jemand abhob? Womöglich lebte sie mit jemandem zusammen. Unwahrscheinlich, sie sah irgendwie single aus. Er versuchte es noch mal. Wieder nichts.
Dann klingelte sein Telefon: »Tony, mach dich fertig. Die Frau von *Popfoto* ist in der Lobby.«

Michael

Wir hatten gerade angefangen, als das Telefon klingelte. Der Riesling aus dem Supermarkt hatte meine Süße weich und willig gemacht, und die Horrorstorys über ihre Freundin Eloise Schrapny, eine verzickte, neurotische Kuh, Einzelkind und Augapfel eines senilen Vaters, hielten sich auch in Grenzen. Ich hatte eine Technik entwickelt, bei ausgeschalteten Ohren alle 30 Sekunden einen zustimmenden Laut von mir zu geben, der sie zufriedenstellte und mich in Ruhe vor mich hindämmern ließ.
»Hmmm«, meinte ich, »und dann hat sie gesagt, und was hast du gesagt?«
»Und dann hab ich gesagt, das geht dich gar nichts an, es ist *mein* Leben, ich weiß, daß Mike kein Traummann ist, aber ich bin ja erst 23, da kann noch allerhand passieren.«
Daß mich Eloise nicht leiden konnte, war mir nicht neu, also klinkte ich mich gedanklich aus und überlegte weitere Schritte. Wie bekam ich sie aufs Sofa, ohne daß der Stimmungsfaden riß? Wenn wir nämlich erst mal in Schwung waren, ging meist die Post ab. Hinterher sagte sie zwar: »Mann, das war gut, laß es uns öfter machen«, aber dann vergingen wieder Wochen. Sex ist wie Joggen, hatte sie mir mal erklärt, das Schönste ist das Gefühl danach. Eine Meinung, die ich radikal und absolut nicht teilte.
Wir saßen also auf dem Sofa, ich hatte meine Rückenmassage ausgedehnt, langsam kam diese flüssige Stimmung auf, die

guten Sex verspricht. Aus dem CD-Player plauschte Musik von Roy Orbison, wir waren beide nackt, es rauschte in meinen Ohren, rot und süß, langsam wollte ich abheben – *das verdammte Telefon!*
»Geh nicht hin«, sagte Inken mit geschlossenen Augen. Zu spät.
»Hier Praxis Dr. Ahrends, Kaiser. Kann ich bitte mit Herrn König sprechen?«
»Am Apparat«, krächzte ich.
»Hi, Michael, wir brauchen dich, kannst du in zwei Stunden bei uns vorbeikommen?«
Als ich den Hörer auflegte, stand Inken mit einem Plastikbecher vor mir. »Das war's dann wohl«, sagte sie eisig und zog sich wieder an.

Jenna

Manchmal hatte das Schicksal Humor. Ob Faltermeyer etwas ahnte? »Mach bitte was über unfruchtbare Paare, die jahrelang alles probiert haben und sich ihren Kinderwunsch erfüllen wollen, um jeden Preis. Alles muß drin sein: In vitro, Insemination, Adoption.«
Meine erste Reaktion war Ablehnung. Ich hatte genug Frust- und Sozialgeschichten gemacht und keine Lust auf das, was ganz sicher auf mich zukam: schluchzende Enddreißigerinnen – *Warum werden alle schwanger, nur ich nicht?* –, zynische Ärzte, die sie mit Hormonen vollpumpten, bleichgesichtige Ehemänner, die nach all dem Sex zur Eisprungzeit nur noch mühsam einen hochkriegen.
Ich schaute Heinrich an und merkte, wie intensiv er zurückschaute. Als er merkte, daß ich's gemerkt hatte, wurde er dunkelrosa bis in die Haarspitzen und räusperte sich: »Wie sieht's aus, Jenna? Das Thema schreit doch geradezu nach dir – Zeitgeist, *human interest*, einfühlsam, ein bißchen ironisch

erzählt. Könnte ein gutes Cover für Heft 29 werden. Prieß ist ganz heiß drauf.«
Okay, sagte ich mir, vielleicht färbt das Thema ja ab, oder ich lerne einen aufregenden Frauenarzt kennen. Die Welt ist zwar bunt, aber mit 35 ist der Horizont nicht mehr grenzenlos. Klang gut, war sogar von mir.
Die Praxis von Dr. Heiko Ahrends lag in einer riesigen Altbauwohnung an der Alster. Ich ging am Wartezimmer vorbei, in dem deckenhohe Zimmerpalmen und die unfruchtbaren Patientinnen vor sich hin trockneten. Laß die boshaften Sprüche, Jenna, klopfte ich mir mental auf die Finger, wer weiß denn, was die acht Jahre Spirale bei dir angerichtet haben. Gerade wollte ich links zur Rezeption abbiegen, als mir der häßlichste Mensch Norddeutschlands entgegenkommt. Eine Kreuzung von Karl Dall und Woody Allen in noch viel schlimmer. Dünnes Haar flieht vor leichenblasser Stirn, aschenbecherdicke Brille auf wuchtiger Hakennase. Sollte das etwa ein Samenspender sein? Womöglich für die Kassenpatientinnen, die nicht soviel bezahlen können?
Die Sprechstundenhilfe Frl. Kaiser, unverschämt jung im Superminikittel – war so was erlaubt? –, grüßte mich freundlich: »Guten Tag, kann ich bitte Ihre Personalien aufnehmen?«
»Mein Name ist Jenna Wissbach, ich bin Journalistin.«
Sie hatte bereits einen Bogen in die Maschine gespannt. »Beruf ist unwichtig«, meinte sie. »Wie alt, wann war die letzte Periode, hatten Sie mal eine Abtreibung, Pilze, Geschlechtskrankheiten?«
Ich räusperte mich energisch: »Ich arbeite für *Dolce Vita* und soll eine Story recherchieren über unfruchtbare Frauen und Männer. Dr. Ahrends hat mir ein Interview zugesagt.«
»Also haben Sie keine Urinprobe mitgebracht«, zwinkerte sie mir zu, »wie angenehm.«
Sie nahm den Bogen aus der Maschine, und ich beugte mich

diskret über den Tresen. »Eine kleine Frage. Der Herr, der mir eben entgegenkam – dicke Brille ...«

»Ach, Sie meinen Günther Faßbender«, unterbrach sie mich. »Was wollen Sie über den denn wissen?«

»Tja, also, ist der nicht schon ein bißchen alt für so was?«

»Zu alt?« fragte sie erstaunt. »Aber in dem Beruf gibt es doch keine Altersgrenze. Wer fit ist, kann das doch bis zum Rentenalter machen.«

»Theoretisch schon«, sagte ich zweifelnd. »Aber es ist ja auch eine Frage der Optik.«

»Der Optik? Was hat denn das Aussehen damit zu tun? Solange der Kundenkontakt gut ist, sehe ich da kein Problem.«

»Sicher, aber ich habe gelesen, daß die Patientinnen vorher eine genaue Beschreibung bekommen.«

Jetzt war Fräulein Kaiser völlig ratlos: »Eine Beschreibung, wieso das denn? Den meisten Ärzten ist doch völlig egal, wie ein Pharmavertreter aussieht?«

Ogottogott, Erde tu dich auf, Fußboden verschluck mich. Ich zwang ein Lächeln auf mein erstarrtes Gesicht. »Ein kleines Mißverständnis, Fräulein Kaiser. Ich dachte, es handelt sich um einen Samenspender.«

Ihr wieherndes Prusten verfolgte mich bis hinter die Doppeltür von Dr. Ahrends' Behandlungszimmer. »Entschuldigen Sie«, sagte er, »meine Mädels sind noch jung. Was kann ich für Sie tun?«

Ich erklärte mich. Zückte meine Visitenkarte, stellte den Kassettenrecorder an. Dr. Ahrends hatte einen guten Ruf. Er wurde unter unfruchtbaren Ehepaaren als Geheimtip gehandelt, weil er nicht, wie seine gesetzestreueren Kollegen, auf einem Trauschein bestand, bevor er behandelte, sondern, gegenseitige Sympathie und Bargeld vorausgesetzt, jede erdenkbare Paarkombination, homo oder hetero, sein Glück bei ihm versuchen konnte.

Er nannte mir ein paar Erfolgsstorys. Anonym natürlich.

Der gestreßte Bauer aus Lüneburg war nach sieben Jahren trockener Luft endlich Vater eines strammen Erben geworden. Ganz der Vater, sagten die Nachbarn.

Eine Lesbierin hatte sich mit dem Sperma eines schwulen Freundes inseminieren lassen, nach einem Aidstest, und war halbglückliche Mutter eines männlichen Zwillingspärchens geworden.

»Meine Patientinnen müssen mit ihrem Partner eine Erklärung unterschreiben, die sie von einem Notar gegenzeichnen lassen. Darin steht, daß sie, falls es zu einer Schwangerschaft kommt, die Verantwortung für das Kind akzeptieren. Daß sie nicht berechtigt sind, den Namen des Spenders zu erfahren. Für rund 4000 Mark wird die Frau sechsmal inseminiert, falls es früher zu einer Schwangerschaft kommt, bekommt sie das Geld natürlich nicht zurück. Klappt es nach dem sechsten Mal nicht, sind weitere 4000 Mark fällig, die von der Kasse nicht erstattet werden. Wenn meine Patienten wenig Geld haben, stelle ich die Rechnung auf ›homologe Insemination‹ aus, das wird anerkannt. Schreiben Sie das bitte nicht, sonst komm ich in Teufels Küche.«

»Wie rekrutieren Sie die Spender?« fragte ich.

»Meine Spender sind junge Männer, bis höchstens 28 Jahre«, sagte er. »Sie sind alle auf Aids getestet, kerngesund. Wir geben Anzeigen in verschiedenen Tageszeitungen auf: ›Junge Männer für leichte Nebentätigkeit gesucht.‹ Die meisten, die sich melden, denken natürlich an Handwerksarbeiten oder so, die müssen wir dann behutsam aufklären.«

»Aber die Jungs haben doch auch ein normales Sexualleben«, meinte ich, »vielleicht haben die vorher gerade ...?«

»Ich stimme die Spender auf den Zyklus meiner Patientinnen ab«, sagte Dr. Ahrends, »also wissen sie ungefähr, wann diese ovulieren und können sich darauf einstellen. Drei Tage vor dem Eisprung und zwei Tage danach darf der Spender nicht verkehren.«

»Und wenn doch?« fragte ich etwas naiv. »Merkt man das dem Sperma sofort an?«
»Sofort«, sagte er bestimmt, »Sperma lügt nicht.«
Fünf Minuten später stand ich im Hinterzimmer der Praxis, in dem vier Schwangerschaftsanwärterinnen lagen. Sie waren durch Vorhänge voneinander getrennt und unterhielten sich. Dr. Ahrends, Zigarette in der linken Hand (was mich etwas befremdete), schob mit der rechten den Vorhang vor der ersten Liege zur Seite, wo eine rothaarige Frau, Anfang Vierzig, ebenfalls rauchte.
»Hi, Doc«, sagte sie mit einer Stimme, die nach 100 Filterlosen täglich klang. »Der vierte Versuch. Mach mich endlich schwanger.«
»Ich tu mein Bestes, Frau Schober«, sagte der Doc, »aber Ihre 41jährigen Eierstöcke wollen nicht mehr so, wie wir wollen.«
Dann rief er über die Schulter: »Annegret, die Spritze für Frau Schober, bitte.« Die hatte inzwischen die Augen geschlossen und einen Walkman aufgesetzt, aus dem die dröhnenden Bässe von Whitney Houstons *»I'm your baby tonight«* klangen.
Der Zeugungsakt war kurz und schmerzlos, wie das Einführen von Tampax.
»Beine zusammen und eine Viertelstunde liegenbleiben«, orderte er und verschwand hinter dem zweiten Vorhang. Ich empfahl mich ebenfalls und ging zurück zur Rezeption, wo die Sprechstundenhilfe Uta Kaiser gerade mit einer außerordentlichen Augenweide verhandelte.
»Mike«, sagte sie streng, »du sollst doch den Hintereingang nehmen, wie oft muß ich dir das noch sagen. Ich krieg tierischen Ärger mit dem Chef.«
Wer war das denn? Ich schaute genauer hin. Präzise meine optische Duftmarke – mittelgroß, dichtes, schwarzes Haar, braune Augen. Nicht älter als 25, ginge gerade noch.
Ob er sie vom Dienst abholen wollte? »Sie haben aber einen

netten Freund«, sagte ich scheinheilig und blickte ihm nach, als er zur Tür hinausging. Guter Gang, guter Arsch.
»Das ist nicht mein Freund«, meinte sie lässig. »Das ist einer der Jungs, die leichte Nebentätigkeiten für den Doktor erledigen.«
»Ich verstehe«, sagte ich matt – und verdrängte ihn sofort.

★ *Bevor du einen Prinzen findest, mußt du 'ne Menge häßlicher Frösche küssen.* ★

Jenna

Als ich die Tür öffnete, mußte ich mich schwer zurückhalten, sie nicht sofort wieder zuzuschlagen. »Sieht er gut aus?« hatte ich meine Freundin Roswitha gefragt, als sie mir von diesem »netten, unverheirateten Kollegen« vorschwärmte, und sie hatte mit: »Nicht im konventionellen Sinne, aber er hat was ganz Besonderes«, geantwortet.

Für ihre Interpretation dieser visuellen Katastrophe hätte ich sie kneifen können – hart. Vor mir stand ein Mann, den ich in einem Lehrerzimmer der siebziger Jahre vermutet hätte, nicht auf meiner Türschwelle. Er war groß und dünn, und sein beiges Cordjackett hatte auch schon bessere Zeiten gesehen, wahrscheinlich die Sechziger. Daß er keine Mutti und keine Partnerin hatte, sah man an den durchgewetzten Ellbogen, durch die ein hellblaues Hemd schimmerte und auf die keine fürsorgliche Frauenhand ein häßliches Lederherz genäht hatte.

»Sind Sie Hans Schilowsky?« fragte ich mutlos.

»Derselbe«, strahlte er. »Und Sie sind sicher Frau Wissbach?«

»Kommen Sie doch bitte rein«, sagte ich. Wir gingen ins – extra aufgeräumte! – Wohnzimmer, und er setzte sich aufs Sofa, auf dessen Beistelltisch ich sorgfältig ausgewählte Magazine dekoriert hatte. Ein Geo-Sonderheft von Paris, *Avenue* und *Vanity Fair*, alle ungelesen. Der neue Sidney Sheldon lag hinterm Sofakissen, die zerfledderte Ausgabe der *Bunte* im Ascheimer. Und all diese Mühe für einen mittelalterlichen Brotbeutel, der mit Turnschuhen zum Blind-Date erschien!

»Roswitha hat mir schon viel von Ihnen erzählt«, sagte er, und ich konterte mit der Floskel: »Hoffentlich nur Angenehmes.«
»Nicht nur«, lächelte er und schwieg. Ich hätte ihn erschlagen können, aber ich verkniff mir die Frage, die mir schon auf der Zunge lag.
»Ich habe eine Reservierung im *Rain Forest* gemacht«, sagte ich und beschloß, mich nicht mehr umzuziehen. Jeans und weiße Bluse taten es in diesem Fall, das schwarze Alaïa-Kleid wurde für aussichtsreichere Kandidaten aufgespart. »Sind Sie damit einverstanden?«
Schilowsky räusperte sich. »Sehr schön, Frau Wissbach«, meinte er, »aber ist es dort nicht sehr teuer? Ich habe mehr in Richtung *Blockhouse* gedacht.«
Auch das noch – ein Geizknochen. »Ich setz das Essen auf Spesen ab«, knurrte ich, »machen Sie sich keine Gedanken. Und nennen Sie mich Jenna. Frau Wissbach klingt fürchterlich nach Feierabend.«
»Ach, das ist ja wunderbar«, freute er sich und stand auf. »Darf ich vorher noch schnell für kleine Jungs?«
»Augenblick, ich muß nur was wegräumen«, sagte ich und plazierte blitzschnell die Tube Filz-Ex aufs Waschbecken. Sie war schon drei Jahre alt, eine chemische Keule gegen ein krabbelndes Souvenir von Miko aus Griechenland, die ich noch immer als Abschreckung für unerwünschte Bewerber benutzte. »Jetzt können Sie«, sagte ich strahlend.
Schilowsky strahlte nicht, als er beim Herauskommen einen offensichtlich klemmenden Reißverschluß hochriß. Sein Ton war kühler, als er mich fragte: »Nehmen wir ein Taxi oder verzichten wir aufs Trinken?«
»Ein Taxi«, sagte ich blitzschnell. Nüchtern würde ich diesen Abend nicht überstehen. »Ich brauche abends mein Gläschen Wein.«
Da man mich im *Rain Forest* kannte, knipste ich meine distanzierteste Körpersprache an, eine, die auch dem entferntesten

Kellner andeuten sollte: »Ich kann nichts dafür. Er ist mir zugelaufen.«
Ich wählte den Stuhl mit Blickrichtung übers Lokal und sah zu meinem eisigen Erschrecken, wie Heinrich Faltermeyer gerade hinter dem Maître vorbeischaute und in meine Richtung steuerte. Neben ihm, die rotlackierte Kralle besitzergreifend auf seinem Arm, bewegte sich meine Kollegin Sandra Örtel auf hohen Hacken wie eine MM für ganz Arme – direkt zu unserem Nachbartisch!
»Wie sind Sie zum Schreiben gekommen?« fragte Schilowsky gerade, da schob sich Heinrich bereits neben mich.
»Die Welt ist doch ein Dorf«, meinte er, und ich glaubte, aus seiner Stimme eine mittelgroße Prise Schadenfreude herauszuhören. »Willst du mir deinen Begleiter nicht vorstellen?«
»Hans Schilowsky«, sagte ich kühl. »Mein Kollege Heinrich Faltermeyer.«
»Sie schreiben auch?« fragte mein Horror-Date, und Heinrich antwortete süffisant: »Ich bin Ressortleiter und immer auf der Suche nach frischem Blut.«
Inzwischen stand Luigi, mein Lieblingskellner, mit gezücktem Block vor meinem Tisch. »Was darf's sein, Lady Jenna?«
Da ich gerade deprimierende Momente vor dem Kabinenspiegel von Karstadt verbracht hatte, wo ich mir einen neuen Badeanzug kaufen wollte, statt dessen aber feststellte, daß mein untrainierter Körper immer weiter südwärts wanderte, ohne meine Erlaubnis, sagte ich bedauernd: »Diesmal nur einen großen Salat und eine Nachspeise.« Schilowsky räusperte sich: »Dann darf's für mich ein bißchen mehr sein. Ich beginne mit einer Lachscremesuppe, danach Rucolasalat mit Walnüssen, dann ein Pfeffersteak mit Folienkartoffel. Beim Dessert bin ich noch unentschieden. Das war's erst mal.«
Der Blick von Heinrich wurde immer fröhlicher. War das eben ein Zwinkern? Da er meine Bewirtungen abzeichnete, mußte ich dieses Dinner selbst bezahlen. Ich haßte ihn, zumal ich

nicht wußte, wie ich ihm morgen diese Peinlichkeit erklären konnte. Ein alter Sandkastenfreund? Ein heißer Informant aus dem Müsliladen?
Der Salat und die Suppe kamen. Ich griff zur Serviette, als plötzlich eine Gabel über meinem Teller kreiste. Mit einem fröhlichen »Ich darf doch?« stieß Schilowsky zu und spießte blitzschnell Tomaten-, Gurken- und Champignonscheiben auf. »Ich eß am liebsten von andern Tellern«, sagte er fröhlich, und wenn es für Unlustmorde nur zwei Jahre gegeben hätte, er hätte mit dicken Würgemalen am Hals unterm Tisch gelegen.
Mir war der Appetit vergangen, ich griff zum Brotkorb. Ich wollte nur noch eins – diesen Abend abkürzen und möglichst schnell, nur ich und mein Sheldon, im Bett liegen. Stella, meine polnische Putzfrau, war dagewesen, das Bett also frisch bezogen. Wie ich mich nach meinem kühlen Laken sehnte!
Also würde ich Schwein sein. Ich räusperte mich, Heinrich sah mich an, ich nickte kurz und stand auf mit einem: »Bin gleich wieder da.«
Vorm Zigarettenautomaten trafen wir uns. »Was willst du?« fragte er.
»Rate mal«, sagte ich, »deine fieseste Kreativität wird verlangt. Sei also ganz du selbst.«
»Ich verstehe«, sagte er, »aber dafür schuldest du mir einen.«
»Wenn du mich von diesem Alptraumtyp befreist, blas ich dir sogar einen«, lächelte ich ihn an. Leicht errötet zog er eine Packung Marlboro und kehrte an seinen Platz zurück.
Ich ging zwecks Tarnung aufs Damenklo, wo ich auf der Brille etwas abtröpfelte und dann den Wasserhahn laufen ließ, ohne mir die Hände zu waschen. Es war einer meiner vielen kleinen Zwänge, daß ich, auch wenn nur ein Klo besetzt war, das Händewaschen zumindest vortäuschen mußte. Warum ich mir nicht entweder die Hände wusch oder einfach so rausging, wußte nur die liebe Göttin. Gern hätte ich mal Mäuschen auf einem Männerklo gespielt, mit Geruchsschutz natürlich.

Schaut mann hin, wenn neben ihm einer rausgeholt wird? Werden schnelle Vergleiche angestellt? Die meisten Männer, die ich dazu befragt habe, sagen, klar; man ist froh, wenn der eigene gut abschneidet. Aber wie ist die Etikette, wenn der Chef neben dem kleinen Angestellten steht? Wird immer abgeschüttelt?

Ich drehte den Hahn zu, ging raus, setzte mich wieder. Heinrich und Schilowsky waren in ein offensichtlich anregendes Gespräch vertieft, Sandra blies gelangweilt Rauchringe in die Luft. »War wohl nichts mit dem Anbiedern beim Chef«, dachte ich schadenfroh, denn Sandra war erstens erst 23, was sie mir schon überaus unsympathisch machte, und hatte außerdem was mit Prieß gehabt, als seine Frau ihn wegen eines Yogalehrers für ein paar Monate verlassen hatte. Alle frauenbewegten Kolleginnen, und das war bei uns, Göttin sei Dank, die Mehrzahl, schnitten sie betont, alle drüsenbestimmten Männer liebten sie.

»Darf ich Ihnen eine Kostprobe meines literarischen Schaffens vorlesen?« fragte Schilowsky gerade und zog einen Spiralblock aus der Jackettasche. Ich zündete mir eine Zigarette an. Fast hätte ich mich bei seinen ersten Worten verschluckt.

»Würgend forschten eure Leiber, quietschend freudig in die Tiefe, Zeus, o Donner Schornstein spring, trotz dem Ziegelhagel furchtsam, o du mein kratziges, weißes Hartes. Willst Odem pressen in das All? Hör den trockenen Regen und schau die kalte Sonne, grün tanzen ihre Strahlen durch die Warzen der Erde.«

Im Lokal war es ruhig geworden, denn die Dichterstimme vibrierte laut und gefühlvoll. Heiß war mir, heiß, als plötzlich Sandra ihre Stimme erhob: »Dunstend atmet Göttersonne, klagend in den Morgentau. Frösche springen, Flöhe husten, als Gott den Mann erschuf.«

Verblüfft schaute ich sie an. Das hätte glatt von mir sein können.

»Wunderbar, ganz wunderbar«, sagte Schilowsky, der inzwischen seinen Block zurück in die Tasche gesteckt hatte und genußvoll sein Pfeffersteak attackierte. »Hätten Sie vielleicht Interesse an meiner privaten Gedichtsammlung?«
»Jederzeit«, grinste Sandra, während ich als halb überzeugte Vegetarierin angewidert beobachtete, wie er ein Stück Kartoffel im herauslaufenden Blut zerquetschte.
»Sind Sie eigentlich Rechts- oder Linksträger?« fragte ich beiläufig und schaute Heinrich auffordernd an. Dein Einsatz, Junge.
Schilowsky schluckte. »Meistens rechts«, flüsterte er dann. »Ist es nicht ein bißchen früh für eine solche Frage?«
»Jenna, bringst du den armen Jungen in Verlegenheit?« fragte Heinrich – endlich – von Tisch zu Tisch. »Sie kann sehr direkt sein«, erklärte er dann in Schilowskys Richtung. »Im Vertrauen – sie ist sexbesessen, drei-, viermal die Nacht ist Durchschnitt bei ihr. Dabei ist sie superfruchtbar und muß wahnsinnig aufpassen. Wieviel Abtreibungen hast du schon hinter dir, Kollegin?«
Ein bißchen dick aufgetragen, aber nicht schlecht. »Nun übertreib nicht, Heinrich«, lächelte ich, »mehr als elf, zwölf werden's nicht gewesen sein.« Schilowsky war still geworden. Der Todesstoß war fällig, ich wollte ins Bett.
»Hast du eigentlich, na, du weißt schon was, auskuriert?« fragte Heinrich. Gutes Timing, ich konnte nur hoffen, daß er mein Angebot am Zigarettenautomat nicht ernst genommen hatte.
»Noch nicht ganz«, antwortete ich zuckersüß, »und du?«
Luigi erschien mit der Dessertkarte. Ich entschied mich, ungern, für das Früchtemedley, und schob, als es kam, den Teller dicht an den Tischrand – als Schutz vor ungebetenen Mitessern. Zu spät. »Nur ein bißchen Himbeere«, sagte Schilowsky, und seine Augen glitzerten böse. »Das wird ja wohl nicht ansteckend sein, oder?«

Sie ging, ihren Ritter von der traurigen Gestalt im Schlepptau, und selbst in Jeans und weißer Bluse sah sie unglaublich süß aus. Wir lagen auf meinem Sofa, im Kamin knisterte das Feuer, und sie flüsterte: »Nimm mich, Heinrich, ich kann's nicht mehr aushalten ...« Ich seufzte und mußte plötzlich husten. Eine Rauchwolke riß mich unsanft aus meinen Träumen.

»Aufwachen, Heinrich!« drang Sandras etwas schrille Stimme an mein Ohr. »Wollten wir nicht über meine Serie reden?«

Schreck, laß nach. Diese lächerliche Serie. Sie sollte »Männer, die es geschafft haben« heißen, und Prieß, der ein treuer Ehemann war und deshalb nur beruflich die Sau rausließ, war ganz scharf darauf. Untertitel: »Flirtgespräche mit den Mächtigen der Welt«, dazu ein Foto von Sandra, möglichst mit Ausschnitt bis zum Bauchnabel, in den fasziniert ein wichtiger Boß glubscht, während er vor lauter Geilheit Intimstes aus Politik und Wirtschaft preisgibt.

Sandra, noch neu im Geschäft, brannte natürlich in den Startlöchern. Das Mädel war mir ein Rätsel. Es eilte ihr zwar der Ruf voraus, daß sie nur deshalb bei *Dolce Vita* gelandet sei, weil sie, so wurde geflüstert, in der Horizontalen aus kleinen, schlaffen Ringelwürmern zischende Schlangen machen konnte, aber niemand wußte besser als ich, wieviel in der Branche gequatscht wurde.

Meine Kenntnisse ihrer beträchtlichen Wiederbelebungsfähigkeiten waren rein theoretisch, und ihr Angebot, bei einem Glas Wein die Einzelheiten der Serie zu besprechen, hatte ich nur angenommen, weil mein Kühlschrank leer und das *Rain Forest* auf meinem Heimweg lag. Sandra war erst 23, und meine Libido hatte noch nie auf Jungfleisch angesprochen. Beim Wein, beim Käse und bei den Frauen liebte ich es reif. Meine Kollegen, die meisten verheiratet oder sonstwie an der Leine, hatten nach ein paar feuchtfröhlichen Nächten ihre zischenden

Schlangen einziehen bzw. wieder exklusiv an der Heimatfront einsetzen müssen, und da Ringelwurmmänner meistens feige Männer sind, zogen bei der Themenkonferenz, als ein betreuendes Ressort für die Serie gesucht wurde, alle ihren, wie auch immer geformten, ein, und ich war feuchter Sieger geblieben.
»Wie haben Sie sich denn die Sache vorgestellt?« fragte ich. »Wieviel Folgen, welche Leute?« Eine rein rhetorische Frage, denn ich hatte, damit die Sache nicht allzu peinlich wurde, bereits bei den wichtigsten Wirtschaftsbossen anrufen lassen und versucht, Termine zu machen; die meisten hatten abgesagt, weil wir als Weiberblatt galten, das von der Branche ohnehin nicht gelesen wurde.
»Ich dachte an Helmut Kohl, und dann frag ich ihn gleich, ob er es auch noch mit seiner Hannelore treibt«, strahlte sie mich an.
»Ein guter Anfang«, meinte ich, »das wird den Leser sicher interessieren.«
Da ich wußte, daß die Mischung Sandra – Mächtige mit Sicherheit hochbrisant werden würde, aber bestimmt nichts für unser Familienblatt war, wollte ich ihr, um diese leidige Sache auf eine gefahrlose Schiene zu bringen, eine Alternative anbieten, die ihren besonderen Fähigkeiten mehr entgegenkam.
»Sexgespräche mit Sandra«, sollte sie heißen, und als erste Partner hatte ich an Udo Jürgens und Julio Iglesias gedacht.
»Heinrich, ich habe ganz präzise Vorstellungen von dieser Serie. Pro Folge plane ich zwei Wochen, denn ich will soviel Freunde, Feinde, ehemalige Geliebte etc. interviewen wie möglich. Was sagt die Klofrau über Björn Engholm? Gibt er Trinkgeld? Hat er beim Abitur geschummelt? Der Leser hat ein Recht auf diese Information.«
Gott, wie jung das klang! War ich auch mal so gewesen? Und ob Jenna jetzt wirklich allein die Laken küßte? Langsam driftete ich weg ...
»Ich hätte Lust auf eine Tasse Kaffee«, lächelte Sandra und

rutschte näher. »Du hast da was«, jetzt war sie atemnah, »laß mich das mal fortpusten.« Mir blieb ein bißchen die Luft weg, als ich meine Kreditkartenrechnung unterschrieb, und etwas weiter unten wurde es gefährlich eng. Gott sei Dank war mein Jackett lang genug.

Ich wohnte in einer Villenetage in Othmarschen und hatte zum Glück vor zwei Tagen mein Bett frisch bezogen. Das hatte ich nämlich, weil ich allein wohne und Hausarbeit nicht meine Stärke ist, schon einmal so lange vergessen, bis ein weiblicher Besuch am Kissen schnüffelte und fragte: »Hat vor mir ein Puma hier geschlafen?«

Da ich nicht oft zu Hause bin, ist meine Dreizimmerwohnung spärlich möbliert und eindeutig bettdominiert. Fast alle meine Aktivitäten spielen sich auf meiner von einem Tischler aus Ehestorf angefertigten 2,50 mal 2,50 Meter großen Lustwiese ab. Ein Fernseher mit Video steht davor, ich esse und trinke im Bett, telefoniere dort und schreibe Briefe auf meinem Apple-Computer. Als wir eintraten, wollte ich schnell die Tür zum Schlafzimmer schließen, aber Sandra war schneller.

»Wow«, sagte sie und setzte sich auf die Bettkante. »Feierst du hier Orgien, oder schläfst du diagonal?«

Ihr Rock, der nicht länger war als mein Augenlid, war inzwischen so weit hochgerutscht, daß mich die zarte Farbe ihres Schlüpfers – türkis – zum Taschentuch greifen ließ. Leichte Schweißperlen auf der Stirn warnten mich: Heinrich, laß ab. Du bist dieser Sache nicht gewachsen. Du bist ein netter Kerl, ein Dackel, meinetwegen ein Terrier, aber kein Windhund.

Zu spät, Minimax verlangte sein Recht. Ich setzte mich neben sie und sagte: »Worauf hast du jetzt Lust?«

»Auf dich«, antwortete sie ...

»Heinrich, hören Sie mir noch zu? Können Sie das Essen absetzen, oder wollen wir zwei Rechnungen?«

Ich zückte meine Kreditkarte und bezahlte. Erst dann merkte ich, daß Sandra die ganze Zeit Jennas Gesicht gehabt hatte.

An ihrer Stimme hörte ich, daß sie dieses Gespräch gern allein geführt hätte. Also holte ich eine Zeitung und setzte mich. Meine Frau klang so gekünstelt wie Schlagsahne aus der Sprühdose: »Hallooooo. Das ist wirklich eine Überraschung! Wie haben Sie denn meine Nummer bekommen? Aus dem Telefonbuch? Natürlich!«
Was war mit Marie los? Ihre Ohrläppchen leuchteten rosa, so wie sonst nur ich sie kannte. Man beachte die Vergangenheitsform. Ich schaute sie an, meine Frau, die Mutter meiner drei unerzogenen Kinder, wie sie dasaß, die Beine übereinandergebrezelt, wie immer, wenn sie nervös war, das lange, blonde Haar mit Gummiband zum Pferdeschwanz gebunden, und ich liebte sie immer noch, heiß, heftig, hilflos.
»Wer war das denn?« fragte ich beiläufig, als sie mit einem »Vielen Dank für den Anruf, jederzeit, ciao«, den Hörer auf die Gabel schmiß. »Das war Tony Cazzone«, sagte sie und stand auf.
»Verarsch mich nicht«, sagte ich ein bißchen ärgerlich, denn ihre Ohrläppchen waren immer noch rosa, »warum sollte der dich denn zu Hause anrufen?«
Sie hatte inzwischen den Staubsauger angestellt und rief etwas aus dem Kinderzimmer.
»Was hast du gesagt?« brüllte ich.
»Er will ein paar Abzüge, weil er mich seinen Leuten fürs Plattencover vorschlagen will«, schrie sie zurück.
Ich ging ins Kinderzimmer und stellte den Staubsauger ab. »Und warum bist du dabei so rot geworden?«
»Weil das für mich 'ne tolle Chance ist«, sagte sie und schaute mir fest ins Auge. »Bist du auf deine mittelalterlichen Tage etwa eifersüchtig?«
Als ich wieder über meiner Zeitung saß – Joschka Fischer war wieder hessischer Umweltminister geworden, und sein feistes

Grinsgesicht wollte satirisch bearbeitet werden –, dachte ich über die Frage nach. War ich wirklich eifersüchtig? Nur weil ein Schnulzenfuzzi mit Puddingabitur und Schmerbauch bei ihr angerufen hatte? Sie hatte nach all den Jahren, in denen sie vor Hotels und Restaurants herumgelungert hatte, wirklich eine Chance verdient.

Das Telefon klingelte wieder. Verdammt. In meiner Hierarchie der möglichen Schreckensgespräche kam Hans-Jürgen Sachs vom *Berliner Morgen* direkt nach meiner Schwiegermutter.

»Schwiegersohn«, schrillte es in meine Ohrmuschel, »kritzelst du gerade eure Brötchen zusammen?«

Ich seufzte. Sie hatte mich jahrelang Maries Nullösung genannt, weil sie immer einen Diplomaten oder zumindest einen Chefarzt für ihre Jüngste im Auge gehabt hatte. Für jede Anwandlung von schwiegermütterlichem Humor war ich also dankbar.

»Willst du deine Tochter sprechen, Anneliese?«

»Moment«, rief sie, »nicht so schnell, junger Mann. Ich brauche deinen Rat, deinen männlichen Rat.«

Resigniert legte ich meinen Stift zur Seite. »Ich bin ganz Ohr, Schwiegermutter.«

Es klickte am anderen Ende, dann ein langes Pusten: Sie hatte sich also, gegen den ausdrücklichen Rat ihres Hausarztes, eine Zigarette angesteckt und richtete sich auf ein längeres Gespräch ein. »Eine Frage«, sagte sie, »ganz ehrlich. Bis zu welchem Alter sollte eine Frau sexuell aktiv sein?«

Ich hielt den Hörer vom Ohr ab. Hatte ich richtig gehört?

»Warum interessiert dich das plötzlich?« lachte ich. »Hast du einen neuen Verehrer, der dir an die Wäsche will?«

Sie schwieg, ich wartete, Joschka bekam ein weiteres Kinn. Er sah jetzt aus wie eine schwangere Teewurst.

Die Stimme von Anneliese klang zögernd. »Es ist ein bißchen delikat, deshalb will ich nicht mit meinen Töchtern darüber reden«, sagte sie. »Du weißt, wie sich Marie immer gleich aufregt und wie streng Jenna mit mir ist, obwohl ihr Leben wirklich kein Vorbild ist. Ein Mann, dachte ich, ist in diesen Fragen objektiver.«

»In welchen Fragen, Anneliese?« hakte ich nach. »Sei bitte etwas deutlicher, sonst kann ich dir nicht helfen.«

Schweigen. »Bist du noch dran?« Ein neues Feuerzeugklicken. Sie mußte wirklich nervös sein. »Ich habe einen Mann kennengelernt«, sagte sie schließlich.

»Aber das ist doch wunderbar!« rief ich. »Wo liegt da das Problem? Die Verhütungsfrage kann es ja wohl nicht mehr sein.«

»Der Mann ist jünger als ich«, sagte sie, »ich weiß nicht, wie ich mich verhalten soll.«

»Wieviel jünger?« fragte ich vorsichtig. »Du bist 59, da brauchst du niemandem mehr Rechenschaft abzulegen. Wie alt ist dein neuer Verehrer denn? 50, 55? Hallo, bist du noch dran?«

Schweres Atmen. »Halt dich fest, Schwiegersohn«, sagte sie endlich, »wir haben gestern seinen 40. Geburtstag gefeiert.«

»Was?« schrie ich, und als Marie herbeistürzte mit einem fragenden Ausdruck im Gesicht, winkte ich nur ab und sagte: »Sachs will die Zeichnung in einer Stunde.« Dann senkte ich die Stimme und flüsterte in den Hörer: »Und – hast du Lust auf ihn?«

Sie seufzte. »Sehr.«

»Dann tu's«, sagte ich, und meine 59jährige Schwiegermutter gluckste und sagte: »Danke. Bitte sag den Mädchen noch nichts. Versprich's mir.«

»Keine Sorge«, flüsterte ich, obwohl ich am liebsten gleich mit der Neuigkeit herausgeplatzt wäre.

Marie hatte endlich mit Staubsaugen aufgehört. »Ich muß mal wieder bei Mutti reinschauen«, sagte sie im Vorbeigehen. »Ich war seit einer Woche nicht da, sie wird einsam sein.«

»Ich würde vorher anrufen«, meinte ich nur. »Auch deine Mutter hat Termine.«

»Mutti?« rief meine unschuldige Frau. »Was soll Mutti schon für Termine haben? Ihre Doppelkopfrunde tagt mittwochs und freitags.«
Ich sagte nichts mehr.

★ *Sex ist wie Geld – selbst wenn es schlecht ist, ist es gut.* ★

Michael

Zwischen mir und Inken herrschte dicke Luft, was daran lag, daß sich in den letzten Wochen die Anrufe von Uta Kaiser gehäuft hatten. Utas Ton war im Laufe meiner Nebentätigkeit bei Dr. Ahrends immer vertraulicher geworden, aber das Maß war endgültig voll, als ich vor ein paar Tagen ihren Anruf auf dem Sofa entgegennahm, wo ich gerade meiner Kleinen eine Fußmassage verpaßte, und Uta mich fröhlich mit »Hi, Spermie, dein Typ ist gefragt«, begrüßte. Ich hatte mir das zwar streng verbeten, aber Inken hatte mitgehört und wurde danach ganz still. Sie keifte nicht, sie machte keine spitzen Bemerkungen, sie gab mir auch keinen dieser harten Handkantenschläge aufs Bein, was sie gern tat, wenn sie ganz besonders wütend war – sie stand auf mit einem: »Was gibt's im Fernsehen?« Das beunruhigte mich mehr als alles andere, denn Inken ist eine Frau, die trotz eines ausgeprägten Harmoniebedürfnisses keiner Auseinandersetzung aus dem Weg geht – diese trügerische Art von Ruhe paßte nicht zu ihr.
Sie blieb so. Manchmal ertappte ich sie dabei, wie sie mich mit zusammengekniffenen Augen musterte, wie ein altes Kleidungsstück, von dem man nicht genau weiß, ob man es ausmustern soll oder nicht. Also war ein Festessen angesagt. Ich gelte als passabler Hobbykoch, und noch heute schwärmt Inken von unserem ersten Abend.
Ich hatte vorher den ganzen Tag in meiner Junggesellenküche gestanden, geschnippelt und gebrutzelt. Es gab Karotten-Ing-

wer-Suppe mit langen, feuchten Küssen, dann Rapunzelsalat mit Inkenbrüstchen, danach ein längeres Sex-Sorbet, anschließend eine Lammkeule mit Gorgonzolasauce im Schlafrock, danach nichts mehr, denn wir waren so satt und zufrieden, so ausgepumpt und glücklich, daß mein Bananenparfait mit Himbeersauce auf dem Küchentisch vor sich hin schmolz.

Inken, die 120 Pfund wog, was bei einer Größe von 1,78 m richtig gut in der Hand liegt, lebte noch Wochen später von Hühnerbrühe und Magerquark. Sie war besessen von dem kleinen Bauchhügel, an dem sie jeden Abend hinunterblickte, um zu prüfen, ob sie, wenn sie aufrecht dastand, ihre Schamhaare sehen konnte oder nicht. Wenn nicht, war die Nacht im Eimer. »Ich bin zu fett, ich komm nach meiner Mutter«, jammerte sie dann, und ich konnte mich ihr nach dem Zähneputzen nur nähern, wenn ich sie mit dem immensen Kalorienverbrauch von horizontaler Betätigung überzeugen konnte. »Was bringt mehr, normal oder oral?« fragte sie mich, und ich sagte immer: »Oral, mindestens 300 Kalorien mehr«, was eine glatte Lüge war. Das meiste brachte wahrscheinlich Auspeitschen, aber dafür waren wir beide nicht kinky genug.

Für heute abend hatte ich deshalb chinesisch geplant. Ich schob meinen Wagen durch die Supermarktreihen, Richtung Gemüseabteilung, wo ich Erbsenschoten, Paprika und Champignons suchte. Eine Tüte wilden Reis, Olivenöl, Reisschnaps. Ich war so in Gedanken versunken, daß ich den Stoß erst spürte, als ich bereits mit einer Flasche Balsamessig auf ein Arrangement von Ananasdosen zuschoß und mein rechter Handballen beim Aufprall schmerzhafte Bekanntschaft mit dem abgebrochenen Flaschenhals machte.

»Verdammt, passen Sie doch auf!« schrie ich wütend, und während ich beim Scherbenabklopfen hoch- und auf die verlegen dastehende Frau blickte, wurde ich stutzig. Dieses leuchtendrote Haar, die vielen Sommersprossen, der üppige Busen,

alles kam mir bekannt vor, aber gleichzeitig wußte ich, daß ich sie nicht genauer kannte. Sie war weder eine Kommilitonin, noch bodybildete sie sich in meinem Fitneßstudio. Wer war sie?
»Entschuldigen Sie«, die Stimme – weich, mit einem leichten Lispler – war mir unvertraut, »ich war mit meinem Kind beschäftigt und habe nicht aufgepaßt. Haben Sie sich verletzt? Ich bin haftpflichtversichert, das ist also kein Problem.«
Kind, welches Kind? Da hörte ich ein kleines, schrilles Japsen, das sofort in einen hohen Klagelaut überging. Es kam aus dem kleinen Bündel, das zwischen dem Blumenkohl und einer Riesenpackung Pampers for Boys in der Einkaufskarre meiner Unbekannten lag. Sie nahm es hoch, legte es über die Schulter und stieß diese kleinen, idiotischen Muttertöne aus. Das Baby, noch in dem Winzalter, in dem richtige Männer nichts damit anfangen können, blinzelte in meine Richtung. Dunkelblaue Augen, genau wie meine. Ein häßliches Kind, aber schnurzelig. Unwillkürlich streckte ich meinen Zeigefinger in seine Richtung und stupste vorsichtig an den kleinen Fleischhaufen, der später seine Nase werden würde. Die Mutter stand still da und schaute mich erleichtert an. Plötzlich wußte ich, woher ich sie kannte, und mir brach der kalte Schweiß aus. Sie war eine Patientin von Dr. Ahrends, ich hatte sie im Wartezimmer gesehen!!!!
Also mußte ihr kleines Frischgeschlüpftes von einem seiner leichten Nebentäter sein. Vielleicht sogar von mir.
Mein Herz klopfte so laut wie ein billiger Wecker, als ich mir das rosa Würmchen ganz genau anschaute. Diese blauen Augen, die zarten Hände mit den langen Fingern, das war die Miniaturausgabe von mir, Produkt meiner Erbanlagen, das war der Enkel einer Oma, die keine Ahnung von seiner Existenz hatte. Ich merkte, wie mich seine weiblichen Erbanlagen anschauten, aber kein Vergleichen, kein schreckhaftes Erkennen lag in ihrem Blick.

»Wie niedlich!« brachte ich heraus. »Ist es ein Junge oder ein Mädchen?«
»Ein Junge«, sagte sie stolz, »der Augapfel meines Mannes, auf den wir lange gewartet haben.« Sie reichte mir die Hand, sagte: »Nochmals Entschuldigung«, und verschwand in Richtung Kasse.
Ich schaute ihr hinterher. Mir war sehr merkwürdig zumute. Wenn dies tatsächlich mein Sohn war, würde ich ihn wahrscheinlich nie wiedersehen, und wenn doch, vielleicht durch einen so dummen Zufall wie diesen, dann hätte ich kein Recht auf ihn. Nicht, daß ich plötzlich unbekannte Vatergefühle entwickelt hätte, nichts lag mir ferner. Kleine Kinder waren für mich lästige Wesen, die sich vollpupsten, einem stinkende Flecken auf teure Pullover kotzten, die selbst nach der Reinigung weitermüffelten und die einen nie ausreden ließen. Und doch – ein komisches Gefühl, über das ich mit niemandem sprechen konnte. Es war das erste Mal, daß ich mit den – möglichen – Konsequenzen meiner leichten Nebentätigkeit konfrontiert wurde. Bislang hatte ich, unbeleckt von Gewissensbissen, meine Ergüsse geliefert und nie darüber nachgedacht, daß die kleinen, glibschigen Häufchen, die ich über den Tresen von Dr. Ahrends schob, potentielle Lebensspender waren, die mir möglicherweise Monate später im Supermarkt zahnlos entgegenlächelten, die in Familien gehörten, deren männlicher Teil sich als Vater meines biologischen Kindes fühlte. Ob ihre Familien und Freunde die Wahrheit ahnten? Oder ob sich alle über dieses »Wunderkind« freuten, das nach all den Jahren des Wartens und Probierens »überraschend« doch noch eingetroffen war?
Während ich an der Kasse stand und bezahlte, wußte ich, daß ich diesen Nachmittag für mich behalten mußte. Kein Mensch, am allerwenigsten Inken, durfte davon erfahren.
»Wo warst du denn so lange?« begrüßte sie mich aus der Badewanne. Ihre Fußnägel waren frisch lackiert, die Beine

hochgelagert. Sie rauchte, auf dem Wannenrand stand ein halbvolles Weinglas. Es wirkte sehr plauschig und auf eine gemütliche Weise erotisch.

»Hast du eigentlich Lust auf Kinder?« fragte ich, während ich mich aufs Klo setzte und einen Schluck aus ihrem Glas trank. Sie seufzte und rutschte weiter in die Wanne. »Wie kommst du denn jetzt da drauf?« sagte sie schläfrig. »Wir sind doch erst Anfang Zwanzig, das war doch noch nie ein Thema für uns.«

»Ich meine ja auch nicht sofort, ich meine prinzipiell.«

Pause. Sie war offensichtlich in ihrer Badestimmung gestört und hatte keine Lust auf existentielle Gespräche. »Irgendwann sicher«, meinte sie träge, »aber es müssen keine eigenen sein. Ich würde wahrscheinlich adoptieren. Es gibt so viele Kinder in der Dritten Welt, die sonst auf der Straße sterben würden.«

Ich stellte das Glas ab. »Aber hättest du nicht gern ein Kind, das was von dir und mir hätte, meine Augen, deine Nase?«

»Bestimmt nicht«, sagte sie, »so schön sind wir wirklich nicht. Außerdem tust du schließlich genug für die Verbreitung des königlichen Erbguts. Warum fragst du überhaupt?«

»War nur so ein Gedanke«, sagte ich, ging in die Küche, packte meine Tüten aus, stellte fest, daß ich Kalbfleisch und grünen Pfeffer vergessen hatte, und improvisierte vegetarisch. Inken war sowieso nur ein sehr zögerlicher Fleischesser.

Sie war überhaupt sehr zögerlich, ein Mensch, der Spannung und Streß verabscheute und den der liebe Gott wahrscheinlich als Sofarolle gedacht hat. Ich liebte ihre Ruhe, die sie, wenn ich unter Strom stand, wie ein warmes Kuscheltuch über mich breiten konnte, ihre Gelassenheit, wenn ich ausflippte, wenn mich die Fliege an der Wand zur Weißglut brachte. Nur manchmal, wenn mir nach Drama und Leidenschaft zumute war, dann hätte ich sie gern aufs Bett geworfen, ohne zu hören: »Paß auf die Bügelwäsche auf.«

Während ich Öl auf die Paprika tropfte und im Kühlschrank

nach Kapern suchte, dachte ich zum erstenmal darüber nach, wie mein Leben wohl mit einer anderen Frau aussehen würde. Mit einer Frau, die gern ein Kind von mir hätte.
Zumindest theoretisch.

Anneliese

Die Doppelkopfrunde, bestehend aus vier Frauen – Anneliese, Trudi, Ingrid und Karin, eine verwitwet, eine geschieden, zwei gelangweilt verheiratet –, traf sich zwei- bis dreimal die Woche bei Anneliese Wissbach. Vier gut erhaltene Mittfünf- bis Sechzigerinnen, die die Wechseljahre, fremdgehende Ehemänner, anstrengend pubertierende Kinder und die Illusion einer ewigen Jugend hinter sich hatten und vom Leben nur noch erwarteten, daß es so weiterging wie bisher – ein angenehmes Gleichmaß der Tage, ein leichtes Zwacken hier und da, jedes Jahr im Winter ein paar Wochen nach Florida und im Sommer an den Faaker See oder zur Kur nach Bad Füssing. Männer spielten in diesem Leben eine untergeordnete Rolle, soweit sie nicht entweder verstorben waren oder sich mit einer Jüngeren lächerlich machten.
»Hab ich euch schon das Neueste von meinem Ex erzählt?« fragte Trudi und schob sich genüßlich eine Käseschnitte in den Mund. »Seine Freundin, die Friseuse mit dem Überbiß, hat sich die Spirale rausnehmen lassen.«
»Kreuzbube, der Topf ist meiner«, rief Ingrid ungerührt und schmiß die Karte auf den Küchentisch. Sie kannte sämtliche Varianten von Trudis nachehelichen Klageliedern in- und auswendig. »Was kümmern dich ihre Verhütungsmethoden, Trudi. Vielleicht will sich deine Nachfolgerin sterilisieren lassen. Sie ist zwar 15 Jahre jünger als du, aber mit 41 ja auch kein Frühlingsküken mehr.«
Trudi schluckte kurz und trocken, aber sie beschloß, sich nicht

anmerken zu lassen, wie diese kleine Spitze sie ärgerte. Ingrids Ehemann Erwin, den die anderen Kartenschwestern hinter ihrem Rücken den »Pinguin« nannten, hatte das Temperament einer Wanderdüne. Er war schon seit sechs Monaten im Ruhestand und immer noch im Stadium des »Pottkiekers«, was die Magenschleimhaut seiner langjährigen Ehefrau regelmäßig vibrieren ließ. Seine ständige Gegenwart, sein fortwährendes Einmischen in Dinge, die sie jahrzehntelang selbst entschieden hatte (»Wären die Fenster nicht mal wieder fällig?« – »Ich hab das Bügeleisen ausgeschaltet, damit es das Brett nicht ansengt.« – »Du fährst bereits 40, Liebes, leg doch den dritten Gang ein!«), hatten sie reizbar, aggressiv und ungeduldig gemacht. Die Doppelkopfrunde bei Anneliese war im Augenblick ihre einzige Zuflucht.

Trudi lächelte so siegesgewiß, als ob sie die Herz-Zehn ausspielte. »Du irrst dich, meine Liebe. Fräulein Überbiß hat sich die Spirale rausnehmen lassen, weil sie ein Kind will. Von meinem Hans-Peter.«

»Er ist nicht mehr dein Hans-Peter«, stellte Anneliese trocken fest. »Ihr seid seit 17 Jahren geschieden. Wer hat dir das überhaupt erzählt?«

»Eine Kollegin, die im gleichen Salon gearbeitet hat«, antwortete Trudi, und plötzlich sah sie grau und müde aus. Ihre Ehe war kinderlos geblieben, was an ihr lag; eine Wunde, die sie geschlossen glaubte und die wieder aufgebrochen war. Es war still im Raum, nur die herumrührenden Löffel in den Kaffeetassen klickerten.

»Mit 41 Jahren ist der Saft so gut wie raus«, tröstete sie Ingrid, »außerdem steht dir die Hälfte seiner Rente zu, und sein Kind kriegt gar nichts.«

Das Telefon klingelte. Anneliese erhob sich. »Wissbach.« Ihr Blick war leicht gehetzt, als sie fragte: »Du willst jetzt vorbeikommen? Meine Doppelkopfrunde tagt. Okay. Bis gleich.« Sie legte den Hörer auf und sagte, einen Touch zu beiläufig: »Ein

Bekannter kommt kurz vorbei. Er will die Mozartplatten abholen, die ich mir ausgeliehen habe. Wer gibt?«
Das Trio lauschte dem leicht zitternden Ton nach, mit dem sie ausatmete. Irgendwas war hier schief, und die Neugier, was es war, brannte ihnen unterm Büstenhalter. Eigentlich mußten sie alle nach Hause, aber natürlich blieben sie sitzen.
Sie waren mitten in der nächsten Runde, Karin hatte die beiden Herz-Zehn und einen Kreuzbuben, als es klingelte. »Ich will sehen!« rief Ingrid, während Anneliese zur Tür ging und aller Ohren in den Flur lauschten. Undeutliches Gemurmel war zu hören, dann ging die Tür auf.
»Komm rein!« sagte Anneliese. »Deine Platten liegen auf dem Fernseher.«
Drei graublondmelierte Köpfe drehten sich. Ein junger Mann stand vor dem Sideboard und strahlte sie freundlich an. Er war mittelgroß, und die Platte auf seinem Kopf verdiente eine eigene Postleitzahl, aber seine Haut schimmerte weich und rosig, und um die braunen Augen kringelte sich ein Kranz von Lachfalten. »Guten Tag, die Damen«, grüßte er. »Mein Name ist Jo Steinberger. Störe ich beim Doppelkopf?«
»Überhaupt nicht«, strahlte Trudi, die ein Gespür für pikante Situationen hatte. »Setzen Sie sich doch.«
Es blieb Anneliese, die mit den Mozartplatten in der Hand unschlüssig dastand, nichts anderes übrig, als eine weitere Tasse Kaffee auf den Tisch zu stellen. »Hattest du nicht noch eine andere Verabredung, Jo?« fragte sie und blickte streng auf seinen blanken Hinterkopf hinab.
»In einer Stunde, Liebling«, antwortete er beiläufig, »für eine Tasse Kaffee reicht die Zeit noch.«
Es war ganz still geworden. *Liebling.* Diskret aus den Augenwinkeln heraus beobachtete das Trio, wie sich die Röte in Annelieses Gesicht bis zu den Haarwurzeln hochschob. Ihre Hand, die Kaffee nachschenkte, zitterte. Sie räusperte sich. Keine half ihr, alle warteten.

Sie holte tief Luft, öffnete den Mund, schloß ihn wieder, setzte an: »Jo und ich haben uns vor ein paar Monaten im Café Keese kennengelernt. Wir sind ein paarmal miteinander ausgegangen.«
Jo saß da, trank seinen Kaffee in großen Schlucken und grinste. »Annie und ich« – alle zuckten zusammen, denn so hatte sie nur Karl-Friedrich, ihr Verstorbener, nennen dürfen – »sind gute Freunde, wenn es nach mir ginge, auch mehr als das. Also freue ich mich, endlich einmal ihre Doppelkopfrunde kennenzulernen, obwohl ich eher ein Skatbruder bin.«
Die Damen brauchten ein paar Schreckminuten, um sich auf dieses unerwartete Szenario einzustellen. Mehr als das? Konnte das bedeuten, daß ...? In ihrem Alter? Eine ebenso unappetitliche wie aufregende Vorstellung. Und dann mit diesem Kind!
Trudi, die Resolute, fand als erste die Sprache wieder: »Hätten Sie Lust auf eine Runde Skat? Ingrid und Karin müssen nach Hause, und ich hab schon lange nicht mehr gespielt.«
Doch Jo, der spürte, daß er sich auf gefährlichem Terrain bewegte, schüttelte den Kopf. »Ich muß los«, sagte er bedauernd. »Ein andermal. Auf Wiedersehen, die Damen.« Er stand auf, machte einen angedeuteten Diener, küßte Anneliese auf die Wange. Die Haustür fiel ins Schloß.
»Na???« fragten die Damen im Chor. »Nun erzähl aber mal.«
»Da gibt's nicht viel zu erzählen«, wollte sich Anneliese herausreden, »wollt ihr noch 'n Kaffee?«
»Wir haben so viel Kaffee getrunken, daß uns die Blase platzt«, unterbrach Ingrid forsch, »und zu erzählen gibt's 'ne Menge. Also fang an, eher wirst du uns sowieso nicht los.«
Das Trio gab keinen Mucks von sich, als Anneliese, zögernd und mit leiser Stimme, von diesem Abend erzählte. Wie sie sich nach den Tagesthemen plötzlich so unternehmungslustig gefühlt hatte, ins Taxi gestiegen und zur Reeperbahn gefahren war. Es war ausgerechnet ein Freitag, und die Tanzfläche im Café Keese brechend voll. Sie hatte, um sich Mut anzutrinken,

drei Jack Daniels pur gekippt und sich so leicht und freischwebend wie ein Doppeltwen gefühlt. Als ihr Tischtelefon klingelte, hatte sie entspannt »Hallo, Fremder« gesagt und die angenehme Männerstimme zu einem Drink eingeladen.

»Und?« fragte der Damenchor trisono.

»Dann hat er mich nach Hause gebracht«, meinte Anneliese unschuldig.

Und dann? »Dann hat er mich geküßt.«

Und weiter? »Dann hab ich ihn zurückgeküßt.«

Das Trio mußte verdauen. Keine von ihnen küßte mehr. Ihre Zungen blieben schon seit Jahren im Mund.

»Wußtest du denn noch, wie das geht?« fragte Trudi neidisch.

»So was verlernt man doch nicht«, wies sie Karin schroff zurecht, die mit 54 die Jüngste und, wie sie selber fand, die Attraktivste war. Wie Anneliese hatte sie ihre grauen Haare blondiert und eine Lidstraffung hinter sich, aber ihre letzte Regel war erst zwei Jahre her, und das gab ihr das moralische Recht, sich als Expertin für Sexfragen zu fühlen.

»Jo war zufrieden«, lächelte Anneliese, der diese Unterhaltung absurd vorkam. Sie fühlte sich 45 Jahre zurückversetzt, als sie 14 und noch frühreife Jungfrau war. Das Gefühl der Unsicherheit, der heißen Erwartung damals war nicht unähnlich der Spannung gewesen, die sie jetzt mit Jo spürte. »Und jetzt Schluß der Debatte. Wenn es etwas Neues zu berichten gibt, seid ihr natürlich die ersten.«

»Nur noch eine letzte Frage«, wollte Trudi wissen. »Hast du schon oder wirst du noch?«

»Ich denke noch drüber nach«, sagte Anneliese geheimnisvoll. »Fortsetzung folgt. Wer gibt?«

★ *In dubio pro libido.* ★

Jenna

Im Büro war die Hölle los. Es war Mittwoch, Produktionstag, und die Titelgeschichte über das Model Koko Tann-Jansen – in Leipzig geboren, in New York Karriere gemacht mit Tagesgagen von 10 000 Dollar (es machte mich krank, wenn ich so was las) – war geplatzt, weil die *Bunte* die gleiche Idee hatte. Also Panik. Prieß kreischte durch die Flure und machte alle nervös. Die Ressortleiter flatterten, jeder bot eine abgestandene Story an, die seit Monaten in einer Schreibtischschublade schimmelte und für die man jetzt eine Chance witterte. Faltermeyer bot natürlich mit, wobei sein Vorschlag – »Der diskrete Charme des Tony Cazzone« – noch nicht einmal geschrieben war. In der Themenkonferenz, wo die Chefredaktion und die Ressortleiter um einen großen, ovalen Tisch saßen, vor jedem Sitz ein kleines Mikrofon und die zweite Riege der Schreiberlinge auf Stühlen hinter ihnen, war Heinrich jedenfalls in Hochform: »Ich hab hier ein Psychogramm des Tony-Cazzone-Phänomens, von unserer Edelfeder Jenna – Wein, Weib und Gesang. Die Fotos sind phantastisch, auch Titelmaterial ist dabei.«
»Klingt gut«, knurrte Prieß, »ist sie fertig?«
»So gut wie«, log Faltermeyer, »wir brauchen noch einen Tag.«
Manfred Prieß schlug mit der flachen Hand auf den Tisch, was er in Konferenzen gern tat, wenn er die Stimmung etwas aufpeppen wollte. »Alle Mann mal herhören!« sagte er, was die Frauen fuchste, aber er weigerte sich, »alle Männer und Frauen« oder »alle Menschen« zu sagen, und auch ich fand es ein bißchen übertrieben. »Ich erwarte ein Spitzenheft. Bis morgen

die Coverstory über Tony Cazzone; Jenna, bring deine müden Knochen in Schwung. Außerdem will ich den ersten Serienteil von Sandra; wie sieht's aus?«
Faltermeyer zog das Mikrofon vorsichtig zu sich heran. »Manfred« – er kannte den Chef seit 15 Jahren und war der einzige Ressortleiter, der ihn duzen durfte; im Regelfall duzte Prieß einseitig – »wir haben Kohl so schnell natürlich nicht gekriegt, aber wenn wir an Männer denken, die in Deutschland Einfluß haben, warum nicht eine Stufe tiefer greifen und mit Thomas Gottschalk anfangen?«
»Tiefer greifen paßt gut«, flüsterte ein Volontär und verstummte schnell, als ihn ein wütender Blick des Ressortleiters traf.
»Bist du von allen guten Geistern verlassen, Heinrich?« schnaubte Prieß. »Ich will Powertypen, keine Unterhaltungsfuzzis. Frag Blüm, meinetwegen Joschka Fischer, nur Statur muß der Mann haben, und keine roten Glitzerjacketts tragen. Hat jemand aus dieser eingeschlafenen Runde einen ernstzunehmenden Vorschlag?«
Er blickte sich um, alle starrten vor sich hin, denn keiner hatte. Es war kurz vor Mitternacht, die Aschenbecher quollen über, alle waren gereizt und wollten nach Hause. Prieß seufzte laut. »Hab ich auch nicht anders erwartet.«
Jan Vogel, Klatschreporter mit einem Pauschalvertrag von 3000 Mark im Monat, räusperte sich: »Ich hab gutes Material von Herbert Grönemeyer.«
»Und?« knurrte Prieß. »Was ist das Spannende an diesem Kartoffelknödel?«
Vogel schluckte. Der Adamsapfel vom Chef, der jetzt wütend hin- und hersprang, schüchterte ihn ein. »Daß er mit einer anderen Frau als der eigenen drauf ist, in eindeutiger Situation.«
»Was ist das Eindeutige? Kommen sie zusammen aus dem Hotel und er hat den Arm um sie gelegt? Finger weg. Da hat uns vor zwei Jahren Howard Carpendale auf 50 000 DM Schaden-

ersatz verklagt. Das Mädchen, das er in einer Disco küßte, war leider seine Schwester.«
Vogel wartete in Ruhe sein Stichwort ab. »Keine Sorge«, sagte er dann, »eine Schwester küßt nicht mit Zunge, und wenn doch, ist die Story ja noch größer.«
»Also – die beiden sind im Clinch? Sieht man die Gesichter? Gut, gut.«
Schweigen in der Runde, Prieß dachte nach. Dabei machte er leichte Schnalzgeräusche. Schließlich hellte sich seine Miene auf. »So machen wir's« – wieder knallte die Faust auf den Konferenztisch – »falls Tony nichts wird, machen wir eine Coverstory über deutsche Stars und ihre Affären. Wer hat 'ne Geliebte, womöglich 'nen Bastard irgendwo? Wer finanziert heimlich eine Peepshow oder die Republikaner? Zeig mal her, die Fotos.« Ein ärgerliches Grunzen. »Wenn das Gröni ist, bin ich Kevin Costner. Komm mal her.« Zaghaft näherte sich Vogel wieder dem Konferenztisch, folgte dem dicken Zeigefinger von Prieß, der ärgerlich auf die Bilder stieß. »Du hast den falschen Vogel gejagt, du Piepmatz. Dieser Typ ist völlig unbekannt ...«
Er redete weiter, und ich klinkte mich gedanklich aus, weil ich es haßte, wenn wir uns auf dieses Yellow-Press-Niveau begaben, aber Prieß war nicht mehr zu halten. Männer sind wirklich Ringelwürmer. Ich verließ den Konferenzraum und setzte mich an meinen Macintosh. Es hatte ungefähr sechs Monate gedauert, bis ich ihn bedienen konnte und meine halbfertigen Manuskripte nicht mehr im Nirgendwo verschwanden, doch jetzt hatte ich ein herzliches Verhältnis zu ihm. Wenn ich vor ihm saß, die Tischkante dicht am Bauch, dann fühlte ich mich ruhig und sicher. Ich ging ins Hauptmenü und holte unter dem Stichwort »Je öller, je döller« meinen Storyanfang heraus.
»Es gibt Namen«, so hieß es da, »bei denen kaum einer ein belustigtes Schmunzeln unterdrücken kann. Heinrich Lübke war so ein Name. Und Tony Cazzone ist so einer. Wie soll er sich nennen, wenn er sich vorstellt? Gestatten, mein Name ist

Cazzone? Lächerlich. Er spricht von sich selbst als dem Tony, was Distanz zu sich bedeuten kann oder Ironie. Oder beides. Was angebracht wäre, denn der Zahn der Zeit, obwohl liebevoll, hat auch ihn unnachsichtig benagt, und das in aller Öffentlichkeit.«

Ich ließ meine Finger über die Tastatur schweben, wollte loslegen, aber mein Kopf war noch mit dem Gerede von der Konferenz vollgeramscht. Obwohl ich am besten unter Streß arbeite, war ich jetzt unfähig zur Konzentration. Ich pinkelte, trank einen Kaffee, pinkelte wieder. Ich wollte kurz zu Heinrich rein, aber Sandra Örtel saß auf seinem Schreibtisch, ihre Endlosbeine (Gott ist ungerecht) übereinandergebrezelt, eine Zigarette in der Hand. Sie gestikulierte, und Heinrich hatte einen glasigen Ausdruck. *Das konnte nur eins bedeuten.* Wann? Wahrscheinlich nach dem Restaurantbesuch. Ich steckte diese Beobachtung in eine hintere Gehirnfalte, um bei Bedarf weiterzurecherchieren.

Ich ging in mein Büro zurück und rief bei Cazzones Manager, Rüdiger Schneider, an. »Hallo, hier Jenna von *Dolce Vita.* Ich sitz gerade an der Story, aber ich brauch noch ein bißchen Fleisch. Wo ist Tony in dieser Sekunde zu erreichen? Privatsache? Ein Star wie Tony hat kein Privatleben, aber ich 'ne Deadline. Aha. Okay. Danke.«

Ich wählte die Nummer des *Interconti* in Hannover. »Tony Cazzone, bitte«, sagte ich zu der Stimme in der Hotelzentrale. Es klingelte und klingelte und klingelte. Gerade wollte ich auflegen, da wurde abgenommen. »Ja?« sagte eine weibliche Stimme, die mir sehr vertraut vorkam.

»Hier ist Jenna Wissbach, ich hätte gern Herrn Cazzone gesprochen ...«

»Jenna, ich bin's«, sagte meine Schwester fröhlich, »Tony ist mal kurz raus. Soll er dich gleich zurückrufen?«

Ich schluckte. »Was machst du denn bei diesem Schnulzenfuzzi im Hotelzimmer?« fragte ich streng. Immerhin bin ich fünf

Jahre älter, Marie ist also meine kleine Schwester und damit zu Auskünften verpflichtet.
Kleine peinliche Pause.
»Ganz schlichter Grund«, sagte sie dann mit dieser Stimme, die ich so gut kannte. Es war die Finger-im-Marmeladentopf-Stimme, einen Touch zu unschuldig, eine Prise zu naiv.
»Ich höre«, sagte ich nur und griff zur Zigarette. Zum erstenmal, seit ich mir vor zwei Tagen das Rauchen abgewöhnt hatte, inhalierte ich wieder tief.
»Tony hat mich angerufen, weil er einen Coverfotografen für seine neue LP suchte und noch keinen geeigneten gefunden hatte. Also haben wir hier eine kleine Fotosession, ich liefere sozusagen meine Probearbeit ab. Wenn Tony und seine Leute zufrieden sind, krieg ich den Auftrag. Ist das nicht toll?«
Der Fisch stank.
»Und wieso machst du deine Probesession im Hotelzimmer? Warum mietest du kein Studio?«
Wieder diese Marmeladenstimme. »Weil alles so schnell gehen mußte. Sprich am besten mit ihm selber, er ist gerade reingekommen.«
Tuschel, tuschel, dann Tonys weichgespülte Stimme, die klang wie die eines Katers, der gerade aus der Sahneschüssel genascht hat. »Schöne Jenna, was kann ich für Sie tun?«
Ich war so mit Spekulationen beschäftigt, und mit der leichten Beunruhigung darüber, wie sich meine kleine Schwester plötzlich auf meinem beruflichen Terrain bewegte, daß mir keine einzige Frage einfiel. Blitzschneller Wiederbelebungsversuch der grauen Zellen. »Ähem, tja, also, genau, was ich noch wissen wollte: Wie ist eigentlich das Verhältnis zu Ihrer Exfrau Luisa?«
Es lachte durch den Hörer. Der Mann klang sehr entspannt. War meine Schwester der Grund? »Die Beziehung zu meiner Exfrau ist ausgezeichnet«, sagte er, »ich bin ja auch ein verträglicher Mensch. Noch eine Frage?«

»Vielen Dank«, antwortete ich steif. »Können Sie mir noch mal meine Schwester geben?«
»Klar, Jenna«, sagte Kater Tony freundlich.
»Schwesterherz, was gibt's?«
»Nur eine Frage.« Meine Stimme klang schulmeisterlich, aber ich konnte es nicht ändern, ich *fühlte* schulmeisterlich. »Weiß Christoph von dieser Audition?«
»Nein«, antwortete sie schnell, »und ich würde es begrüßen, wenn das auch so bliebe. Zumindest, bis ich den Auftrag in der Tasche habe. Du weißt, wie er sein kann.«
»Okay, mach's gut«, sagte ich und legte den Hörer auf.
Plötzlich konnte ich weiterschreiben:
»Er ist Mitte Fünfzig, aber bei günstigem Licht oder in einer schummrigen Bar werden die Falten gnädig wegretuschiert. Nach einem oder mehreren Gläsern wirkt auch sein mittelalterlicher Charme noch – bei gleichaltrigen, die für ihn, wie für so viele Männer, horizontal nicht mehr in Frage kommen, aber besonders bei jüngeren Frauen. Verheiratete bevorzugt er, denn am allerliebsten ist er allein.«
Gut, dachte ich, subtil, aber treffend.

Marie

Mir war nicht wohl zumute, als Jenna den Hörer auflegte. Ihre Stimme hatte den deutlich vorwurfsvollen Unterton der älteren Schwester, und mir war klar, wie meine Anwesenheit in Tonys Hotelzimmer auf sie wirken mußte. Wenn sie bloß den Mund hielt. Nicht daß ich etwas zu verbergen hatte, es war, wie wir es nannten, »noch meilenweit vom Äußersten entfernt«, aber meinem Gatten zu erklären, warum ich spätnachts barfuß und leicht erhitzt ein Handtuch um die Hüften eines mittelalterlichen Schlagerfuzzis drapierte (er trug einen knallengen Leopardenslip darunter) wäre schwierig gewesen. Ich hatte deshalb etwas von »Paparazzo-Einsatz vor dem *Élysée,* kann spät werden« gemurmelt und war mit sehr schlechtem Gewissen nach Hannover gefahren.

Warum hatte ich Christoph nicht einfach die Wahrheit gesagt? Er ist ein nur mäßig eifersüchtiger Ehemann, meine Eheleine ist auszuhalten; sie ist lang, aber eben auch reichlich ausgeleiert. Wie meine zwar angenehme, aber auch ein bißchen langweilige Ehe. Dies zuzugeben war mir nur allein, im Ford Fiesta auf der Autobahn nach Hannover, möglich. Besonders mein Sexlife war vom Spannungsgrad her mit einem Grießbrei zu vergleichen. Wir kannten uns eben in- und auswendig, ich seine Pudelmütze, die er nach dem Haarewaschen aufsetzte, um sich nicht zu verkühlen – er war, wie alle Männer, ein schrecklicher Hypochonder –, seine zusammengekrumpelten Socken und Unterhosen neben dem Wäschekorb, seine röchelnden Schnarchgeräusche. Er kannte meine Schmallippigkeit vor den Tagen, den Tonfall, wenn meine Mutter am Telefon war, mein schlechtes Gewissen, wenn ich den Kindern heimlich Kaugummi zugesteckt und er mich dabei erwischt hatte.

Wir waren uns gegenseitig wie zwei eng beschriebene Blätter, mit Fettflecken und verschmiertem Kuli – und wie ich mich manchmal danach sehnte, für jemanden ein völlig unbeschriebenes zu sein! Eine geheimnisvolle Person, die ich ganz neu erfinden konnte. Marie-Viola, die schöne Fremde in einer leicht verräucherten Bar in Paris oder Mailand. Ich trug einen engen Rock, meine wohlgeformten Beine steckten in knöchelhohen Stiefeletten, ich rutschte vom Barhocker, und alle Männeraugen ruhten sehnsüchtig auf mir. Auch die des dunkellockigen Fremden neben mir, der gerade eine Flasche Champagner bestellt und mich gefragt hatte: »Entschuldigen Sie, daß ich Sie anspreche, ich bin Geschäftsmann und sonst sehr zurückhaltend, aber Ihr Anblick packt mich derartig, daß ich Sie haben muß, noch heute abend. Kommen Sie bitte auf meine Suite.«

Ich blies ihm den Rauch meiner Zigarette ins Gesicht und sagte: »Ich koste 2000 Mark die Nacht, aber ich bin es wert.«

Tonys Anruf hatte mich auf dem Klo erwischt, wo ich gerade die Brille abwischte, auf die Daniel und Gabriel kreuz und quer gepinkelt hatten. Sie hatten, obwohl ein Jahr auseinander (Stichwort Knaus-Ogino), gleichzeitig ihren Piephahn entdeckt und setzten ihn als Rasensprenger ein, wann immer sie unbeobachtet waren. Ich sprühte Zitronen- und Jasmindüfte, wenn ich ein Mißgeschick entdeckte, doch langsam roch meine Wohnung wie ein Katzenklo.

»Hallo«, hatte ich deshalb in den Hörer gegrunzt, während meine Jungs mit nackten Pos um mich herumhüpften.

»Tony Cazzone am Apparat«, sagte eine Stimme, die ich sofort wiedererkannte.

Ich verkniff mir deshalb ein »Hallo, Tony, hier spricht Inge Meysel«, und sagte mit dem Kubikzentimeter Würde, den meine Situation zuließ: »Marie Wissbach hier, was kann ich für Sie tun?«

»Ich würde Sie gern wiedersehen«, sagte er, und ich war sprachlos. Hielt mich dieser Gerontoschnulzi für einen heißen Single, den er in seinen Mammutharem einreihen konnte?

Während ich zwischen Geschmeicheltsein und Empörung schwankte, hatte sich Gabriel in Potthaltung vor mir aufgebaut.

»Mami, Schiedischadi«, warnte er und machte sein rotes Drückgesicht.

»Moment bitte«, rief ich in den Hörer und raste mit dem strampelnden Kind ins Badezimmer. Gerade noch geschafft. Plup, plup.

»Mami, hab ich schön gemacht?«

»Wunderschön, mein Schatz, und jetzt darfst du selbst runterspülen.«

»Sorry«, sagte ich dann am Telefon, »wir sind unterbrochen worden.«

»Haben Sie Besuch, soll ich ein andermal anrufen?« fragte er höflich, und ich gestehe voller Scham, sekundenlang mit der Versuchung gespielt zu haben, meinen Nachwuchs zu verleugnen.

»Ein permanenter Besuch«, seufzte ich, »meine Kinder.«

»Sie sind Mutter?« fragte er erstaunt. Enttäuscht? Erleichtert? Angeturnt?

Als ich im *Interconti* Hannover an der Rezeption nach ihm fragte, kam ich mir wie ein alterndes Groupie vor.

»Wen darf ich anmelden?«

»Marie Wissbach«, sagte ich und fügte schnell hinzu: »Ich bin Fotografin.«

Kühle Blicke trafen mich. So siehst du aus.

»Eine Frau Wissbach in der Lobby für Sie.«

Im Fahrstuhl kratzte ich mir die Nase und stellte fest, daß meine Handflächen feucht waren. Scheiße. Ich wischte sie an meinen Jeans ab. Nichts ist peinlicher als ein glibschiger Händedruck. Seit meiner Hochzeit war ich männermäßig völlig aus der Übung. Was war ich vorehelich für ein Flirt gewesen! Witzig, überlegen, sexy. Und jetzt? Was war aus mir geworden?

Ich klopfte, er öffnete die Tür, ich reichte ihm meine abgewischte Hand. Er sah verdammt gut aus. Mir kamen eindeutig unprofessionelle Gedanken. Das Blut schoß mir in Richtung Jeansreißverschluß.

»Wo wollen wir anfangen?« fragte ich und packte Kameras, Stativ, Blitze und Filme aus.

»Sie sind der Profi«, sagte er und schaute mich an. Es war einer dieser Blicke, die ich noch von früher kannte. Ein Blick, der sagte, ich weiß, was du denkst, weil ich dasselbe denke; die Frage ist nicht, ob, die Antwort ist, wann.

»Welches Image wollen Sie denn auf der Platte am besten rüberbringen?« versuchte ich's, »verhalten, romantisch, politisch, sexy?«

»Sexy«, antwortete er. Sein Blick war unerbittlich und hatte mich längst ausgezogen. Zum Glück trug ich nicht meine

bauchnabelhohe Unterhose, sondern einen G-String von Kaufrausch.
Ich schluckte. »Auf dem Bett liegend vielleicht?« fragte ich. »Den Kopf auf die Hand gestützt?«
Er nickte und verschwand im Badezimmer. Da klingelte das Telefon. Meine Schwester.
Nach dem Anruf starrten wir uns an wie Komplizen. Tony brach die Spannung als erster. Er fing an zu lachen, prustete, ein kleiner Sprühregen Spucke landete auf meinem Oberarm, was mich seltsamerweise nicht anwiderte.
Nach ein paar Schrecksekunden lachte ich mit. »Wollen Sie wirklich im Bademantel aufs Plattencover?«
»Meine Fans sollen sehen, daß ich Humor habe«, grinste er und legte sich in Pose. Sein dichtes Brusthaar ringelte sich wie kleine Schweineschwänze. Ich baute Stativ und Computerblitze auf, dann war ich nur noch Kamera.
»Bitte zurücklehnen, so ist es gut, die Augen auf, Mund zu, das rechte Knie ein wenig höher.«
Der Mann war Profi, rückte, dehnte und streckte sich, jedes Bild sah gut aus. Ein Fotografentraum. Ich vergaß seinen weißen Bademantel, der langsam auseinanderrutschte und die Sicht auf seinen Leopardenslip freigab. Eine Sekunde lang klebte mein Blick an den prallgefüllten zehn Quadratzentimetern Stoff. Zum Glück ging die Sekunde vorbei, ich sah ein Objekt, Schatten, Licht, ein mögliches Cover.
Nach einer Stunde waren wir erschöpft und zufrieden. Wie nach einer guten Nummer. Tony bestellte beim Roomservice eine Flasche Prosecco, wir saßen beide auf dem Bett und fühlten uns wohl. Tony Cazzone und ich, der Star, den ich aus Bravo-Zeiten kannte, dessen lebensgroßes Plakat vor 20 Jahren meine Jungmädchenbude verunziert hatte, wie sollte ich das alles Christoph erklären? Zumal meine Gedanken alles andere als harmlos waren. Die Spannung war so schwülfeucht wie ein Atemzug in der Sauna, und ich wußte, daß eine Bewegung von

mir genügen würde, ein vorsichtiges In-seine-Richtung-Rücken, meine Hand auf seinem Arm – und eine mittelschwere Explosion würde stattfinden. Dies zu wissen gab mir ein fast rauschhaftes Machtgefühl, das, so wußte ich aus Erfahrung, nur zu einer Enttäuschung führen würde. Ein Schwanz war schließlich nur ein Schwanz, seine Einsatzmöglichkeiten begrenzt. Vorfreude ist immer die schönste Freude, sagte meine Mutter, und da hatte sie ausnahmsweise recht. Es war wundervoll, wenn alle Sinne hellwach waren.

»Ich muß gehen«, verkündete ich bedauernd. »Ich bin sicher, daß die Bilder gut geworden sind. Sie sind ungewöhnlich fotogen.«

Ich stand auf, ungern, packte mein Equipment ein, während er stumm auf dem Bett blieb und mich beobachtete. Mein Blick glitt in Richtung Leopardenslip, Tony lächelte.

Ich ließ die Tasche zuschnappen, zog meinen Mantel an, stand vor ihm. »Übermorgen habe ich die Abzüge«, sagte ich, »rufen Sie mich am besten nachmittags an.«

»Mach ich«, sagte er, und es klang wie ein Versprechen. Ich schau dir in die Augen, Tony, dachte ich, als er auf- und damit so dicht vor mir stand, daß wir uns fast berührten. Der Luftmillimeter zwischen uns hatte 69 Grad Celsius.

»Also dann«, fing ich an, als er seine Hände auf meine Schultern legte. Ich neigte meinen Kopf leicht schräg, denn er ist nur unwesentlich größer als ich, und ich wollte nicht seinen Haaransatz küssen. Schon bevor sich unsere Lippen berührten, wußte ich, daß seine weich waren und seine Zunge heiß ...

Das Telefon klingelte. Unsere Lippen blieben aufeinander, während Tony zum Hörer griff. Er drehte den Kopf: »Ja?« Dann gab er den Hörer mir, zuckte die Schultern: »Deine Schwester.«

»Ja?« fragte ich und räusperte mir den Kloß aus dem Hals.

»Hallo, Schwesterherz, hier meldet sich dein moralisches Verhütungsmittel. Stichwort Kaninchen. Tu's nicht.«

Dann legte sie auf.

★ *Make love, not war – ich bin verheiratet, ich tue beides.* ★

Christoph und Marie

Sie schloß die Haustür leise auf, was nichts nützte, denn über ihr war ein Glockenspiel angebracht (Weihnachtsgeschenk von Jenna), das laut und penetrant in die Nacht klingelte.
Verdammt, flüsterte sie, denn das allerletzte, worauf sie morgens um vier Uhr Lust hatte, war ein Gespräch mit ihrem Mann.
Sie zog die Schuhe aus, bloß kein Lärm, und schlüpfte ins Bad.
Die Geschichte war bis ins kleinste Detail präpariert und während der anderthalbstündigen Autofahrt geübt: »Was, es ist schon vier Uhr? Kann doch wohl nicht wahr sein! Aber wir haben bis Mitternacht vor dem *Élysée* gewartet und dann vom Portier einen Tip bekommen, daß Sting und seine Leute im *Aladin* sind. Wir also da hin, wieder nichts. Inzwischen war es halb zwei ...«
Die Badezimmertür ging auf, sie drehte sich um mit zahnpastaschäumendem Mund.
»Weißt du, wie spät es ist?« fragte Christoph, und er klang eisig.
Sie spülte und gurgelte schnell. »Wie spät?« fragte sie dann unschuldig mit einer Stimme, die selbst in ihren eigenen Ohren falsch wie Kunsthonig klang.
»Es ist vier Uhr morgens, und du stehst schwankend am Waschbecken. Erklärung bitte.«
Marie holte tief Luft und ging mit ausgebreiteten Armen auf die steife Pyjamagestalt zu. Ein bißchen knuddeln, so hoffte sie – wenn es sein mußte, auch Sex –, würde ihr vielleicht die lästige Lügerei ersparen. »Du siehst sexy aus, so zerwühlt«, murmelte

sie an seiner Schulter, »laß uns ins Bett gehen.« Sie hob das Gesicht, um entschuldigend an seinem Ohrläppchen zu knabbern.
»Stop«, sagte er und hielt sie auf Armeslänge. »Wonach riechst du?«
Siedendheiß fiel ihr ein, daß sie sich im Hotelbadezimmer mit Tonys Cool Water eingespritzt hatte. »Wonach ich rieche?« fragte sie, um Zeit zu gewinnen, »keine Ahnung, ich hab so viele Düfte.«
»Ich kenne deine Parfüms«, sagte Christoph und schaute sie mit diesem Polizeihundblick an, den selbst die Kinder nicht ernst nahmen, der aber jetzt, im Schein der Neonlampe, fast bedrohlich wirkte. »So hast du noch nie gerochen.«
Plötzlich wurde sie ärgerlich. »Ich weiß nicht, wovon du redest, ich bin todmüde. Laß uns das Thema morgen ausdiskutieren.«
»Hey« – Christophs Stimme schraubte sich ein paar Dezibel in die Höhe, er war wirklich stocksauer – »diese Geschichte stinkt doch. Ich will wissen, was los ist. Betrügst du mich?«
Geräusche aus dem Kinderzimmer. »Mami, was ist los?« rief Stephanie. Als Marie an ihr Bett trat, schnellten aus den Nachbarbetten zwei kleine Köpfe hoch. »Mami, Mami, Schiedischadi«, krähte Gabriel fröhlich. Es schien sein Lieblingswort zu sein.
Marie seufzte. Diese Nacht konnte sie wohl abschreiben. War es erst zwei Stunden her, daß sie mit Tony im Hotelzimmer gestanden hatte, heiß und blutjung? Jetzt hatte sie kalte Füße und fühlte sich mittelalt. Da Christoph inzwischen ins Bett gegangen war, wollte sie ihn lieber einschlafen lassen. Weder Bock auf Versöhnungssex noch auf Beziehungsgespräche. Also ab aufs Klo mit Gabriel. Kein Klopapier. Keine Kleenex. Mußt du wirklich Schiedischadi? Ja, ganz doll. Seufz.
Was für ein Tag, was für eine Nacht! Sie brannte auf eine schwesterliche Aussprache, aber Jenna war am Telefon so komisch gewesen, so sauertöpfisch. Gabriel ruckelte von der

Brille, wo waren die Tempotücher? Scheiße, im wahrsten Sinne des Wortes! Leise Schnarchtöne drangen aus dem Elternschlafzimmer; Gott sei Dank, er war eingeschlafen.
Eine halbe Stunde später lag auch Marie neben ihm, völlig übermüdet und alle Nervenenden bloßgelegt. Ihre Gehirnzellen wirbelten, es funkelte hinter den Augenlidern, das Herz klopfte. Morgen würde sie bei seinem Manager anrufen und den Job absagen.

Sandra

Schon als er postkoital über mir zusammenbrach, bereute ich die Sache. Ich schaute über seine rosig schimmernde Platte aus dem Fenster und überlegte, ob ich jemals lausigeren Sex gehabt hatte. Es lag nicht an Heinrich, der ein sehr bemühter Lover war, an den richtigen Stellen drückte und leckte und sich auch lästige Fragen wie: »Ist es schön für dich? Bist du gekommen? War ich gut?« verkniffen hatte, aber es ist eben leider nicht richtig, daß Macht ein ausreichendes Aphrodisiakum ist. Die Chemie zwischen uns stimmte nicht, er war einfach äußerlich nicht mein Typ. Zu groß, zu trichterbrüstig, zu wenig Haare auf dem Trichter, und die auch noch rötlichblond. Er lag neben mir, leicht schnaufend, und schon beim Anblick seiner knorpeligen Knie, des einen langen Haares, das aus seinem Hals wuchs, kräuselte sich meine Schamlippe nach innen.
Ich hatte wirklich versucht, ihn mir schön zu trinken, der Kellner im *Rain Forest* zwinkerte schon, als er uns die dritte Flasche Pinot Noir brachte, und auf dem Weg zur Damentoilette nahm ich die Eckkanten der Nachbartische mit, so kam es mir jedenfalls vor. Bei einem meiner Gänge hatte ich diskret meine Kontaktlinsen entfernt und sah die Welt danach durch einen angenehmen rosa Nebel.
Ich bereute diese Nacht so sehr, daß mir richtig schlecht wurde.

Wenn Faltermeyer unsere horizontalen Übungen als genauso enttäuschend empfand wie ich, konnte ich meiner Karriere bei *Dolce Vita* vermutlich Goodbye sagen. Er hatte einen guten Draht zum Chef, und es fiel mir nicht schwer, mir den Dialog zwischen den beiden vorzustellen:
PRIESS: Sag mal, Heinrich, wie macht sich eigentlich die Örtel?
HEINRICH: Warum fragst du?
PRIESS: Weil ich den Eindruck habe, daß wir mit ihr einen guten Fang gemacht haben. Ich dachte daran, sie vielleicht ein Jahr in unser New Yorker Büro zu schicken. Damit sie ein bißchen Erfahrung sammelt.
HEINRICH: Ich weiß nicht, Mannie. Sie ist doch erst 23, und die meisten ihrer Storys muß ich umschreiben.
PRIESS: Das wußte ich ja gar nicht. Ja dann.
Als ich die Redaktion betrat, schüttelte ich meine Schreckensphantasien ab. Ich sollte Kitschromane schreiben. Warum quälte ich mich mit Dingen, die zum Glück nie passiert waren; Heinrich war mein Vorgesetzter und hatte nie das geringste Interesse an mir gezeigt, was total auf Gegenseitigkeit beruhte. Wahrscheinlich trank ich zuviel Kaffee. Ich holte tief Luft.
»Hallo, Tinka«, sagte ich fröhlich mit schmerzhaft nach oben gezogenen Mundwinkeln. »Ist der Chef schon da?«
Ich hatte Fräulein Gillmeyer beim Nägellackieren unterbrochen und mußte meine Frage zweimal wiederholen. Dann geruhte sie ihren rabenschwarzgefärbten Kopf zu heben. »Herr Faltermeyer ist noch nicht im Büro«, sagte sie.
»Hat er sich einen Urlaubstag genommen?« fragte ich scheinheilig.
»Nee, er fühlt sich nicht wohl, er kommt später rein.«
Schlief er zu Hause seinen Rausch aus?
Ich ging in mein Büro und versuchte, den Pressereferenten von Joschka Fischer an die Strippe zu bekommen. Fischer wollte sich, wenn überhaupt, nur beim guten Essen interviewen lassen, aber seine Sekretärin hatte vertraulich bei mir angerufen

und mir gestanden, daß er in den letzten Monaten 20 Pfund zugenommen habe und ob wir uns nicht besser bei einer Flasche Mineralwasser treffen könnten. Daraufhin hatte er das Interview abgesagt.
»Guten Morgen, Herr Häfele«, zwitscherte ich. »Wollen wir verhandlungsmäßig in die nächste Runde gehen?«

Jenna

Ich klingelte, und das übliche Chaos begrüßte mich. Das Kinderknäuel aus Nichte und Neffen rollte durch die Wohnung, die Putzfrau, eine flotte Tschechin Mitte Fünfzig, staubsaugte mit Ohrenstöpseln, alle Möbel waren verrückt, Christoph stand in der Küche und legte Tomatenscheiben auf eine tiefgefrorene Pizza, die er danach in die Mikrowelle schob. Er sah genervt und müde aus.
»Wo ist Marie?« fragte ich und holte mir ein Bier aus dem Kühlschrank.
»Unterwegs«, sagte er nur.
»Aushäusige Gattin, was machst du falsch?« flachste ich.
Auf seine heftige Reaktion war ich nicht vorbereitet: »Mir wäre es auch lieber, wenn sie sich gelegentlich auf ihre Mutterpflichten besinnen würde. Von ihren ehelichen will ich gar nicht reden.«
O Gott, Wespennest. Ich verspürte wenig Lust, den Eheberater zu spielen, aber ich mochte meinen Schwager und fand das Verhalten von Marie ziemlich schäbig. »Probleme?« fragte ich nur.
Er seufzte. »Hat sie dir denn nichts erzählt?« fragte er müde. »Weißt du, wo sie sich gestern nacht herumgetrieben hat?«
Ich nahm einen großen Schluck aus der Bierflasche und verschluckte mich prompt. Wenn er mich besser gekannt hätte, wüßte er jetzt, wie ertappt ich mich fühlte, wie unsicher. Ich

wischte mir den Schaum vom Mund, griff zur Zigarette, um ein paar Sekunden herauszuschinden. »Irgendein Schlagerfuzzi, glaube ich«, blieb ich bewußt vage.
»Du nennst *Sting* einen Schlagerfuzzi?« fragte er ungläubig, und ich reagierte blitzschnell: »Sting, Jürgen Marcus, Tony Cazzone, für mich ist das eine Wichse.«
Plötzlich lachte Christoph, und als ich mich nach einmal tief Durchatmen traute, ihm ins Gesicht zu blicken, stellte ich drei Grübchen fest. Das im Kinn war mir schon aufgefallen, aber die beiden rechts und links davon waren eine Neuentdeckung. Wie bei Tony, dachte ich und verbot mir diesen Vergleich sofort. Herr Cazzone hatte in dieser Wohnung nichts zu suchen, auch gedanklich nicht. »Du hast ja drei Grübchen«, rutschte es mir heraus. »Wie schnuckelig.«
»Stellst du das jetzt erst fest?« lachte er und sah auf einmal verdammt attraktiv aus, alles Hausmännliche und Schwagerbiedermäßige war wie weggewischt. Erstaunt und leicht beunruhigt spürte ich diese heiße, süße Schwäche, die wirklich nicht in die Küche meiner Schwester gehörte und mit Sicherheit nicht zu dem Mann mit der Schürze, der seit sechs Jahren mein Schwager war. Wir schauten uns an, plötzlich wortlos.
Christoph räusperte sich. »Tja, also, mal sehen, was die Pizza macht. Bleibst du zum Abendessen?«
»Vielen Dank«, lehnte ich das Angebot ab, das mir auf einmal unerlaubt und gefährlich vorkam. »Ich hab mich heute morgen nackt im Spiegel gesehen. Dieser Körper ist eindeutig zu gut genährt.«
»Ich finde diesen Körper sehr schön«, sagte Christoph, und diesmal räusperte ich mich. Laut und, wie ich hoffte, ernüchternd.
»Nett von dir«, sagte ich schwägerinnenhaft, »aber ein heißes Date wartet.« Beim Hinausgehen drehte ich mich noch einmal um: »Die Schürze steht dir«, sagte ich.

»Der Deutsche ist per se kein schöner Mensch«, dozierte Rüdiger Schneider am Frühstücksbüffet des Münchner *Hilton*. Seine Frau war als strenge Kontrolleuse nicht dabei, also verschlang er genüßlich sein drittes Ei mit Bratkartoffeln. Mit seiner vorne reingestopften Serviette sah er wie ein riesengroßes, bärtiges Baby aus. »Vorgestern bin ich mal wieder mit der U-Bahn gefahren, morgens um acht. Nur graue Einheitsgesichter, der geballte Frust. Ist dir schon mal aufgefallen, wie häßlich frischgeschlüpfte deutsche Babys sind? Gertie würde mich killen, aber als unser Jonas auf die Welt kam – ich mußte dabeisein –, da hätte ich ihn am liebsten wieder zurückgestopft. Sind es unsere Gene, bestraft uns der liebe Gott für den Holocaust, oder ...«
Die Stimme seines Managers glitt über Tonys Wahrnehmung hinweg wie Öl übers Wasser. Jabbeldijabbeldijabbel. Eine dritte Tasse Cappuccino stand vor ihm, gedankenverloren nippte er und verschluckte sich an der brühendheißen Flüssigkeit.
»Tony, alter Knabe, hörst du mir überhaupt zu?«
Tony war noch nie aufgefallen, wie laut und schrill Schneiders Stimme tagsüber klang, bevor der erste Cocktail am frühen Abend Tonys Sinne sanft zu umnebeln begann. Um die Attacke abzuwehren, gab er ein paar zustimmende Laute von sich: »Du hast ja so recht, Rüdiger, genau so ist es, finde ich absolut.«
Er dachte an Marie, und ob und, wenn ja, wie er sich ihr wieder nähern sollte. Daß viele seiner Affären verheiratete Frauen waren, hatte ihn noch nie gestört, im Gegenteil, so konnten sie nicht auf Verbindlichkeit drängen, hatten begrenzte Zeit, waren immer leicht schuldbewußt, was er aufs köstlichste auszunutzen wußte, und last not least sexuell meist fürchterlich gelangweilt – niemand war unersättlicher im Bett als eine ausgehungerte Ehefrau.
Warum also störte es ihn bei Marie? Warum hatte er sich nachts

im Bett gewälzt, vor lauter Verzweiflung Hella von Sinnen im Fernsehen angeschaut und eine Wiederholung von Kojak und sich in allen quälenden Einzelheiten ausgemalt, wie sie nach Hause kommen, bei ihrem Mann unter die Decke schlüpfen, er sich im Schlaf umdrehen, sie ihn auf die Stirn küssen würde?

Es machte ihn richtig krank, und er wollte diese Art von Krankheit nicht. Tony Cazzone, der schwarze Ritter von der einsamen Gestalt. Der Unerreichbare, nach dem die Frauen lechzen sollten, das war die Rolle, die ihm gefiel. Außerdem war Marie mindestens zehn Jahre zu alt für ihn. Er liebte seine Mädels blutjung, faltenlos und unerfahren; Runzeln, freche Speckpolster an unerwünschten Stellen und altersbedingte Depressionen hatte er schließlich selber.

»Halt die Schnauze, Rüdiger, ich bin noch nicht ganz da«, seufzte er und trank den lauwarm gewordenen Milchkaffee aus. Spuck. Zuviel Zucker.

»Stellst du eine philosophische Betrachtung an, Tony?« fragte Schneider ironisch. Wann immer er Gelegenheit hatte, wies er subtil darauf hin, daß er Abitur und sein Klient in Italien nur die Dorfschule geschafft hatte. Es wurmte Tony, der jeden Donnerstag das Kreuzworträtsel des *Stern* in einer Stunde löste und sämtliche Fußballmannschaften Europas auswendig kannte, daß seine Platten von Abiturientinnen nicht mit der Feuerzange angefaßt wurden und ihn damit genau die Mädchen als präsenile Schmalzdrüse betrachteten, auf deren Anerkennung er so viel Wert legte, während er für diejenige Weiblichkeit der Erfinder des feuchten Konzertsitzes war, die er heimlich verachtete – Verkäuferinnen mit schlechter Dauerwelle, Hausfrauen mit Hängebusen, die am Bügelbrett die Schlagerparade von NDR 2 mitsummten.

Der Tag stand vor ihm wie ein schlechtgelaunter Chef. Am liebsten wäre er ins Bett zurückgeschlüpft und hätte noch ein paar Stunden Embryo gespielt. Aber er hatte Proben, zwei

Interviews, Attilio, sein zwölfjähriger Sohn aus gescheiterter Ehe, wollte in den neuen Ottofilm, und es war erst halb elf. Ich bin in eine dreißigjährige Mutter verliebt, dachte er. Wie unnötig. Und wie aufregend.

Sandra und Heinrich

Sie hörte ihn kommen, sein lautes: »Hallo, Tinki, was Wichtiges?«, das Anknipsen des Fernsehgerätes, das Rascheln der Papiere auf seinem Schreibtisch. Sie holte tief Luft. Der Augenblick stand vor ihr, erhob drohend sein Schwert und wollte überwunden werden. Sie stand auf, zog den Rock in Knierichtung, ein bißchen Lippenstift, Obsession von Calvin Klein auf alles, was pulsierte. Ohren, Hals, Handgelenk. Zahnarztgefühl. Und dann machen Sie den Mund bitte gaanz weit auf, jetzt wird's gleich ein bißchen weh tun.

»Wie ist der Chef drauf, Tinka?«

»Wenn die Tür zu ist, geht's«, grunzte sie, gestört in ihrer Lektüre von *Wahre Geschichten,* »es ist niemand drin, kannst rein.«

»Hallo, Heinrich!« Gott, er sah kaputt aus. Wie alt war er eigentlich? Er gab 41 zu, aber hier und jetzt, im fahlen Licht der Nachmittagssonne, wirkte er alt genug für eine Rentenbescheinigung. Senilosex mit einem Frührentner, nur um die Karriere voranzutreiben – der Gedanke, daß sie, natürlich nur in ihrer allerhintersten Herzkammer, genau damit geliebäugelt hatte, stieß ihr auf wie eine versalzene Fischsuppe. Rumpelstilzchengefühl. Ach, wie gut, daß niemand weiß ...

»Hallo, Heinrich«, wiederholte sie.

Er blickte nicht auf, schrieb fast wütend weiter. »Hallo«, sagte er. »Was kann ich für Sie tun?«

Er machte auf eisig, wahrscheinlich konnte er Gedanken lesen. Zum erstenmal schaute er sie an. Seine Augen waren leicht

gerötet und sahen ärgerlich aus. Wütend fast. Ob er daran dachte, sie aus seinem Ressort zu ekeln?
Sie schenkte ihm ihr schönstes Lächeln. »Haben Sie gut geschlafen, Heinrich?«
Er ging nicht darauf ein. »Wie sieht's aus?«
»Ich hab Joschka Fischer gekriegt, für zwei Stunden, inklusive Fotos.« Lobheischend strahlte sie ihn an, er grunzte nur.
»Nehmen Sie Jennas Schwester mit, wie heißt sie noch, Marie, und wenn die nicht kann, Jan. Der kann auch mal was Ernsthaftes machen.«
»Okiedokie«, sagte Sandra und drehte sich zur Tür. Sie hatte die Klinke schon in der Hand, als seine Stimme sie im Rücken traf wie eine Faust.
»Trink nicht soviel mit Joschka«, sagte er. »Manche Männer werden im Suff unberechenbar.«

★ *Was du nicht willst, daß man dir tu,*
das füg doch einfach andern zu. ★

Jenna

»Ein Bier bitte, gezapft«, sagte ich und brach auf dem Barhocker zusammen. Was für ein Tag. Die Story war fertig, aber ich war nicht wunschlos glücklich damit. Der Verdacht, daß mir das Objekt meiner journalistischen Begierde durch die Tasten geschlüpft war, ich etwas Wichtiges vergessen hatte, nagte bösartig an mir. Leise murmelte ich den Schlußabsatz vor mich hin, mein Nebenmann rutschte einen Hocker weiter (wahrscheinlich dachte er, bei mir sei 'ne Schraube locker): »Und so singt er weiterhin *›Laß mich dein Casanova sein!‹* auf Betriebsfesten und Hochzeiten, und der Chef oder Brautvater klopft ihm auf die Schulter und lädt ihn zum Essen ein. Danach, allein in seinem Mercedes, holt er den ihm diskret zugesteckten Scheck aus der Brusttasche, legt ihn ins Handschuhfach und spielt ein Tape mit seiner Lieblingsmusik, Van Morrison, so laut, so betäubend, daß sein Trommelfell vibriert. Nur einmal so singen können. Nur einen Tag nicht Tony Cazzone sein.«
Der Schluß klang ziemlich dramatisch, aber mir fiel nichts mehr ein. Doch war er wirklich dieses untalentierte Elendspaket? Hatte ich alle Seiten von ihm erwischt oder steckte mehr in ihm, viel mehr, und meine Schwester war dabei, auf Entdeckungsreise zu gehen? Christoph machte sich parallele Gedanken, das hatte ich beim letzten Besuch deutlich gemerkt.
Nach dem Bier bezahlte ich, denn ich war vor zwei Jahren nach einer Bürofeier mit 1,2 Promille erwischt worden, und nach einer saftigen Geldstrafe von 3000 Mark und einjährigem Füh-

rerscheinentzug hatte ich beschlossen, wenn solo, dann nie mehr als ein Bier. Während ich zum Auto ging, überlegte ich, wen meiner Exlover ich als erotischen Einschlaftraum wiederbeleben sollte, denn für eine richtig saftige Phantasie reichte meine Kraft heute abend nicht. Den Spanier mit der glatten, braunen Haut; meinen Deutschlehrer; den englischen Barkeeper aus Miami; Christoph? *Christoph?* War ich denn wahnsinnig geworden? Das Beck's hatte mir doch mehr zugesetzt, als ich dachte.

Wo war mein Fiat? Gott war ich müde. Licht an, Rückwärtsgang. Ich lenkte mit der einen Hand, mit der anderen schob ich eine Bruce-Springsteen-Kassette ein. *»Born in the USA«*, ich hatte einen schlichten Musikgeschmack. *»I'm on Fire«* sang Bruce, schwungvoll setzte ich nach hinten, als ich – knirsch – eins dieser streßinfarktträchtigen Kollisionsgeräusche hörte. Knirsch. War das ein splitterndes Glas? Mein Herz klopfte aufdringlich. Ich riß die Tür auf, stürzte nach draußen. Ein alter Mercedes – eine der wenigen Automarken, die ich im Dunkeln identifizieren konnte – fuhr gerade vom Parkplatz. Ich raste hinterher, stoppte das Auto, bummerte auf die Kühlerhaube.

»Anhalten!« schrie ich. »Halt das Auto an, du Scheißkerl!« Das Auto hielt, langsam wurde eine Scheibe heruntergekurbelt, eine Stimme fragte: »Ein bißchen zuviel getrunken, Kleine?«

Das war ja wohl das Letzte. Heiß schoß Adrenalin durch meine Venen (oder waren es die Adern, Biologie war immer mein schwacher Punkt), ich steckte meinen Kopf ins Auto, sah einen dunklen Lockenkopf, aha, signalisierte mein schrill erwachtes Rassistenhirn, natürlich Ausländer, wahrscheinlich Rumäne oder Türke ohne Führerschein.

»Darf ich Sie darauf hinweisen, daß Sie mich beim Rausfahren geschnitten haben? Mein rechtes Rücklicht ist wahrscheinlich hin. Geben Sie mir die Telefonnummer Ihrer Versicherung, damit die für den Schaden aufkommen kann.«

Der Lockenkopf schob sich in meine Richtung, so daß ich mich notgedrungen zurückziehen mußte. Als ich direkt in der Scheibe steckte, kurbelte dieser Unfallflüchtige sie so weit hoch, daß ich meinen Kopf nicht bewegen konnte und wie ein Idiot im Auto steckte.
Er grinste unverschämt. »Sorry, falsch gekurbelt«, sagte er und erlöste mich. Doch kein Ausländer, der ostzonale Akzent verriet ihn. Diese Ossies wurden wirklich immer frecher.
Ich rieb mir den Hals und fauchte:
»Soll ich die Polizei rufen?«
»Wollen Sie das wirklich«, fragte er seidenweich, »und es auf einen Alkoholtest ankommen lassen?«
Shit, ich hatte mein Bier vergessen. *»Ciao, bella!«* rief er, beugte sich weit heraus, winkte mir zu, und plötzlich kam er mir merkwürdig bekannt vor. Diese breite Nase, die teppichbraunen Augen, die breiten Schultern. Unter anderen Umständen hätte ich vielleicht nach seiner Telefonnummer gefragt, jetzt war ich nur noch wütend.
»Stop, du Schwein!« schrie ich, aber es war zu spät. Er hatte die Ausfahrt fast erreicht, als ich mich auf meine Reporterseele besann. Das Nummernschild war zum Glück beleuchtet. Ich entzifferte HH-HL 4, die beiden letzten Ziffern nahm er mit auf die nächtliche Straße.
»HH-HL 4«, murmelte ich vor mich hin, während ich mein kaputtes Rücklicht musterte. Dich krieg ich, schwor ich mir. Es waren nicht die 200 Mark, die eine Reparatur kosten würde, es war sein freches Grinsen. Morgen würde ich ihn anzeigen, dann würde man sehen, wer zuletzt lachte.
Zu Hause blinkte mein Anrufbeantworter. Marie, die Fremdgängerin: »Hi, Sweetheart, hast du meine Fotos gesehen? Sind sie nicht super? Ruf mich an.« Aldo Centis, der 56jährige Seniloflirt von einer Mailandreportage: »Darling, ich bin im Münchner *Hyatt*. Drei Tage und drei Nächte. *Feel like coming?«*
Meine Mutter: »Jenna, hier ist deine Mutter. Ist das jetzt die

Kommunikation mit meinen Töchtern? Macht mich nervös. Melde dich.«

Ich zündete eine Zigarette an, wählte Maries Nummer. »Hallo.« Das war Christoph.

Ich unterdrückte den Impuls aufzulegen, sagte: »Hallo, Schwagerherz, ist die Gattin im Lande?«

»Ist sie nicht«, sagte er kurz, seine Stimme klang müde und traurig. »Brauchst du Trost?« fragte ich, und es sollte halb witzig klingen, aber es kam halb ich-weiß-nicht-wie heraus.

»Welche Art von Trost?« fragte er, und seine Stimme schien etwas aufzuleben.

»Schwägerinnentrost«, lachte ich.

»Es ist halb zwölf, ich bin schon im Bett, da ist Schwägerinnentrost nicht mehr angemessen.«

»Stimmt«, sagte ich, »schlaf gut.«

»Du auch«, sagte er.

Anneliese und Jo

In den letzten 30 Minuten waren ihre Füße warm geworden. Das war nicht die einzige angenehme Erfahrung der vergangenen Monate; insgesamt sah sie besser aus, jünger, rosiger, frisch durchbluteter, sie lachte mehr – und für alles gab es nur einen Grund. Er lag neben ihr, leise schnarchend, der rechte, behaarte Oberarm lag entspannt über ihrem Bauch. Sie streichelte ihn zärtlich. Im Schlaf sah Jo wie eine Kreuzung von Wackelpudding und Babywal aus. Und verdammt jung. Zu jung, das wußte sie; gestern, auf einer Vernissage, hatte sie jemand freundlich gefragt: »Ist das Ihr Ältester, Frau Wissbach? Wir wußten ja gar nicht, daß Sie auch einen Sohn haben?« Anneliese hatte noch nicht gelernt, in solchen Situationen souverän zu reagieren; sie errötete, murmelte etwas von »mein Bekannter«, was die ganze Sache nur schlimmer machte. Jo hatte den Ansturm neugieri-

gen Interesses viel gelassener genommen. Er legte den Arm um ihre Schulter, strahlte mit allen Zähnen und sagte: »Wir sind verlobt. Sowie ich mein Abitur habe, heiraten wir.«
Nicht alle verstanden das als Scherz. »Ich hoffe, Sie meinen Abendabitur«, hatte einer gezischt, und ein weiblicher Dreifach-Twen auf der Geburtstagsfeier von Ingrid war rot angelaufen. »Kinderschänderei nannte man das zu meiner Zeit«, was Jo, der nie um eine witzige Replik verlegen war, zu einem schmunzelnden »Madame, es ist wunderschön, geschändet zu werden, Sie sollten es auch einmal probieren« veranlaßt hatte.
Fast 20 Jahre jünger. Leicht ihr Sohn. Noch leichter ihr Schwiegersohn. Doch ihre Gefühle waren alles andere als mütterlich. Es klang so gräßlich klischeehaft, aber sie hatte sich noch nie so sehr als Frau gefühlt. Auch bei ihrem Verstorbenen nicht, Gott hab ihn wirklich selig, der es als Höhepunkt ihrer sexuellen Abenteuerlust ansah, wenn sie oben lag, was sie schwierig gefunden hatte, weil sein ehemännlicher Lustspender, klein und schlüpfrig wie ein Aal, in dieser Position leicht rausrutschte. Also stopfte sie nach, was sie jedoch so viel Konzentration kostete, daß sie zwar manchmal kurz davor, aber nie ganz da gewesen war: Cunilingus hatte sie erst bei Jo kennen- und zu ihrem Erstaunen innig lieben gelernt, sie schluckte sogar, was sie bei ihrem Ex richtiggehend angeekelt hätte.
Sie schaute auf die Uhr. Elf Uhr vormittags. Jo war arbeitsloser Lehrer, hatte also viel Tagesfreizeit. Er unterrichtete nachmittags vier Stunden Deutsch für Ausländer und Französisch an der Fremdsprachenschule, davon konnte er seine Zweizimmerwohnung und ein bescheidenes Leben bezahlen. War er ein Gigolo, einer, der von der Gutmütigkeit einsamer, älterer Frauen lebte? Anneliese hatte sich diese Frage am Anfang oft gestellt, als sie ihm im Restaurant unter dem Tisch diskret die Geldscheine zusteckte, damit sein Ego nicht litt, wenn ihm der Kellner süffisant lächelnd die Rechnung vorlegte.
Während sie duschte, ihren nur leicht birnenförmigen Körper

von oben bis unten mit Ponds-Nährcreme einrieb, sich die rasierten Achselhöhlen mit Puder einrieb (nichts fand sie unappetitlicher als Urwald unterm Arm), grübelte sie wieder einmal über diese Frage nach. Und wenn schon, dachte sie trotzig, ich kann es mir ja leisten. Ihr Verstorbener war Abteilungsleiter einer Versicherung gewesen und hatte sie gut versorgt zurückgelassen.

Sie zog sich an, schaute kurz ins Schlafzimmer. Er schlief den satten Schlaf der Arbeitslosen.

»Vier Müslibrötchen, bitte«, sagte sie im Bäckerladen, »und zwei Croissants.« Jo hatte nach dem Sex immer einen Bärenhunger, und auch sie aß wie zur Zeit ihrer Schwangerschaften. Trotzdem blieb sie erträglich schlank, bis auf die Rundungen bäuchlings, die sie trotz dreimal wöchentlich Gymnastik in der Volkshochschule nicht wegbekam. *C'est le sport en chambre,* dachte sie vergnügt, als sie das Treppenhaus mit zwei Tüten betrat. Sie liebte diese beschaulichen Frühstücke in ihrer Küche, beide im Bademantel, er mit der *Frankfurter Rundschau,* sie mit der *Morgenpost,* die er verabscheute, ab und zu ein Satz, wie in einer guten Rentnerehe.

»Hallo, Mutti, bist du das?« rief es von oben. Anneliese erstarrte. Marie schaute durchs Geländer. »Ich war gerade in der Gegend und hatte Lust auf eine Tasse Kaffee«, sagte sie aufgekratzt. »Du hast Brötchen gekauft, super. Gedankenübertragung.«

Kleine, heiße Gedanken kreisten in Annelieses Hirn, doch nicht einer machte Sinn. Marie hatte keine Ahnung von dem jugendlichen Hobby ihrer Mutter, das da selig im Elternschlafzimmer lag, quer über der Besucherritze.

Ihre Jüngste war oft so moralinsauer, so rechthaberisch, ganz im Gegensatz zu Jenna, die viel toleranter war. »Mutti, dieses Kleid, meinst du wirklich? Findest du nicht, daß diese Lippenstiftfarbe ein bißchen zu jugendlich ist?« Sie wollte ihre Mutter in der Mutti- bzw. Omaecke, brav, Kinderpullover strickend, in gedeckte Farben gekleidet und selbstverständlich asexuell. »Der Gedanke, daß es alte Menschen noch immer miteinander treiben, ist gruselig für mich«, hatte sie einmal taktloserweise gesagt und dann, um die Sache schlimmer zu machen, hinzugefügt:

»Mach doch nicht so ein Gesicht, Mutti. Das ist doch kein Thema mehr für dich.«

Anneliese schloß auf und stellte fest, daß die Schlafzimmertür nur angelehnt war. »Geh schon mal in die Küche und setz Kaffee auf«, sagte sie resigniert. Ein schneller Blick, Jo schlief immer noch. Sie zog die Tür hinter sich zu. Marie hatte inzwischen den Tisch gedeckt, Marmelade, Honig, Butter, Käse. Zwei Eier blubberten im Wassertopf.

Anneliese war der Appetit vergangen. »Kind«, fing sie an, »setz dich, ich glaube, wir müssen mal miteinander reden.«

Marie setzte sich. »Was ist los, Mutti, du siehst ja plötzlich aus wie ausgekotzt. Ist dir schlecht?«

»Mir geht's hervorragend«, sagte Anneliese bestimmt. »Mir ist es nie besser gegangen.«

Sie holte tief Luft und öffnete entschlossen den Mund, als sie im Rücken einen Luftzug spürte und Marie einen spitzen Schrei ausstieß:

»Mutti, du hast einen nackten Mann in der Wohnung. Ruf die Polizei, schnell.«

Als Anneliese sich umdrehte, sah sie Jo lachend in der Tür stehen. Er war splitternackt bis auf eine rosa Schleife, die er sich um den Schwanz gebunden hatte.

Marie und Christoph

Sie saßen um den Küchentisch, das heißt, die Erwachsenen saßen: Marie und Christoph, Carmen und Peter Martin, mit denen sie sich angefreundet hatten, weil ihre Kinder im gleichen Alter waren. Bobby, Carmens und Peters Ältester, war drei, Paloma anderthalb Jahre alt. Fünf Kinder tobten in der Restwohnung, Marie und Christoph versuchten, sich zu entspannen. Besonders, wenn es ruhig war, vibrierten ihre Nerven: Was war jetzt wieder los?

Gesprächsthema bei Wiener Schnitzel mit Kartoffelsalat: Kinderscheiße. Am Ende der Suppe hatten sie geklärt, daß Daniel nur noch Kacka in die Windeln machte, dafür seinen Piedel gern wie einen Gartenschlauch in die Gegend hielt. Gabriel noch sowohl Kacka als auch Pipi. Bobby war schon völlig trocken, aber er gab oft falschen Alarm: »Bobby muß mal«, krähte er, wenn er sich im Kaufhaus oder im Autokindersitz langweilte, nur um dann, wenn seine verschwitzt-gestreßten Eltern ihm in einer dunklen Ecke die Oshkosh runterrissen, fröhlich zu sagen:

»Bobby muß doch nicht.« Paloma war in dem pflegeleichten Alter, in dem sich die Frage noch nicht stellte.

»Wer möchte noch Kartoffelsalat?« fragte Marie, nicht etwa um abzulenken, denn dieses Thema brachte sie keineswegs um den Appetit. Sie konnte mit einer Hand ein zugeschissenes Kind (nur ihr eigenes allerdings) sauberwischen und sich mit der anderen ein Brötchen schmieren.

Doch Carmen war noch nicht bereit, auf weniger Weltbewegendes einzugehen. »Das Merkwürdigste bei Bobby ist, daß er noch nicht weiß, ob was im Töpfchen ist oder nicht«, lachte sie genüßlich mit offenem Mund. »Alle paar Sekunden steht er auf und guckt rein.«

Wie aufs Stichwort kam Daniel in die Küche: »Ich muß Stinkie-Stinkie«, verkündete er und schaute auffordernd seine Mutter an. Marie gab die Aufforderung stumm an Christoph weiter, der sie ebenso stumm ignorierte. Er hatte sich gerade eine Zigarette angezündet und keine Lust auf Klo-Wache.

»Geh schon mal vor«, sagte Marie seufzend mit einem wütenden Blick, der jedoch verpuffte, was sie nur noch wütender

machte. Die Rache des beleidigten Mannes, sinnierte sie, als sie Daniel die Hose herunterzog, vorsichtig seinen Piedel hinter die Klobrille steckte und zwecks Stimulierung, den Tip hatte sie aus *Eltern,* den Wasserhahn anstellte.
»Sag Bescheid, wenn du fertig bist, Daniel«, ermahnte sie.
Im Wohnzimmer, dessen ominöse Stille sie nervös machte, war visuelle Schadensbestimmung angesagt. Vier Kinder saßen brav und stumm vor dem Fernseher.
»Ich hab ein Video von euch eingelegt«, verkündete Stephanie, nur eine Prise schuldbewußt. »Du kannst uns ruhig alleine lassen.«
»Was für ein Video«, fragte Marie freundlich, »Donald Duck oder Snoopy?«
Arglos trat sie ans Sofa, warf einen Blick auf den Bildschirm und erstarrte. Ein nacktes Paar räkelte sich auf einem zerwühlten Ehebett, der Mann fragte: »Kann ich ihn jetzt reinstecken?« Der Frauenkopf tauchte aus dem Schoß des Mannes auf und lachte: »Noch einen Augenblick, ich bin gleich soweit.« Die beiden Darsteller auf dem peinlichen Heimvideo waren Christoph und sie, der Film war eines Nachts aus Albernheit entstanden, als sie die Kamera neu hatten.
»Mami, was macht ihr da?« fragte Gabriel.
Seine große Schwester stupste ihn. »Mami und Papi sind am Ficken«, erklärte sie fröhlich, während Marie die Kassette blitzschnell aus dem Gerät drückte.
»Sind die Kinder friedlich, soll ich helfen?« rief Peter aus der Küche.
»Alles unter Kontrolle!« rief Marie zurück und steckte schnell die Heidi-Kassette rein. »Das ist viel interessanter«, sagte sie und ging aufs Gästeklo. Kein Daniel. »Daniel, wo steckst du?«
»Hier«, rief er aus dem Kinderzimmer, wo er auf dem Plastikpotti mit Bärenkopf thronte. »Hab Stinkie-Stinkie macht«, sagte er stolz, »will Papa zeigen.«
Marie schmunzelte. Rache riecht, dachte sie, als sie ihrem Sohn

nachschaute, der mit seinem vollen Topf schwankend in die Küche ging. Mit dieser Peinlichkeit sollte er fertig werden, sie wußte von nichts.
In der Küche waren drei Erwachsene mit Abitur bei kalifornischem Pinot Noir in ein intelligentes Gespräch vertieft. Der Golfkrieg und seine Folgen, die palästinensische Situation, die israelische Frage. »Man kann nur hoffen, daß die Exportbestimmungen für die gesamte Rüstungsindustrie erheblich verschärft werden«, dozierte Christoph gerade, während sein Sohn in die Küche kam. »Nie wieder darf deutsches Gas mit einem Juden in Berührung kommen.«
Er griff zur Weinflasche, als er am Ärmel eine weiche Berührung spürte. »Papa, guck mal!« krähte Daniel und hob den Topf so hoch, wie er konnte. Es schwankte gefährlich.
Die drei Großen erstarrten kurz, Christoph griff energisch zur Trophäe. »Wunderbar, mein Kleiner, laß Papa mal auskippen.«
Peter und Carmen griffen gelassen zu ihren Weingläsern. Sie waren Eltern, also allerhand gewöhnt: Konversationen in Halbsätzen, Restauranttische, die aussahen wie nach dem Erstschlag, vollgepinkelte Sofakissen.
Das Telefon klingelte. »Ich geh ran«, schrie Marie, doch Stephanie war schneller. »Hallo, ich bin's«, flötete sie ins Telefon. »Wen willst du sprechen?«
Christoph, auf dem Weg zum Klo, traf Marie auf dem Weg zum Telefon.
»Mami, ein Herr Tony für dich«, meldete Stephanie.
Eine heiße Stichflamme zischte zwischen Ehemann und Ehefrau hoch. »Ich komme«, rief Marie und vermied es, Christoph anzusehen. »Hallo«, sagte sie.
»Ich bin's, Tony«, sagte diese Stimme, die sie in jeder anderen Situation gern gehört hätte, nur nicht hier und jetzt, mit ihrem Mann in Hörweite, der gerade den Topf auskippte, und Freunden, die in der Küche verstummt waren. »Hallo, Tony, was kann ich für Sie tun?«

»Da könnte ich mir einiges vorstellen«, sagte die Stimme, amüsiert, restlos entspannt. *»Is this a bad time?«* Tony streute gern ein paar Anglizismen in seine Rede, denn er hatte Anfang der 70er Jahre mit der englischen Version von *»Casanova«*, *»Let me be your lover boy«*, auf Platz 57 der amerikanischen Hitparade gestanden.

»Wir sind gerade beim Essen, Tony, aber sagen Sie ruhig, was los ist.«

Er verstand den Wink sofort. Jahrelange Liaisons mit Ehefrauen hatten ihn Sensibilität gelehrt. »Okay«, meinte er geschäftsmäßig, »ich wollte Ihnen nur sagen, daß wir von den Fotos sehr angetan sind. Wir sollten bald einmal darüber sprechen, ob und, wenn ja, welches Foto wir fürs Cover nehmen können oder ob wir noch eine andere Session machen wollen.«

Marie schluckte, lauschte in Richtung Küche, aus der, Gott sei Dank, wieder leises Gemurmel drang. »Freut mich«, sagte sie, »ich ruf morgen früh mal an, okay?«

»Wirklich, okay?« fragte er. »Großes Indianerinnenehrenwort.«

Sie legte auf; das Gespräch der anderen hatte wieder normale Lautstärke, als sie die Küche betrat. Bildete sie es sich ein, oder ruhten sechs Augen vorwurfsvoll auf ihr?

»Jetzt brauch ich 'ne Zigarette«, sagte sie. »Ich hab den Anrufbeantworter angestellt, damit wir nicht mehr gestört werden.«

»Busineß geht vor«, sagte Christoph kurz, »ich nehme an, es war Busineß?«

»Ich höre, du hast Tony Cazzone, meinen Teenagerschwarm, vor die Linse gekriegt«, schaltete sich Carmen ein, die einem drohenden Ehekrieg zuvorkommen wollte. Als Ehefrau hatte sie eine untrügliche Antenne dafür. »Hat er dich auch angemacht? Ich hab ein Interview mit ihm gelesen, in dem stand, daß er es mit einer ganzen Sambatruppe getrieben hat.«

Schweigen. Eine klebrige Minute lang.

»Glaubst du alles, was in den Zeitungen steht?« fragte Marie,

aber sie merkte selbst, wie schwach es klang. »Was gibt's zum Nachtisch, Liebling?«
»Etwas Passendes«, sagte Christoph. »Äpfel im Schlafrock. Oder hättest du lieber Tiramisu?«

★ Lieber ’n wackliger Kneipentisch als ’ne feste Beziehung. ★

Jenna

Mir wurde klar, daß Heinrich ziemlich sauer auf mich war, als er in mein Büro rauschte und sich einfach auf meinen Schreibtisch setzte. Ich haßte das, denn an meinem Arbeitsplatz herrschte ein nur für mich geordnetes Chaos, das von anderen, wenn sie die Zettelhaufen, die Bücherberge, die Manuskriptstapel auch nur anschauten, unweigerlich durcheinandergebracht wurde.

»Du bist eine Schlampe«, sagte er dann auch wie erwartet und kam gleich zur Sache. »Die Tony-Geschichte gefällt mir ganz gut, kein Glanzstück, aber es reicht.«

Er pausierte, wartete auf eine Reaktion. Ich tat ihm den Gefallen nicht, sondern schaute ihn unverwandt an, was wiederum ihn nervös machte. Seit ich Kontaktlinsen trug, hatte ich mir das Blinzeln abgewöhnen müssen, notgedrungen, denn in ein blinzelndes Auge paßt keine Linse; jetzt setzte ich diese Fertigkeiten hauptsächlich ein, um Chefs und unverschämte Lover zu verunsichern.

»Freut mich, daß dir die Story gefallen hat, Heini«, meinte ich gelassen, und ich wußte, wie sehr er diese Anrede haßte, »was kann ich für dich tun?«

Er räusperte sich. »Ich weiß, daß du an der Babystory sitzt, aber der Chef will bis vorgestern eine Kolumne über die schlimmsten Bemerkungen, die Mann und Frau im Bett einander an den Kopf werfen. Ich hab gleich an dich gedacht.«

Das war wirklich frech, aber da ich ausgeschlafen war und vor

Bürobeginn sogar gejoggt hatte, blieb mein Nervenkostüm stabil.
»Kein Problem für mich«, sagte ich fröhlich. »Wie viele Stunden hab ich Zeit?«
»Zwei«, antwortete er. »Schreib einfach aus dem wirklichen Leben.«
Also saß ich vor meinem Bildschirm, und zu meinem Erschrecken taumelten die Beleidigungen nur so in die Tasten. Was war los mit mir, war mein Sexleben wirklich so schlimm?

1. Dein Vorspiel ist wie der Versuch, mit einem Boxerhandschuh zu masturbieren.
2. Du bewegst dich nicht genug, du liegst da wie ein Fisch.
3. Du bist so trocken wie Sandpapier, liegt das an mir?
4. Du küßt so feucht wie ein Cockerspaniel.
5. Deine Oberschenkel erinnern mich an eine Flußlandschaft.
6. Dein Hintern ist so weich, du solltest dich im Fitneßclub anmelden.
7. In der Zeit, bis du zum Orgasmus kommst, kann ich meine Steuererklärung ausfüllen.

Ich mußte aufhören. War das mein wirkliches Leben? Unwillkürlich fiel mein Blick auf das Familienfoto von Marie und Co., das auf meinem Schreibtisch stand. Die stolzen Eltern, ihre grinsende Brut, ausnahmsweise frisch gewaschen und gescheitelt. Sie sahen unnatürlich brav aus, wie auf einem Foto von Karstadt. Und wieder schnürte mir etwas kurz die Seele ab, das ich mir nicht erklären konnte. Wollte ich auch so eine Karstadtidylle?
Reichte es nicht, Tante von drei unerzogenen Wesen zu sein, machte mich der Luxus nicht mehr glücklich, nach dem Trubel bei meiner Schwester genüßlich in mein eigenes Schaumbad zu steigen, weit weg von Pipi und Kacka und schmierigen

Patschhänden? Ich strich über meinen Bauch, der einigermaßen flach war, und dachte: In deinem Alter würdest du die Schwangerschaftsstreifen nie wieder los.

8. Nackt siehst du wie meine Mutter aus.
9. Ist er schon drin? Okay, entschuldige.
10. Weck mich auf, wenn du fertig bist.

10a. Er: Ich will dich nehmen, dich verschlingen, dich an den Abgrund der Lust treiben.
Sie: Okay, wenn du mich dabei nicht aufweckst.

11. Da dein Orgasmus besser war als meiner, kannst du den Kaffee kochen.

Ich gähnte. Die Kolumne wurde mir langweilig. Ich würde wieder ein Pseudonym verwenden müssen, damit ich nicht so viele böse Leserbriefe von männlichen Lesern bekam. Welches war am passendsten? Mit Dr. Daphne Welsand unterschrieb ich meine pseudowissenschaftlichen Ergüsse für die *Metropolitan,* die mit VGT, vorgetäuschtem Tiefgang. Nein, dann eher Veronika Sexauer, das gefiel mir, anspielend und subtil zugleich. Ich tippte auf »Ausdrucken« und schaute auf meine Zu-erledigen-Liste. »Polizei« stand da gleich als erstes. Mein Fiat! Der Gedanke an gestern abend ließ meinen Blutzuckerspiegel in gefährliche Höhen schnellen. Dieser Scheißkerl! Lachte sich wahrscheinlich schlapp über mich: »Hab gestern 'ner Alten die Birne mit meinem Autofenster abgeklemmt, breit wie 'ne Flunder war die, wollte aber die Polizei rufen, weil ich angeblich ihren kostbaren Fiat angeschrammt hatte.«
Ich kannte einen Polizisten vom Berliner-Tor-Revier, mit dem ich mal drei lauwarme Nächte verbracht hatte (Thema der Reportage war »Deutsche Polizisten – Retter oder Rambo?«) und der bei Bedarf seinen Computer für mich anzapfte.
»Dieter Smuda, bitte«, sagte ich und drückte schnell ein bißchen weiblichen Charme in meine Stimme, von der ich

wußte, daß sie bei Anspannung auch schrill klingen konnte. »Hi, Dieter«, flötete ich dann, »wie geht's? Habt ihr endlich den Drogendealer, oder ist er nach Mallorca abgehauen?«

»Jenna, dein Vollblutorgan so früh am Morgen, was liegt an?« fragte er, und ich wußte, daß ich nicht herumbalzen mußte, sondern gleich zur Sache kommen konnte. Dieter Smuda war einer der wenigen Männer, bei denen ich ganz ich selbst sein konnte.

»Dieter, mir ist gestern ein Arsch hinten reingefahren ...«

»Moment, *mien Seuten,* dein Sexualleben interessiert mich nur, soweit es mich betrifft«, unterbrach er mich.

»Dieter, mit dem Auto meine ich natürlich.«

»O Gott, jetzt wird's kinky«, lachte er und sagte dann: »Ich verstehe dich schon. Hast du dir sein Kennzeichen gemerkt?«

Ich sagte ihm: »HH-HL 4, weiter weiß ich nicht.«

»Wird schwer sein, ihm was nachzuweisen, ohne Zeugen«, warnte er. »Warum bist du so scharf auf ihn? Hat er dir gefallen, lernst du in deiner vertrockneten Redaktion keine ordentlichen Kerle mehr kennen?«

»Dieter«, seufzte ich, »ich hab keine Ahnung mehr, wie er aussah, aber ich hab ein Hühnchen mit ihm zu rupfen, deshalb brauche ich seine Adresse. Tust du mir den Gefallen?«

Ich küßte dreimal ins Telefon und legte auf. Fünf Minuten später war er wieder dran.

»Er heißt Michael König, ist 24 Jahre alt und wohnt in der Methfesselstraße 53. Hast du heute abend Zeit?«

»Für Bullen immer«, sagte ich.

Marie

Ich hatte Christoph nichts vom Rosa-Schleifen-Träger erzählt, weil ich die Sache selbst erst noch verdauen mußte. Meine Mutter und ein Lover; ich weigerte mich einfach, mir das konkreter vorzustellen. Wahrscheinlich erlebte sie heißeren Sex als ich, mit Sicherheit heißer als mit meinem Vater, Göttin hab ihn selig und laß es ihn nie erfahren. Diese Schamlosigkeit, sie holte Brötchen, und er wickelte sich derweil eine Schleife um seinen Feuerlöscher! Mein Abgang war ungeschickt und eisig gewesen. »Ich geh dann wohl«, hatte ich gemurmelt und aus den Augenwinkeln feststellen müssen, daß das, was die Schleife hielt, kümmerlich in sich zusammengeknickt war. »Du hast offensichtlich Besuch.«

Im Auto sackte mir dreimal der Motor weg, bevor ich spuckend aus der Parklücke fuhr. Mein Herz klopfte wie ein Preßlufthammer. War denn die ganze Welt verrückt geworden? Ich tändelte mit Deutschlands Schnulzenopi Nummer eins herum, meine Mutter trieb's je öller, je döller, nur Jenna frustete männermäßig wie gewohnt. So erfolgreich sie im Beruf auch war, privat galt die Devise: »Der Griff daneben – die Liebesgeschichten der Jenna W.« Was hatten schon für Knorpelfiguren auf meinem Ikeasofa gesessen! Der Gedanke, daß sie mit allen geschlafen hatte, trieb mich jedesmal mit erwachtem Leidenschäftchen (Verkleinerungsform) in die Arme meines Gatten. Da war der Alkoholiker mit dem originellen Namen Krizo, der tagsüber als Abteilungsleiter bei einer Autoversicherung arbeitete; der Barkeeper mit dem dünnen Pferdeschwanz; der Geschiedene mit vier schulpflichtigen Kindern. Die Elendsliste war lang, und auch meine schwesterlich-bemühten Kuppelversuche waren katastrophal verlaufen. Wie sollte ich auch ahnen, daß mein netter, lediger Nachbar deshalb im besten Mannesalter von 33 Jahren noch unverheiratet war, weil er im Kleiderschrank eine diskrete Sammlung von neunschwänzigen Peitschen und Gürteln aufbewahrte, die er als kleine, geile Überraschung auf sein ahnungsloses Opfer herunterschnellen ließ. Jenna hatte mir am Morgen nach dem Verkupplungsdinner ihre blauen Flecken an Oberschenkeln und Armen gezeigt und drei Wochen lang nicht mehr mit mir geredet. Danach ließ ich sie in Ruhe. Obwohl ich

mir weiterhin Gedanken machte. Meine Mutter war mit Mitte Vierzig in die Wechseljahre gekommen, ein bißchen Tempo war deshalb angesagt, wenn Jenna, wie sie in letzter Zeit immer wieder sagte, noch ein Brötchen in ihre Röhre schieben lassen wollte.
Christophs Auto stand vor der Tür, er war also früh zurück von seiner Besprechung mit der *Hamburger Morgenpost*. Ich holte tief Luft und wappnete mich. Die Stimmung zwischen uns war in den letzten Wochen knüppeldick, und die Tatsache, daß ich doch wieder schwach geworden war und weiterhin für Tony Cazzone arbeitete, hatte ihn vorübergehend ins Gästezimmer vertrieben. Sein vorgeschobener Grund war zwar, daß ihn mein Schnarchen störte, aber das war eine glatte Unverschämtheit, denn wenn ich überhaupt schnarchte, dann leise und melodisch, und nicht so, daß ich meinen Partner damit aufweckte. Wir waren auf dem Gefrierpunkt.
Ich schloß die Tür auf, wohltuende Ruhe begrüßte mich, denn die Kinder waren in Kindergarten und Schule, Christoph kritzelte wahrscheinlich an einem fetten Politiker herum.
»Hallihallo«, rief ich in die Wohnung hinein, »ist jemand zu Hause?«
Als ich in die Küche trat, um den Teekessel aufzusetzen, hörte ich nebenan leises Giggeln. Intim klang es und sehr vertraut, und ich wußte nicht, was mich plötzlich daran störte, daß ich in den beiden fröhlichen Stimmen die meines Mannes und meiner Schwester erkannte. Was machte sie hier so früh am Vormittag?
»Jenna, bist du es?« rief ich, während ich Christophs Arbeitszimmer betrat.
Der Anblick war unschuldig genug – warum fühlte ich plötzlich die siedendheiße Stichflamme der Eifersucht?
Christoph saß auf seinem Drehstuhl und zeichnete, Jenna stand neben ihm, über das Blatt gebeugt, und zeigte mit dem Finger auf etwas. »Das Gesicht ist gut getroffen«, sagte sie gerade, »nur

die Zähne sind zu gerade. Ist dir noch nie aufgefallen, was Genscher für ein Hasengebiß hat?«
Ich räusperte mich. Beide blickten hoch, und beide hatten verdächtig rote Ohrläppchen, mein persönliches Indiz für unerlaubte Gefühle. Spinnst du, rief ich mich innerlich zur Ordnung, die Frau ist deine Schwester, Menschenskind. Der Mann ist deiner, noch Menschenskinder.
»Ich denke, du wolltest mit Mutti frühstücken«, sagte Jenna, und ich brannte so darauf, ihr alles zu erzählen, daß ich ein-, zwei-, dreimal tief Luft holen mußte, weil ich Christoph nicht in das sündige Treiben unserer Erzeugerin einweihen wollte.
»Sie schlief noch«, antwortete ich deshalb lahm.
»Um halb elf?« rief meine Schwester ungläubig. »Ist sie krank?«
Ich schwieg. Wenn Christoph Wind davon bekam, daß ich ihm etwas vorenthalten wollte, konnte er zum Terrier werden.
Ich machte auf lässig. »Warum soll Mutti nicht mal ausschlafen dürfen? Sie hat schließlich nichts mehr auf dem Zettel, was sie morgens machen muß.« Wenn ihr beide wüßtet, dachte ich.
Christoph schaute mich sehr aufmerksam an. »Hatte sie vielleicht Besuch?« fragte er, und ich sah an dem Funkeln in seinen Augen, daß er etwas wußte.
»Wie kommst du da drauf?« fragte ich zurück, aber er tat ganz unschuldig, zuckte mit den Schultern: »Nur so.«
»Was ist mit Mutti los?« fragte Jenna, die als professionelle Schnüffelnase sofort ihren Riecher ausfuhr. »Was Ernstes?«
»Ich hoffe nicht«, sagten Christoph und ich unisono und fingen an zu lachen.
Und dann platzte die übervolle Blase meines Mitteilungsdranges, und ich legte los: »Mutti hat einen jungen Kerl«, entfuhr es mir, und ich weidete mich an den kuhrunden Augen meiner älteren Schwester. Endlich hatte ich auch mal einen Wissensvorsprung, war ich die besser Informierte.
»Wie alt, wie sieht er aus, was macht er?« prasselten die Profifragen. Der Teekessel pfiff.

»Bin gleich wieder da«, flötete ich und verschwand in der Küche.
»Die Neugier platzt mir unterm Mieder«, sagte Jenna einen Moment später dicht hinter mir, »spuck's aus.«
Ich drehte mich um, und ehe ich mich bremsen konnte, rutschte mir die Frage raus:
»Wenn Christoph nicht dein Schwager wäre, würde er dich dann als Mann reizen?«
»Ja«, antwortete meine Schwester genauso unzensiert, und ich merkte, daß sie sich am liebsten die Zunge dafür abgeschnitten hätte. Ich sagte gar nichts, aus meinem Stimmungsballon war die Luft raus.
»Schlimm?« fragte Jenna nervös, und ich antwortete cool:
»Dann kann ich dich ja nicht mehr mit ihm allein lassen.«
»Ich will 'ne Tasse Tee und den neuesten Klatsch«, rief Christoph, und ich holte tief Luft und rief:
»Mit Zucker oder Honig?«
»Süßstoff«, sagte er.
Jenna trat auf mich zu, wollte mich in den Arm nehmen und fragte halblaut:
»Hab ich was Schreckliches gesagt?«
Ich schüttelte sie ab und zischte: »Paß auf, ich kipp den Tee um.«

Jenna

Die Methfessel- war eine Kleinbürgerstraße in Eimsbüttel, wo es in den Treppenhäusern nach kaltem Kohl und ungelüfteten Betten roch, selbst wenn diese Treppenhäuser, wie im Falle der Nummer 53, weiß gestrichen und frisch gefliest waren. Ich weiß nicht, welcher Teufel mich ritt, aber nach Feierabend hatte ich einen Umweg gemacht und war an der Wohnung des Unsäglichen vorbeigefahren. Michael König heißt er, kein besonders

origineller Name; dritter Stock links, Jalousien, keine Vorhänge, das gefiel mir. Wenigstens kein Spießer. Was wollte ich hier? Ihm einen Überraschungsbesuch abstatten und dabei seine Wohnung demolieren? Herausfinden, wo er seinen Wagen parkte und dann mit meinem Schlüssel einmal herumritzen? Sehr viel wirksamer als Reifenaufstechen, was ich in grauer Vorzeit mal recherchiert hatte, als ich einem Scheißkerl übelwollte. Ich in Hockposition, alle spitzen Instrumente bereits abgebrochen, Nagelfeile, Kugelschreiber, Streichhölzer, als ich plötzlich über mir die Stimme des Autobesitzers hörte. »Na, Jenna«, sagte sie zuckersüß, »was machst du hier, pinkelst du mir gegen die Reifen, bloß weil ich einmal mit deiner Sekretärin?« Selten hatte ich mich so gedemütigt gefühlt, seitdem sind meine Rachegelüste subtiler. Und die Erfahrung, daß Lackschrammen viel teurer sind als kaputte Reifen, kam meiner neuen Vorsicht zugute.
Während ich überlegte, sah ich ein junges Mädchen aus der Haustür treten, das ich haßte, bevor sie auch nur einen Schritt näher kam. Überschlanke mindestens 1,80 m, mehr Haare, als einer Frau zustanden, mindestens fünfmal soviel wie ich, die ich ungefönt wie Elke Heidenreich aussehe, Babyhaut. Sie sah wie höchstens 18 Jahre aus, und ich war froh, daß ich sie nicht als Volontärin unter meine reifen Flügel nehmen mußte. Sie stieg in einen alten, verschrammten Mercedes, der mir bekannt vorkam. Die Schweinefreundin! Ein nettes Pärchen! Sie stieg ein, setzte schwungvoll zurück, hupte, zeigte einem Radfahrer den Finger, weg war sie.
Zu Hause blinkte mein Anrufbeantworter, ansonsten war die Wohnung leblos. Ich stellte sofort den Fernseher an, weil mich diese Stille nervte. Da Stella erst morgen kam, war alles noch so, wie ich es am Morgen hektisch verlassen hatte. Das ungemachte Bett, der bis auf ein Schimmeljoghurt leere Kühlschrank, der vertrocknete Basilikumtopf auf dem Fensterbrett.

Ich hörte mein Band ab.
»Jenna, hier ist Marie. Ich hab einen Riesentopf Chili aus der Gefriertruhe geholt. Komm doch vorbei.«
»Jenna, hier ist Dieter, der geile Bulle. Ich kann heute nicht, das Verbrechen ruft. Soll ich später noch bei dir vorbeikommen und dir die Füße wärmen?«
»Bin ich drauf? Hallo, ich hasse diese Dinger. Also, hier ist Tinka, eine Uta Kaiser hat sich gemeldet. Sie läßt dir bestellen, daß sie einen Samenspender für dich hat. Du sollst sie morgen mal anrufen.«
Wunderbar, die Story wurde langsam rund. Es war schwierig gewesen, einen Studenten zu bewegen, über seine lukrative Nebentätigkeit zu plaudern, die meisten bestanden auf Anonymität, keine Fotos, einer sogar auf einem Honorar von mindestens 5000 Mark. »Das sind 20 Schüsse, soviel sollte Ihnen die Story wert sein.« Ich fand so was widerlich und hatte abgesagt. Außerdem bezahlen wir nur sehr Prominente oder Kriminelle; das journalistisch mittelmäßig Interessante, und dazu gehörten auch Samenspender, ging finanziell meist leer aus.
Ich war sehr gespannt auf den Herrn. Wie wohl jemand aussah, der für Geld in ein Reagenzglas wichst? Ich schüttelte mich. Ob er abgemagert war, ausgezehrt? Ob so einer privat überhaupt noch einen hochkriegte? Oder war er *oversexed* und wußte nicht, wohin mit seinem Zeug?
Da mein Literaturgeschmack weit unter meinem Ausbildungsniveau liegt und ich allein war, kuschelte ich mich in mein Bett und griff zu meinem derzeitigen Schmöker. Das Buch hieß *Träume deiner Zärtlichkeit* und war eine sozialkritische Abhandlung über die Reichen in San Francisco. Ich konnte auch nichts dafür, daß der Umschlag golden war mit einer glitzernden Rose drauf.

Michael

Sie war aus der Wohnung gerannt, und nach der ersten Wut war ich fast erleichtert. Ich öffnete die Fenster, atmete tief durch und legte meinen Lieblingssänger auf. Willie de Ville mit *»Cadillac«*. Laut. Was war nur los mit uns? Ich hatte seit zwei Wochen keinen Einsatz bei Dr. Ahrends mehr, weil es Osterzeit war und meine Kundinnen in Urlaub, aber auch das hatte uns einander nicht nähergebracht. Ich hatte das Gefühl, daß Inken manchmal die Art, wie ich atmete oder mein Brot mit einer Käsescheibe belegte, zur Weißglut bringen konnte.

»Mußt du beim Ausatmen so hecheln?« fragte sie dann, und wenn ich zurückfragte, ob sie ihre Tage hätte, zischte sie mich an: »Das würde dir gerade noch fehlen, was, eine Frau schwängern zum Nulltarif.«

Ich konnte sie nur anschauen und versuchen, mich zu erinnern, was mich damals so an ihr fasziniert hatte. War es ihre unkomplizierte Fröhlichkeit, ihre intelligente Sinnlichkeit? Und wenn ja, wo waren sie geblieben? War es nur meine Nebentätigkeit, die sie so in Rage brachte, oder noch etwas anderes? Ich war ein Mann, also haßte ich Beziehungsgespräche, trotzdem raffte ich mich im Zweiwochenrhythmus zu der Frage auf: »Was ist los mit dir?« – »Mit mir«, rief sie dann, »mit mir ist alles bestens.«

Manchmal waren mir Frauen ein absolutes Rätsel. Ein manchmal graues, fast immer unverständliches Kapitel. Beispiel: Wir fahren irgendwohin, wo wir noch nicht waren. Nur mühsam kann ich Inken davon abhalten, an jeder Ampel die Beifahrerscheibe herunterzukurbeln und nach dem Weg zu fragen. Wenn ich sage: »Schau mal schnell auf dem Stadtplan nach«, dann höre ich gestreßtes Geraschel, aber keine konkreten Straßenangaben. Ich kenne keine einzige Frau mit einem guten Orientierungssinn. Oder wir spielen Mühle/Schach/Tischtennis. Ich weiß, daß es nur ein Spiel ist, trotzdem will ich gewinnen, das

ist schließlich Sinn der Sache. Und wenn ich gerade dabei bin: »Ich hab keine Lust mehr, du bist mir zu verbissen«, kreischt sie und schmeißt Spielsteine oder Schläger auf den Tisch. Weiber! Oder waren nur die Zwanzigjährigen so? Vielleicht sollte ich es mal mit einer Älteren probieren, mit einer, die ein bißchen Kohle hatte und mir sexuell noch was beibringen konnte.
Das Telefon klingelte. Sicher Inken, die jetzt in einer Zelle stand und sich entschuldigen wollte. Ohne mich. Keine Versöhnung. Erst wollte ich noch ein bißchen Gebettel hören.
»Na, bist du wieder zur Vernunft gekommen?« brummte ich in den Hörer.
»Im Gegenteil, hier spricht Fräulein Unvernunft«, tönte es fröhlich zurück. »Bist du es, Spermie? Du klingst so schlecht gelaunt?«
Auch das noch, Uta Kaiser; hoffentlich mußte ich nicht sofort ran. Mir war im Augenblick wirklich nicht nach Erguß zumute, er hing entschieden auf halbmast.
»Sorry, ich hab dich verwechselt«, sagte ich entschuldigend. »Was kann ich für dich tun?«
»Wir brauchen dich sofort«, sagte sie, »wir haben einen unerwarteten Eisprung hier. Nur du kannst helfen. Kannst du gleich kommen?«
»Wie sieht sie aus?« rutschte es aus mir heraus. »Wie sieht wer aus?« fragte Uta zurück, ungeduldig.
»Die Frau, die mein Sperma braucht, die Mutter meines ungeborenen Kindes?«
Schweigen. »Micky«, sagte Uta ganz vorsichtig, »du kennst doch die Regeln. Absolute Schweigepflicht.«
»Ich weiß«, flüsterte ich, »ich möchte es nur so schrecklich gern ein einziges Mal wissen.«
»Vielleicht ist dies nicht mehr das richtige für dich«, meinte Uta, »bist du sicher, daß du weitermachen willst?«
Ich schluckte, dann sagte ich: »Vergiß es, ich bin auf dem Weg.«

»Beeil dich«, sagte sie, »das Ei wartet nicht.«
Als ich aus der Tür trat, sah ich eine Frau in einen Fiat steigen, die mir seltsam bekannt vorkam. Sollte dies ... dann verscheuchte ich den Gedanken. Sicher ein Zufall.

Anneliese und Jo

»Bist du schon wach?« flüsterte er.
»Jetzt ja«, flüsterte sie zurück. »Wie spät ist es denn?«
»Halb neun, wir haben noch Zeit, mein Unterricht fängt erst um elf an«, sagte er und küßte sie.
Als das Telefon klingelte, griff sie nur zögernd danach. »Wissbach.«
»Mutti, was höre ich denn da«, schrillte die laute Stimme ihrer Ältesten in ihr halbwaches Ohr, »oder störe ich?«
Anneliese seufzte. Sie liebte ihre beiden Töchter abgöttisch und gleich stark, aber in den letzten Monaten wäre sie gern kinderlos gewesen. Zu verwirrend war ihre Gefühlslage, zu neu diese unerwartete Beziehung, als daß sie Lust gehabt hätte, darüber Rechenschaft abzulegen.
Nach der ersten Nacht war sie zwar leicht verliebt gewesen, aber davon ausgegangen, daß es sich um eine ein-, vielleicht zweimalige Verirrung handeln würde. Sie hatte ein freundliches »Es-war-schön,-ich-melde-mich« erwartet, ein »Das-war's-dann«. Doch die Wochen waren vergangen, und dieser junge Mensch, wie sie ihn immer noch selbstschützend-spöttisch nannte, hatte eine Lust und eine Kraft in ihr wiedererweckt, die sie süchtig machte. Letzte Nacht hatte sie drei Orgasmen gehabt, so viele wie zu ehelichen Zeiten in drei Jahren, wenn überhaupt. Wie sollte sie das der tüchtigen Jenna mit ihrer Reporterneugier klarmachen, die, wie sie selbst sagte, noch nie in ihrem Leben besinnungslos verliebt gewesen war?

»Ich schlafe noch«, wehrte Anneliese deshalb ab.
»Allein?« hakte Jenna sofort nach.
»Meine Liebe«, sagte Anneliese energisch, »ich weiß, daß dir die Neugier unterm Mieder brennt, aber vor dem Frühstück bin ich zu keiner Auskunft bereit. Willst du mit Brötchen vorbeikommen?«
»Geht nicht, hab einen Termin mit einem Samenspender«, meinte Jenna lässig.
Anneliese wurde schlagartig unangenehm wach. »Kind, Kind, Kind«, rief sie mit Mutterstimme. »Mach bloß nichts Unüberlegtes. Du hast doch noch ein paar Jahre, vielleicht triffst du noch deinen Prinzen.«
Jenna lachte schallend. »Muttilein, halt die Luft an. Der Termin ist rein beruflich, ich mach eine Story über unfruchtbare Ehepaare.«
Ein tiefes Seufzen bebte in der Leitung. »Jennakind, Gott sei Dank, ich möchte kein Reagenzglas als Schwiegersohn. Versprich mir das.«
»Großes Indianerinnenehrenwort«, sagte Jenna.
»Wer war das?« fragte Jo aus der Dusche.
»Meine Tochter trifft sich mit einem Samenspender!« rief Anneliese ins Badezimmer. »Sie sagt, es sei rein beruflich.«
»Vielleicht wäre das auch etwas für mich«, klang es dumpf hinter dem Duschvorhang hervor. »Falls ich als Lehrer keine feste Anstellung kriege.«
Anneliese riß den Vorhang zur Seite. »Untersteh dich«, sagte sie, »dein Sperma gehört mir.« Dann kletterte sie zu ihm unter den heißen Massagestrahl und dachte beglückt: Wenn dich jetzt die Doppelkopfschwestern sehen könnten.

Michael

Ich hatte mir mühsam zu der Erinnerung an *9 1/2 Wochen* etwas abgequetscht, ein dünnes Pfützchen, das ich abgefüllt und mit einem kalten, nassen Waschlappen umlegt in meiner äußeren Jeanstasche transportierte. Sperma darf nicht zu warm werden, sonst schwimmen die kleinen Kerle nicht richtig, die ganze Plackerei wäre umsonst gewesen, und für heiße Luft gab's heiße Luft, mein Risiko. Mein gottähnliches Gefühl als Erzeuger der Menschheit, zumindest eines nicht unerheblichen Teils in Norddeutschland, war an diesem Tag einem Handkrampf gewichen, einer hartnäckigen Scham und dann rumpelstilzhafte Erleichterung – ach, wie gut, daß fast niemand weiß, daß ich mein Sperma für Bares abgebe. Warum machte ich weiter? Es war leichtverdientes Geld, ohne Frage. Sah ich mich als anonymen Retter der Unfruchtbaren und Gedemütigten?
Beim Betreten der Praxis war ich so in Gedanken versunken, daß ich die Frau erst bemerkte, als ich ihr den Ellbogen voll in den Bauch gerammt hatte. »Passen Sie doch auf, Sie Idiot!« fauchte sie, und während ich meine Hand schützend über meine Jeanstasche legte, dachte ich, die Stimme kommt dir bekannt vor.
»'tschuldigung«, sagte ich und schaute sie mir genauer an. Mittelgroß, schlank, blonde Locken, ziemlich breite Nase – der Schreck durchfuhr mich wie ein Tauchsieder! Die Frau aus dem Fiat! Die Frau, die ich in meinem Autofenster eingeklemmt hatte! Eine Patientin von Dr. Ahrends! Eine, die ich womöglich schon bedient hatte. Sie schaute mich zögernd an, und obwohl mein Streßbarometer kurz vorm Kochen stand, sah ich, daß sie ein braunes und ein grünes Auge hatte. Kein schönes Gesicht, aber ein interessantes.
»Tut mir leid«, wiederholte ich.
»Sie kommen mir bekannt vor. Haben wir uns schon mal gesehen?« fragte sie und schaute noch prüfender.

»Nicht daß ich wüßte«, sagte ich, und da sie mir nachschaute, ging ich schnell ins Wartezimmer, damit sie nicht auf dumme, wenn auch zutreffende Gedanken kam.
Dreißig Frauenaugen guckten von ihren Lesemappen hoch. Für einen unfruchtbaren Ehemann war ich entschieden zu jung, was also wollte ich hier?
»Falsche Tür«, murmelte ich.
Als ich vor Uta stand, waren meine Achselhöhlen triefnaß, und das Reagenzglas in der Hosentasche brannte wie neonerleuchtet.
»Endlich bist du da«, fuhr sie mich ungeduldig an und schob den Waschlappen zur Seite. »Das ist alles?«
Dieser Tag war zuviel für mich. »Mehr kann ich auf die Schnelle nicht«, barschte ich zurück. »Ich bin schließlich kein Zuchtbulle.«
»Vielleicht reicht es ja«, meinte sie versöhnlicher und verschwand. Als sie wiederkam, nickte sie und schrieb einen Scheck aus. 250 Mark. Schwerverdientes Geld.
»Sag mal, Uta, nur ein Frage ...«
»Fang nicht schon wieder damit an«, unterbrach sie mich sofort, »du weißt genau, daß ich dir über unsere Patientinnen keine Auskunft geben darf.«
»Du brauchst nur mit Ja oder Nein zu antworten. Also. Mir ist beim Reinkommen eine Frau begegnet, mittelgroß, schlank, Boxernase ...«
»Jenna Wissbach«, unterbrach sie mich.
»Du gibst mir ihren Namen?« fragte ich verwundert.
»Kann ich in diesem Fall, weil sie keine Patientin ist, sondern Reporterin. Sie schreibt eine Geschichte über unfruchtbare Ehepaare und schnüffelt hier ein bißchen herum. Übrigens – ich hab ihr deine Telefonnummer gegeben.«
»Meine Nummer, bist du wahnsinnig?« rief ich. »Wieso das denn?«
»Hey, schrei mich nicht so an«, wies sie mich zurecht, »sie will

einen Spender interviewen, und du bist der intelligenteste. Ohne Namen und Foto, das hat sie mir versprochen.«
Als ich wieder ins Auto stieg und nach Hause fuhr, wo Inken mit dicker Schmollippe auf mich warten würde, ging ich alle Selbstmordarten durch und kam zu der Ansicht, daß ein Stein um den Hals und in die Elbe springen meinem augenblicklichen Leben entschieden vorzuziehen war.

Tony

»Was mit dir los ist, möchte ich wissen«, wiederholte Rüdiger Schneider.
Ihm stank es, daß sein Klient schon seit Tagen nicht ansprechbar war. Wenn Tony so trauerumflort und schlecht gelaunt vor sich hin brütete, konnte es sich nur um eine Frau handeln, denn nach wie vor war der Meister eine wandelnde Geschlechtsdrüse, dem selbst gravierende Karriereknicks, Platten, die wie Blei in den Regalen lagen, und leere Konzertsäle letztlich nicht soviel ausmachten wie eine einzige Frau, die nicht so wollte wie er und deren Libido mit seiner beträchtlichen nichts anzufangen wußte.
»Hängst du immer noch dieser dicktittigen Fotografin hinterher?« fragte der Manager bewußt rüde, weil er den dumpfäugigen Zellhaufen vor ihm ein bißchen in Wallung bringen wollte. »Schmink dir doch bitte diese Mutter ab, verheiratet, drei Gören, wozu bereitest du dir denn darüber Kopfzerbrechen? Du hast nach langen Hungerjahren endlich ein Comeback geschafft, du brauchst deine Kraft jetzt für die Karriere. Oder willst du wieder als Pizzabäcker anfangen?«
Aber Tony schaute blicklos auf sein Rührei. Er kam gerade vom Telefon, wo er eine kurze, aber prägnante Konversation mit der sechsjährigen Stephanie gehabt hatte.
»Was willst du denn von meiner Mami?« hatte sie ihn gefragt.

Berechtigte Frage. Was hätte er ehrlicherweise antworten können? Ein bißchen Sex? Ein paar kleine Nümmerchen, wenn sie einen Babysitter hat oder wenn dein Daddy freundlicherweise zu Hause bleibt? Ich weiß es selber nicht? Eine Scheidung?

Da jede Variante schwachsinnig und gefährlich war, hatte er etwas von »geschäftlich« gemurmelt und Sekunden später sie etwas atemlos an der Strippe gehabt.

»Wissbach, hallo.«

Lächerlich, aber die Stimme machte ihn vorübergehend sprachlos. Er räusperte sich: »Hier ist Tony, störe ich?«

Sie räusperte sich auch. »Nicht mehr als sonst«, sagte sie, und es kam uncharmanter raus als beabsichtigt, denn Stephanies Kinderaugen ruhten forschend auf ihr, und Daniel rief: »Will auch ›Hallo‹ sagen.«

Verdammt, dachte Tony, man lebt nur einmal. »Ich würde Sie gern wiedersehen«, sagte er einfach. Er zählte die Sekunden des Schweigens, damit er ruhig blieb.

Bei 29 antwortete sie: »Okay, wann und wo?«

Auf diesen schnellen Sieg war er nicht vorbereitet. Verschwiegen sollte der Ort sein, aber gute Küche und möglichst mit Übernachtungsmöglichkeit. »Ich kenne ein gutes Restaurant« – das Wort Hotel vermied er bewußt – »in der Lüneburger Heide«, schlug er vorsichtig vor.

»Einverstanden«, hatte sie gesagt. Mühsam holte er sich in die Wirklichkeit zurück. Vor ihm saß die schlechte Entschuldigung für einen Mann, Rüdiger S., sein ihm treu ergebener, wenn auch nicht besonders schlauer Manager. Im Sitzen sah er aus wie ein Wäschesack, dessen Annahme die Reinigung verweigert hatte. Seine Zähne waren kräftig und gesund; daß sie die Farbe einer vollgepinkelten Unterhose hatten, dafür konnte er nichts. Trotzdem: Tony, der Mitte Fünfzig noch immer halbwegs straff und jugendlich aussah, wünschte sich oft, sein Manager hätte eine etwas appetitlichere Aura.

»Laß mich in Ruhe, Rüdi«, schroffte er ihn deshalb an, »ich bin noch nicht ganz wach.«
S., der Wäschesack, schlürfte sein Ei.
»Wundert mich, Boß«, sagte er friedlich, »du hast doch einen völlig ungestörten Nachtschlaf gehabt.«

Jenna

Er hieß Michael König. Ob das ein Pseudonym war? Vor meinem inneren Auge erstand ein mittelgroßer Chemiestudent mit neckischem Bärtchen am fliehenden Kinn, Jeans, Turnschuhe, Lederjacke. *Michael König,* fiel mir plötzlich ein, so hieß doch der Typ, dessen Adresse Dieter Smuda mir gegeben hatte. Ein merkwürdiger Zufall, aber der Name war ja nicht ungewöhnlich. Wo war mein Spiralblock? Seine Eltern waren arm, notierte ich unter »Gedanken zur Person«; Bafög reichte nicht, er hatte schon immer viel onaniert, warum also nicht für Geld? Mädel, warnte ich mich, keine Vorurteile. Du hast schon Mörder interviewt, Hells Angels, Kinderschänder und Lustgreise, die ihre gleichaltrigen Frauen nach der goldenen Hochzeit verlassen hatten, um *ihn* mit einer Zwanzigjährigen zumindest noch auf halbmast hochzupäppeln – da werde ich doch imstande sein, einem Michael König souverän zu begegnen? Was unterschied ihn denn von Blut- oder Knochenmarkspendern? Doch nur die Tatsache, daß es nicht um Leben oder Tod ging, sondern nur um Leben.
Ich wählte die Nummer 49 51 53, zündete mir wie immer vor Telefonkontakten eine Zigarette an.
»Hallo?« Eine Frauenstimme. Da sie das Telefon abgenommen hatte, mußte sie sich dort zu Hause fühlen. Freundin? Schwester? Reinemachefrau?
»Guten Tag«, sagte ich mit Profistimme, »hier ist Jenna Wissbach von *Dolce Vita.* Kann ich bitte mit Herrn König sprechen?«

»Moment mal.«
Ich legte mir den Block zurecht, griff zum Kugelschreiber und wartete.
»König.« Eine dunkle Stimme mit einer deutlichen Prise Vorsicht.
Also drückte ich Charme und Wärme auf meine Stimmbänder und sagte: »Guten Tag, Herr König, mein Name ist Jenna Wissbach. Ich habe Ihre Telefonnummer von Uta Kaiser bekommen.«
Nichts.
»Sind Sie noch dran?« fragte ich.
»Worum geht es denn?« fragte er, und irgend etwas in seiner Stimme war ungemütlich vertraut. Einbildung, woher sollte ich ihn kennen?
»Ich bin Reporterin für *Dolce Vita* und recherchiere eine Geschichte über das Phänomen Unfruchtbarkeit, gerade bei berufstätigen Frauen. Eines von sechs Ehepaaren heutzutage kann keine Kinder bekommen, wußten Sie das?«
Dumme Frage dachte ich, aber seine Stimme klang etwas aufgetauter: »Klar wußte ich das, genau das ist doch meine Marktlücke.« Er lachte leise, und ich lachte vorsichtig mit. Ein Samenspender mit Humor, der liebe Gott dachte sich wirklich die erstaunlichsten Varianten aus.
»Genau«, sagte ich, »deshalb würde ich Sie gern interviewen. Wir ändern den Namen, Foto brauchen wir nicht, Sie bleiben also völlig anonym. Normalerweise zahlen wir nicht für Interviews, aber in Ihrem Fall würden wir eine Ausnahme machen. 500 Mark für zwei Stunden?«
Er zögerte. »Kann ich mir die Sache noch mal überlegen?« fragte er dann.
»Aber natürlich, Sie werden hier doch nicht als Kronzeuge vor Gericht zwangsvorgeladen«, lachte ich. »Rufen Sie mich ruhig an. Meine Nummer ist 32 34 21.«
»Das werde ich tun, vielen Dank für Ihren Anruf.« Klick.

Ich drückte meine Kim zu ihren Schwestern im Aschenbecher. Klang nett, der Junge. Hoffentlich meldete er sich.

Michael

Das war knapp. Wie kam ich bloß aus dieser Situation wieder raus? Nie im Leben würde ich mich von ihr interviewen lassen. In ein paar Tagen würde ich sie anrufen bzw. ihren Anrufbeantworter und ganz höflich wieder absagen.

Jo

»Der Subjonctiv wird bei Ausdrücken des Wollens und Wünschens verwendet«, dozierte Jo und schob diskret seine Jackettärmel hoch, damit er sehen konnte, wie spät es war; noch 10 Minuten. »Wie übersetzt man also: ›Ich möchte, daß du kommst?‹«

Dumpf blickten die Schüler und Schülerinnen hoch, sofern sie nicht aus dem Fenster schauten. Französisch für Anfänger, in diesem Falle meist Hausfrauen und Rentner, so weit war er gesunken. Da er in den siebziger Jahren ausführlich studiert und sein Leben genossen hatte, viele Rucksackreisen, viele Affären, konnte er sich erst 1983, mit 32 Jahren, zum Examen anmelden. Sein Durchschnitt von 3,2 in der Fächerkombination Französisch und Geschichte war damals so gefragt gewesen wie ein Hühnerauge.

Mit Mitte Dreißig hatte er wieder bei seiner Mutter Gerda Steinberger gewohnt, einer resoluten Rentnerin, die nach 40 Ehejahren endlich Witwe und davon keineswegs begeistert war. »In deinem Alter, Junge, schämst du dich denn gar nicht?« hatte sie ihn empört gefragt und dann die Regeln ihres Zusammenlebens aufgestellt: kein Frauenbesuch nach Mitternacht, denn »ich will nicht im Badezimmer neben den Corega Tabs fremde Tamponschachteln sehen«; Rauchverbot, außer auf dem Balkon; Wäsche selber waschen. Trotzdem hatten sie sich gut verstanden.

Nach vier mickrigen Jahren, in denen er sich mit Schwangerschaftsvertretungen und sonstigen Aushilfen über Wasser gehalten hatte, kam endlich das Angebot von der Fremdsprachenschule. Von 13 bis 17 Uhr nachmittags, 40 Mark die Stunde. Vor intellektuell ausgehungerten Hausfrauen und leicht eingerosteten Rentnern tobte er also hier seinen pädagogischen Eros aus.

»Ich möchte, daß du kommst«, wiederholte er, ein Zeigefinger hob sich. Er gehörte Erika Fluhr, 38 Jahre, geschieden und sein hartnäckigster Groupie. Immer saß sie in der ersten Reihe, feuchtäugig, alle Hausarbeiten gemacht, die sie ihm gern nach Schulschluß selbst vorlegte.

»Wie ist dieser Satz zu verstehen?« fragte sie. »Bei den Franzosen weiß man ja nie.«

Jo setzte sein strengstes Gesicht auf. »Frau Fluhr, ich kann Ihnen versichern, daß dieser Satz von mir ganz harmlos gemeint ist, also – *Je* ...«

»... veux que tu viens«, sagte sie schnell und stolz.

»Wie buchstabiert man das?« fragte er.

»V-i-e-n-s«, sagte Erika befriedigt.

Er seufzte, weil ihm klar wurde, daß wahrscheinlich keiner seiner siebzehn Schüler die Anwendung des Subjonctifs kapiert hatte, geschweige denn darüber besonders traurig war.

»Nein«, sagte er, plötzlich müde, »falsch, *vouloir* ist ein Verb des Wollens, es heißt also *v-i-e-n-n-e-s.*«

Die Schulglocke läutete.

»Wir sehen uns in einer Woche, bis dahin verfassen Sie bitte einen kleinen Essay, drei bis vier Schreibmaschinenseiten zum Thema ›Was unterscheidet die Franzosen von den Deutschen‹.

Bis dann, und lesen Sie sich bitte noch einmal die Grammatikregeln durch.«
Er steckte seine Unterlagen in die Aktentasche, war schon auf dem Gang, als ihn Erika Fluhr am Ärmel zupfte.
»Herr Lehrer«, sagte sie in ihrer aufreizenden Art, die sie selbst sexy, er jedoch nur irritierend fand, »ich hab Sie heute mittag zu Fuß in die Schule gehen sehen. Mein Auto steht um die Ecke. Interessiert?«
»Vielen Dank«, sagte er bedauernd, »ich werde abgeholt. Da ist sie schon, entschuldigen Sie.«
Er hatte Anneliese am Fahrradstand erspäht und beim Anblick ihres etwas altmodischen Trenchcoats und der widerspenstigen graublonden Locke, die sie sich ungeduldig zurückstrich, während sie einem Schüler die Luftpumpe hielt, sah der Tag zum erstenmal etwas weniger trübe aus.
Erika hatte seinen Blick bemerkt. »Ich kann Ihre Mutter auch gern mitnehmen«, bot sie an.
»Meine Mutter?« fragte er und fing dann schallend an zu lachen. »Das ist meine Freundin, und jetzt muß ich wirklich gehen. *Au revoir.*« Und während sich fassungslose Blicke in seinen Rücken bohrten, ging er auf Anneliese zu und küßte sie extra lange.
»Womit hab ich das verdient?« fragte sie atemlos.
»Mit dir«, sagte er zwischen zwei Küssen, »nur mit dir.«

★ *»Oh, bitte rühr mich nicht an!*
Oh, bitte rühr mich nicht
Oh, bitte rühr mich
Oh, bitte rühr
Oh, bitte
Oh ...« ★

Christoph und Jenna

Marie war im Einsatz, denn Gerdy Glitter gab ein paar Galas und hatte angeblich eine Horde 14jährige im Schlepptau, die sie in möglichst anzüglicher Pose ablichten und bis Mitternacht bei Herrn Döse von der Bildredaktion *Morgenpost* abliefern sollte. Damit sie in den Bars und Discos, in denen Gerdy mit Gefolge erwartet wurde, nicht auffiel, hatte sie sich in ihr Saturday-Night-Fever-Outfit geworfen, ein Azzedine Alaïa, das sie kürzlich im Secondhand für 400 Mark erstanden hatte. Die Lippen waren auf Kim Basinger geschminkt, und natürlich hatte sie sich die Kontaktlinsen ins Auge gequält. »Warte nicht auf mich, es kann spät werden«, hatte sie gesagt, ihn flüchtig geküßt und mit dem abendlichen Kindergewühl allein gelassen.
Es ist ihr Job, dachte Christoph zähneknirschend, während er die vollbepinkelte Klobrille abwischte (zweimal), erst Spiegeleier, dann Pizza, dann Eis, dann Bananenbrot anbot und sich mit den Kindern schließlich auf Würstchen und Apfelmus einigte, drei verschiedene Gutenachtgeschichten vorlas, *Winnie der Bär, Aschenputtel* und *Kick, der kleine Fußballstar,* das Zähneputzen überwachte, vor dem Fernseher zusammenbrach, zweimal Saft holen mußte und endlich auf dem Sofa einschlief.

Das Telefon schrillte ihn hoch. Es war halb zehn. Er rieb sich die Augen.

»Cholewa.«

Gedämpfter Bürolärm klang an sein Ohr. »Hier Döse. Ist Marie da?«

»Meine Frau ist nicht zu Hause. Sie hat einen Job.«

»Deswegen rufe ich ja an. Gerdy Glitter hat seine Hamburger Termine wegen Erkältung abgeblasen. Sie kriegt natürlich ein Ausfallhonorar, keine Sorge.«

»Okay, vielen Dank für den Anruf.«

Christoph legte den Hörer auf, ihm wurde eiskalt. Er wußte, plötzlich und unwiderruflich genau, wer sich in dieser Sekunde an den Kim-Basinger-Lippen seiner Frau ergötzte. Ob sie den schwarzen Fummel bereits vom Körper gerollt und vors Hotelbett geschmissen hatte? Er brauchte unbedingt einen Whisky. Das Glas war halb voll, ohne Eis, und er stürzte es gierig auf seine unvorbereitete Magenschleimhaut. Wohlige Wärme breitete sich über seine angespannten Nerven. Noch ein kleiner. Wie gut Whisky schmecken konnte, wenn man ihn pur trank! Noch ein ganz kleiner, dann würde er ins Bett gehen. Das Telefon klingelte. Marie! Er hatte ihr Unrecht getan! Sie rief bestimmt aus einer Bar an, um ihn zu fragen, was los war. Weich gestimmt griff er zum Telefon. Schwupps, daneben, leichter Nebel, aber nicht unangenehm. Er hatte seiner Kleinen Unrecht getan.

»Hallo Schnözi«, flüsterte er, verdammt, wo war seine Stimme geblieben, »komm zu Daddy.«

Befremdetes Schweigen, dann: »Christoph, Schwagerherz, ist alles in Ordnung? Du hörst dich so merkwürdig an.«

»Hallo, Jenna, was gibt's?«

»Ich bin gerade in der Nähe und wollte auf ein Glas Wein bei euch vorbeischauen, aber wenn's nicht paßt, nehm ich mir ein Taxi und fahr nach Hause, *no problem.*«

Christoph überlegte blitzschnell. Hatte er Lust auf Gesellschaft?

Eindeutig ja, auch wenn es sich um die Schwester seiner Frau handelte, die gerade … lieber nicht darüber nachdenken, sonst würde er in die Tischkante beißen. »Marie ist unterwegs, aber du bist herzlich eingeladen.«

Zögern. »Bist du sicher? Du klingst so komisch.«

»Komm vorbei«, sagte er.

Als er aufgelegt hatte, ging er ins Bad und hielt sein Gesicht unter den laufenden Wasserhahn. Brrrrrrr. Der Nebel lichtete sich, aber nur wenig. Er ging zum Kühlschrank, holte eine Flasche weißen Elsässer raus und öffnete sie. Wo waren die Weingläser? In der Geschirrspülmaschine. Sein Herz klopfte etwas schneller. Er zwang sich zur Ruhe. Es klingelte. Er stellte die Gläser und Flasche ab und öffnete die Haustür. »Komm rein«, sagte er.

»Du siehst etwas mitgenommen aus, Schwagerherz«, meinte Jenna. Sie dagegen sah zum Anbeißen aus, fand er, aber er sagte es nicht. Schließlich war sie seine Schwägerin, zur Neutralität also zwangsverpflichtet. Er natürlich auch.

Sie setzte sich aufs Sofa und zog sich aufatmend die Schuhe aus. »Ah, das tut gut, jetzt eine Fußmassage, und ich wär im siebten Himmel.«

»Gib her«, hörte er sich zu ihrer und seiner Überraschung sagen. Jenna schaute ihn an, dann rollte sie die Socken von den Füßen und streckte sie genüßlich auf dem Sofa aus. Christoph setzte sich zu ihr und nahm die Füße auf den Schoß. Er kannte sich aus mit Füßen, denn Marie war eine Massagesüchtige. Fast alles konnte man ihr abschmeicheln, wenn man vorher ihre Füße genügend geknetet hatte.

»Leg dich entspannt zurück«, wies er seine sehr überraschte Schwägerin an.

Sie tat es und schloß die Augen. Er nahm noch einen Schluck Whisky, dann ihren rechten Fuß in die Hände. Er drückte seine Knöchel auf die Weichstelle, bog die Zehen auseinander, die, wie er feststellte, rot lackiert und sehr gepflegt waren.

»Gut so?« fragte er, und sie seufzte nur. »Hör bitte nie wieder auf.«
Während er die Hacke durchwalkte und die Knöchel massierte, schaute er seine Schwägerin an, die hingegossen vor ihm lag, restlos entspannt und sehr verführerisch.
»Wo ist Marie?« fragte sie mit geschlossenen Augen. »Lauert sie wieder einem Opfer auf?«
»Ich nehme es an«, antwortete er kurz.
Sie öffnete die Augen. »Ist was?«
Er überlegte sekundenschnell, ob er sich ihr anvertrauen sollte. Lieber nicht. Die Schwestern waren so dick miteinander wie ein Milkshake. »Setz dich hin, damit du deinen Wein trinken kannst«, sagte er deshalb und griff zur Flasche.
»Was trinkst du?« fragte sie.
»Whisky.«
»Gib mir auch einen.«
Warum er ihr einen Doppelten gab, hätte er später, als er die folgenden Stunden in seiner Erinnerung wieder und wieder nachschmeckte, nicht begründen können; es war etwas in ihm, das größer, drängender und heißer wurde und ihn mit heiserer Stimme: »Willst du Musik hören?« fragen ließ. Sie schaute ihn an, und in ihrer Stimme lag Staunen, Abwehr, Neugier und ein Rest von etwas anderem, in dem er sekundenlang versank, bevor er sich zur Ordnung rief. Sie ist deine Schwägerin, du altes Schwein, stell dir vor, es passiert was und Marie platzt dazwischen. Es rauschte sacht in seinen Ohren, und die sichere Erkenntnis, daß mit seiner Frau in den nächsten Stunden nicht zu rechnen war, erfüllte ihn zu seiner eigenen Überraschung nicht mit Wut, vielmehr mit einem Gefühl der Erwartung. Was erwartest du, gedanklicher Fremdgänger? Fickifacki auf dem Sofa mit der Patentante deiner Tochter? Er setzte sich, allem Anschein nach sachlich und unbeteiligt, doch in seinem Kopf lief ein Pornofilm, gegen den er machtlos war …

Jenna

Die Fußmassage war absolut göttlich, und Christoph sah an diesem Abend richtig schnuckelig aus. Da Marie mich eingeweiht hatte, wußte ich, wo sie steckte, und ich beschloß, ein bißchen Schwägerinnentrost zu spenden. Außerdem hofften wir, daß mein ahnungsloses Auftauchen meine schlitzohrige Schwester entlasten würde. Nach dem Motto: Wenn Jenna nichts weiß, hat Marie nichts gemacht. Ich fühlte mich unwohl dabei, weil ich meinen Schwager wirklich mochte, aber Marie hatte so lange gefleht und gebettelt, bis ich nachgegeben hatte. Als ich an ihrer Haustür klingelte, wünschte ich ihr alles erdenklich Schlechte. Hoffentlich kriegte Mr. Schnulzensack keinen hoch oder, noch viel schlimmer, war einer dieser lästigen Langzeitficker, die stundenlang brauchten, bis es endlich explodierte. Doch mein Trostbesuch gestaltete sich erfreulicher, als ich gedacht hatte. Hier lag ich, auf der Couch, und meine Füße flehten: *Gimme more!*

»Willst du einen Wein?« fragte Christoph, nachdem er eine Elton-John-CD in den Player geschoben hatte und ich von den Klängen meines Lieblingssongs *»Sacrifice«* umhüllt wurde; ahnte er, daß mich gerade dieses Lied besonders feuchtlippig (Sie wissen schon) machte? Jenna, reiß dich jetzt bloß zusammen, kniff ich mich in den Oberarm, du bist in der gefährlichen Stimmung, etwas zu tun, das du dein Leben lang bereuen wirst.

»Okay, noch ein Glas, aber dann muß ich nach Hause«, sagte ich zu Christoph, der es frisch eingeschenkt auf den Couchtisch stellte und sich aufatmend neben mich setzte.

»Das war wieder ein Tag.«

Ich sagte vorsichtshalber gar nichts, weil ich meiner eigenen Stimme nicht traute. Außerdem wollte ich jetzt keine Eheprobleme hören.

»Wie geht's dir?« fragte er dann und plazierte wie zufällig meinen linken Fuß auf seinen Oberschenkel. Langsam und auf

sehr angenehme Weise legte mich eine wohlige Schläfrigkeit zwar nicht lahm, aber ziemlich bewegungslos. Ich wollte nie wieder aufstehen.
»Mmmhhh«, sagten meine Lippen, »was macht der Nachwuchs?«
Er sagte was von Pipi auf der Klobrille, von *Sesamstraße,* und ich ließ es vorbeirauschen und konzentrierte mich ganz auf mein Wohlgefühl. Seine Hand war an meinem Knöchel, wanderte langsam an meiner Wade hoch; war es erlaubt, daß es sich so gut anfühlte? Mußte ich einschreiten? Wo war Marie, ging es ihr genauso gut?
»Christoph?« sagte ich vorsichtig, und sein »Ja?« war plötzlich dicht an meinem Ohr, zum erstenmal sah ich den Leberfleck am Hals, und seine Hände, um Gottes willen, wo waren seine Hände? Was sie mit mir anstellten, war jedenfalls so unglaublich, daß mir alles egal war. Meine Hormone und seine spielten verrückt. Ich kam sofort, voll angezogen.
»Jenna, Jenna, Jenna«, sagte er wie ein Mantra, und ich war völlig willenlos und genoß die Welle, die mich wegspülte, aus Händen, Mündern, Zungen und einem sehr agilen Größeren, als Marie ihn beschrieben hatte, mit Rechtskurve ...

Marie und Tony

Der dunkelblaue Mercedes glitt leise durch die norddeutsche Landschaft, die nach einem der typischen Regenschauer wie frühjahrsgeputzt aussah. Ein Mann und eine Frau auf dem Weg zu einer kleinen ehebrecherischen Begegnung saßen mit unterschiedlichen Gedanken nebeneinander und bemühten sich, souverän und gelassen zu wirken. Zwei Sprechblasen schwebten über ihren Köpfen.
SIE: Christoph klang so komisch, als ich wegging, ob er was ahnt? Hätte ich mich doch bloß nicht auf diese Sache eingelas-

sen. Das Kleid zwickt wie der Teufel, wenn ich bloß wieder richtig ausatmen könnte.

ER: Sie sieht blaß aus. Hoffentlich kriegt sie nicht ihre Tage, das wäre wirklich 'ne Pleite.

Verstohlen musterten sie sich. »Worauf hast du Lust?« fragte er, während er am Radio fummelte.

»Oldies«, sagte sie ganz harmlos und lächelte ihn an.

Er wußte, daß sie ihn nur ein bißchen foppen wollte, trotzdem regte sich eine kleine Verärgerung in ihm. Meine Güte, er war Mitte Fünfzig, das war doch wirklich kein Alter. Besonders nicht für einen Mann. Eine Frau mit Fünfzig würde er nicht mit der Kneifzange anfassen, aber Männer, das war wissenschaftlich bewiesen, alterten langsamer, die Haut knitterte nicht so. »Sie haben Glück, daß Sie so einen starken Bartwuchs haben, Herr Cazzone«, hatte ihm kürzlich sein plastischer Chirurg erklärt, der seine Augenlider ein bißchen gerafft hatte *(nur ein bißchen),* »dadurch ist Ihre Haut im unteren Gesichtsbereich stabiler, wird mehr zusammengehalten.«

Tony spielte die Programme durch, bis er einen Oldiesender fand. *»Route 66«* von den Stones hämmerte durchs Auto. Zu laut, fand er, und punchte die Knöpfe. *»Das kannst du mir nicht verbieten«* von Bernd Spier, ein Hit aus den 60ern, nach dem er damals reichlich geknutscht hatte.

»Kennst du das Lied?« fragte er.

»Keine Ahnung«, sagte sie, »es klingt wie Heino nach der Kastration.«

Sie lachten, die Stimmung lockerte sich etwas. Es war ein Fehler gewesen, sie auf diese 30 Kilometer lange Autofahrt zu schleppen, er hätte ein Restaurant am Stadtrand wählen sollen. Aber im *Goldenen Hasenjäger* kannte er den Wirt und konnte sich auf diskreten Service verlassen.

SIE: Meine Güte, bei natürlichem Licht sieht er ganz schön alt aus. Ob er schon mal geliftet wurde? Die Augen wirken irgendwie faltenloser als der Rest. Hoffentlich schnauft er nicht im

Bett oder denkt, er hat einen aus Gold. Daniel hat sich heute morgen wieder das rechte Ohr gehalten. Bloß keine neue Ohrenentzündung.
ER: Sie sieht süß aus. Ich könnte sofort, auf dem Autositz. Man sieht nicht, daß sie schon drei Kinder hat. Hoffentlich ist unter dem Regenmantel keine schwanzschrumpelnde Schlaffigur verborgen. Die Titten gefallen mir besonders. Ich bin gespannt, wie sie sich anfühlen.
Marie schaute aus dem Fenster. Zum Glück waren die Scheiben getönt, kein neugieriger Fan würde seine Nase plattdrücken und fragen: »Ist das deine Schwester, Tony?«
»Worauf hast du Appetit, Marie?« fragte er jetzt.
Sie schaute ihn an. Erwartete er darauf eine ehrliche Antwort? Die würde nämlich lauten: Ich habe Appetit auf eine Supernummer mit ganz vielen Orgasmen und der Garantie, daß mein Mann nie etwas davon erfährt.
»Was gibt es denn im *Hasenjäger*?« fragte sie statt dessen.
»Der Koch ist Schweizer, seine Rösti sind *to die for*«, sagte er.
»Tudeifo?« fragte sie.
»Zum Sterben gut«, erklärte er.
Sie waren am Stadtrand von Lüneburg angelangt. »Noch fünf Minuten«, versprach Tony, und Marie nahm sich vor, sich jetzt, verdammt noch mal, endlich zu entspannen. Was war der Sinn vom Fremdgehen, wenn man es nicht wenigstens ein bißchen genoß.

Einschub Gegenseite

Sie rollte sich ab und verschwand ohne ein Wort im Badezimmer. Er schaute ihr nach und wußte nicht, wie er sich fühlen sollte. In seinem Hirn pochte das schlechte Gewissen wie ein Schlaghammer – deine Schwägerin, bist du denn des Wahnsinns fette Beute –, sein Körper jedoch signalisierte Wohligkeit, er fühlte sich warm und rosig an, gut durchblutet. Er döste, dann schreckte er hoch. Wenn jetzt Marie nach Hause käme, er nackt, Jenna im Bad? Er sprang in die Jeans, riß sich das T-Shirt über den Kopf. Jenna kam aus dem Bad, angezogen. Sie setzte sich aufs Sofa, zündete sich eine Zigarette an, nahm einen Zug, reichte ihm den Rest und stieß den Rauch mit einem tiefen Seufzen aus.

»Das war wirklich überflüssig«, sagte sie dann und schaute ihm direkt ins rosa Gesicht, »ich weiß nicht, was über uns beide gekommen ist, aber wenn Marie davon erfährt, dann komm ich mit meinem schärfsten Messer, zerstückel dich und spül dich ins Klo runter. Haben wir uns verstanden?«

Christoph wußte, daß sie sich jetzt ihrer beider Schwäche von der Brust stieß, daß sie gemeinsam einen Graben schaufeln mußten, in den sie sich unter anderen Umständen wahrscheinlich zu einem weiteren Durchgang gelegt hätten. Bloß keine Zärtlichkeiten jetzt, was passiert war, mußte einmalig bleiben, am besten sofort vergessen werden.

»Okay, Boß«, sagte er deshalb. »Soll ich ein Taxi rufen, oder kannst du noch?«

»Ich geh zu Fuß«, lächelte sie, »ich brauch jetzt frische Luft.«

Die Haustür fiel ins Schloß, er stieg unter die Dusche, drehte sich unter den harten Massagestrahlen und wurde hellwach. Er durfte jetzt nicht vergleichen, denn die letzten Stunden waren so wahnsinnig gewesen, daß er nur hoffen konnte, sie möglichst schnell zu vergessen. Jenna war ein Dynamo: Er war zweimal hintereinander gekommen, das hatte er zuletzt in seinen Flitterwochen geschafft.

Das Telefon klingelte. *Was war passiert?* Unwahrscheinlich, daß ihm Jenna gute Nacht sagen wollte.

»Hallo?« flüsterte er vorsichtig.

»Ich bin's, Marie«, sagte seine Ehefrau, »bist du noch wach?«

Er räusperte sich: »Was gibt's, wo steckst du?«

Kleine Pause. »Ich bin hier in einem Vorstadtrestaurant, in einer Stunde bin ich zu Hause. Wartest du auf mich?«
Ihre Stimme klang kläglich; war das ein gutes Zeichen für ihn oder ein schlechtes für sie?
»Okay«, sagte er, »ich warte.«
Er ging ins Bett und schaltete den Fernseher ein. Ich bin wirklich ein Schwein, dachte er, aber im allertiefsten Grunde wäre ich fast erleichtert, wenn sie was mit Tony gehabt hätte. Dann könnte ich ihr verzeihen, und ich stünde im besten Licht da. Ob sie mir die Wahrheit sagt?

Marie und Tony

Es war ihr bewußt, daß jeder der Gäste sehr bemüht so tat, als würde er Tony nicht sehen, und dabei jeder aus den Augenwinkeln heraus in ihre Richtung schielte. Verbalerotik als Vorspiel war also nicht angebracht, nichts wäre peinlicher, als ausgerechnet hier auf einen ihrer Kollegen von den *Lüneburger Nachrichten* zu treffen. Während sie appetitlos in der Kressesuppe mit Sahnehäubchen rührte, malte sie sich ein kleines Alptraumszenario aus. Der Kellner am Telefon: »Hey, Joe, schnall die Kamera um, wir haben hohen Besuch. Nein, diesmal nicht die Sinnen mit der Conny, Tony ist da, mit 'ner Schnalle. Nee, nicht besonders jung, keine Ahnung, nichts Bekanntes. Okay, beeil dich, und vergiß den Hunnie nicht, den du mir für diesen Tip schuldig bist.«
»Du bist so still«, sagte Tony und schaute sie an. Er schien völlig entspannt, aber für ihn stand ja auch nichts auf dem Spiel.
»Irgendwie hab ich keinen Hunger mehr.«
»Aufgeregt?« Seine Stimme war wie ein warmes Schaumbad.
»Die Situation streßt mich«, gab sie ehrlich zu. »Wir sitzen hier ja wie auf dem Präsentierteller.«

Das war sein Stichwort. »Vielleicht sollten wir irgendwohin, wo wir ungestörter sind«, schlug er beiläufig vor und sah sie fest an.
»Was schlägst du vor?« fragte sie und schaute nervös zur Tür.
»Haben Sie schon gewählt?« Der Kellner stand devot am Tisch, Block und Bleistift gezückt.
»Wir nehmen nur noch einen Kaffee«, sagte Tony, dann leise: »Schreiben Sie die Rechnung bitte auf mein Zimmer.«
»Wird gemacht, Herr Cazzone«, sagte der Kellner weich, verständnisvoll. Zwinkerte er ihr zu? Sie tauchte kurz in ihre Handtasche, wühlte nach Spiegel und Lippenstift.
»Ich mach mich mal ein bißchen frisch«, sagte sie, und Tony beugte sich vor, flüsterte ihr zu: »Zimmer 16, ich komm gleich nach.«
Sie spürte an den Brandlöchern auf ihrem Rücken, daß ihr alle Blicke folgten. Ihr Alaïa war im *Hasenjäger* mehr als fehl am Platz. Wahrscheinlich wunderten sie sich, was er mit einer so Alten machte, denn sein legendärer Appetit auf blutjunge Girls war schließlich bekannt. Wenn sie doch bloß ein paar Pfund weniger drauf gehabt hätte, aber nach der Geburt von Gabriel vor zwei Jahren war sie diesen leichten Speckansatz nicht wieder losgeworden. Diese Abenteuer sind nichts mehr für dich, seufzte sie und ging ins Damenklo, wo eine alte Frau vor einem Kitschroman und einem Teller saß. Ächzend erhob sie sich und griff zu einem angesifften Lappen, der auf der Heizung lag.
»Lassen Sie nur, ich geh so«, sagte Marie schnell, denn nichts fand sie widerlicher als eine Brille, die von einem Lappen abgewischt wurde, der seit dem Kriegsende für Klobrillen in Benutzung war. Auf dem Klo kam nichts, sie stellte sich vor, wie es sein mußte, sein gesamtes Berufsleben lang nur Klobrillen abzuwischen und auf anderer Leute Pinkelgeräusche und Schlimmeres zu lauschen. Ungepinkelt stand sie auf, spülte kurz die Hände, zog die Lippen nach, als ...

»Marie, die Welt ist doch ein Dorf? Was machst *du* denn hier?«
Die Stimme war grauenhaft vertraut. *Trudi aus Muttis Doppelkopfrunde?*
»Ich bin beruflich hier«, sagte Marie schnell.
»Im *Hasenjäger?*« fragte Trudi, sehr ungläubig.
Es blieb Marie nichts anderes übrig, als sich zu erklären: »Ich mach ein paar Fotos von Tony Cazzone für die *Bravo,* aber sag's bitte nicht meiner Mutter, ich weiß selbst, daß es unter meinem Niveau ist.«
Trudi strahlte: »Tony Cazzone, du Glückliche, wir lieben ihn alle! Glaubst du, daß er Autogrammkarten dabei hat?«
Marie holte tief Luft. Dieser Abend war wirklich wie von Woody Allen inszeniert. Was sagte Jenna immer? Wenn alles schiefgeht, lehn dich zurück und laß dich ins Chaos treiben; ändern kannst du sowieso nichts.
»Komm mit, Trudi«, sagte sie deshalb freundlich. »Mal sehn, was ich für dich tun kann.«
Vor der Damentoilette stießen sie mit Tony zusammen. »Hi, ich dachte, du wärst schon auf dem Zi...«, sagte er. »Ach, hallo, guten Tag.« Wenn er so breit grinste, sahen seine Zähne wie goldgefaßte Kaugummikissen aus.
»Hallo, Tony, sind die Make-up-Leute schon oben?« fragte Marie und sah ihn beschwörend an.
Er verstand sofort: »Seit fünf Minuten, geh am besten auch gleich hoch, ich will nur noch Zigaretten holen.«
Trudi stand daneben und zerfloß. Als Marie weggehen wollte, zupfte sie sie am Ärmel. Flehentlich ... Marie, du wolltest doch.
Tony erkannte einen Fan, wenn ihm die Begeisterung aus den Knopflöchern quoll. Schwungvoll holte er einen Packen Autogrammkarten aus der Jackettasche. »Für wen darf es sein, gnädige Frau?«
»Für Anneliese, Trudi, Ingrid und Karin«, sagte sie atemlos.
»Ich geh dann mal«, sagte Marie und küßte Trudi flüchtig auf

die Wange. »Grüß Mutti, wenn du sie eher siehst.« Dann stieg sie schnell die Treppe zum ersten Stock hoch.
Zimmer 16. Sie schloß die Tür auf. Schreckschreckschreck. Der totale Plüsch. Das Bett sah aus wie das ihrer Eltern, die Bettwäsche war weiß und hatte Bügelfalten. Schnell zog sie die Gardinen vor. Zum Glück war es draußen inzwischen stockdunkel. Eine Lampe reichte. Radio, sie fummelte nach dem Sender. Zu offensichtlich sollte die Musik auch nicht sein. Was Klassisches? Erstaunt stellte sie fest, daß sie überhaupt keine Lust hatte. Sie war so unfeucht wie die Sahara.
Es klopfte. »Alles klar?« Er kam rein und riß sie an sich. Seine Zunge arbeitete sich bis zum Zäpfchen vor. Sie wußte nicht, wohin mit ihrer, also ließ sie sie liegen, schlaff und überfordert. Er hielt sie auf Armeslänge, schaute sie forschend an.
»Bist du okay?«
Sie nickte, ein bißchen kläglich. Er zog sie aufs Bett, sie fielen übereinander, Arme, Beine, Ellbogen bildeten ein wirres Knäuel. Langsam fand alles zueinander, die Bewegungen wurden ruhiger, entspannter, wärmer. Sie fühlte seine Hand unter ihrem Pullover, ihre Brustwarzen richteten sich auf wie kleine Wachhunde, seine Hände wurden fordernder, wanderten tiefer, sie wußte, auch von ihr wurde jetzt Einsatz erwartet. Am liebsten hätte sie die Augen zugemacht und alles mit sich geschehen lassen, wie in einem Massagesalon. Und wäre in ihrem Bett aufgewacht, Christoph leise schnarchend neben ihr auf seiner Seite. Was war nur los mit ihr?
Sie öffnete die Augen. Tonys leicht gerötetes Gesicht hing dicht über ihr. Warum sahen die meisten Männer in ihrer Erregung bloß so idiotisch aus? Vorsichtig griff sie zu – meine Güte, prall wie ein Baseballschläger. Sicher hatte er ein Giganto-Organ. Sie haßte übergroße Schwänze, zumal ihre Besitzer meist so unverdient stolz auf sie waren. Rammel, rammel, schnauf. Hast du so was schon mal gehabt? Ich nenn ihn Monster. Vielleicht war seiner ja ausgestopft. Vorsichtig öffnete sie den Reißverschluß,

er wölbte sich ihr geradezu entgegen. Auch das turnte sie ein bißchen ab, sie arbeitete lieber etwas dafür.
»Nicht so fest«, flüsterte er, »warte.« Raschel, raschel, er stand nackt vor ihr! Warum sind Frauen nicht wie Männer, dachte sie, warum finden sie einen nackten Mann eher komisch? Tony trug den Namen Cazzone nicht zu Unrecht. Ob er manchmal Gleichgewichtsprobleme hatte? Sie mußte an den Pornodarsteller Long Dong Silver denken, der, so ging das ehrfürchtige Gerücht, für seine Erektionen so viel Blut brauchte, daß er regelmäßig ohnmächtig wurde.
»Zieh dich auch aus«, bat er heiser. Seine Augen waren leicht schlitzig verengt – Ungeduld, Erregung, kratzende Kontaktlinsen? Blitzartiges Ausziehen war sie gewohnt, auf eine gekonnte Stripteasenummer verzichtete sie deshalb, weil sie sich nicht lächerlich machen wollte. Sie blickte an sich herunter. Meine Güte, ihre Schamhaare waren nicht zu sehen, der Wissbach-Test zur Überprüfung, ob der Bauch zu sehr vorwölbte, somit positiv. Schnell legte sie sich hin. Kein Regenschauer überrieselte die Sahara, im Gegenteil.
»Hast du etwas dabei?« fragte er. Natürlich nicht, dachte sie, ich bin eine verheiratete Frau, die es sowieso nur zweimal im Monat macht.
»Ich bin sicher«, räusperte sie sich nach ein paar Sekunden.
»Machst du so was öfter?« hakte er nach. Was immer an Minispuren von Geilheit in ihrem Körper war, verflog schlagartig.
»Wie meinst du das?« fragte sie spitz. »Natürlich nicht.«
Er bemerkte seinen Fehler und küßte sie. Keine Sahara, eher Flutkatastrophe. Sie hatte das Gefühl, seine Spucke zu schlucken. Leichte Stöhngeräusche, seine.
Das Telefon klingelte.
»Geh lieber ran«, sagte sie erleichtert.
Kleine Atempause. Er rollte sich ab, streckte sich auf dem Bett aus. »Der *Stern* will einen Titel machen?« Die Schaumstimme

war verschwunden, er klang eifrig, geschäftstüchtig. »Woher weißt du, ob sie mich nicht verreißen wollen? Sag ihnen, ich stimme nur zu, wenn ich das Manuskript vorher lesen kann ...«
Marie stand auf, sammelte ihre Sachen auf, ging ins Badezimmer. Im harschen Licht stand sie vor dem Spiegel und musterte sich gnadenlos. Kritische Bestandsaufnahme, hieß es in der *Petra,* okay. Die Titties, wie ihre Kinder es nannten, hingen leicht, aber erträglich, ein Bleistift klemmte zwar schon, der dicke Highlighter, mit dem sie es mal ausprobiert hatte, zum Glück noch nicht. Bauch, Oberschenkel und Hüften reichten noch gut für Christoph, für außereheliche Abenteuer waren sie einen Touch zu soft.
Ein Moment im Ehebett fiel ihr ein: »Du Ärmster, wie lange hast du kein junges Fleisch mehr gefühlt?« hatte sie ihn halb scherzhaft gefragt. Und er hatte, sehr lieb, geantwortet: »Ich liebe jedes Pfund an dir. Immer wenn du zunimmst, fühle ich frisches Fleisch.« Christoph. Plötzlich sehnte sie sich mit einer Intensität nach ihm, die sie lange nicht mehr gespürt hatte.
»Marie, ich warte«, rief Tony.
Sie wußte, was sie zu tun hatte. Sie stieg in ihre Kleider, ging festen Schrittes ins Zimmer, wo ihr Would-be-lover so verführerisch auf die Laken drapiert dalag wie vor 20 Jahren Burt Reynolds in der *Cosmopolitan.*
»Endlich«, sagte er, und der kleine Tony stellte sich in Vorfreude auf halbmast.
»Es tut mir wirklich leid«, sagte Marie, »aber ich muß nach Hause.«
»Das kann doch nicht dein Ernst sein«, rief Tony, während Little Tony einknickte, »bist du sauer, weil ich telefoniert habe?«
»Nein«, meinte Marie und holte tief und erleichtert Luft, »ich bin ganz einfach für solche Dinge nicht geschaffen.«
Dann ging sie.
Erst auf dem Parkplatz fiel ihr ein, daß sie ohne Auto war.

Scheiße. Vielleicht war Trudi noch im Restaurant und konnte ihr einen Lift geben. Kein guter Gedanke. Trudi war chronisch neugierig. Lieber keine forschenden Blicke und Fragen. Inzwischen war es 23 Uhr. Keine Fluppen dabei. In diesem Augenblick hätte sie mit Saddam Hussein gebumst für einen tiefen Zug. Sie ging zurück und sah neben dem Zigarettenautomaten ein Telefon. Bring's hinter dich. Sie wählte.
»Hallo?«
»Ich bin's, Marie. Bist du noch wach?«
»Was gibt's, wo steckst du?« fragte Christoph. Komischerweise klang seine Stimme gar nicht ärgerlich.
Sie wollte so dicht wie möglich bei der Wahrheit bleiben. »Ich bin hier in einem Vorstadtrestaurant, in einer Stunde bin ich zu Hause, wartest du auf mich?« Schlimmstenfalls würde sie eine Taxe nehmen.
»Okay«, sagte er, »ich warte.«
Nie hatte sie ihn mehr geliebt als in diesem Augenblick.

Jenna

Zu Hause ging ich noch mal unter die Dusche. Ich fühlte mich weder unsauber noch verschwitzt, aber unter Wasserberieselung kann ich am besten nachdenken. Wow, dachte ich, als die Strahlen auf meinen Body prasselten, wer hätte das gedacht? Mein Schwager, den ich morgenmuffelig mit ungeputzten Zähnen, kinderscheißeabwischend oder im Ehekrach mit meiner Schwester kannte, war ein richtiger Tiger im Bett? Hatte ich diese Urwaldeigenschaften in ihm zum Vorschein gebracht, oder war er einfach ausgehungert? Ich schämte mich natürlich, aber noch nicht in dieser Nacht; das würde morgen früh kommen, wenn ich leicht verkatert in den kritischen Morgen blickte, der mich angewidert anschauen und zu mir sagen würde: Jenna, Jenna, Jenna, du sollst nicht begehren deiner Schwester

Mann, Haare, Schönheit oder alles, was sie besser kann als du. In die Ecke mit dir, schäm dich. Die nackte Wahrheit: Ich habe mich selten so gut gefühlt nach einer Nummer. Meine Brüste waren warm und prall, es prickelte bis zu den Haarwurzeln. Sie wird es nie erfahren, schwor ich mir, das Ganze war ein Traum.

Tony

Als die Tür ins Schloß fiel, rief er den Roomservice an. »Einen doppelten Ramazotti bitte, so schnell wie möglich.«
Was für ein vergeudeter Abend. Diese verheirateten Spießerweiber! Unbefriedigt, angegeilt, aber wenn es zum Letzten kommen sollte, zogen sie die Schamlippen zurück. *»Ich bin für solche Dinge nicht geschaffen.«* Aber für einen Mann wie ihn, single, begehrt, attraktiv, unerheblicher Bauchansatz, war eine Mutti wie sie zum Glück nicht die letzte Möglichkeit. Er griff zu seinem Adreßbuch, blätterte. Die Eroberungen der letzten drei Monate waren, wie üblich, mit Bewertung eingetragen:

b. g. – bläst gut
d. t. – dicke Titten
schl. t. – schlappe Titten
gesch. m. k. – geschieden mit Kindern
l. a. – liebt's anal.

Nichts Gescheites. Sonja, 23, blies gut, hatte aber Kinder. Evelyn, 39, hatte schlappe Titten. Also war Handarbeit angesagt. Das Ganze war ein Alptraum.

Als sie den Schlüssel umdrehte, hatte er geduscht, Zähne geputzt und lag in seinem unschuldigsten Pyjama (hellblau mit weißen Schiffen, Geschenk von Schwiegermutter) im Bett. Die Nachttischlampe brannte, er las den *Spiegel,* das heißt, er tat so. Sie blieb lange im Flur. Verwischte sie Spuren, puderte den Knutschfleck zu? Wenn sie zu frisch roch, wußte er, daß sie geduscht und es vorher getrieben hatte. Sie war ein Reinlichkeitsfreak und würde nie mit dem Geruch eines anderen Mannes zu ihm ins Bett steigen.

Die Tür ging auf, er las vertieft. Schaute flüchtig hoch: »Na, wie war's?« Eine unschuldige Frage, warum brauchte sie so lange mit der Antwort?

»Anstrengend«, seufzte sie und setzte sich zu ihm aufs Bett. Ihr Gesichtsausdruck sagte ihm, daß sie extrem mitteilungsbedürftig war und ihr die Wahrheit wie ein unausgedrückter Pickel unter der Haut brannte. Sie brauchte ihn als Beichtvater.

Ihm wurde eisig kalt. Wenn sie ehrlich war, mußte er es auch sein, und seine Wahrheit war schlimmer als ihre. »Jenna war kurz hier«, sagte er beiläufig. Unter der Decke wischte er seine feuchten Hände ab.

»Was wollte sie?« fragte Marie. Daß sie so überhaupt keinen Verdacht schöpfte – aber wie sollte sie auch –, machte seine Handflächen noch feuchter.

»Nur ein Glas Wein. Viele Grüße.«

»Okay«, sagte Marie, »ich putz mir schnell die Zähne, dann erzähl ich dir von meinem Tag. Schlaf nicht ein.«

Sie war hartnäckig, wollte ihr kleines Abenteuer auf seiner Seele abladen und danach die ehemännliche Absolution. Ohne ihn. Er knipste die Lampe aus, zog sich die Bettdecke über die Ohren, schloß die Augen. Gott, was war er müde. Diese Nacht war unglaublich. Traum oder Alptraum, das war hier die Frage.

Er war schon halb weg, als er ihren weichen Körper neben sich spürte. »Schläfst du schon?« flüsterte sie.
»Hmmmmm«, machte er. Sie rutschte ganz nah. Ihre Hände rutschten noch näher. Unzweideutig, was sie wollte.
»I love you«, flüsterte sie. Auf englisch kam es ihr leichter über die Lippen.
Er blieb zunächst steif, wußte nicht, wie er sich verhalten sollte. Beide Schwestern in einer Nacht? Warum eigentlich nicht, dachte er, Minimax hatte schon längst ja gesagt. Er drehte sich um, nahm sie in die Arme. Es war ihm früher nie aufgefallen, daß sie genauso roch wie Jenna. Und dann tauchte er ein in die Umarmung, und es rauschte über ihnen zusammen wie schon lange nicht mehr, und daß Jenna als Dritte dabei war, trieb ihn zu Höchstleistungen, die sie glücklich aufseufzen ließen.
Als es vorbei war, sanken sie erschöpft in ihre Kissen. »Diese Nacht war ein Traum«, flüsterte sie, »und jetzt möchte ich schlafen.«
Drei Sekunden später drangen leise Schnarchgeräusche aus ihrer Richtung zu ihm herüber. Er deckte sie zärtlich zu, küßte ihre Halsgrube. Keine Beichte, Gott sei Dank. Und endlich schnarchte auch er ein.

★ Was machen die Bienen, wenn die Blumen ihre Tage haben? ★

Jenna

Es fiel mir wieder ein, noch mit geschlossenen Augen. Eine Hitzewelle durchfuhr mich; waren das schon die Wechseljahre? Unter der Dusche, die ich mir zur Strafe eiskalt verordnet hatte, versuchte ich meine Gedanken zu ordnen. Ich war zum Frühstück mit Marie verabredet, wir wollten ein Projekt besprechen. Wie sollte ich ihr gegenübertreten? Wenn Christoph nun im Ehebett geplaudert hatte? Ich hielt es nicht mehr aus. Tropfend lief ich zum Telefon, wählte ihre Nummer.
»Cholewa.« Es war Christoph.
»Hallo, Schwagerherz«, würgte ich heraus und atmete tief durch. »Gib mir doch mal deine Frau.«
Schweigen. »Sie liegt noch im Bett und schläft den Schlaf der Ungerechten und Unwissenden«, sagte er betont. »Soll ich sie wecken?«
»Laß sie schlafen«, antwortete ich noch betonter, »viele Grüße, und ich komm erst heute nachmittag vorbei.«
Im Allibertschrank fand ich noch eine zerquetschte Valium, die konnte ich jetzt gebrauchen. Ich setzte einen Tee auf und blätterte zerstreut in der neuesten Ausgabe von *Dolce Vita*. Tony Cazzone war Heftaufmacher, drei Doppelseiten, schwarzweiß. Der Titel lautete: »Das kaputte, erfolgreiche Leben des Tony Cazzone« und zeigte ihn in halbnackter Pracht (Leopardenslip, Bademantel) auf einem Hotelbett. Darunter stand: »Tony Cazzone allein im *Interconti* von Hannover. Auf dem Nachttisch eine Flasche Grappa. Janis Joplin hat einmal gesagt:

›Wenn ich auf der Bühne stehe, wollen mich 10 000 Menschen vögeln. Im Hotelzimmer bin ich mutterseelenallein.‹ Geht es ihm genauso?«
Die Autorenzeile stand darunter. Ein Bericht von Jenna Wissbach mit Fotos von Marie-Viola Wissbach-Cholewa. Schnell blätterte ich um. Tony sinniert auf einer Brücke, die Gitarre und das Meer. Ein gutes Foto, das Licht stimmte, die Komposition, die Spannung. Marie hatte das Zeug zu mehr als Paparazzo-Einsätzen, das war offensichtlich. Mein Entschluß stand fest – ich würde sie fördern, ihr Kontakte vermitteln, weil sie begabt war und ich etwas an ihr gutzumachen hatte.
Etwas leichter um die Seele wollte ich in meinen Fiat steigen. Der rechte hintere Kotflügel sah im Morgenlicht besonders zerdetscht aus, die Wut stieg wieder in mir hoch. Auf Heller und Pfennig sollte er für einen neuen Kotflügel aufkommen. Wenn er nicht spurte, würde ich meinen Anwalt Schorse Hausmann einschalten, einen ehemaligen Zuhälter und Säufer, der sich in späten Jahren zum Jurastudium entschlossen hatte und jetzt ein schlitzohriger, mit allen Dreckwassern gewaschener Killeranwalt war. Mir war deutlich besser. Wut ist leichter auszuhalten als Scham.
»Hallo, Heinrich«, flötete ich in der Redaktion.
Er saß, wie immer mit gekrümmtem Rücken, an seinem Schreibtisch und hämmerte im Adler-Such-System auf einer manuellen Schreibmaschine, Baujahr 1937, weil er sich weigerte, den Computer zu benutzen. Zu unsinnlich, meinte er.
»Guten Morgen, gratuliere, Tony sieht gut aus im Heft.« Kurz blickte er hoch. »Du siehst extrem gut durchblutet aus, ein Mann allein kann dafür nicht verantwortlich sein.«
»Schön wär's«, sagte ich lässig und setzte mich auf seine Schreibtischkante. »Wie läuft's denn mit dir und Sandra? Ist sie zufrieden mit dir?« Die Bemerkung war boshaft, ein Schuß ins Blaue, und das ganz zarte Pflänzchen meines schlechten

Gewissens regte sich, als ich die dunkle Röte seinen Nacken hochkriechen und sich bis zu den Ohren ausbreiten sah.
»Du solltest deine Schnüffelnase lieber in berufliche Dinge stecken«, sagte er dann barsch. »Mein Privatleben geht dich erstens überhaupt nichts an, und zweitens habe ich noch nie meinen Füller in Bürotinte halten wollen.«
»Das war auch mal anders«, meinte ich vorlaut und hätte mir auf die Zunge beißen mögen. Warum konnte ich in solchen Momenten nicht meine übergroße Klappe halten?
Heinrich sah mich kühl an. »Ich glaube, du überschätzt dich«, sagte er dann. »War sonst noch was?«
Im Damenklo, wo ich meine schamhaft erglühte Birne unter den Wasserstrahl hielt, traf ich Sandra, die zum Glück nicht mitgehört hatte. Sie stand vor dem Spiegel und musterte ihren Spindelbody, zupfte am – was war's, ein breiter Gürtel, ein Minirock, eine Frechheit? – und strahlte mich an: »Hi, Jenna, gut schaust du aus. 'ne heiße Nacht gehabt?«
War es denn so offensichtlich? Ich wischte mir das Gesicht trocken. »Nee, nur gut geschlafen«, sagte ich und konnte es mir nicht verkneifen, sie zu fragen: »Und selbst? Ist Heinrich noch so gut im Bett wie zu meiner Zeit?«
Sie wurde nicht ganz so rot, ein leichtes, attraktives Rosa, und grinste: »Woher weißt du?«
»Die Spatzen pfeifen's aus den Computern«, flötete ich. »Keine Sorge, meinen Segen hast du.«
Als ich rausgehen wollte, zog sie mich am Ärmel zurück. »Zwischen Heinrich Faltermeyer und mir ist nicht das allergeringste«, sagte sie fest, »ich weiß, daß mich die Feministenriege in dieser Redaktion nicht leiden kann, aber sie wird damit leben müssen, daß ich mir meine Karriere nicht in der Horizontalen zu erkämpfen brauche.«
Ich bemühte mich um meinen arrogantesten Gesichtsausdruck, der mir normalerweise, nur zwei Stunden nach Kontaktlinseneinsatz, noch nicht zur Verfügung steht.

»Hat mich total überzeugt, Sandra«, lächelte ich liebevoll und ließ noch ein bißchen Gift nachtröpfeln: »Wenn du so gut schreiben wie dichten könntest, würden wir dich sicher noch häufiger gedruckt sehen.«
Noch in der Klotür traf mich ihr Saccharinorgan: »Was ist es heute morgen, Jenna – sind es noch die Tage oder schon die Menopause?«
Da mir nichts, aber auch gar nichts Witziges darauf einfiel, ließ ich die Tür sacht ins Schloß fallen und boxte erst drei Meter weiter zweimal gegen die Wand.
Endlich am Schreibtisch. »Auskunft. Bitte warten Sie.« Was machten eigentlich diese Penner in der Auskunft? Saßen sie stumpfäugig vor den blinkenden Apparaten und dachten – denkste?
Endlich das Freizeichen. »Auskunft, Apparat sieben.«
»Die Nummer von Michael König bitte, Methfesselstraße.«
»49 51 53.« Es klickte nichts bei mir; viele Nummern in der Innenstadt fangen mit 4 an.
Ich wählte. »König«, sagte die Stimme, und da klickte es dann ganz gewaltig. Spermie und Schwein waren ein und dieselbe Stimme?
Ich war so geladen, daß ich auflegen mußte. Rachegedanken schossen durch mein übermüdetes Hirn, blitzschnell und brutal. Autoreifen aufschlitzen; ihn von Schorses Jungs ein bißchen aufmöbeln lassen; eine fiese Story über ihn schreiben. Das war's. Ich würde ihm nicht sagen, daß ich Bescheid wußte, ihn zappeln lassen. Zuckersüß würde ich sein und dann als Journalistin zuschlagen.
Ich holte mir einen Kaffee, wählte wieder.
»König.«
»Guten Morgen«, säuselte ich, »hier ist Jenna Wissbach, erinnern Sie sich? Wir haben vor ein paar Tagen miteinander telefoniert.«
»Stimmt, ja«, sagte er, spürbar ohne Enthusiasmus.

»Sie wollten sich überlegen, ob ich Sie interviewen kann«, half ich freundlich nach.
»Tja, also, ich bin im Augenblick ziemlich voll ...«
»Sie haben zuviel getrunken?« fragte ich zuckersüß.
»Mit Terminen, meine ich«, murmelte er.
Ich ließ ihn zappeln. Ein wunderschönes Gefühl. »Sind Sie noch dran?« fragte ich nach 30 Sekunden. »Geben Sie sich doch einen Ruck, ich verspreche Ihnen noch einmal, hoch und heilig, daß ich Ihren Namen nicht erwähnen werde.«
»Hmmmmm.«
Er überlegt, wie er sich rauswinden kann, dachte ich, aber ihm fiel wohl so schnell nichts Vernünftiges ein. Typisch Mann. Frauen hätten sofort etwas parat gehabt. Sterbende Oma, Zyste am Eierstock, die dringend operiert werden mußte.
»Kann ich also mit Ihnen rechnen?«
»Meinetwegen«, sagte er mürrisch. »Wann dachten Sie?«
»Heute abend würde mir gut passen.« Ich blieb Jenna, die Supercoole, ließ mir meinen kleinen Triumph nicht anmerken. »Kennen Sie das *Fra Angelico* in der Haydnstraße?«
»Noch nie gehört, aber ich find's schon.« Er wußte, daß er geschlagen war. »Ich hab um sechs einen Termin, gegen acht wäre gut.«
»Wunderbar«, lachte ich. »Bringen Sie Appetit mit, der Koch ist großartig.«
»Ich habe immer Hunger«, lachte er zurück.
Seine Stimme gefiel mir wirklich außerordentlich gut.

Michael

Sie hatte mich reingelegt. Wütend knallte ich den Hörer auf die Gabel.
»Willst du wirklich dein peinliches Hobby in der Presse breittreten?« fragte Inken süffisant, die ungeniert mitgehört hatte.

Irritiert schaute ich hoch. »Erstens ist es kein Hobby, sondern ein wertvoller Service für viele Ehepaare, die ungewollt kinderlos sind, zweitens wird mein Name nicht erwähnt. Der Artikel wird dich also nicht als Freundin eines gewissenlosen Berufswichsers bloßstellen.«
Sie rümpfte die Nase. »Wie proletig du sein kannst«, giftete sie und verschwand in der Küche.
Ich schaute ihr nach und wußte plötzlich, daß es nur noch eine Frage der Zeit war, bis ich mir eine neue Wohnung suchen mußte. Diese Sache hier haute einfach nicht hin, ich liebte sie nicht mehr, sie mich wahrscheinlich noch weniger, als sie sich zugestand. Abends kamen jetzt öfter Anrufe, bei denen sofort aufgeknallt wurde, wenn ich ranging, ein untrügliches Zeichen. »Hast du einen neuen Lover?« hatte ich sie gefragt, zu meinem Erstaunen völlig ohne Eifersucht. »Kannst du denn nur an Sex denken?« fauchte sie zurück, was in meinen Ohren ein klares Bekenntnis war. Ich würde mich mal umschauen, Freunde fragen; in meinem Fitneßclub gab es ein Schwarzes Brett, auf dem auch Wohnungsanzeigen hingen.
Ihre Stimme hatte nett geklungen, leicht heiser, was ich sexy fand. So Richtung postkoitale Zigarette mit viel Spaß vorher. Schade, daß sie Journalistin war und ich vor ihr auf der Hut sein mußte. Ich würde streng an mich halten, ihr viel Scheiß erzählen und nur das absolute Minimum über mich. Außerdem würde ich 500 Mark Honorar Vorauszahlung verlangen. Ich brauchte dringend neue Reeboks.

Marie

Ich fühlte mich wie Scarlett O'Hara am Morgen nach der Nacht, wo Rhett Butler sie betrunken die Treppe mit dem dunkelroten Läufer raufträgt. Absolut göttlich. Gut gevögelt, dazu mit einem superreinen Gewissen, weil ich dem überreifen Charme eines gewissen Schnulzenfuzzis heldinnenhaft widerstanden hatte. Christoph hatte die Kinder in ihre jeweiligen Spiel- und Kindergartengruppen gebracht, auf dem Küchentisch standen eine Thermoskanne Tee und frische Brötchen, die neueste Ausgabe von *Dolce Vita* lag aufgeschlagen daneben.

Meine erste Doppelseite. Fast ehrfürchtig schaute ich sie an. Sie hatten natürlich das Schweinefoto ausgesucht, ein halbnackter, etwas quellbäuchiger Tony auf dem Hotelbett, der mit einem »Komm-her,-Alte,-laß-uns-vögeln«-Blick in die Kamera schaut. »Das kaputte, erfolgreiche Leben des Tony Cazzone.« Gefiel mir. Meine dicke Fotozeile, auch die erste, ganz besonders.

Mit der Teetasse in der Hand ging ich in Christophs Arbeitszimmer, wo ich meinen Gatten nicht, wie erwartet, über seine Karikaturen gebeugt vorfand, sondern sinnierend am Fenster stehend. Dachte er an die letzte Nacht? Wie romantisch. Ich trat hinter ihn, umschlang seine Taille, er zuckte leicht zusammen.

»Du bist schon wach?« fragte er, wie gestört.

»Ich konnte nicht mehr schlafen«, sagte ich und blinzelte ihn scarlettmäßig an. »Woran werkelst du?«

»An Schäuble, aber ich krieg die Augenpartie nicht hin«, antwortete er. »Deine Schwester hat angerufen, sie schafft es nicht zum Frühstück, ruft dich später an.«

Schade, dachte ich; da sie über mein in letzter Zeit so mickriges Sexleben bis in die Schamspalte informiert war, hätte ich gern meine nächtlichen Höhepunkte (Plural) mit ihr beim Frühstücksbrötchen nachgeschmeckt. Ich wußte, daß sie sich mit mir freuen würde. »Ich finde deinen Mann durchaus sexy«, hatte sie seit ihrem Geständnis schon öfter gesagt, wahrscheinlich, um mir wieder Appetit zu machen. »Keiner von denen, die ich von der Bettkante schubsen würde.«

Ich rief sie an.

»Wissbach.« Ihre Stimme klang gehetzt.

»Sweetie«, sagte ich und konnte plötzlich das Wasser nicht

mehr halten: »Ich hab die tollste Nacht hinter mir, unglaublich.«
Sie sagte gar nichts, wahrscheinlich war sie nicht allein.
»Stör ich?« fragte ich.
»Du hast also tatsächlich mit Tony gepennt.« Ihre Stimme klang streng, fast so, als sei sie eifersüchtig. »Hattest du wenigstens was dabei? Der Mann ist eine wandelnde Geschlechtskrankheit.«
Ich ärgerte mich über ihren vorwurfsvollen Ton, sie war schließlich auch nicht Mutter Teresa. »Welche Laus ist dir denn heute morgen über die strapazierte Leber gelaufen? Außerdem hab ich überhaupt nicht mit Tony. Mein Gatte war der Glückliche.«
»Christoph?« fragte sie nur. Merkwürdiger Ton.
»Ja, Christoph, wer sonst, ich bin schließlich keine Bigamistin.«
»Schön für euch.« Cool, cool. Sie war stinkig, warum? »Marie«, sagte sie dann, »ich hab heute morgen verdammte Kopfschmerzen, Ärger im Büro. Sei mir nicht böse, ich ruf dich heute nachmittag an, okay?«
»Okay«, sagte ich verwirrt.
»Jenna ist stinkig, ihr habt doch keinen Krach gehabt?« rief ich in Richtung Big C.
Keine Antwort. Ich wiederholte meine Frage vor seinem Schreibtisch. »Wie kommst du darauf?« brummte er und beugte sich noch tiefer über Schäubles Stirnrunzeln.
»Nur so«, meinte ich.
Irgendwie war meine strahlende Laune verflogen. Im Bad stolperte ich über eine Monatsbinde, die mein Jüngster halb auseinandergepflückt hatte. Wann hatte ich eigentlich zuletzt meine Tage gehabt? Aufgrund meines rachitischen Sexlifes verhütete ich nicht mehr, und da ich einen regelmäßigen Zyklus habe, konnte ich auf glitschige Gummischeiben und schmierige Antispermasalben verzichten. Also wann? Das Wochenende

bei Freunden auf dem Land fiel mir ein, und wie wir Frauen das gesamte Badezimmer nach Monatsbinden durchwühlt hatten, um dann endlich beim Bahnhofskiosk fündig zu werden.
»Wann waren wir eigentlich bei den Fehrs?« rief ich.
»Vor zwei Wochen«, rief Rhett Butler zurück. Eine leichte Beunruhigung blieb. Es müßte schon mit dem Teufel zugehen.

Anneliese

Er sah wieder wie ein rosiger barocker Engel aus. Seit vier Monaten waren wir jetzt zusammen, und es war besser denn je. Ich hatte vor zwei Wochen einen Termin bei meinem Schönheitschirurgen gehabt, der mir ein bißchen Fett vom Kinn abgesaugt und meine Falten mit Collagen aufgefüllt hatte; beides war gelungen und machte mich mindestens zehn Jahre jünger. Und da mein Busen für eine Frau meines Alters noch ungewöhnlich knackig war, hatte ich zwecks Angleichung bereits ein weiteres Date für Bauch und Oberschenkel. Diese kleinen Eingriffe dienten ausschließlich meinem Wohlbefinden, denn Jo hatte mir noch nie zu verstehen gegeben, daß ihn unser Altersunterschied störte. Noch nie hatte er über meine Schenkel gestrichen und etwas von Flußlandschaft gemurmelt oder »Wo kommen denn diese dicken, weißen Streifen auf deinem Bauch her?« gemurmelt. Wir waren richtig glücklich miteinander, sogar meine Doppelkopfschwestern hatten ihn akzeptiert. Wenn eine von ihnen keine Zeit hatte, sprang er ein. Er war Teil meines Lebens, und wenn er, was selten vorkam, morgens die Brötchen holte, machte Frau Ellerbrock, die Bäckerin, keine dummen Bemerkungen mehr. Auch mich fragte sie nicht länger spitzmäulig nach meinem »jugendlichen Bekannten«.
Und nun wollte ich ihn ganz offiziell machen, ihn meinen

Töchtern als mittelfristigen Familienzuwachs vorstellen. Dinnerparty. Ich bin eine gute Köchin, meine Spezialität liegt im gemäßigt Deftigen. Sauerkrautknödel und saure Nieren, Bratkartoffeln mit Matjes in Joghurtsauce. Beide Töchter hatten zugesagt, sie trieb die Neugierde.

Ich saß gerade am Küchentisch und stellte eine Einkaufsliste zusammen, als mich Jo von hinten auf den Nacken küßte.

»Was schreibst du«, fragte er, »eine deiner berühmten Listen?«

»Ich hab Jenna und Marie zum Abendessen eingeladen«, sagte ich vorsichtig. »Ich möchte, daß du sie endlich kennenlernst.«

»Wird es anstrengend?« fragte er. »Werden sie mir die Augen auskratzen?«

»Da beide ungefähr dein Alter haben, kannst du mit dem Schlimmsten rechnen«, frotzelte ich. »Und wenn du Jenna schöne Augen machst, kratz ich dir deine aus, hast du mich verstanden?«

»Zu Befehl, Frau Oberst«, lachte er, nahm mich in die Arme, und ich vergaß meine Liste.

Tony und Marie

Im Grunde wollte er nur das letzte Wort haben: ein tiefgefrorenes. »Ich wollte mich vernünftig von dir verabschieden. Mach's gut, mach's besser beim nächstenmal.« Tony saß auf einem *Interconti*-Bett irgendwo in Deutschland, ein leichter Kater hockte hinter seiner Stirn, und er fühlte sich einsam und schlecht gelaunt. Seine letzte Platte *Amore unterm Regenbogen* rangierte bloß auf Platz 18 der deutschen Hitparade, das Leben bestand im Augenblick nur aus Überdruß und vager Wut. Er wählte. Es war acht Uhr abends, sie würde zu Hause sein.

»Hallo, hier ist Stephanie Wissbach.«

Eins ihrer Gören, auch das noch. Kinderhaß stieg in ihm hoch. Alle seine Kinder, bis auf eins, schwebten als ungeborene

Seelen im Himmel. Er quetschte Süße in seine Stimme: »Kann ich bitte mal deine Mami sprechen?«
»Wer bist du denn?« fragte sie zurück.
»Ich bin Tony Cazzone«, antwortete er, eine Spur verlegen.
»Der Sänger?« kam es neugierig zurück. »Mein Papi sagt, du bist 'ne Schmalzdrüse. Kann man da draufdrücken?«
Er widerstand dem Impuls, einfach aufzulegen. Das war seiner nicht würdig, er hatte schon lächerlichere Situationen gemeistert. »Ich singe romantische Lieder, das meint dein Papi wahrscheinlich. Ist denn deine Mami zu Hause?«
»Ist sie schon, aber sie und Papi haben eine Besprechung im Schlafzimmer und wollen nicht gestört werden, nur wenn es ganz dringend ist. Soll ich mal klopfen?«
Er dachte kurz nach, aber da er heute abend Misanthrop war, sagte er: »Es ist tatsächlich dringend, holst du sie bitte?«
Fünf Minuten später: »Hallo?«
Aha, beim ehelichen Sex gestört, das konnte er als Fachmann deutlich hören.
»Hab ich gestört?« fragte er überflüssigerweise.
Pause. »Ja, das hast du«, sagte sie dann ehrlich, »was gibt es denn?«
Es gab nichts, zumindest nicht mehr zwischen ihnen. Plötzlich war er schrecklich müde. »Mach's gut«, sagte er, »und mach's besser beim nächstenmal.«
Sie lachte leise. »Es war trotzdem schön«, meinte sie, dann legte sie auf, und er griff zum Adreßbuch.
Marianne d. t. – »Hallo, Marianne, *long time no love.* Ich bin's, Tony. Genau, *der* Tony. Tut mir leid, daß ich mich so lange nicht gemeldet habe, was nicht bedeutet, daß ich nicht oft an dich gedacht habe. Die Nacht in Mannheim war wahnsinnig, ach so, natürlich, in Stuttgart, egal, hast du heute abend Zeit? Wunderbar. Laß den Slip zu Hause. Du hast 'ne Blasenentzündung? Ach so, dann laß ihn an. Bis dann, ich freu mich.«

Jenna und Michael

Da es ein Geschäftsessen war, wartete sie bereits auf ihn; schicke zehn Minuten zu spät kam sie nur privat. Im Recorder steckten neue Batterien, unter der Serviette klemmte diskret ein Notizblock mit Kugelschreiber. Ein Glas Weißweinschorle stand vor ihr, mehr würde sie sich nicht genehmigen. Sie freute sich schon auf sein Gesicht. Es war zwar stockdunkel gewesen bei jener Begegnung, aber sie war sicher, daß er sie sofort wiedererkennen würde. Sie dagegen würde die Ahnungslose spielen und ihn rösten lassen.

So sehr war sie in angenehme Rachegedanken vertieft, daß sie ihn nicht hereinkommen sah. Erst als er mit dem Kellner vor ihrem Tisch stand, blickte sie hoch, direkt in sein leicht gebräuntes, sehr beherrschtes Gesicht. Die kurze optische Bestandsaufnahme fiel zur beiderseitigen Zufriedenheit aus.

ER DENKT:

Da ist kein Irrtum möglich. Gute Frau, nicht mehr so ganz mein Jahrgang, aber noch toll in Schuß. Wenn sie aufstehen würde, könnte ich die Titten besser sehen. Die Lachfalten um die Augen gefallen mir, hoffentlich hat sie wirklich Humor.

SIE DENKT:

Das ist er. Ich werd wahnsinnig – der Nebentäter aus Dr. Ahrends' Praxis? Könnte ganz knapp mein Sohn sein, toller Oberkörper, bestimmt macht er Bodybuilding. Die Augen? Die Jeans sitzt reichlich eng, sicher nicht gut fürs Geschäft.

Sie schüttelten sich die Hände, alle zwei ein wenig glibschig. Er setzte sich, bestellte ein Beck's-Bier.

»Darf ich rauchen?« fragte er höflich, während er bereits die Zigarette aus der Schachtel klopfte.
»Natürlich«, sagte sie und schob den Block ganz unter die Serviette. Er sollte nicht das Gefühl haben, sich seine Worte überlegen zu müssen.
Während er die Zigarette anzündete, musterte sie ihn. Er wirkte gelassen; nichts in seinem Gesichtsausdruck deutete darauf hin, daß er in ihr die Frau wiedererkannte, die er in seiner Autoscheibe eingeklemmt hatte, nachdem er ihren Fiat Viertel zu Schrott gefahren hatte. Sie dagegen wußte genau, daß sie sich nicht irrte. Wut schoß nachträglich in einer heißen Welle in ihr hoch, aber sie beherrschte sich.
»Schön, daß Sie gekommen sind«, sagte sie. »Wollen wir erst bestellen und dann reden?«
»Ist mir sehr recht«, antwortete er schnell. Jeder Aufschub war ihm lieb. Beide bestellten Spaghetti pescatore, was die Spannung am Tisch ganz leicht milderte. Gleicher Geschmack also.
»Dieses Gespräch ist schwierig für mich«, meinte er dann und sah ihr offen ins Gesicht, vertrauensvoll, blinzelfrei.
Was für ein guter Schauspieler er ist, dachte sie.
»Sie sind der erste Mensch, dem ich davon erzähle, selbst bei meiner Freundin bin ich vorsichtig.«
Er war also vergeben. Warum durchzischte sie ein leises Gefühl der Enttäuschung?
»Sie sind ein junger, gesunder Mann, dem die Welt offensteht. Gibt es keine anderen Verdienstmöglichkeiten für Sie?«
Unter dem Tisch hatte sie den Recorder angestellt, zwischen ihren Brüsten hing ein hochsensitives Mikrofon. Normalerweise benutzte sie diese James-Bond-Ausrüstung nur in sehr brisanten Fällen, bei Drogenhändlern oder Zuhältern, aber sie hielt Vorsicht in diesem Fall für angebracht. Sie war ganz sicher, daß sie sich nicht täuschte. Die Stimme, das Gesicht, die dunklen, leicht gewellten Haare, der bemüht unterdrückte sächsische Akzent – ob er sich nur schwer beherrschte, oder ob

durch seine Nebentätigkeit sein Gedächtnis sozusagen in die Hose gerutscht war?
Er schwitzte Blut und Wasser. Warum war sie so nett zu ihm und schrie ihn nicht vor allen Leuten zusammen? Warum kippte sie ihm das Beck's nicht ins Gesicht? Welchen teuflischen Plan verfolgte sie? Plötzlich schöpfte er Hoffnung. Vielleicht pieselte er sich hier ja ganz umsonst in die Hose, vielleicht erkannte sie ihn gar nicht? Er holte tief Luft und beschloß, ihr, falls sie ihm nichts tat, ein richtig gutes Interview zu geben. Sicher war sie auch eine dieser emanzipierten Ehrgeiz-Elsen, denen der berufliche Erfolg über alles ging. Eine Hand wusch die andere.
»Ich bin Samenspender, weil ich ein bißchen Gott spielen wollte«, sagte er und war stolz auf diesen Satz. Warum schrieb sie nicht mit? Fand sie ihn dumm?
Er wurde unsicher. Sie schaute ihn abwartend an, ein amüsiertes Lächeln umspielte ihren Mund, dessen knallroter Lippenstift inzwischen am Weinglasrand klebte. Er hätte gern am Glas geleckt.
»Bitte erklären Sie das«, bat sie ihn und blies ihm den Rauch ihrer Kim mitten ins Gesicht. Wäre ihr Gesicht weniger konzentriert gewesen, hätte er das für eine leichte Anmache gehalten.
»Sie wissen sicher, daß jedes sechste Ehepaar ungewollt kinderlos ist«, begann er und sah zu seiner Befriedigung, daß sie den Block herausholte. »Adoption ist schwierig, und wenn es am Mann liegt, bin ich die einzige und bequemste Lösung.«
Sie überlegte. Was er sagte, klang soweit vernünftig. »Wirkt sich Ihre Nebentätigkeit nicht auf Ihr Sexualleben aus?« fragte sie dann und kritzelte ein bißchen auf ihrem Block herum.
»Meine Freundin und ich trennen uns gerade«, erklärte er. Warum ausgerechnet ihr? Irgend etwas trieb ihn, vielleicht der V-Ausschnitt ihres Pullovers, der ihm jetzt frontal einen befrie-

digenden Einblick gewährte. »So oft spende ich ja außerdem nicht, im Durchschnitt höchstens einmal pro Woche«, fuhr er fort, »mein Spermavolumen ist ungewöhnlich, sagt Dr. Ahrends.«

»Wie schön für Sie«, meinte Jenna mit funkelnden Augen. Er schaute auf seinen Teller, sein Gesicht rötete sich leicht. »Haben Sie mal an all die Kinder gedacht, die Sie inzwischen wahrscheinlich gezeugt haben, wie viele kleine Michis und Michaelas herumlaufen, die sich in 20 Jahren vielleicht verlieben und nicht wissen, daß sie Halbgeschwister sind?«

Daran hatte er tatsächlich noch nie gedacht. »Ein gewisses Risiko«, gab er zu, »das alle Betroffenen eingehen müssen.«

Er war inzwischen beim dritten Bier angelangt, sie von Schorle auf Weißwein umgestiegen. Eine gewisse, sehr erträgliche Leichtigkeit des Seins breitete sich aus.

»Warum schreiben Sie nicht mehr mit?« fragte er und zeigte auf ihren halbleeren Block, den inzwischen Weißwein- und Tomatensaucenflecken zierten.

»Ich hab ein gutes Gedächtnis«, sagte sie lächelnd. »Ich merk mir alles, was wichtig ist. Entschuldigen Sie mich bitte.«

Sie ging zum Klo, erstens sowieso, zweitens, um die Kassette umzudrehen.

Als sie weg war, zog er schnell den Block zu sich rüber und blätterte die ersten drei Seiten durch. Kritzelmännchen auf der ersten, Kreise auf der zweiten, ein Satz auf der dritten. Eine Frage vielmehr: »Ob er wohl gut im Bett ist???«

»Worüber lachen Sie?« fragte Jenna, als sie zurückkam.

»Über das Leben«, sagte er nur. »Krieg ich auch noch Nachtisch?«

Sie war zu angeschwipst, um Süßes zu essen, aber als seine Mousse au chocolat vor ihm stand, steckte sie kurz ihren Löffel rein.

Es fiel ihr immer schwerer, sich zu konzentrieren. »Das Gespräch war sehr aufschlußreich«, sagte sie und versuchte, das

leichte Rauschen in ihren Ohren zu übertönen, »aber ich muß jetzt nach Hause. Haben Sie noch einmal Zeit für mich?«
Zu seinem Erstaunen stellte er fest, daß er Lust auf ein zweites Treffen hatte. Er überlegte sich, ob er ihr reinen Wein einschenken und sie fragen sollte, ob sie ihn erkannt hatte, entschied sich aber dagegen. Einen so unerwartet witzigen Abend zerstörte man nicht durch überflüssige Bekennerwut.
»Darf ich Sie nach Hause bringen?« fragte er, während sie ihre American Express zückte. »Ich bin noch fahrtüchtig.«
»Wollen Sie damit andeuten, daß ich es nicht mehr bin?« fragte sie scharf zurück, überlegte es sich dann aber anders: »Wenn Sie mich jedoch in meinem *Fiat* nach Hause fahren wollen, das wäre nett.«
In seinem Gesicht bewegte sich kein Muskel. Sie gingen auf die Straße, der Fiat stand auf der anderen Straßenseite, eingekeilt von zwei Porsches.
»Verstehen Sie etwas von Autos?« fragte sie zuckersüß und zeigte auf den rechten Kotflügel. »Ein Idiot ist mir hier reingefahren und hat sich dünne gemacht.«
Er schüttelte den Kopf. »Es gibt schon Schweine«, sagte er.
Sie sah ihn freundlich an. »Ich hab mir zum Glück sein Autokennzeichen gemerkt, und da ich gute Kontakte zur Verkehrspolizei habe, werde ich morgen seine Adresse haben. Der wird sich wundern, dieses Arschloch.«
Michael musterte den Kotflügel lange. »Wissen Sie, was«, schlug er dann vor, »ich habe einen Freund, der 'ne Werkstatt hat. Der fixt Ihnen die Beule fürn Fuffie.«
»Keine schlechte Idee«, überlegte sie, »würden Sie das für mich erledigen? Ich bin die nächsten Tage völlig ausgebucht.«
»Mach ich gern für Sie«, sagte er schnell und meinte es absolut ehrlich. »Und jetzt bring ich Sie nach Hause.«

»Wir sind da«, rief Jenna. »Ein Parkie direkt vor der Tür, mein Glückstag.« Sie stiegen aus. Eine kleine, klebrige Verlegenheit. »Vielen Dank«, sagte sie, und die Frage rutschte aus ihrem Bauch, ehe ihr kühler Kopf sie verhindern konnte: »Wollen Sie noch eine Tasse Kaffee mit mir trinken?«

Es war ihr klar, daß sie es genauso meinte, wie es vermutlich bei ihm ankam, eindeutig, einladend. Sie schaute ihn an, und zu ihrer abgrundtiefen Verlegenheit schüttelte er bedauernd den Kopf. »Vielen Dank«, meinte er, »aber es ist schon spät, und ich hab morgen ein Date mit Dr. Ahrends. Vielleicht ein andermal.«

Er streckte seine Hand aus, sie griff zu, und etwas passierte, als sie sich berührten. Ein taktiler Kurzschluß; die Reibungsfläche war so heiß, daß beide ihre Hände fast ruckartig wieder zurückzogen.

»Also dann«, sagte er zögernd, »rufen Sie mich an.«

Ihre Antwort war so kühl, wie ihr gesamter Körper plötzlich in Flammen stand: »Mach ich. Gute Nacht.«

Im Treppenhaus hielt sie sich am Geländer fest, während sie die Stufen zu ihrer Dreizimmerwohnung im Hochparterre hochstieg. Auf ihrem Schreibtisch blinkte das rote Licht des Anrufbeantworters. Pflichtbewußt drückte sie die Abhörtaste, obwohl sie lieber ungestört gewesen wäre. Fluch der Technik.

»Jenna, hier ist deine Mutter. Nimm dir bitte nächsten Sonntag abend frei, ich will euch jemanden vorstellen. Dinner bei mir? Keine Ausrede zählt.« – »Alte, wo steckst du, ruf mich an.« Marie. Sofort meldete sich das schlechte Gewissen wieder. Christoph hatte zwar Entwarnung gegeben, aber das machte den Druck auf ihrer schwarzen Seele nicht kleiner.

Sie holte sich eine Flasche Bier aus dem Kühlschrank, dessen Mickerinhalt jede Maus zum Frustjaulen gebracht hätte, ein tiefer Schluck – Scheiße, keine Zigaretten mehr –, dann wählte sie. Bis Mitternacht konnte sie anrufen, das war gegenseitiger schwesterlicher Konsens. Es war fünf vor.

»Hallo?«
Schmetterlinge im Bauch. Lächerlich. Es war Marie, verdammte Kiste. »Schwesterherz, hab ich dich geweckt?«
Seufzen, lustvolles. Marie flüsterte: »Wir waren gerade eingeschlafen. Was gibt's?« Es raschelte in der Leitung, Marie räkelte sich in Position. Sie war jetzt hellwach, mitteilungsbedürftig. »Chris und ich machen gerade eine Frühjahrskur«, wisperte sie verschwörerisch. »In der alten Eiche steckt noch Saft, den ich nicht vermutet hätte.«
»Eiche? Wovon sprichst du?«
Marie lachte: »Auf deutsch und deftig, meine Süße, ich erlebe gerade wilde Nächte, und das mit meinem eigenen Mann. Wahrscheinlich hat er irgendwo eine Geliebte, die ihn auf Trab bringt.« Marie kicherte, amüsiert und überlegen. Christoph, der Pantoffelheld; sie war sich seiner so sicher wie der Regelmäßigkeit ihrer Tage.
Jenna wartete auf die kleine Stichflamme der Eifersucht, aber es kam nichts. Im Gegenteil – sie war erleichtert, wie nach einer Beichte. Ja, fast war sie ein bißchen stolz, als hätte sie die ehelichen Laken im Hause Wissbach-Cholewa selbst zum Glühen gebracht. Hatte sie ja auch. »Schön für dich«, sagte sie deshalb einfach und meinte es ehrlich. »Mein Abend war auch nicht ohne.«

Michael

Als ich die Haustür aufschloß, wußte ich sofort, daß sie ausgezogen war. Noch bevor ich den Zettel las, der wie in einem schlechten Film natürlich auf dem Küchentisch lag. »Michael«, stand da kurz und bündig, »wir wissen beide, daß es nicht mehr hinhaut. Deshalb – lieber ein Ende ohne Schrecken als ein Schrecken mit Ende, oder hieß es anders? Egal – ich hab meine Sachen eingepackt; den Schwarzweißfernseher, der, wie Du weißt, von meiner Oma stammt, kannst Du behalten, dafür hab ich Deine alten Stones-Alben mitgenommen, die eh nichts mehr wert sind. Da ich im Augenblick keine Lust auf nerviges Beziehungsgefasel habe, obwohl ich eine Frau bin (sic?), kriegst Du keine Telefonnummer von mir. Ich melde mich irgendwann mal wieder. Mach's gut, und paß auf Dein Sperma auf.«

Keine Unterschrift. Supercool. Die Wohnung war so leergeräumt wie nach einem Umzug, nur chaotischer. Weiße Flecken mit speckigen Rändern an der Wand, wo früher Poster und Bilder hingen; sogar die Rolle Klopapier, die zugegebenermaßen sie bezahlt hatte, war weg. Fürsorglich hatte sie eine Zeitung auf den Wasserkasten gelegt. Als ich das Schlafzimmer betrat, war ich auf alles gefaßt, doch *surprise, surprise:* Das Kingsize-Bett, das eindeutig sie mit in unseren Beziehungsabschnitt gebracht hatte, stand noch da, nur ihr Bettzeug fehlte. Auf meinem Kopfkissen lag ein Zettel: »Das Bett kannst Du behalten, als Spielwiese für unbezahlte ›Einspritzungen‹, die meine Nachfolgerin hoffentlich häufiger genießt als ich.«

Ich mußte lächeln; eine letzte Giftspritze, die sie sich nicht verkneifen konnte. Eins nahm ich mir fest vor: Meine nächste Freundin, die ich mir nach einer längeren, sehr promiskuitiven Phase – natürlich nur mit Kondomen – suchen würde, müßte für meinen Job Verständnis haben. Falls ich ihn dann noch ausübte, worüber ich mir keineswegs sicher war. Ich legte mich ins verwaiste Bett, und ein knochentiefes Gefühl der Erleichterung schmiegte sich um meine Seele. Es war wirklich besser so. Ein Lebensblatt umgedreht, ein neues konnte frisch beschrieben werden.

Kurz bevor ich einschlief, tanzten wilde Bilder vor meinen Augen. Auf dem letzten klemmte eine Frau mit kußfreundlicher Unterlippe in meinem Autofenster, ich zog sie rein, wir landeten auf dem Rücksitz, dann tauchte sie weg.

»Welch Glanz in meiner armen Hütte! Tritt ein, wie geht's den Unfruchtbaren?« frotzelte Heinrich Faltermeyer, aber es klang friedlich. Er hatte die letzte Nacht mit einer alten Flamme verbracht und jetzt zumindest das Gefühl, daß sie auch etwas davon gehabt hatte. Wie konnte man das schließlich ganz genau wissen? Jenna hatte ihn ja diesbezüglich mit einer Genauigkeit aufgeklärt, die ihn nachhaltig verstörte. Lautes Seufzen, ekstatische Kratzspuren auf dem Rücken besagten überhaupt nichts, soviel wußte er leider. Auch eine gewisse Feuchtigkeit konnte mit diskreter Lotion vorgetäuscht werden. Auf nichts war mehr Verlaß. Und trotzdem – Petra und er hatten viel Spaß gehabt, besonders in der Badewanne, auf deren Ränder sie alle seine Teelichter drapiert hatte. Er war deshalb gut durchblutet und in frauenfreundlicher Stimmung, auch die finstere Runzel auf der Stirn von Jenna, die er sonst fürchtete, konnte ihm an diesem Morgen nichts anhaben.
Er schob die Unterlagen auf seinem Schreibtisch zur Seite, sie setzte sich. Ein diskreter Blick auf ihren Busen, er stutzte. Da er ihn, zumindest bekleidet, gut kannte, fiel ihm auf, daß er leicht geschwollen aussah. Ob sie sich heimlich eine Silikoneinlage hatte verpassen lassen?
»Die Story läuft gut«, sagte Jenna, die seinen Blick bemerkt hatte und energisch die Arme über dem Busen kreuzte. »Mein Samenspender gibt wirklich viel her, da hab ich Glück gehabt.«
»Meinst du das beruflich oder privat?« fragte Heinrich. Jenna lächelte. Ach, wie gut, daß er nicht weiß ...

Sie hatte den Tisch gerade fertig gedeckt, als es an der Tür klingelte. Das dritte Treffen, eigentlich war beruflich alles gesagt, aber sie hatte noch ein paar »Unklarheiten, die wir beim Dinner besprechen können« vorgeschoben und ihn zu sich eingeladen. Grund: Auch beim zweiten Gespräch, diesmal in

ihrem Büro, hatte es deutlich gefunkt. Dabei war Jenna schwer und vor allem nicht schnell entflammbar. Wann hatte ihr das letzte Mal das Herz so penetrant durch die Rippen geklopft? Wann hatte sie das letzte Mal vor Aufregung einen (nur einen?) Tropfen in den Slip gepiet? Inzwischen wußte sie über Michaels Mutter Bescheid, die in Leipzig als Lehrerin gearbeitet hatte und jetzt ihre mickrige Sozialhilfe als Putzfrau aufbesserte, sie wußte, daß sein älterer Bruder Karlo wegen angeblicher Zuhälterei sechs Monate im Knast war – unschuldig natürlich, denn die Mädchen waren seine Freundinnen, die es freiwillig taten und ihm gern etwas abgaben –, sie wußte, daß er seiner Nebentätigkeit am liebsten im Bett nachging und dabei immer eine Vorliebe für ältere Frauen gehabt hatte. Dieses Geständnis hatte ihm zunächst einen bösen Blick von ihr eingehandelt, den er blitzschnell mit »Ich meine richtig älter, so Ende Dreißig, Anfang Vierzig«, parierte. Sie wußte zwar, daß er log, aber sie erkannte durchaus auch eine jugendliche Anmache, wenn sie versucht wurde. Der Abschiedshändedruck in ihrem Büro war so lang ausgefallen, daß sie richtiggehend auseinanderglibschten. Also dann, wisch, wisch. Vielen Dank fürs Gespräch, wisch, wisch. Ich ruf Sie an, wisch. Okay, wisch.
»Tolle Wohnung«, lobte er.
»Ich hab Glück gehabt«, sagte sie.
Ihr Busen spannte wie verrückt, ein merkwürdiges Gefühl. Ob das schon die Wechseljahre waren? Bei Anneliese waren die ersten Anzeichen schon Ende Dreißig gekommen, aber fing es so an? Und die Tage? Sie waren noch nie besonders regelmäßig gewesen, Jenna machte keine Kreuzchen, insofern wußte sie nicht, wie überfällig sie war. Ein paar Tage, zwei Wochen? Wie unbewußt drückte sie ihren Busen mit den Händen flach, lächelte Michael freundlich an. »Was darf ich Ihnen anbieten? Wein, Bier, Schnaps?«
Beeindruckt schaute er sich um, sein Blick streifte das dunkelgraue Eileen-Gray-Sofa, den Couchtisch aus Plexiglas, in dem

Goldfische schwammen, die tiefen, neumexikanischen Sessel. Vorsichtig nahm er in einem Platz und versank wohlig. Das war wahrlich ein anderes Gerät als das abgewetzte Ikea-Sofa mit Blümchenstoff, das ihm Inken gnädig überlassen hatte.
»Ein Bier, bitte.«
Tolle Figur, dachte er, als sie in die Küche ging. Das Bier war eiskalt, wie er es liebte. Ein tiefer Schluck. Aus dem Backofen drangen köstliche Düfte.
»Ich habe Lammkeule mit Kartoffelgratin gemacht«, erklärte Jenna lässig, die seinen Blick bemerkt hatte, »geht schnell, schmeckt gut. Ich hoffe, Sie mögen es.«
»Mein absolutes Lieblingsessen«, sagte er mit Überzeugung, und eine Stunde und sämtliche abgenagten Lammknochen später wußte Jenna, daß dieser Bubi, dem die Eierschalen noch hinter den Ohren klebten, der Sneakers trug, die sie zuletzt auf dem Schulhof getragen hatte, derjenige war, mit dem sie den Rest ihres Lebens verbringen wollte. Und wenn das nicht möglich war, dann zumindest die kommende Nacht.
Lag diese Neigung zur Wiegenschändung womöglich in der Familie? Am nächsten Wochenende würde sie die Einladung ihrer Mutter durchstehen müssen, die Marie und ihr einen gewissen Jo (ein Name, der nach Gigolo oder Croupier klang) vorstellen wollte. Ob sie nach der Hochzeit, zu der es nur über ihre Leiche kommen würde, Papi zu ihm sagen mußte? Doch diese Jungen, Unverkorksten hatten ja wirklich ihre besonderen Reize. Noch nie hatte ein männlicher Gast so ungeniert zugegriffen wie dieser hungrige Samenspender.
Bratenfett tropfte lustvoll über sein Stoppelkinn, er leckte sich die Finger ab: »Sie sind eine tolle Köchin, Jenna«, meinte er. »Was gibt's zum Nachtisch?«
»Eis mit heißen Himbeeren.«
Ein plötzliches Übelkeitsgefühl trieb sie ins Badezimmer. Sie lehnte sich übers Klobecken und würgte. Sekunden später lag das gesamte Abendessen in der Wasserpfütze. Schweißgebadet

kam sie hoch, wischte sich die Stirn. Was war los mit ihr? Ein Virus? Woher?
Es klopfte an der Tür. »Alles in Ordnung?« rief Michael.
Sie putzte sich die Zähne, langsam wich die üble Welle, sie fühlte sich wieder normal. Aus dem Spiegel schaute eine hohläugige Wasserleiche. »Alles klar«, sagte sie, als sie rauskam, »ich würde mich nur gern ein bißchen hinlegen. Tut mir leid.«
Sie taumelte zum Sofa. Schon wieder Sofa, dachte sie, als sie ein Kissen unter dem Kopf zurechtknuddelte, jeder Mann sieht mich in letzter Zeit in der Couchhorizontalen. *Sofa?* Womöglich war sie schwanger? Sie setzte sich auf, Bauch und Kopf vibrierten.
Wie lange war das unselige Zusammentreffen her? Sie hatte es so gründlich verdrängt, daß es ihr nicht sofort einfiel. Grübel, grübel.
»Soll ich lieber gehen?« Michael saß etwas ratlos auf der Sofakante. Der Abend hatte eine unerfreuliche Kurve genommen. Sie lag fix und foxi vor ihm, statt rosig-geil in seinen Armen. War er schuld, hatte er sich ungeschickt verhalten? Ihre Augen waren geschlossen, die Lider zuckten. Er beugte sich über sie – scheiß der Hund drauf, man lebt nur einmal, was konnte passieren, schlimmstenfalls eine Ohrfeige – und küßte sie leicht auf die Stirn. Goodie, signalisierte sie, ließ die Augen geschlossen, mach ruhig weiter. Also machte er. Augen, Jochbögen, Nase, überall kleine Schmetterlingsküsse, über ihrer Unterlippe pausierte er kurz, dann leckte er die Zahnpastareste weg. Colgate, seine Marke.
»Wo hast du so gut küssen gelernt«, fragte sie, »auf dem Schulhof?«
»Halt die Klappe«, sagte er, »im Mutterleib.«

★ *»Lieber hochschwanger*
als niederträchtig.« ★

Marie und Jenna

Zwei Wochen später.
»Sag mal, müßten sie nicht längst da sein?« fragte Christoph leicht beunruhigt.
»Eigentlich ja, aber ich bin ja meist ein bißchen spät«, sagte Marie und schlief ein.

»Neununddreißig Mark fuffzig«, sagte sie.
»So viel?« fragte Jenna.
»Der normale Preis für einen Schwangerschaftstest«, antwortete die Apothekenhelferin freundlich und wickelte die Schachtel in unverdächtiges Papier.

Jenna

Das Gefühl der absoluten Panik kauerte aasgeierhaft auf meiner Schulter. Die Packung glühte in meiner Tasche wie ein heißes Brikett, ganz vorsichtig legte ich sie auf meinen Küchentisch. Zigaretten, Schnaps. Frühe Morgensonne leuchtete vorwurfsvoll ins Fenster, egal. Ich brauchte schädliche Unterstützung. »Nehmen Sie den ersten Morgenurin«, las ich, »und tröpfeln ihn mit der blau gekennzeichneten Flüssigkeit in den beigelegten Behälter. Wenn sich auf der Oberfläche ein Ring bildet, liegt eine Schwangerschaft vor.« Da ich vorher extra nicht gepinkelt hatte, stürzte ich zur Toilette, hielt den Plastikbecher drunter, dreiviertel gingen daneben, stellte ihn neben meine Kaffeetasse und wartete. Mir war schlecht vor Aufregung. Das Telefon klingelte.

»Schnözi«, drang die bedrückte Stimme meiner Schwester an mein Ohr, »mir geht's nicht gut.«

Ich seufzte, denn für nichts hatte ich im Augenblick weniger Nerven als ein schwesterliches Klagelied. Was konnte es sein? Krach mit Christoph? Ein tolles Foto, nur als Briefmarke gedruckt?

»Was gibt's denn?« fragte ich, mit einem Auge auf dem Becher, »ich war schon in der Tür.« Kein Ring, Gott sei Dank, wahrscheinlich falscher Alarm.

»Ich hab das dumpfe Gefühl, daß ich wieder schwanger bin«, jammerte meine Schwester, genau in der Sekunde, als sich auf der blauen Oberfläche ein Ring formte, unübersehbar, schicksalsschwer. »Du sagst ja gar nichts, bist du geschockt?«

Die Stimme kam aus ganz weiter Ferne. Ich öffnete den Mund, bewegte die Lippen, wollte etwas sagen, es kam nichts. Ein krächzender Laut.

»Hey«, tönte es besorgt, »du klingst sehr merkwürdig, bist du erkältet?« Der Ring grinste mich an, bösartig. »Willst du es behalten?« fragte ich endlich.

»Natürlich«, rief sie entsetzt, »du weißt doch, wie sehr ich gegen Abtreibungen bin.« Pause, Schweigen. Dann fragte sie vorsichtig: »Sag mal, bist du jetzt traurig, streßt es dich?«

»Was soll mich stressen?«

»Daß ich schon wieder schwanger bin, du hast ja auch mit der Idee geliebäugelt.«

Noch nie in meinem fast 36jährigen Leben hatte ich mich mieser gefühlt; eine Sekunde spielte ich mit dem Gedanken, ihr einfach die Wahrheit zu sagen. Die Sekunde ging zum Glück vorüber. »Ach was, ich bin gern Tante, das reicht mir«, sagte ich feige, »was meint Christoph denn dazu?«

»Er ist gefaßt, nicht gerade überglücklich, aber gefaßt.«

»Vier ist doch 'ne gute Zahl«, tröstete ich sie, »aber mach mich nicht schon wieder zur Patentante. Zweimal reicht.«

Nach dem Auflegen starrte ich den Ring an und überlegte. Ich bekam ein Kind von meinem Schwager, daran bestand leider kein Zweifel. Mein Geplänkel mit Kindergartenspermie war bislang ausschließlich über der Gürtellinie verlaufen, was ich jetzt fast bedauerte. Es hätte die Situation erleichtert, wenn mein Embryo sozusagen in einem Samencocktail entstanden wäre, dann hätte ich mir den Vater herauspicken können, der uns am wenigsten Schwierigkeiten machen würde. Sollte ich Christoph über seine ungewollte Vaterschaft informieren? Hallo, Schwagerherz, nur eine Kleinigkeit. Ich bekomme auch ein Kind von dir. Dann schnell den Hörer auflegen. Ausgeschlossen.

Während ich stumm das Glas anstarrte, bohrte sich ein eiskalter Gedanke in mein Herz – ich mußte abtreiben, keiner durfte davon erfahren. Mein Gynäkologe war diskret und liberal, schon morgen wäre ich das Problem los. Ein verlockender Gedanke, ich liebäugelte mit ihm. Es war nicht ernsthaft vorstellbar, wie ich diese Schwangerschaft durchstehen würde; den Rest meines Lebens würde ich mit einer Lüge leben müssen.

Trotzdem: ein Kind, meine erste, wahrscheinlich einzige Schwangerschaft, ein lebendes Wesen entstand in mir. Sollte ich es wegschmeißen, nur weil seine Eltern eine Minute lang (okay, zwei Stunden lang) den Kopf verloren hatten? Das Herz war mir so schwer, daß es zwischen meinen Beinen pendelte. Kein guter Vergleich. Ich fühlte es klopfen, ganz weit unten, und griff zum Telefon.

»Praxis Dr. Tarnow«, sagte eine muntere Frauenstimme.

»Hier ist Jenna Wissbach, können Sie mich heute noch reinquetschen?«

»Hmmm, sieht nicht gut aus, Moment, halb vier für fünf Minuten, reicht das?«

»Danke«, sagte ich, »vielen Dank.«
Gerade hatte ich aufgelegt, da klingelte das Telefon. Bitte nicht Familie, dachte ich erschöpft. »Ja?«
»Hier ist Michael«, auch er klang so widerlich wach und gut gelaunt. »Diese Interviews mit dir gefallen mir irgendwie. Hast du Lust auf eine Fortsetzung heute abend?«
Warum nicht, dachte ich, besser in der Sandkiste spielen als allein Trübsal blasen. »Okay, mein Kleiner«, seufzte ich, »komm so gegen acht.«
»Nenn mich bitte nicht mein Kleiner«, sagte er, »sonst sind wir beide beleidigt.«
»Ich weiß nicht, wovon du sprichst«, empörte ich mich, und merkwürdigerweise sah die Welt danach ein bißchen leichter aus.

Uta und Michael

»Das ist aber ein dünnes Pfützchen«, sagte Uta Kaiser vorwurfsvoll. »Hast du noch private Patientinnen, denen du's umsonst machst?«
Schön wäre es, dachte er, während er nach einer Antwort suchte, aber traurige Wahrheit war, daß der kleine Michael beruflich anscheinend nicht mehr so wollte wie er. »Ich bin ein bißchen kaputt im Augenblick«, fing er seine lahme Erklärung an, als das Telefon klingelte.
Uta Kaiser hob die Hand: »Moment mal, Michael warte ... Praxis Dr. Ahrends. Guten Tag, Frau Wissbach, der Doktor kann im Moment nicht gestört werden. Sie wollen sich bedanken? Das Interview lief gut? Das freut mich aber, er steht im übrigen gerade vor mir ...« Sie guckte fragend zu Michael, der abwehrend seine Hand hin und her wedelte.
»Viele Grüße«, sagte er.
»Er läßt grüßen«, bestellte Uta in den Hörer. »Sie lassen zurück-

grüßen. Okay, sag ich ihm. Alles Gute, und schicken Sie bitte ein Belegexemplar für unsere Pressemappe. Tschüs.«
»Hast du was mit der Tante angefangen?« fragte sie dann, während er beiläufig im Pharmakatalog blätterte. »Sie klang so beschwingt am Telefon.«
»Sei bitte nicht albern«, wies er sie zurecht, »womit denn, wenn ich fragen darf? Mein Sperma wird doch beruflich gebraucht.«
»Schon sind wir wieder beim Thema«, sagte sie. »So kümmerlich hast du noch nie abgegeben.«
Jetzt hatte er genug. »Mehr war nicht drin«, fauchte er. »Ruf mich an, wenn ich wieder gebraucht werde.«
Kopfschüttelnd sah sie ihm nach. »Den hat's erwischt, er weiß es nur noch nicht.« Liebe – ein weites, ein äußerst kompliziertes Kapitel. Sie rief die Sekretärin ihres Ex- und Wiederlovers an: »Hier ist Uta Kaiser, sagen Sie dem Chef bitte, daß ich gern ein Lunchdate mit ihm hätte. Sie brauchen nichts zu reservieren, ich bring alles Nötige selber mit. Danke.«

Jenna und Marie

Sie saßen zu dritt am Küchentisch, und es war eher gut, daß keiner die Gedanken der anderen lesen konnte. Hinter trügerisch glatten Stirnen liefen drei verschiedene Privatfilme ab. Der von Christoph trug den Titel »Die Nacht der beiden Schwestern« und war eindeutig pornographisch. Da Marie nichts ahnte und, möglicherweise beflügelt durch einen kleinen Seitensprung, der, dessen war er sich sicher, wenn überhaupt, oberhalb der Gürtellinie geblieben war, sexuell so ansprechbar war wie nie zuvor, hatte er einen Anflug von schlechtem Gewissen erfolgreich verdrängen können.
»Noch ein bißchen Wein, Jenna?« fragte er, schenkte nach und stellte sich einen Dreier vor. Außerordentlich animierend. »Bin

gleich wieder da«, sagte er und atmete auf dem Balkon die kühle Nachtluft ein und aus. Eigentlich schade, daß Jenna seine Schwägerin war und er kein Vertreter in Damenunterwäsche, der ab und zu ein kleines Nümmerchen in abgelegenen Hotels schieben konnte. Doch er wußte, daß er für solchen Streß nicht geschaffen war.

Auf dem Rückweg zur Küche machte er einen Abstecher in die Schlafzimmer seiner Kinder. Stephanie hatte ihre Decke abgestrampelt, Daniel seinen Daumen im Mund. Christoph zog ihn vorsichtig raus. Meine Bande, dachte er zärtlich, während er seine Tochter zudeckte und Gabriel das Pyjamaoberteil über den Bauch zog, bald gibt's Zuwachs. Und plötzlich freute er sich unbändig auf sein viertes Kind.

In der Küche saßen die Schwestern und quackelten. Das heißt, Marie quackelte, Jenna hörte zu. Sie sah blaß aus, stellte er fest, im Aschenbecher war nur eine Kippe, sehr ungewöhnlich.

»Gibst du wieder mal das Rauchen auf?« fragte er.

Sie sah ihn an; nur Schwägerin lag in ihrem Blick, nicht ein Jota mehr, und noch etwas, was er nicht deuten konnte. Wut? Scham? »Ich probier's mal wieder«, antwortete sie ruhig. »Wo soll Nummer vier denn schlafen?«

Es kostete Jenna eine ungeheure Willensanstrengung, an diesem Küchentisch zu sitzen und sich die Schwangerschaftsstorys ihrer Schwester anzuhören. Marie war schon wieder voll Mutter, die Creme gegen Schwangerschaftsstreifen lag auf dem Badewannenrand, die ausgemusterten Babysachen hatte sie vom Boden geholt und gewaschen, was Jenna ein bißchen voreilig fand.

»Ich bin gespannt, ob Nummer vier auch diesen Leberfleck am Hals hat«, sagte Marie gerade, »alle drei haben ihn nämlich, von Christoph.« Die Schwangerschaft bekam ihr. Sie glühte geradezu. »Ich bin so scharf wie nie«, strahlte sie. »Christoph hat schon Kopfschmerzen, ich bin einfach zu wild für ihn, nicht wahr, mein Schnuckelhäschen?«

Christoph malte Strichweibchen auf die Tischplatte. Ihm wurde heiß und kalt. »Ich glaube nicht, daß Jenna an unserem Ehe-« – bewußt vermied er das Wort Liebes- – »leben so interessiert ist«, wehrte er ab.
»Aber wieso denn?« rief Marie fröhlich. »Wir wissen alles über uns, was, Jenna?«
»Fast alles«, sagte sie und erhob sich. »Ich muß los, danke fürs Essen.«
Im Flur umarmten sich die Schwestern. »Ist was?« fragte Marie besorgt. »Du bist so merkwürdig heute abend. Streß im Job? Liebeskummer?«
»Nichts von alledem«, sagte Jenna und drückte sie. Beim Abschiedskuß dachte sie: Ob Judas eine Schwester hatte?

Jenna und Michael

Er saß auf ihrer Fußmatte. Sie sah ihn durch die Gitterstäbe, als sie sich die Treppe hochtastete. Je schlimmer die ersten drei Monate, desto kräftiger das Baby, hatte Dr. Tarnow getröstet; demnach trug sie einen kleinen Schwarzenegger aus. Ihr war nur noch schlecht, und sie war sicher, daß dies eine Strafe Gottes war, der oben auf seiner Chefwolke saß, links Petrus, rechts ihr Vater, und der gedonnert hatte: »Du wolltest ja unbedingt ein Baby, jetzt hast du dir unter schlimmen Umständen eins erschlichen, also beschwer dich bitte nicht.«
»Was machst du denn hier?« keuchte sie, als sie endlich oben war.
»Spontane Lust«, grinste er. »Du siehst aus wie ein Stück Scheiße, was ist los mit dir?«
»Danke fürs Kompliment«, brachte sie hervor und schloß die Haustür auf. Zum Glück war Stella dagewesen, das Bett frisch bezogen, die Geschirrberge steckten sauber in der Maschine, auf dem Küchentisch stapelte sich die Bügelwäsche. Jenna

liebte ihre Wohnung, wenn sie so unberührt, fast jungfräulich aussah. Im Gegensatz zu ihr.
»Beck's?« fragte sie, während sie die Kühlschranktür öffnete. Zwei Bierflaschen fröstelten im obersten Fach vor sich hin, das war's. Ihre Ernährung würde sie drastisch umstellen müssen, so ungesund konnte es nicht weitergehen. Obst, was sie haßte, Gemüse, Körnerfraß, viel Milch.
»Gern«, rief Michael aus dem Wohnzimmer, wo er es sich bereits auf der Couch gemütlich gemacht hatte. Als sie mit den Flaschen reinkam und ihn so entspannt daliegen sah – wenigstens hatte er die Reeboks ausgezogen –, wunderte sie sich, daß diese voreilige Vertraulichkeit sie nicht nervte. Spielten ihre Hormone schon verrückt? Waren es präsenile Anwandlungen von Nestbau und Mütterlichkeit? Sie setzte sich, reichte ihm eine Flasche, trank einen tiefen Schluck aus ihrer, stellte sie schuldbewußt auf den Couchtisch. Kein Alkohol in den ersten drei Monaten, hatte Dr. Tarnow gewarnt, und danach höchstens ein halbes Glas Wein am Abend.
»Wo warst du?« fragte Michael, und erst als sie »bei meiner Schwester« antwortete, wurde ihr klar, wie selbstverständlich er sich bereits benahm. Als würden sie sich schon Jahrhunderte kennen und nicht erst zwei Wochen. »Sie ist schwanger«, fügte sie dann hinzu.
»Wow«, sagte er, »behält sie es?«
Plötzlich war sie todmüde, sank tief ins Sofa. »Kannst du bitte meine Füße massieren?« bat sie mit ganz kleiner Stimme.
Er griff zu, obwohl er sich eigentlich nicht ihre Füße vorgestellt hatte, als er vor verschlossener Tür auf sie gewartet hatte. »Hast du Probleme?« fragte er dann. »Spuck sie aus, laß mich dein Beichtvater sein.«
Sie hielt die Augen geschlossen, seufzte: »Ich hab sogar ein Riesenproblem, aber ich kann noch nicht darüber sprechen.«
Er nahm einen weiteren Schluck und überlegte sich dann, ob er überhaupt Lust auf ihre Alltagssorgen hatte. Was konnte es

sein? Liebeskummer, weil Loverboy verheiratet war? Ärger im Job, keine Gehaltserhöhung, schlimme Regel? Was hatten Frauen in ihrem Alter für Problemchen?

»Ich bin schwanger«, sagte sie da unvermittelt, »und der Vater des Kindes ist mein Schwager.«

Bäng. Krach. Ihr Satz zerknallte hinter seiner Stirn. Waren das Sterne vor seinen Augen? »Sag das noch mal«, bat er heiser, knochentief enttäuscht.

Sie setzte sich auf und legte ihre Hand auf seinen Arm. »Ich werde dir alles erklären«, flüsterte sie, »aber vorher mußt du mich küssen.«

Es fiel ihm schwer, aber schließlich war er Gentleman.

»Du kannst mit Zunge küssen«, lächelte sie schließlich, »das schadet dem Baby nicht.«

Marie und Christoph

»Irgendwas nagt an meiner Schwester«, grübelte Marie, während sie eine Seite des neuen Marie-Louise-Fischer-Romans *Elbchaussee* umblätterte. »Ist dir nichts aufgefallen?«

Er war in die 125. Wiederholung von *Casablanca* vertieft, grunzte nur.

»Ihr Männer merkt auch wirklich nie was«, seufzte sie. »Ich werde morgen mal einen ausführlichen Sistertalk mit ihr halten, dann wird sie sicher auspacken. So schlimm kann's doch gar nicht sein.«

Er stellte den Fernseher ab, stopfte sich energisch das Kopfkissen in den Rücken. »Bohr doch nicht immer so neugierig in anderer Leute Seelenleben herum«, sagte er schroff, »wenn sie reden will, wird sie's schon tun.«

Marie drehte ihm beleidigt den Rücken zu. »Halt du dich da bitte raus, mein Lieber«, fauchte sie. »Du hast mit dieser Sache null zu tun. Reine Schwesternsache.«

Wenn du wüßtest, dachte er und war sich sicher, daß in den nächsten Stunden an Einschlafen nicht zu denken war; wenn du bloß wüßtest.

Nachschlag Jenna und Michael

»Ich brauch jetzt 'n Schnaps«, sagte er. »Was darf's für dich sein? Kakao, Gemüsesaft?«
»Meine Bar ist gut gefüllt«, erwiderte sie, »bedien dich.«
Er kam mit einem randvollen Cognacglas zurück und setzte sich. Ganz kurz nach ihrer Explosionsnachricht hatte er überlegt, ob er sich nicht einfach davonschleichen sollte. Lächeln, Kuß auf die Wange: »Man sieht sich, bye.« Es war wirklich böse Ironie der Schicksals, daß ausgerechnet er, über dessen Spermavolumen unter Kennern nur ehrfürchtig geflüstert wurde, sich in eine Frau verliebt hatte, die von einem anderen schwanger war. Fühlten sich so die Väter, denen er bislang zu spätem Eheglück verholfen hatte: so ausgeschlossen, so eifersüchtig auf den Spermalieferanten?
»Bin ich eigentlich in deiner kurz- oder mittelfristigen Zukunft auch vorgesehen?« fragte er ratlos.
»Hol dir bitte noch einen Cognac«, sagte Jenna resolut. »Ich habe nämlich ein kleines Attentat auf dich vor.«

Prieß und Faltermeyer

»Wann kann ich mit der Sterilitätskiste rechnen?« fragte Prieß, Fuße ohne Schuhe auf dem Schreibtisch, die einen mittelschweren Geruch nach altem Käse verströmten.
Hüstelnd rückte Heinrich Faltermeyer in die geruchsfreie Zone. »Hast du morgen, spätestens übermorgen auf dem Schreibtisch, Manfred«, sagte er dann. »Du weißt doch, auf Jenna ist Verlaß.«

»Apropos«, meinte Prieß dann, hob den Fuß in Richtung Nase und schnüffelte aus sicherer Distanz, hmmm, geht noch, »darüber wollte ich gern mit dir reden. Was hältst du davon, wenn wir das Mädchen für ein, zwei Jahre in unser New Yorker Büro schicken? Sie ist schnell und taff, jetzt braucht sie noch ein bißchen Auslandserfahrung.«

Faltermeyer schluckte. »Jenna ist meine beste Kraft«, meinte er dann zögernd. »Sandra ist wirklich noch kein Ersatz für sie.«

Doch Prieß war Chef und als solcher immun gegen Widerspruch. »Sie wird von Amerika aus für dich schreiben«, sagte er, »außerdem kann ein bißchen internationale Luft deinem leicht angestaubten Ressort nicht schaden. Schick sie demnächst mal zu mir, dann besprechen wir die Einzelheiten. Oder hat sie etwa ein kompliziertes Privatleben, quengeliger Lover oder so?«

»Nicht daß ich wüßte«, meinte Faltermeyer. »Ihr Lover ist der Job.«

»So soll's sein«, sagte Prieß befriedigt.

Anneliese und Anhang

»Lieschen, du machst mich nervös«, sagte Jo und schaute prüfend über den gedeckten Tisch, um den Anneliese hektisch herumlief, an einer Serviette zupfte, einen Teller zurechtrückte, ein Glas verschob. Sie hatte Jo als Partyservice zwangsverpflichtet, die Dekoration war aus *Schöner Wohnen* abgekupfert – Damastdecke, Silberleuchter, nur ein Teller mit Sprung –, trotzdem war sie noch nicht zufrieden.

»Ich möchte einfach, daß heute abend alles perfekt ist«, sagte sie und schob das Liliengesteck drei Millimeter nach rechts. »Meine Töchter haben sehr an meinem Mann gehangen, es ist nicht einfach für sie, uns beide hier also sozusagen ...«

Sie verhedderte sich.

Jo mußte grinsen, fast 60 und immer noch Schulmädchen. »Du meinst, es streßt sie, daß ihre alte Mutter noch ein Sexualleben hat?« fragte er deshalb bewußt provozierend.
»Bitte nimm dich heute abend ein bißchen zurück«, sagte Anneliese streng und schob seine Hand weg, die sich spielerisch um ihren Busen gelegt hatte. »Kein Geküsse, kein Getatsche, versprich mir das. Wir sind schließlich keine Teenager mehr.«
»Das hörte sich heute nacht aber ganz anders an«, frotzelte er.
»Schluß jetzt!« rief sie. »Komm in die Küche und schäl den Spargel. Aber ganz dünn.«

»Bist du endlich soweit?« kreischte Marie und klimperte ungeduldig mit dem Schlüsselbund. »Wie kann ein einzelner Mann nur so eitel sein? Wenn du dein Haar so weiterfönst, siehst du wie Bernd Clüver aus.«
»Just a minute«, kreischte Christoph zurück, »schließlich will ich mich nicht am Kopf erkälten.«
Marie rollte nur mit den Augen. Wenn Männer schwanger werden könnten, wäre die Menschheit schon längst ausgestorben.
»Um acht sind alle im Bett«, instruierte sie Hilly, den Babysitter. »Bei Stephanie kannst du noch zehn Minuten das Licht anlassen. Danach ist Schluß, nach dem Zähneputzen nichts zu trinken mehr.«
»Aufgeregt?« fragte Michael, während sie vor dem Flurspiegel zum 26.mal ihre Lippen nachzog.
»Ich hab kein Lampenfieber, sondern Lampenfabrikfieber«, scherzte sie, aber sie merkte selbst, daß der Witz so dünn wie ihr ungeföntes Haar war. »Ich werde nie vergessen, daß du mich jetzt nicht im Stich läßt. Ich weiß, was für ein Opfer du mir bringst, indem du heute abend in die Höhle der Löwen steigst.«
»Hey«, wehrte er ab, denn wie alle Männer haßte er dramatisch-

klebrige Gefühlsmomente. »Deine Mutter kocht gut, deine Schwester sieht spitze aus, wo ist da das Opfer?«

Die in Nußmarinade eingelegten Kalbsschnitzel brutzelten in der Pfanne, die neuen Petersilienkartoffeln wärmten sich im Backofen, der Champagner lag im eiskalten Badewannenwasser. Anneliese stand vor ihrem Einbauschrank und hatte wieder mal nichts anzuziehen. Jo, der eine Khakihose und ein weißes Hemd gewählt hatte, entspannte sich mit einem Dosenbier vor den Sportnachrichten, als es klingelte. Dreimal kurz.

»Geh mal hin, ich komm gleich«, rief Anneliese aus dem Schlafzimmer. Seufzend erhob er sich.

»Guten Abend, wir kennen uns.« Maries Händedruck war Marke Knöchelpreß.

»Wir kennen uns noch nicht, ich bin Christoph, hallo«, sagte eine wesentlich weniger spitze Stimme.

»Anneliese ist noch im Schlafzimmer«, verkündete Jo nervös. »Darf ich Ihnen etwas zu trinken anbieten?«

»Vielen Dank, aber ich weiß selbst, wo alles steht.« Marie war bereits am Kühlschrank: »Christoph, Bier oder Wein?«

»Bier«, sagte Christoph und zuckte entschuldigend mit den Schultern. »Sie ist eigentlich ganz okay, nur heute abend ist sie nervös.«

»Ich verstehe«, antwortete Jo. Die Männer musterten sich mit der Brüderschaft der meist schweigenden Minderheit. Sich mit einem Wissbach-Weib ernsthaft anzulegen, das wußten beide, war zwecklos.

Es klingelte wieder. »Ich geh hin«, rief Marie und riß die Tür auf. »Oh, hallo« – ihr Mund blieb offen – »kommt rein.«

»Ich habe einen Freund mitgebracht«, sagte Jenna. »Darf ich vorstellen, Marie, das ist Michael König, Michael, meine Schwester Marie.«

»Angenehm«, sagte dieser Bubi; wo hatte Jenna den bloß aufgetan? »Ich hab schon viel von Ihnen gehört.«

»Schreck laß nach«, versuchte Marie zu witzeln, als die Schlafzimmertür aufging und Anneliese ihren Auftritt hatte. Sie sah aus wie Marika Rökk in Hochform, ein schwarzes Paillettenkleid umhüllte ihren Körper vom Hals bis zu den Knöcheln, das frisch gestraffte Gesicht war dezent geschminkt, die Haare von ihrer Friseuse Birgit Lienau eingelegt und mittelhoch toupiert.

»Herzlich willkommen, meine Lieben!« sagte sie strahlend, als ihr Blick auf Michael fiel; eine Schrecksekunde, dann fing sie sich: »Jenna, du hast einen jungen Kollegen mitgebracht, wie schön.«

»Michael ist kein Kollege, sondern ein Freund«, stellte Jenna richtig, »und da du uns heute abend deinen vorstellst, hielt ich die Gelegenheit für günstig, euch meinen ebenfalls zu präsentieren.«

»Sagtest du *ein* oder *mein* Freund?« fragte Anneliese etwas irritiert.

»Ich sagte *mein* Freund, Mutti«, betonte Jenna und schaute Michael aufmunternd an. Nicht gerade einfach, was sie ihm da zumutete, aber sie würde es wieder gutmachen. Wie denn? Geld? Sex? Ersteres war geschmacklos, letzteres in ihrem Zustand delikat. »Die Küchendüfte sind köstlich«, lenkte sie ab. »Gibt's vorher noch einen Aperitif?«

Anneliese riß sich zusammen. »Jo, kommst du bitte mal?« rief sie. Er betrat den Flur mit dem Ausdruck eines Soldaten, der jede Sekunde eine Tretmine vermutete. »Das ist mein Freund«, sagte sie. »Jo Steinberger, meine Töchter, Christoph kennst du schon, Ihren Namen hab ich nicht verstanden.«

»Michael König«, murmelte er, »sagen Sie ruhig Michael zu mir.«

»Jo ist heute abend unser Barkeeper. Alle Mann bitte ins Wohnzimmer.«

Dort saßen sie auf die Sitzmöbel verteilt, wie ungelegte Hühner auf der Stange.

»Marie, was darf's sein?« fragte Jo, der froh war, daß er was zu tun hatte.
»Saft bitte«, antwortete sie, um auf den fragenden Blick ihrer Mutter ein fröhliches »Es ist wieder mal soweit?« zu trompeten.
»Wie schön für euch«, meinte Anneliese ungerührt, »ist es schön für euch?«
»Klar«, sagte Christoph, der in der hintersten Sofaecke Beobachterposition bezogen hatte. »Bald wirst du vierfache Oma.«
Schweigen, die Blicke wanderten diskret zu Jo, der leise lachte: »Je öller, je döller. Was darf's für Sie sein, Jenna?«
»Eine Weißweinschorle«, sagte sie, »viel Schorle, wenig Wein.«
Die »Antipasti Anneliese«, Eier mit Sardellen, Tomatenscheiben mit Pesto belegt, kleine Blätterteigtaschen mit Käse und Schinken gefüllt, entspannten die Gäste zusehends. Mägen sind bestechlicher als Herzen. Die Gesichter röteten sich, die Stimmung wurde lockerer. Jenna ging aufs Klo. Aus alter Gewohnheit ließ sie die Tür offen, und so war sie mitten im Pinkeln, als jemand hereinplatzte.
»Besetzt!« rief sie schrill. »Ach, du bist's.«
Marie setzte sich auf den Badewannenrand. »Wieso weiß ich nichts?« fragte sie streng.
Jenna zog die Hose wieder hoch. Sie kannte ihre Schwester zu gut, um sich dumm zu stellen. »Es ist alles so schnell passiert, daß ich es selber kaum glaube«, antwortete sie dann wahrheitsgemäß.
»Was willst du denn mit diesem Jüngelchen?« erkundigte sich Marie. »Hast du den vom Schulhof geklaut?«
Jenna seufzte. »Er ist sehr reif für sein Alter«, sagte sie dann, »und jetzt will ich weiteressen.«
Die Runde am Tisch befand sich inzwischen in einem Zustand der heiteren Auflösung. »Und was machen Sie beruflich?« fragte Anneliese und musterte Michael wohlwollend. Wenn ich

nicht Jo hätte, wer weiß, dachte sie angenehm beschwipst und kicherte.

»Ich bin in der Kommunikation tätig«, erklärte Michael und Jenna merkte, wie unbehaglich ihm zumute war.

»Und was machen Sie da genauer?« fragte Marie, die die Petersilienkartoffeln kalt aus der Schüssel aß. Sie würde wieder fett werden, das wußte sie.

»Ich bin im medizinischen Bereich tätig.« Michaels Stimme klang vorsichtig, er wartete auf Schützenhilfe von Jenna. Dieses Szenario hatten sie nicht geprobt.

»Als Pressesprecher eines Konzerns?« fragte Anneliese hoffnungsvoll. Er sah zwar nicht aus wie ein Yuppie, aber vielleicht war er ja doch eines dieser jugendlichen Wunderkinder.

Es war ruhig geworden am Tisch, Christoph, der heilfroh war, an diesem Abend nicht in der schwiegermütterlichen Schußlinie zu stehen, öffnete heimlich seinen Hosenknopf.

»Michael ist hauptsächlich Soziologiestudent«, fing Jenna zögernd an, »nebenberuflich ist er im medizinisch-sozialen Bereich tätig.«

Anneliese seufzte ungeduldig: »Könnt ihr euch bitte ein bißchen präziser ausdrücken, oder ist Ihr Beruf oder Nebenberuf ein finsteres Geheimnis?«

Jenna holte tief Luft. Der *point of no return* war erreicht, Augen zu und durch. »Also es ist so. Michael und ich haben uns bei einer Reportage kennengelernt. Er ist Samenspender.«

Erstschlag. Erstarrung. »Ich bin übrigens bei den Recherchen zu dieser Story schwanger geworden.«

»Du hast mir doch versprochen, noch ein bißchen zu warten«, jammerte Anneliese, »kein Reagenzglas als Schwiegersohn. Wie soll ich das bloß meinen Doppelkopfschwestern erklären?« Sie schob ihren Stuhl zur Seite und lief raus.

»War's denn so schlimm mit dir?« fragte Marie und zündete sich trotz eines mahnenden Gattenblicks eine Zigarette an. Sie brauchte jetzt Nikotin, und wenn das Baby deshalb einen

Zentimeter kleiner wurde, sei's drum. »Ich dachte, du wärst nicht neidisch auf mich.«

»Es ist alles ganz anders.« Michael hob die Stimme, um sich Gehör zu verschaffen. »Wir haben uns ineinander verliebt. Daß ich Samenspender bin, hat nicht das geringste damit zu tun.«

»Hast du's denn wenigstens umsonst gekriegt?« konnte sich Christoph nicht verkneifen. Eine kleine ärgerliche Eifersucht fraß an seinen Eingeweiden.

»Ich glaube nicht, daß dich das was angeht«, sagte Jenna gelassen und schaute ihn fest an, »aber um euch zu beruhigen – diese Schwangerschaft ist nach Feierabend entstanden, rein privat.«

»Alle mal herhören!« rief Anneliese, die inzwischen mit leicht geröteten Augen und einer neuen Flasche Champagner hereinkommen war. »Dieser Abend verläuft zwar völlig anders als geplant, aber wir sind ja flexibel. Wir wollen anstoßen.« Sie schenkte ein, für Jenna und Marie nur eine Pfütze, alle hoben zögernd die Gläser. »Nach dem Tod meines Mannes waren wir eine reine Frauenfamilie. Bis auf Christoph natürlich, entschuldige, Schwiegersohn. Daß wir jetzt so unerwartet – und das gleich doppelt – männlichen Zuwachs bekommen haben, und den auch noch so taufrisch und knackig, ist Grund zum Feiern. Prost.«

»Prost!« riefen sie. Heute wollten sie feiern, schließlich war morgen auch noch ein Tag.

P.S.

Das Winzlingsbündel in der Kinderstation des Marienkrankenhauses von Hamburg schrie wie am Spieß. Schwester Cornelia flitzte hin, nahm es hoch, hielt vorsichtig den Kopf fest: »Hey, junger Mann, ein bißchen Geduld. Ich bring dich gleich zur Mami.« Da es ein besonders süßes Neugeborenes war, mit großen, braunen Knopfaugen und einem dichten Schopf schwarzer Haare, nahm sich Schwester Cornelia eine unprofessionelle Freiheit heraus: Sie küßte es ausgiebig. Auf die Stirn, auf die kleinen Fäuste, auf die Nase, und auf den braunen Leberfleck am Hals.

Im Bellevue Hospital von New York lehnte sich Jenna ermattet in die Kissen zurück. Die Geburt hatte 23 Stunden gedauert; Michael war von Anfang an dabeigewesen, hatte die Nabelschnur durchschnitten und ihr triumphierend das nasse, erschöpfte Mädchen an die Brust gelegt. Jetzt saß er neben dem Kinderbett und streichelte mit seinem riesengroßen Zeigefinger das winzige Gesicht.

»Ist dir schon aufgefallen, daß meine Tochter einen kleinen Leberfleck am Hals hat?« fragte er.

»Ganz der Papa«, murmelte Jenna, halb im Schlaf, »ganz der Papa.«

Der Mann auf der Bettkante

Einzelband »Der Mann auf der Bettkante«

Dieser Titel ist auch unter der Bandnummer 65107 erhältlich.

Personen und Handlung sind frei erfunden. Jede Ähnlichkeit
wäre zufällig.

Dieses Buch ist Georg und Hans-Jürgen gewidmet, deren Sach- und Frauenkenntnis ich wesentliche Elemente des Romans verdanke.

Marlene

Lieber Gott, warum sind Ehepaare so langweilig?

Es war einer dieser geselligen Kollegenabende – »Kommt doch auf eine Nudel und ein Glas Wein vorbei« –, und ich mopste mich so schrecklich, daß ich bereits drei Weißbrotscheiben zu kleinen unappetitlichen Kügelchen gedreht hatte. Auch mein Ehemann Hans-Joachim hatte diesen leicht glasigen Blick, der nichts mit dem üppigen Ausschnitt der rechts neben ihm plazierten Lehrerin zu tun hatte, vielmehr mit ihrem Klagelied über ewig verschmutzte Wandtafeln: »Und dann sag ich zum Schulleiter, Dr. Müller-Wiesenbach, sag ich, wie soll ein vernünftiges Tafelbild entstehen, wenn meine Schüler ständig die Tafel vollsprayen? Und wissen Sie, was er da geantwortet hat?« – »Sie werden's mir gleich sagen.« Jos Stimme hatte einen, wenn auch nur für mich erkennbaren »Ach-könnte-ich-doch-jetzt-in-meinem-Bett-liegen«-Klang. – »Frau Stummel, sagt er, haben Sie schon mal was von Terpentin gehört?«

Wir waren vier Paare, eingeladen von meinem Kollegen Martin Kleinschmidt, der, genau wie ich, Reporter bei *Dolce Vita* war. Ein Zeitungsname, der leider trog, denn unser Leben dort war weder süß noch sonstwie aufregend. *DV* war vor zehn Jahren als Zeitgeistmagazin gegründet worden, als Yuppieblatt amerikanischen Zuschnitts, doch die wilden, koksumwehten Achtziger waren vorbei – leider, wie ich insgeheim fand –, und in den Neunzigern wirkte unser Blatt plötzlich seltsam zweitgeistig. Familien- und Naturthemen waren jetzt gefragt sowie plumpe Sexgeschichten, und beides langweilte mich eigentlich gnadenlos.

Da unsere Auflage ständig sank, war der nette, etwas bauchlastig-cholerische Chefredakteur Manfred Prieß mit einem »goldenen Händeschütteln« – man munkelte etwas von zwei Millionen – vor drei Monaten verabschiedet worden. Statt seiner residierte nun der ehemalige Schrotthändler – danach VW-Pressechef – Jürgen Michaelsen im Penthouse-Büro unseres Verlagshauses in Hamburg-Süd, da, wo Hamburg am industriellsten, deshalb am trübsinnigsten und umweltverseuchtesten ist. Michaelsen, den die Branche den »Staubsaugervertreter« nannte, war ein alerter Hesse mit Oberlippenbart, goldumrandeten Jacketkronen und einem durch nichts zu erschütternden Selbstvertrauen. »Ich bin nicht schlauer, aber stärker«, pflegte er aufmüpfige Redakteure in die Schranken zu weisen, wenn diese etwa wissen wollten, warum sie übers Wochenende einen Bericht über »Die deutsche Eiche« verfassen sollten – ein Thema, das einem ja nicht direkt auf den Nägeln brennt.

Zu jeder Konferenz brachte er eine Büroklammer und einen Computerausdruck mit, auf dem von jedem, wie er sich gern ausdrückte, »in Fettlebe überbezahlten«, aber leider festangestellten Redakteur eine Liste seiner veröffentlichten Geschichten vermerkt war. »Nur 14 Geschichten, Herr Kleinschmidt, Sie werden pro Wort besser bezahlt als John Grisham«, hatte er gestern den armen Martin zusammengestaucht, der sowieso zu Magenproblemen neigte. »Reißen Sie sich zusammen, sonst schrecke ich auch vor einer Urlaubssperre nicht zurück.« Nach diesem Ausbruch war seine Büroklammer zum Einsatz gekommen, mit der er sich einen leicht schleimigen Kantinenrest aus den Zähnen holte.

Martin saß deshalb etwas vergrämt vor seinen Spaghetti mit Gorgonzolasauce. Existenzängste plagten ihn, denn mit 47 Jahren und drei schulpflichtigen Kindern war er nicht gerade der Hit auf dem Zeitungsmarkt. Ein Abend unter Freunden, so hatte seine Frau Erika gehofft, würde ihn wieder auflockern. Deshalb stupste ich ihn freundschaftlich in die Rippen: »Was macht dein Sexlife, Kollege?« Ich wollte ihn eigentlich nur von seinen Grübeleien ablenken, war deswegen nicht gefaßt auf seine vehemente Reaktion: »Lausig, wie der Rest meines Scheißlebens. Reicht dir die Antwort?«

Totenstille. Betretene Blicke. Dann räusperte sich Erika energisch: »Wer möchte noch ein bißchen Parmesan über die Nudeln?«

Auffordernd schaute ich meinen Mann an. Tu etwas, hieß dieser Blick, erzähl einen Schwank aus deiner verdammten Arztpraxis.

Er runzelte die Stirn. Joachim ist eigentlich ein guter Schwankerzähler, der seine Gags richtig timt und ein Gefühl für Situationskomik hat, doch heute abend war er bocklos. Ich legte deshalb Stechendes in meinen Blick. Ein schneller, harter Fußtritt unter dem Tisch folgte.

»Sagt mal, Leute«, fing er dann ergeben an, »hab ich euch schon die Geschichte von dem alten Mann und den Blutegeln erzählt?«

»Nein, hast du nicht«, riefen alle erleichtert, während ich spitz und hart zutrat.

»Meinst du nicht, Liebling?« Ein erstaunter Blick aus Joachims Augen. »Zu pikant?«

»Zu unappetitlich«, seufzte ich, denn, obwohl hartgesottene Reporterin, fand ich die Vorstellung von halbaufgelösten Blutegeln an männlichen Geschlechts... Stop, rief ich mich zur Ordnung.

»Welche denn?« fragte mein Mann in die neugierige Stille. »Die, wo der junge Krankenpfleger abends die Gebisse einsammelte und in eine Schüssel legte und morgens ...«

»Diese Story ist doch ein uralter Hut«, unterbrach ihn Martin mürrisch. »Die hab ich schon mindestens 193mal gehört. Und morgens dauerte es dann Stunden, bis jedes Gebiß wieder in der richtigen Mundhöhle war.«

Joachim schwieg. Eine kleine, ärgerliche Ader pochte an seiner Schläfe. Er holte tief Luft – auch dieser Abend wird vorübergehen. »Dann vielleicht die, wo ich als junger Spund allein auf

der Intensivstation war und mir drei Leute wegstarben und die Frau anrief und ich sagte, ihr Mann ist tot, und sie fiel in Ohnmacht, weil er mit einer harmlosen Blinddarmentzündung eingeliefert worden war, und er war auch quietschgesund, weil ich nämlich die Toten in meinem Streß einfach verwechselt hatte?«
Die Gäste guckten gelangweilt.
»Oder etwa die mit den Pampers und dem Furz?« fragte der frustrierte Erzähler provokant in die Runde.
»Ja, schieß endlich los«, riefen die Gäste. Martin, der es mit dem Magen hatte, murmelte etwas von »Ich geh mal neuen Wein holen« und verschwand.

Hans-Joachim

Manchmal hasse ich meine Frau. Immer muß ich als Pausenclown ran, wenn die Stimmung wieder mal daneben ist. Schließlich sind es *ihre* verdammten Kollegen.
Na gut. Seufz.
Natürlich gehörte es nicht zu meinen Dienstpflichten als Arzt, daß ich an diesem trüben Apriltag, in meiner knappen Mittagspause, mit Frau Ella Seifert vor den Adult Pampers bei Safeway stand und ihr das riesige Windelpaket in den Einkaufswagen wuchtete. Aber erstens muß ich als Neuzugelassener um meine Patienten buhlen – der Chef meiner HASPA-Filiale nähert sich mir nur noch mit tief gerunzelter Stirn, so turmhoch sind leider meine Kreditzinsen –, und zweitens hat Rudolf Seifert mit 82 Jahren das gute Recht, sein Wasser nicht mehr halten zu können.
»Braucht Ihr Mann Extra, oder reicht der normale Nässeschutz?« fragte ich behutsam und musterte die Packung, auf der zwei Kukident-Grinser den Käufer anlächelten.
»Seit einer Woche Extra«, murmelte Ella Seifert beschämt, und

ich nahm sie kurz in den Arm, bevor wir mit dem Ungetüm zur Kasse rollten.
»Kein Preis drauf«, sagte die krisselgewellte Kassiererin unwillig, drehte sich zur Kollegin um und rief: »Marion, was kosten die Pampers für Omas?«
»Keine Ahnung, meine Oma macht nicht in die Hose«, rief diese zurück, und beide kicherten, während Ella Seifert ihre Hand ums Portemonnaie krampfte und einen kleinen Tod starb.
Da wurde ich gallig. »Werden Sie auch für Frechheit bezahlt oder nur für Unfähigkeit?« herrschte ich die Schamhaargewellte an, als sie zurückkam und 39,75 DM in die Kasse tippte. Als sie bluthochgedrückt nach Luft schnappte, beschied ich sie kurz: »Ein Wort, und ich beschwere mich bei Ihrem Chef.«
Zurück im Auto – ein Volvo Baujahr '84, mehr war noch nicht drin –, sagte ich entschuldigend zu dem Häufchen Elend auf dem Beifahrersitz: »Tut mir leid, Ella, aber die Frau war wirklich unverschämt.«
Frau Seifert schniefte: »Ich bin Ihnen ja auch sehr dankbar, Herr Doktor, daß Sie mir diese Schlepperei abnehmen ...«, dann versagte ihr die Stimme.
Ella Seifert war 78 Jahre alt und meine Lieblingspatientin. Ich hatte sie von meinem Vorgänger, Dr. Dr. (auf diesen Doppeltitel legte er größten Wert) Werner Hagemeister übernommen, der bis ins hohe Alter von 87 Jahren als Arzt für Allgemeinmedizin praktiziert hatte, bis er nach dem dritten Herzinfarkt das Stethoskop aus der zitternden Hand legen mußte. Seine Praxis lag in Hamburg-Lurup, dem No-Name-Stadtteil zwischen Altona und Othmarschen, bedauerlicherweise eine fast lupenreine Kassenpatientengegend. Da außerdem Hagemeisters Geräte allesamt veraltet waren und die Praxisräume dringend renovierungsbedürftig, konnte er als Ablösesumme nicht mehr als 150 000 DM erwarten, ein Schnäppchen, für das ich mich auch sofort hoch verschuldete.

Einschub Marlene

Seufz und noch mal seufz. Die Geister, die ich rief. Jetzt war er nicht mehr zu bremsen. Verstohlen schaute ich in die Gästerunde. Höflich-stiere Blicke trafen sich über dem abgenagten Eßtisch, Zeichen dafür, daß man sich mäßig gut unterhalten fühlte. Scheißabend. Gleich würde das Klagelied über seine anspruchsvolle Ehefrau kommen, und wie schwer man es als neuzugelassener Arzt hatte, und wie ich unsere feuchte Drei-Zimmer-Wohnung in Altona verabscheute, obwohl sie doch so pittoresk mitten im Türkenviertel lag ... und bla und bla und bla ...

Hans-Joachim kommt wieder zu Wort

Ich dagegen liebe die Wohnung. Im Hausflur riecht es gelegentlich nach Kohl, okay, und wenn man die Küchenbalkontür, die zum Hof rausgeht, gerade dann öffnet, wenn über uns die Türkenfamilie kocht, dann fliegen manchmal Lammknochen und Bananenschalen auf unseren Balkon. »Fatima, du hast schon wieder am Ascheimer vorbeigezielt«, schreit Marlene dann wütend die Häuserwand hoch. – »Tut mir leid«, schreit Fatima dann zurück, »ich hab meine Brille verlegt.«
Ich finde so was irgendwie lokalkolorisch, aber meine Süße, die in der Elbchaussee aufgewachsen ist, der richtigen Seite, mit Blick auf den Fluß, betreut von Nannies, weil ihre Mutter lieber Bridge gespielt hat, statt Windeln zu wechseln, meine Süße also ist durch diese nachbarliche Tuchfühlung schwer genervt.

Zweiter Einschub Marlene – ein Ehepaar erzählt 'ne Geschichte

Diesmal trat ich richtig zu. »Au«, kreischte Frau Stummel, »wer tritt mich denn da?« Sie hob die Tischdecke hoch und schaute unter den Tisch. Ich setzte derweil meinen »Ich-hab-den-Finger-ja-nur-im-Marmeladentopf-weil-ich-die-Temperatur-testen-wollte«-Blick auf.
»Wo war ich?« fragte Joachim in die Runde.
»Bei den Windeln und deiner Frau«, seufzte Martin ergeben, der diesen Abend abgeschrieben hatte.

Hans-Joachim ist wieder am Mikro

»Herr Doktor«, unterbrach Ella Seifert meinen trüben Gedankenfluß, »haben Sie noch Lust auf eine Kohlroulade?«
»Sehr sogar«, antwortete ich, und sie strahlte.
Da Marlene eine Magenschleimhautköchin ist, sprich, ihre Künste dieselbe eher unangenehm reizen als angenehm befriedigen, hatte ich es mir zur Gewohnheit gemacht, mich in den Mittagspausen von meinen älteren Patientinnen bekochen zu lassen. (Na warte, bis wir nach Hause kommen, Bürschchen! Anmerkung der Ehefrau.)
Um meinen Patientenkreis zu halten bzw. zu vergrößern, machte ich nämlich, was bei etablierten Kollegen längst nicht mehr üblich ist, regelmäßig Hausbesuche. Auf diese Weise kann ich fleischliche (natürlich nur ehrenhafte) und finanzielle Gelüste gut verbinden, und die alten Damen, zumeist verwitwet und einsam, reißen sich förmlich darum, ihren »Herrn Dockter« mit deftigen Speisen zu verwöhnen. Als ehemaliges Kleinbürgerkind schere ich mich den Teufel um solche Albernheiten wie Cholesterin oder die schädlichen Auswirkungen von Schweinefleisch – ich liebe Blutwürste, Sülzen, Saumagen, Kutteln,

sehr zum Entsetzen meiner nouvelle-cuisinigen Ehefrau, die bereits Spaghetti mit Pestosauce für den Inbegriff ungesunden Schwelgens hält.
Die Seiferts wohnen in der Flurstraße, einer Sackgasse mit ausschließlich rotgeklinkerten 50er-Jahre-Häusern, an denen außen Schilder spielende Kinder und abgestellte Fahrzeuge schwerstens verwarnen und innen vermiefte Treppenhäuser in kleine Zwei- bis Dreizimmerwohnungen führen. Vor den Fenstern hängen Spitzenstores, auf den Simsen fristen Usambaraveilchen und kleine, häßliche Kakteen ein trübsinniges Pflanzendasein. Alle Sofakissen haben einen Knick, und im Bad riecht es meist nach Tante Käthe unterm Arm, sorry, Ella, nicht nach unter deinem natürlich.
Rudolf Seifert saß also auf dem Sofa, eine braunorange Häkeldecke über den Knien, und starrte blicklos in den Fernseher.
»Papa, der Dockter ist da«, sagte Ella liebevoll und küßte ihn auf die Glatze. Papa sagte nichts mehr. Er war in dem bereits halbjenseitigen Stadium, in dem man oft nicht weiß, will er nicht reden, schläft er mit offenen Augen oder ist er schon tot?
»Ich wärm schon mal die Kohlrouladen auf«, sagte Frau Seifert, »Sie kennen sich ja hier aus.«
Sie verschwand in der Küche, und ich schob meine Hand vorsichtig unter das weißgerippte Unterhemd meines Patienten. Sein Herzschlag war regelmäßig, nur in den Lungen rasselte es – er war Bergmann gewesen. Die Haut war seidig und ließ sich locker hin- und herschieben, und sie roch sehr angenehm nach Zimt und feuchten Herbstblättern.
Viele halten mich für pervers, aber ich schnüffel genausogern an Babies wie an betagten Oldies.

Marlene, halt endlich den Mund!

Ich werd doch wohl noch reden dürfen! Er läßt heute abend wirklich nichts aus. Ich bin sicher, daß uns die Kleinschmidts nach diesem Abend endgültig von ihrer Gästeliste streichen.

Hans-Joachim setzt zur Pointe an

Papa Seiferts Blick blieb unverwandt auf den Bildschirm gerichtet, auf dem einer unserer geschniegelten Nachrichtensprecher gerade die täglichen Unglücksmeldungen verlas. »Wie geht's denn so?« fragte ich, keine Antwort erwartend. »Klopft Ihnen denn Ella auch immer schön den Schleim von der Brust?«
Aus der Küche schwebten Kohlgerüche, meine Nasenflügel blähten sich in Vorfreude, als sich, laut und ohne Vorwarnung, ein gigantischer Furz aus den Tiefen der Häkeldecke löste – und sich Sekunden später in geradezu nasenbetäubenden Gestank auflöste.
»Hallo, Herr Doktor«, sagte Rudolf Seifert freundlich, und seine Augen waren klar und amüsiert, »und wie geht es Ihnen?«

Anmerkung Marlene

Beifallheischend schaute mein Kleiner in die Runde. Keine Miene verzog sich. Ob sie die Geschichte geschmacklos fanden? Ihr Problem. Trotzdem sprang ich ein: »Ha, ha, ha« – ich merkte selbst, wie gekünstelt es klang – »das ist ja eine irre Geschichte, die hab ich ja noch nie gehört! Und was hast du dann gemacht?«
Dankbar und verlegen blickte mich mein Göttergatte an. »Mir geht es gut, hab ich einfach gesagt.«

Nicht gerade die große Knüllerantwort. Ich blickte diskret zur Uhr. Elf Uhr durch – das hieß, die 25. Wiederholung von *Was gibt's Neues, Pussy?* auf Pro 7 hatte gerade angefangen. Der Bettzipfel winkte energisch.

Im Auto

»Gott, was für ein langweiliger Abend.«
»Sind wir eigentlich genauso öde wie die anderen?«
»Ich fürchte, schon.«
»Macht das die Ehe oder unser Alter?«
»Ich fürchte, es ist eine Kombination von beidem.«
»Danke, Liebling, das war wirklich aufbauend.«
»Da nich für, wie der Hamburger sagt.«
»Der Hamburger kann manchmal ganz schön doof sein.«
»Hast du heute abend noch Lust?«
»Haben wir nicht erst vor einer Woche?«
»Das muß schon länger her sein. Mindestens drei.«
»Wie wäre es, wenn wir uns einfach nur gegenseitig die Füße massieren und dabei den Spätfilm sehen?«
»Gute Idee, aber wenn du einschläfst, hör ich sofort auf.«

Marlene im Büro von Dolce Vita

»Auch ein 80jähriger kann noch einen Orgasmus erleben«, grinste Erwin Ballauer und schaute verliebt auf seine 78jährige Geliebte Ida Kufstein. »Es dauert etwas länger bei uns, aber dafür sind wir dankbarer als das Jungvolk.«
Ende. Ausdrucken. Ich zog die schmerzenden Schultern hoch, ließ sie rotieren, holte mißmutig eine der Lakritzstangen, die ich mir als Nikotinersatz gekauft hatte, aus der Schreibtischschublade und kaute. »Sex im Altersheim« hieß die Re-

portage, die mir meine Ressortleiterin Jenna Wissbach aufs Auge gedrückt hatte.
»Du mußt von diesen ständigen Tittenstories runterkommen«, hatte sie streng gesagt, »das ist nicht mehr angemessen in deinem Alter. Wie alt bist du jetzt? 36? 38?«
»34«, antwortete ich, tief beleidigt.
»Trotzdem«, fuhr sie ungerührt fort, »je eher du was Anspruchsvolles machst, etwas mit Sozialmief, desto schneller wirst du von der Chefredaktion ernst genommen.«
Ausgerechnet die Chefetage. Von der seit einer Woche preßlufthämmrige Geräusche durchs gesamte Haus dröhnten, weil einer der stellvertretenden Chefredakteure – es gab deren insgesamt vier – festgestellt hatte, daß sein Büro zwei Quadratmeter kleiner war als das seiner Kollegen. So könne er nicht arbeiten, meinte er, diese Enge schnüre ihm die Kreativität ab. Da Michaelsen keinen Zoff wollte, kam ein Mensch von der Innenverwaltung und ließ drei Blaukittel alle vier Büros ausmessen. Die Trennwände wurden entfernt, wiederum mit viel Krach – die kleinen Schreibgeister über, neben und unter ihnen seufzten und fluchten –, bloß daß sich dann herausstellte, daß Klaus Schmalgruber, der Schönste und Dümmste des Quartetts, ein halbes Fenster weniger hatte, und das auch noch mit Nordlicht. Ergebnis: Wieder alle Wände raus.
Und dabei sollte einem etwas zum Thema Senilosex einfallen. Vierzehn Altersheime von Nord bis Süd hatte ich besucht und war mir ziemlich blöd vorgekommen, als ich in den Aufenthaltsräumen die Knittrigen nach ihrer Lust fragte. »Ich wollte nur wissen, ob Sie einen Freund haben?« brüllte ich einer fast haarlosen Greisin ins Hörgerät, dreimal, bis sie plötzlich weit und zahnlos lächelte: »Meinen Sie zum Kartenspielen oder zum Knutschen?« Da ich erst 34 und noch unsterblich bin, war mir der Gedanke, daß es alte, in diesem Falle uralte Menschen noch miteinander treiben, höchst unappetitlich; ich war fest davon überzeugt, daß ich spätestens als 60jährige mit dem Sex

aufhören würde. Dann war mein Gatte 63, auch kein Alter mehr, in dem sich ein Mann noch nackt zeigen sollte.
Das Telefon klingelte. Jenna, meine Chefin, war dran. »Wie steht's?« fragte sie.
»Fix und fertig«, meinte ich. »Willst du mal draufschauen?«
Sie saß in einem für ihren Posten winzig kleinen Zimmer (ein Fenster zur Hofseite), aber als Frau war sie über das wichtigtuerische Gedröhne ihrer Kollegen zum Glück erhaben. Um ihren Schreibtisch herum blühte das Chaos, auf ihrem Schoß saß Lola, ihre einjährige Tochter, und saugte hingebungsvoll an der Ressortleiterinnentitte. »Meinen Busen krieg ich nie wieder hin«, seufzte Jenna und schnullerte am Babyhaarflaum. »Laß mal sehen.« Da es mich extrem nervös macht, jemandem beim Lesen meiner Texte zuzuschauen, nahm ich ihr Lola ab und ging mit ihr zum Kaffeeholen in die Kantine.
Für ein Baby, eine Menschenart, mit der ich möglichst wenig zu tun haben will, war Lola eine sehr niedliche Ausgabe, mit schwarzen Locken und braunen Kulleraugen. Über die Vaterschaft gab's wilde Spekulationen – ein Samenspender namens Michael, über den sie mal eine Geschichte gemacht hatte (»Der namenlose Göttertropfen«), ein Fahrradkurier aus Puerto Rico, den sie offenbar in New York kennengelernt hatte, ein bisexueller Designer aus Mailand. Da ich erstens – obwohl Frau – Klatsch verabscheute, Jenna zweitens sehr mochte, kümmerte ich mich nicht um die Gerüchte. Jenna selbst sprach nur in vagen Andeutungen darüber: »Eine unmögliche Geschichte, ein guter Typ«, mehr war aus ihr nicht herauszulocken.
In der Kantine stand ich gerade mit zwei Vanilleschnitten und zwei Pepsi Light an der Kasse, als mich eine zutiefst verhaßte Stimme feucht im Nacken traf: »Hey, Marlene, zeig mir mal dein kleines, schmutziges Geheimnis«, rief Horst-Peter Stachniak, der schlitzohrschmierige, 55jährige Chefreporter, den Prieß für 20 Mille im Monat von *Super* weggelockt hatte, weil ihm ein legendärer Ruf als Sekretärinnen- und Witwen-

knacker vorauseilte. Wenn irgendwo auf der Welt ein Diktator oder ein Mafiaboß im Sterben lag, dann war Stachie, so raunte ehrfürchtig die Branche, der einzige, der die wachhabende Ärztin/Krankenschwester so becircen konnte, daß er sich ans Sterbebett schleichen und dem Fast-Toten noch ein paar schlagzeilenträchtige Worte ablauern konnte. So hatte er vor zwei Jahren von dem Mafioso Jeanmarie Gabriotti aus New York als einziger Reporter der Welt ein Interview aus der Psychiatrie bekommen, wohin der Staatsanwalt Gabriotti vor seinem Mordprozeß zur Begutachtung geschickt hatte. Das Interview unter dem Titel »Ich töte, wie andere Männer lieben« war weltweit abgedruckt worden und machte Herrn Stachniak über Nacht zur journalistischen Legende. Daß er aussah wie ein 56jähriger – 43 gab er zu – Schmiernippel mit gelverklebten, grauen Haaren an All-, einem etwas unglücklich angepaßten Haarteil an Sonn- und Feiertagen sowie jeder Menge Goldkettchen überm Brusthaar, störte offensichtlich nur so empfindliche Gemüter wie mich.

»Darf ich vorstellen, Lola, das ist Stachie, unser Altplayboy, der dir in fünf Jahren an die Wäsche will. Stachie, das ist Lola, Jennas Tochter, für die du 50 Jahre zu scheintot bist.«

Lola blinkerte und sagte: »Hmmgurgelhum« oder so ähnlich. Stachie strich ihr mit dem Zeigefinger über die Babywangen und murmelte: »So weiche Haut, das macht mich richtig an.«

»Stachie«, rief ich streng, »scheintot, habe ich gesagt.«

»Für die Mutter oder die Tochter?« fragte er.

»Für jede Frau, die ihre fünf Sinne beisammen hat«, sagte ich energisch.

Doch Abwehrmechanismen subtilerer Art prallten an Stachie ab wie Öl auf der Regenhaut. »Hast du Lust, mit mir in die Karibik zu fliegen?« fragte er und schaute mir tief in die Augen, Kleines, nur leider war er nicht Humphrey Bogart. »Ich bin 'ner heißen Drogenkiste auf der Spur, du könntest mein Lockvogel sein.«

Die Versuchung fand – sekundenlang – im Kleinhirn statt, aber dann stellte ich mir Stachie nackt vor, schauderte, und es war vorbei. Schließlich war ich Ehefrau, mein Reporterehrgeiz mußte hintanstehen. »Danke«, flötete ich, »dann schon lieber Klos in Wanne-Eickel schrubben.«
Doch Stachie blieb völlig ungerührt: »Schade, ich hätte dich gern dabeigehabt. Ist als achtteilige Serie schon fest eingeplant. Du wärest natürlich Co-Autorin. Tschüs, Lola. Melde dich wieder, wenn du vierzehn bist.«
Zurück in Jennas Büro, mußte ich erst mal Luft holen. Dieser Stachie! Warum verspürte ich jedesmal, wenn ich ihn sah, diese Mischung aus Ablehnung und leichter Aufgeregtheit, obwohl er weder optisch noch sonstwie meine Duftmarke war? Perversion? Karrieregeilheit? War nicht auszuschließen ... Als Mittelaltredakteurin verdiente ich 8 000 DM brutto, Joachims Finanzen waren eine Katastrophe – und ich schließlich von meinem Daddy was anderes gewöhnt. Als einzige Tochter eines wohlhabenden Proktologen (den ich, als ich begriff, was das Wort bedeutete, sofort in Urologe umtaufte) hatte ich die ersten 26 Jahre meines Lebens eine Prinzessin-auf-der-Erbse-Existenz geführt, und da ich Arztsein mit Mercedesstern, Villa im Grünen und jährlich drei (Weihnachten, Geburts- und Hochzeitstag) Geschmeiden aus Platin oder Weißgold gleichsetzte, war ich unangenehm überrascht, wie finanziell kümmerlich meine Ehe bisher verlaufen war. »Wir müssen sparen, Liebling« – wie ich diesen Satz aus tiefster Kapitalistenseele haßte!
»Warum suchst du dir deine Männer nicht nach der Größe ihres Geschlechtsteils aus, sondern nach der Kleinheit ihres Geldbeutels?« hatte mich eine Freundin mal gefragt. Gute Frage. Keine Antwort.
Denn Sparen war ein Fremd- und Schimpfwort für mich, so unerotisch wie Kaulquappen oder Mundgeruch. Mein Mann, der ewige Sparhansel, wurde deshalb auch nach besonders schlimmen Ausfällen auf sexuelle Sparflamme gesetzt. »Kopf-

weh«, flüsterte ich dann schadenfroh, »die Geldsorgen machen mich fertig.«

»Marlene, hörst du eigentlich zu?« drang Jennas Stimme an mein Ohr. »Wie sieht's mit der Optik zum Alterssex aus?« Lola war schon wieder am Nuckeln, und Jenna sah dabei ganz verklärt aus. Ob sie sich beim Stillen heimlich aufgeilte, wie ich es mal in der *Brigitte* gelesen hatte – Überschrift: »Die stille Lust beim Stillen«? Jedenfalls wollte ich lieber nicht wissen, wie wohl ihr Busen nach all dem Gezerre aussehen würde, wahrscheinlich pendelte er dann in Bauchnabelhöhe wie bei einer Hottentottenfrau.

»Die Fotos sind eher still«, meinte ich vorsichtig, denn ich wollte mir meine Story nicht versauen. »Alte Leute eben, die machen natürlich nicht mehr soviel her.«

Jenna seufzte. »Da wird die Chefredaktion ja nicht so begeistert sein, mal sehen, was ich mir für 'ne Strategie überlege. Vielleicht ein paar junge Altenpflegerinnen dabei, mit engen Kitteln oder so. Okay, zurück an die Front.«

Ich war verabschiedet. Vom Büro aus versuchte ich meinen Mann zu erreichen, gegen den erbitterten Widerstand seines Rezeptionszerberus, Frau Verena Kullnermeyer-Schwarzenbrück, einer frustriert Geschiedenen mit Damenbart und schlecht gemachter Dauerwelle.

»Kann ich bitte meinen Mann sprechen?« verlangte ich so energisch wie möglich.

»Wer ist am Apparat?« konnte sie sich natürlich nicht verkneifen.

»Frau Dr. Ellermann«, sagte ich, weil ich wußte, wie sehr sie diese Titelanmaßung ärgerte, »ich hab's eilig.«

Säure troff durch die Leitung, als sie mit schmalen Lippen ein »Moment bitte« herauspreßte. Erst nach fünf endlosen Minuten war mein Mann dran, kleine Rache der Verliererin. »Marli, was gibt's, ich hab wenig Zeit.« Die Stimme meines Gatten klang gehetzt. »Aber wo du schon dran bist – kaufst du bitte heute

fürs Abendessen ein, ich muß noch ein paar Hausbesuche machen.«
Ich war genervt. Warum hatten wir für diesen häuslichen Pingelkram kein Personal? »Laß uns essen gehen, ich hab auch keine Zeit«, sagte ich deshalb. »Wir treffen uns im *Cuneo.*«
Ich zündete mir trotzig eine Zigarette an, blies den Rauch in Kringeln aus. Zu Hause durfte ich, wenn überhaupt, nur auf dem Balkon rauchen, weil Joachim behauptete, gegen Rauch allergisch zu sein. »Weißt du eigentlich, wie gefährlich passives Rauchen ist?« hüstelte er, wenn ich die Schachtel nur anschaute. »Iß lieber Tofu, wenn du was Orales brauchst.«
Mein Leben war entschieden zu schmalspurig. Zu bratkartoffel-mit-sülzig. Zu sofakissen-mit-knickig. Zu jägerzaun-mit-gartenzwergig. Irgendwas würde sich ändern müssen.
Aber was?
Das Telefon klingelte. Joachim mit einem Versöhnungsangebot, weil er mich so schnell abgewimmelt hatte. Ich grinste. Männer sind wirklich zu schlicht gestrickt. »Alles, was du willst«, flötete ich in den Hörer.
»Dann will ich alles«, sagte Horst-Peter Stachniak, »falls ich das in meinem Alter noch verkraften kann.«

Hans-Joachim

Als Marlene anrief, hatte ich die Hand gerade an der Brust von Erika Wollner. Es war eine weiche Brust mit vielen Zysten, was mich als Allgemeinmediziner nichts anging, zumal ich, wie gesagt, meine Hand nicht *auf*, sondern *an* besagter Brust hatte. »Spüren Sie diese rasselnden Töne«, hauchte Frau Wollner. Sie hatte die Augen geschlossen, war voll auf ihren Körper und die Untersuchung konzentriert. »Könnte es eine Lungenentzündung sein?«
Ich seufzte, zog behutsam meine Hand weg. »Is was, Doc?«

fragte sie und schlug die Augen auf. »Haben Sie schlechte Nachrichten für mich?«

»Überhaupt nichts Schlimmes, eine ganz leichte Bronchitis, die wir mit Antibiotika behandeln können«, sagte ich. Eigentlich hätten in diesem Fall homöopathische Mittel völlig ausgereicht, aber da ich vor zwei Wochen einer Einladung der Pharmaindustrie nach Venedig gefolgt war und dort mit Marlene ein traumhaftes Wochenende verbracht hatte, wußte ich, wo meine Prioritäten zu liegen hatten. Ende des Jahres stand im übrigen eine zweiwöchige Kalifornienreise an, die ich mir ebenfalls privat nicht leisten konnte. Man lebt schließlich nur einmal, außerdem war's ein sehr schwaches antibiotisches Mittel.

»Ziehen Sie sich bitte wieder an«, sagte ich streng. »Falls Sie, was ich für unwahrscheinlich halte, Fieber bekommen, rate ich zu leichter Bettruhe.«

Ich saß bereits hinterm Schreibtisch und schrieb das Rezept aus, als sich Erika Wollner auf den Besucherstuhl davor sinken ließ. Sie knöpfte dabei ihre Bluse zu, ganz langsam, Knöpfchen für Knöpfchen. »Wenn ich ins Bett muß, Doc, machen Sie dann auch einen Hausbesuch bei mir? Ach, ein Mann wie Sie auf meiner Bettkante ...« schmachtete sie.

Ich konnte mir ein Grinsen nicht verkneifen. Erika Wollner war kein Hypochonder, dafür ein nahezu klassisches Arztgroupie. Obwohl ich noch nicht lange praktizierte, waren mir alle Schattierungen dieser Spezies inzwischen sattsam vertraut: der flüchtige Blick auf meinen rechten Ringfinger – ich war ringlos, was sowohl eine Kosten- als auch eine professionell bedingte Hygienefrage war; der enge oder weit ausgeschnittene Pullover; das leichte Seufzen, wenn ich Hand anlegte, wobei ich oft sehr froh war, kein Gynäkologe zu sein.

»Wie verhältst du dich«, hatte ich kürzlich meinen Freund Guido Lansky gefragt, der als Gynäkologe in Hamburg-Eimsbüttel praktiziert, »wenn du den Arm bis zum Ellenbogen in einer Patientin hast, und die macht dir dabei einen unsittlichen Antrag?« Guido hatte nur gelacht. »Ein guter Frauenarzt muß wie ein Schlachter sein«, dozierte er, »und der kann ja auch nicht bei jedem nackten Schweinebauch ausrasten.« Eine Antwort, die mich nicht zufriedenstellte, aber da in diesem Augenblick Guidos Frau hereinkam, war die Debatte erst mal vertagt worden.

Erika Wollner also. Sie kam oft, meist wegen Lappalien, aber als Privatpatientin war sie mir trotzdem hoch willkommen. Ihre überreifen Reize – sie war 58 Jahre alt – ließen mich zwar kalt, trotzdem lächelte ich sie an, während ich das Rezept über den Schreibtisch schob. »Ich bin sicher, daß *in* Ihrem Bett kein Platz mehr ist«, erlaubte ich mir, leicht flirtend, und stand auf. Mein Wartezimmer war voll, hauptsächlich Kasse zwar, aber die hatten ja auch ein Recht auf Behandlung. »Bis zum nächsten Mal.«

Sie gab mir die Hand. Ich wußte bereits, was kam, und ignorierte es. Mit dem Mittelfinger malte sie einen kleinen, feuchten Kreis in meine Handfläche.

»Auf Wiedersehen, Frau Wollner«, sagte ich noch einmal und ging an die Rezeption, um zu sehen, was der Tag noch an Leckereien für mich bereithielt.

Eine Grippewelle tobte über Hamburg, also jede Menge Husten, laufende Nasen, rasselnde Brustkörbe. Außerdem Hoch-Zeit für Hypochonder. Helmut Hogl war so ein Fall, Beamter im mittleren Dienst. Pünktlich vor den Feiertagen oder direkt danach stellten sich seine diffusen Beschwerden ein – unbestimmte Herztöne, merkwürdiger Schmerz im Fußballen. Doch auch seine Versicherung bezahlte pünktlich und ohne Murren den 3,5fachen Satz, deshalb – verachte mich nicht, o moralinsaurer Leser –: »Herr Hogl, Sie sehen schlecht aus. Was gibt's?« Der Zaubersatz für jeden Krank-Orgiasten. Hogl legte die bleiche Beamtenstirn in kummervolle Falten. »Sie sehen's ja, Herr Dockter, wie mühsam ich mich auf den Beinen halte.«

»Machen Sie sich bitte frei«, sagte ich und wußte, daß ich von ihm eine exhibitionistische Attacke à la Wollner nicht zu erwarten hatte. Seine Beamtentrichterbrust hatte noch nie ein Fitneßstudio von innen gesehen, die Oberarme waren so dünn wie Besenstiele. Er roch leicht faulig. »Herr Hogl«, sagte ich streng, »Sie kennen die Regeln – gründlich frischmachen vor dem Freimachen. Mein Geruchsorgan ist voll intakt, ich rieche Saures bei Ihnen.«

Herr Hogl war keineswegs beleidigt. »Ich dusch einmal die Woche, Herr Dockter, und zwischendurch spray ich die Schwachstellen über, so schlimm kann's also nicht sein.«

Ich seufzte: »Herr Hogl, wie oft hab ich das schon gesagt, nicht sprayen, waschen! Der menschliche Körper braucht H_2O, kein Treibgas. Also feuchte Feindberührung, möglichst täglich.«

Doch Hogl hörte gar nicht mehr zu. Er hatte inzwischen seinen Spiralblock gezückt und las vor: »Ich hab's hier aufnotiert, also: leichter Druck im Herzbereich, von Sonntag nachmittag bis Montag abend. Prall gefüllte Blase, dadurch vermehrter Stuhlgang. Urin gelblich-grün, mit einem Stich ins Rote. Blut? ...«

Die Liste ging weiter, ich blickte auf die Uhr. Die zehn Minuten, die ein Patientengespräch maximal dauern durfte – Kasse nur fünf –, waren um. »Das klingt ja gar nicht gut«, unterbrach ich ihn kurz hinterm Gallenstau energisch. »Zum Glück war mein Pharmareferent heute vormittag da und hat mir ein ausgezeichnetes Mittel für Ihren Beschwerdenkomplex zum Ausprobieren gegeben.«

Hogl war skeptisch. »Dafür gibt's wirklich was?«

Ich ging zu meinem Medikamentenschrank, in dem ich meine Pharmaproben aufbewahre. Griff ins Regal mit den wohltönenden Placebos. »Dreimal täglich zwei Tabletten. Und in einer Woche sehen wir, wie es Ihnen geht.«

Endlich war er draußen. Mechanisch langte ich in meine Schreibtischschublade, holte mir eine R1 aus der Schachtel, zündete sie an, inhalierte, ahhhhh, öffnete die Fensterklappe und wedelte schuldbewußt. Wenn das Marlene wüßte. Lynchen würde sie mich. Natürlich – ausgerechnet jetzt kam meine Sprechstundenhilfe Cornelia rein: »Dr. Ellermann, wie können Sie?« rief sie laut und schloß die Tür hinter sich. »Mir auch eine, bitte«, flehte sie, »sonst werd ich wahnsinnig.«

Jenna

Es war einer dieser Tage, wo ich den Job am liebsten hingeschmissen und mein Geld als Hafennutte weiterverdient hätte. Im strömenden Hamburger Normalnieselwetter, minaberockt am Fischmarkt, fette, wampige Staubsaugervertreter, die auch Damenunterwäsche im Musterkoffer haben, kurbeln die Autofensterscheibe runter und fragen: »Wieviel?« – »100 fürs Bumsen und Blasen, 50 nur fürs Blasen« – »In deinem Alter, du spinnst wohl«, würden die Fetten sagen, »da gibt's höchstens 'n Zwanziger.«
So gefrustet war ich also heute, daß mir dieses Schmuddelszenario als Alternative vorschwebte. Alles ging schief. Die von mir produzierte, als Titelstory geplante Geschichte über schwule Väter war geplatzt, kurz vor Drucklegung hatte sich herausgestellt, daß der Daddy auf dem Aufmacherfoto mit zwei Leihbabies posiert hatte, weil er sich als arbeitsloser Lehrer ein Zubrot verdienen wollte. Er war außerdem nicht schwul, sondern ein bis über die Stadtgrenzen hinaus bekannter Heterror. Ein Anruf beim Modeschöpfer Wolfgang Joop!, den wir gern für diesen Titel gehabt hätten, landete bei seinem äußerst schmallippigen Agenten, der uns mitteilte, sein Chef habe schließlich zwei wunderhübsche Töchter, und ob das denn nicht für sich spräche. »Wenn Herr Joop in die Öffentlichkeit tritt, dann nur über ßeine Mode«, ßäuselte er (Zahnersatz? Hasenscharte?).
Außerdem zahnte meine Lola, und Jette, das Unglücks-Au-pair

aus Dänemark, hatte sich beim Bügeln (pro T-Shirt eine Stunde) die Fingerkuppen verbrannt, war deshalb noch bedingter einsatzfähig als sonst.
Das Telefon klingelte: »Wir haben supergeile Fotos von Brigitte Nielsen. Kann einer deiner Leute bis morgen einen Text machen? Zwei Doppel-, eine Einzelseite. Acht Blatt.« Heinrich Faltermeyer, mein Exchef, der inzwischen zum stellvertretenden Chefredakteur aufgerückt war, hyperventilierte wie immer. Er war diese Woche mit Blattmachen dran und wollte das Heft der Hefte machen.
Da unsere Leserschaft noch debiler konstruiert schien als die Redaktion, bedeutete das, zumindest für den Titel, wieder einmal nackte Titten, möglichst prominente. Vor ein paar Jahren hatte der *Stern,* den wir auflagenmäßig leider immer noch nicht abgeschüttelt hatten, für 50 000 DM (wir hatten 49 000 DM geboten) auf dem Titel eine halbnackte Madonna mit einer mehr als dürftigen Clipping-Story meiner Kollegin Elvira Elend gebracht – »Madonna, sündig und nackt«. Diese Nummer des *Stern,* so wurde in unseren Konferenzen immer wieder betont, wenn sich die schrumpfende Feministenriege gegen einen weiteren Tittentitel wehrte, war die meistverkaufte des *Stern* gewesen, noch erfolgreicher als die mit der Titelstory »Frauen sprechen mit ihren Brüsten«, die vor zehn Jahren die Branche belustigt hatte. Also schrie sie geradezu nach Raubkopie.
Wieder Telefon. »Ja?«
Michael war dran, seit knapp zwei Jahren mein Dauerbekannter, leider nicht Lolas Vater, was mein Privatleben etwas komplizierte. »Was macht das Süße Leben?« fragte er. Wie alle Menschen unter 30, und das war er leider, hielt er mein Magazin für eine Lesehilfe für Senioren.
»Was macht die Examensarbeit?« fragte ich süffisant zurück, ein wunder Punkt, denn seit einer kleinen Ewigkeit war die Entwicklung der Kommunistischen Partei Griechenlands von 1941 bis ’49 auf Seite 46 steckengeblieben.

»Soll ich dir meinen letzten Absatz vorlesen?« fragte er hoffnungsvoll. »Ich hab heute eine Seite geschafft.«
Ohne eine Antwort abzuwarten, las er los: »Ende 1939 erreichte den Generalsekretär der KKE, Zachariadis, im Gefängnis von Kerkyra eine entgegengesetzte Weisung des EKK1, die der neuen Linie der sowjetischen Außenpolitik ...«
»Klingt faszinierend«, unterbrach ich ihn schnell, bevor er weiterlesen konnte.
»Ich seh schon, du bist beschäftigt«, sagte er, »soll ich Lola abholen?«
»Das wäre wunderbar«, sagte ich, »das Kind braucht dringend feste Nahrung.«
Auch ein Vorteil, wenn der Miterzieher viel Tagesfreizeit hat, dachte ich und rief meinen Volontär Lothar Meyer an, zwecks Betextung von Lady Nielsen. Er war jung und eifrig, Begriffe wie Imageverlust und journalistischer Ausverkauf ihm deshalb wesensfremd. »Lothar«, sagte ich mit Widerspruch-ist-zwecklos-Stimme, »Einsatz! Beweg deinen süßen Hintern in mein Büro.«
Chefin sein und Leute, besser noch, Männer scheuchen können war schon geil.

Bei Joachims Eltern

Es war nicht die gehäkelte Klopapierrolle im Badezimmer, die mich störte, nicht die klitzekleinen Handtücher, mit denen wir uns nach dem Duschen abtrocknen mußten – diese Vorkriegsgeneration hatte offensichtlich noch nie etwas von großen Badetüchern gehört –, auch über die Durchschnittstemperatur von 16 Grad in der Drei-Zimmer-Piefbauwohnung konnte ich hinwegsehen. Selbst mit den behäkelten Sofakissen auf einer beigefarbenen, knochenharten Foltercouch hatte ich mich – wenn auch mühsam – abgefunden und, ganz knapp, sogar mit der nie frischen Bettwäsche. »Es haben nur Leute drauf geschlafen, die du schon kennst«, lächelte meine Schwiegermutter Inge, wenn sie abends die Betttruhe aufklappte und ich mit sinkendem Herzen feststellte, daß die Laken seit unserem letzten Besuch offenbar nicht gewechselt worden waren. Das einzige, was mich nachhaltig vergrätzte bei diesen allmonatlichen Schwiegerelternbesuchen, war die ständige Anspielung auf unser Noch-nicht-Eltern-Sein.

»Marlene, mit fast vierzig bist du doch Spätgebärende«, seufzte Inge Ellermann und schob sich genüßlich einen Bissen Philadelphia-Torte in den Mund. »Willst du denn partout einen Schlitzie kriegen?«

»Mutti, das Wort Schlitzie ist absolut unmöglich. Kinder mit Down-Syndrom heißt es«, mahnte mein Gatte und schob ächzend seinen Teller weg. Es war drei Stunden nach dem Mittagessen (Schweinebauch, Kartoffelpüree, Leipziger Allerlei, zum Nachtisch Vanillepudding mit Kirschen), und er hatte zum Kaffee drei Tortenstücke mit Sahne verputzt. Verzeihlich deshalb sein geöffneter Reißverschluß, aus dem Hemd und weißer Bauch quollen, verzeihlich, aber optisch nicht gerade ansprechend.

»Daunen was?« fragte mein Schwiegervater Günther und tippte stumm auffordernd an seine Tasse. Eine jahrhundertealte Angewohnheit, die mich als emanzipierte Ehefrau zutiefst irritierte. »Was willst du denn?« hatte ich ihn früher immer gefragt. – »Kaffee natürlich«, kam dann prompt die erstaunte Antwort von Inge, also hielt ich mich jetzt aus dem Ehedialog heraus und litt stumm.

»Down-Syndrom«, wiederholte Joachim geduldig. »Mongoloide Kinder.«

»Das ist mir zu kompliziert«, wehrte Inge ab. »Ich nenn sie weiterhin Schlitzies oder Mongölchen, das klingt viel niedlicher.«

Günthers Zeigefinger kreiste immer noch über der Tasse. Er

räusperte sich. »Möchtest du Kaffee?« fragte ich scheinheilig.
Er antwortete nicht, dafür verschärfte sich sein Blick in Richtung Inge. Die endlich begriff. »Papa, was willst du, Kaffeesahne oder Dosenmilch?«
»Das Übliche«, sagte er schroff, und ich dachte, Verheiratetsein ist das Schlimmste: Die Tür fällt ins Schloß, krachend und unwiderruflich, Schlüssel weg.
Mein Blick wanderte zu Joachim, der leider, leider eine immer größer werdende Ähnlichkeit mit seinem Vater entwickelte. Die breite, flache Stirn, die dünne Oberlippe, die rosa Platte auf dem Kopf – irgendwie hat der liebe Gott die Ellermanns lieblos zusammengeschustert. Bei meiner Sippe gab er sich offensichtlich mehr Mühe. Wir sind alle groß, schlank und haben dickes, leicht gewelltes, rotblondes Haar, dafür allerdings schlechte Zähne, die bei meinem Mann als Ausgleich nahezu coregatapsig blitzten.
Warum ich ihn geheiratet hatte? Ganz einfach: Von der Optik abgesehen, war er der Mann, mit dem ich mich am besten unterhalten und lachen konnte. »Humor ist das wichtigste im Bett«, hat Richard Burton einmal gesagt; genau meine Meinung. Wie keiner seiner Vorgänger schaffte Joachim es, mich mit einem Witz, einem lockeren Spruch, einer witzigen Grimasse auch aus der grimmigsten Laune zu reißen. Im Bett kicherten wir manchmal so stark, daß der kleine grüne, sorry, der riesengroße weiße Spargel rausrutschte und wir wieder von vorn anfangen mußten. Außerdem war mein Mann Arzt für Allgemeinmedizin, und von meinem Vater wußte ich, daß man sich in diesem Beruf, wenn man ihn richtig betreibt, ein goldenes Stethoskop verdienen kann.
Es paßte mir deshalb gar nicht, daß Joachim seine Praxis ausgerechnet in der Prolo-Gegend Lurup hatte. »Irgendwo ist der Hamburger in dieser Ecke noch häßlicher als sonst«, befand auch meine Freundin Bettina Hagen, die in der Innenstadt

einen teuren Pulloverladen hatte. »Ob sich auch nur eine dieser Frauen die Achselhöhlen rasiert?«
Und dann gab's noch einen Grund, aber der war so lächerlich, daß ich ihn im hintersten Winkel meines Herzens aufbewahrte. Hajo sah ein bißchen wie Ashley Wilkes aus, und ich war ein leidenschaftlicher *»Vom Winde verweht«*-Fan. Mindestens 30mal hatte ich den Film gesehen, kannte sämtliche Dialoge auswendig. Und im Gegensatz zu meinen Freundinnen, die allesamt immer sauer auf Scarlett waren, weil sie zu doof und selbstgefällig war, um einzusehen, daß ein Macho wie Rhett Butler sehr viel besser zu ihr paßte als Ashley, den Bettina Mr. Magermilch nannte, hatte ich dessen vornehme Blondheit immer favorisiert. Ein Vulkan, der unterm Eisberg lodert, sehr romantische Vorstellung. Inge war inzwischen beim Thema Abendessen angelangt. »Und dann mach ich noch einen Geflügelsalat und tau den roten Heringssalat auf und die Baguettebrötchen, und wenn einer Rührei mit Schnittlauch möchte, Eier hab ich noch genug.«
Ich stand auf. Mir war schlecht. Unbegreiflich, daß diese spindeldürre Frau ständig vom Essen reden und es auch verputzen konnte, ohne auch nur ein Gramm Fett anzusetzen. Ich war in kulinarischer Hinsicht eine tiefe Enttäuschung für sie, eine ausgemergelte, magersüchtige Zicke, die jede Mahlzeit kaputtnörgelte. »Möchtest du noch?« fragte Inge bei jedem Essen, kaum daß ich meine Gabel hochnahm oder wenn ich eine Sekunde beim Essen innehielt. »Oder magst du etwa Bohnen in Buttermilchsauce auch nicht?« Es war ein permanenter Kampf, den Joachim nicht gerade erleichterte, indem er sein intelligentes »Sie ißt immer wie ein Spatz« in die Debatte warf. – »Darum wird es höchste Zeit, daß sie was auf die Rippen kriegt«, antwortete Inge dann spitz und füllte nach. »Männer wollen nachts nicht auf einem Gerippe liegen.« Noch drei Stunden und 3000 Kalorien, dachte ich, dann fahren wir wieder nach Hause, und ich hab einen Monat Ruhe. Ob ich auch mal

so anstrengend werden würde? O Schauder. Ob meine Ehe in 30 Jahren genauso sein würde?
»Papa, wieso sind denn keine Servietten auf dem Tisch? Holst du bitte mal welche?«
»Ich warte lieber, bis du wieder was willst, dann muß ich nicht zweimal laufen.«
»Was macht die Praxis, wirft sie schon was ab?« fragte meine Schwiegermutter gerade, die, genau wie ich, Sinn fürs Praktische hatte.
»Im Augenblick noch nichts, frag mich in fünf Jahren wieder«, sagte Joachim, und ich dachte: Dann bist du 39. Vorher muß dringend etwas passieren.
Aber was?
»Fünf Jahre!« schrie Inge entsetzt. »Und was ist mit meinem Enkelkind? Wie lange soll ich darauf noch warten?«
Bis du schwarz wirst, dachte ich böse.

Jenna und Marie

»Warum hat Lola eigentlich immer Rollkragenpullover an?« wollte Marie wissen. »Hamburg ist Scheißwetterhochburg, zugegeben, aber heute sind es doch ausnahmsweise 18 Grad.«
Jenna sagte nichts. Es stimmte, ihre Schwester Marie hatte Lola noch nie nackt gesehen, aber dafür gab es Gründe. Sehr ernste Gründe sogar.
»Ist es nicht witzig, daß unsere Kinder genau gleich alt sind?« fragte Marie weiter. »Wenn sie nicht verwandt wären, könnten sie sogar heiraten.«
»Jetzt geht's wieder mit dir durch«, sagte Jenna schroff, »außerdem muß der Mann mindestens fünf Jahre älter sein.«
»Wie bei dir, meinst du?« Marie grinste.
»Oder 15 Jahre jünger, aber nicht gleichaltrig.«

»Schon gut«, sagte Marie versöhnlich. »Wollen wir mit dem Essen auf Christoph und die Kinder warten?«
»Laß uns lieber anfangen«, meinte Jenna, leicht unruhig. »Ich hab noch 'ne Menge Arbeit auf dem Schreibtisch.«
Doch es klingelte bereits Sturm. Marie öffnete, und unter Donnergepolter ergoß sich die Restfamilie ins vordem so friedliche Wohnzimmer. Christoph, mit zerzausten Haaren, hatte sich wie alle Hamburger Männer beim ersten Sonnenstrahl ins Triple-S-Horror-Outfit (Shorts, Socken, Sandalen) geschmissen. Sein Körper sah seltsam ungelüftet, nahezu leichenhaft aus; nun ja, der deutsche Winter macht keinen von uns schöner. An jedem Körperteil schien eins seiner Kinder zu kleben: die siebenjährige Stephanie, Daniel, vier, Gabriel, drei, und der einjährige Marco. Der Mann sah wie ein wandelnder Ameisenhaufen aus.
»Tag, Schwägerin«, keuchte er, »welch seltener Glanz in unserer Hütte.«
»Hi, Schwagerherz«, antwortete Jenna. »Viel zu tun auf der Karriereleiter.«
Christoph schüttelte den Nachwuchs ab und stellte Marco vor den Couchtisch, nachdem er mit geübter Elternhand alles Zerbrechliche in die Sicherheitszone gewischt hatte. Lola saß auf Mamis Schoß; sie liebte Menschenwimmelei, zu Hause war es oft so langweilig. Nur große Leute, die ihre Ruhe wollten.
»Ich steck die Gören mal eben in die Badewanne«, lachte Marie und verschwand.
»Okay«, sagte Christoph und nahm Marco auf den Schoß. »Ein süßes Kind hast du«, sagte er zu Jenna und schaute beide prüfend an. »Bist du glücklich?«
»Mehr als mit jedem Mann«, meinte sie.
»Weiß der Vater das?« fragte er.
Jenna konzentrierte sich auf einen Punkt hinter seinem Ohr: »Ich glaube, schon.« Dann stand sie hastig auf. »Ich muß los,

Michael ist heute abend als Babysitter zwangsverpflichtet, mein Schreibtisch lechzt nach mir.« Sie klemmte Lola auf ihre rechte Hüfte, reichte Christoph die Hand, rief: »Bis die Tage, ich melde mich«, in Badezimmerrichtung, öffnete die Haustür. Spürte Christophs Atem im Nacken: »Schade, daß du schon gehen mußt.« Fast panikartig lief sie die Treppen runter. Vor der Haustür holte sie tief Luft.
»Das war knapp, mien Deern«, sagte sie zu ihrer Tochter und zuschte, wie zur Beruhigung, einmal am rosa Ohrläppchen.

Marlene und Hans-Joachim im Cuneo

Ich war stinkig heute abend. Meine Senilosex-Geschichte war noch immer nicht im Blatt. Dieswöchige Begründung: Das Heft ist zu trist, wir brauchen leichte Themen. Als wenn Sex kurz vor dem Abkratzen nichts Amüsantes wäre! Glaubten denn diese Chefredakteure, sie würden niemals alt? Und war es in jedem Fall nicht beruhigend zu wissen, daß man auch scheintot noch was vom Leben haben kann? Wüt, knirsch.
Dafür war die Lesbenreportage meiner Kollegin Silke Fuß mit vier Doppelseiten drin. Titel: »Die Lesbe, das unbekannte Wesen«. Unterzeile: »Alles, was Sie schon immer über Frauensex wissen wollten«. Silke war eine militante Frauenfreundin, die gern Kinder gehabt hätte, nur Mädchen natürlich, aber da männliche Penetration nicht in Frage kam, arbeitete sie nach Feierabend mit ihrer Freundin Ulrike an der menschlichen Parthenogenese. Bislang hatten sie noch keinen Erfolg gehabt, aber wenn, dann hatte Michaelsen mit einer Titelgeschichte gedroht: »Schwanger durch Zellteilung«. In ihre Lesbenreportage hatte Silke alle nur erdenklichen Schocker hineingepackt – gemeinsames Menstruieren bei Vollmondin, Hexensabbat, Drachinnenbeschwörung, Tanz der Schamaninnen. Sie hatte auch streng darauf geachtet, kein Macho-Vokabular zu

verwenden, sondern nur Frauensprache. So schrieb sie selbstverständlich nicht von Rucksäcken, sondern von Ruckbeutelinnen, auch das Wort Anrufbeantworter wurde in -beantworterin feminisiert. »Wer braucht sie schon, diese übelriechenden Mümmelzwerge«, hatte die Hexe Attis als Schlußsatz des Berichts verkündet, »eine männerlose Welt ist einfach besser.« Um diesen Satz mußte Silke redaktionsintern schwer kämpfen. »Wir sind doch kein Magazin für kesse Väter«, hatte Michaelsen getobt, aber Silke, die Männer sowieso nicht ernst nahm, setzte sich schließlich durch. Leider war die Optik dürftig, denn die – natürlich lesbische – Fotografin hatte beim Mondin-Einsatz ihren Blitz vergessen, deshalb waren die im Kreis hockenden, vor sich hin menstruierenden Frauen nur schemenhaft zu erkennen. »Vielleicht sogar besser«, hatte Jenna gemurmelt, die laut Silke als Heterofrau natürlich keine Ahnung hatte.

Im übrigen war die Stimmung im Hause höchst gereizt, weil die Auflage so runtergegangen war, daß die Anzeigenpreise reduziert werden mußten. Michaelsen hatte nur noch Schaum vorm Mund, jede Art von Manöverkritik verbot sich deshalb aus Selbstschutzgründen. Kein Wunder, daß Claudia Schiffer schon wieder auf dem Cover prangte, obwohl sie dem Vernehmen nach immer noch nicht mit Prinz Albert bumste. Den hatte Stachie angeblich in einem Nachtclub von Monte Carlo mal in enger Umarmung mit Richard Gere gesehen, aber das durften wir leider nicht schreiben.

Mein Ressort war zu der Alle-Jahre-wieder-Umfrage »Jugendliche und ihr Sexualverhalten« verdonnert worden. »Ist doch uralt«, wagte ich bei Faltermeyer einzuwenden. »Warum denn jetzt die 1001. Version?« – »Weil der Chef es will«, sagte er nur. »An die Arbeit!« Die Chefredaktion wollte die Befragten natürlich blutjung und möglichst nackt. Ich hätte die Umfrage blind und taub schreiben können:

DOLCE VITA: War denn dein Glied auch groß genug beim ersten Verkehr?

KNABE: Wieso, ich war doch schon elf!

DOLCE VITA: Kevin-Boris, wir danken dir für dieses Gespräch.

Wir versuperten.

»Jo«, hatte ich deshalb streng zu meinem Angetrauten gesagt, »heute abend kein Sparmenü. Ich lade dich ein. Auf Spesen. Du bist ein Sexualprofessor, den ich zu frühreifen Orgasmen befrage.«

»Gern«, meinte Dr. Sparsam, der bei Spesenessen besonders gern zuschlug. *»Cuneo?«*

»Cuneo zuerst, Cunni vielleicht später«, versprach ich.

Ein schlapper Witz, das wußte ich selber, aber es war auch ein schlaffer Tag gewesen.

Horst-Peter Stachniak

Meine Sexualsensoren fuhren sofort aus, als sie das Lokal betrat. Sie stand in der Tür, blickte sich suchend um, natürlich waren alle Tische besetzt. Das *Cuneo*, ein leicht versiffter Italiener mitten auf der Reeperbahn, war jeden Abend brechend voll. Die Mischung war's: Nutten, abgehalfterte Chefredakteure, Luden und brave Pinneberger quetschten sich hinter Holztische mit karierten Tischtüchern, rauchten, leckten ihre Berufs- oder Privatwunden, aßen klaglos kraftlose Fettuccine und öltriefenden Salat und süffelten sich die Hucke voll. Wer nach einem *Cuneo*-Besuch mit dem eigenen Auto fuhr, war oft des Führerscheinentzugs fette Beute.

Marlene also. Gott, was sah sie wieder scharf aus! Jeans, weißes T-Shirt, Keds – aber an ihr wirkten selbst biedere Klamotten wie von Beate Uhse. Ihre rotblonden Haare waren noch feucht, sicher hatte sie gerade geduscht. Mein Gott, was war denn los mit mir? Präsenile Wallungen? Und wer war der Idiot mit Halbglatze, der jetzt hinter ihr zur Tür reinkam? Ihr den Arm um die Schultern legte? Wahrscheinlich der Ehemann, dieses arme Doktörchen aus Lurup. Keine Konkurrenz für mich, das sah ich sofort. Beamtenplatte, große Nase, unsportliche Figur. Daß sie sich so einen Ringelwurm auf den Bauch binden konnte, war mir schleierhaft.

»Kennst du die Alte an der Tür?« Mein Tischnachbar Schorse Föhrenbeißer, früher Schulfreund, jetzt leider millionenschwerer Lude, außerdem Textilhändler, Poker-As und Gelegenheitsdealer, fühlte sich offenbar vernachlässigt.

»Kollegin. Scharfe Mutter, findest du nicht? Bin kurz vorm Abschuß, also stör bitte meine Kreise nicht.«

»Für dich ist sie ja wohl ein bißchen jung – oder hast du dich lange nicht mehr nackt im Spiegel gesehen und leidest unter Größenwahn?«

»So jung auch nicht mehr«, meinte ich abschwächend, »in sechs Jahren wird sie auch schon vierzig.«

»In sechs Jahren bist du Frührentner«, sagte Schorse lässig, »vergiß das nie.«

»Und du ein abgehalfterter Vorstadtlude«, entgegnete ich giftig. Ich haßte es, auf mein Alter angesprochen zu werden; als ich kürzlich einen Bescheid von meiner Rentenversicherung bekam, der lautete: »Ihr Rentenbeginn wurde auf den 3.1.2003 festgesetzt«, war der Tag für mich gelaufen.

Schorse lachte nur: »Abgehalfterter Vorstadtlude? Das bin ich doch jetzt schon.«

Die beiden kamen direkt auf uns zu. Endlich schaute Marlene her. Offensichtlich hatte sie mich entdeckt. Ich sah ihr an, daß sie sekundenlang zögerte, ob sie so tun sollte, als hätte sie nicht. Doch dann raffte sie sich auf. »Du schon wieder«, seufzte sie.

»Ich immer noch«, sagte ich, bewußt vieldeutig. »Darf ich vorstellen: Marlene Ellermann, Kollegin – Schorse Föhren-

beißer, impotenter Millionär aus Blankenese. Und wen hast du mitgebracht, Marlene? Deinen kleinen Bruder? Wie niedlich.«
Das hatte gesessen. Ihre Augen wurden schmal. »Du vergißt dich«, zischte sie, »dies ist mein Mann.«
Männe, ganz der Souveräne, ging bis zur Tischkante, streckte mir die Hand entgegen: »Dr. Ellermann.«
Ich mimte den Betroffenen. »Entschuldigen Sie meine dumme Bemerkung. Aber Sie sehen wirklich verdammt jung aus. Beneidenswert. Ich bin Kollege Stachniak.«
Doc Ellermann verzog keine Miene: »Ich habe schon einiges von Ihnen gehört«, sagte er, da kam Paolo, der Kellner: »Tisch ist fertig, Madame.«
»Danke, Paolo«, sagte sie und lächelte mich an. Zuckersüß, das hätte mich warnen sollen. »Dein Toupet sitzt schief«, sagte sie noch und drehte sich um. Scheiße. Hastig griff ich nach oben. Sie hatte recht. Ich haßte sie dafür.
Sie wurden an einen Ecktisch verfrachtet, gut in Sichtweite. Marlene steckte sich eine Zigarette an, der Doktor runzelte die Stirn, sagte leise etwas zu ihr, sie verzog genervt die Mundwinkel und drückte die Zigarette im Aschenbecher aus. Spießer, dachte ich fröhlich, bei dem hat sie wahrscheinlich nicht viel zu lachen. Im Bett sicher Medizinersex. Vorher duschen, nachher die Laken wechseln.
»Hey, Alter, bist du noch vorhanden?« Schorses Stimme tönte wie durch Watte an mein Ohr. »Hast du gehört, was ich dich gefragt habe?«
»Nein«, antwortete ich unwillig, »was denn?«
Schorse schaute kurz in Marlenes Ecke, wo sie gerade in eins ihrer Crostini biß, dann musterte er mich prüfend: »Ich hab gesagt, daß es mir 100 000 DM wert wäre, wenn du Marlene dazu bringst, mit mir zu schlafen.«
Ich konnte mich nur verhört haben. »Bist du wahnsinnig?« Ich merkte selbst, daß meine Stimme viel zu laut klang, und dämpfte sie. »Wie kommst du denn auf diese Schnapsidee?« fragte

ich leiser und trank mein Bier in drei hastigen Schlucken aus. Dann rülpste ich, wischte mir den Schaum vom Mund.
Schorse schmunzelte. »Um dich zu ärgern«, sagte er knapp. »Du bist einerseits verschuldet, andererseits auch scharf auf diese Frau, die ich im übrigen ausgesprochen appetitlich finde. Wäre doch mal interessant zu sehen, welches Schwein in dir die Oberhand gewinnt.«
Ich schwieg. Er hatte recht. Meine Spielschulden waren erheblich, der Kauf einer Luxuseigentumswohnung in Harvestehude hatte mich knietief in die Miesen gebracht. Hundert Mille wären ein sehr angenehmes Wundpflaster. »Was hätte denn Marlene davon?« fragte ich vorsichtig. »Charme und Schönheit können's bei dir ja wohl nicht sein.«
»Sie würde die gleiche Summe bekommen«, meinte Schorse unbeleidigt.
»Und was müßte sie dafür tun?«
»Eine Nacht mit mir verbringen.«
»Mehr nicht?«
»Das ist alles«, sagte er. »Unsere Kleine geht gerade für kleine Mädchen. Warum marschierst du nicht hinterher und unterbreitest ihr mein Angebot?«
An diesem Abend ritt mich der Teufel. Wenn ich gewußt hätte, was ich damit auslösen würde, ich hätte mir vermutlich eher die Beine abgehackt. Oder was anderes. Nee, das denn doch nicht.
So aber marschierte ich hinter ihr her, die Treppe zu den Toiletten hinunter.
Sie hatte schon die Hand an der Klinke, als sie mich sah. »Verfolgst du mich?« fragte sie, sichtlich genervt. »Oder willst du nur für kleine Jungs?«
»Weder noch«, teilte ich ihr lächelnd mit. »Mein Freund bat mich, dir ein Angebot zu machen.«
»Dieser Würgesack?« fragte sie entgeistert. »Für den würde ich nicht mal ein rohes Ei aufschlagen.«

»Gute Assoziation«, lobte ich, »so was Ähnliches will er auch von dir. Aber nicht geschlagen. Nur gekrault.«
»Ich verstehe nur Bahnhof. Werd deutlich, oder laß mich pinkeln.«
»Okay, gnä' Frau. Also: Schorse ist ein schwerreicher Mann.«
»Na und?«
»Moment, gleich geht's weiter. Also, er ist so hin- und hergerissen von deinen voll erblühten Reizen, daß er gern mit dir eine Nacht verbringen würde.«
Sie wurde puterrot. »Du hast sie ja wohl nicht mehr alle«, zischte sie so wütend, wie ich sie noch nie erlebt hatte. »Dieser Ekelwurm! Nur über meine Leiche.«
»Er würde es sich 100 000 DM kosten lassen.«
»Für eine Nacht?« fragte sie, wider Willen angekitzelt.
»Für eine Nacht«, bestätigte ich.
Sie rauschte ins Damenklo, knallte die Tür hinter sich zu. Sekunden später hörte ich es rauschen, dann kam sie wieder. »Du kotzt mich an«, sagte sie und ging die Treppe rauf. Oben drehte sie sich um. »Für kein Geld der Welt, mein Lieber.« Dazu lächelte sie – strahlend wie Tschernobyl.

Zwei Männer unter sich

»Na, was hat sie gesagt?« fragte Schorse.
»Was glaubst du wohl?«
»Daß sie es kaum abwarten kann.«
»Woher weißt du?«
»Ich kenne doch die Frauen. Gib mir mal ihre Büronummer.«
Stachie überlegte. Sie würde ihn lynchen, wenn er die Nummer rausgäbe. Andererseits – jeder konnte schließlich bei *Dolce Vita* anrufen und sich durchstellen lassen. Und der eiskalte, verachtende Blick, den sie ihm eben zugeschmissen hatte, kratzte an seiner Eitelkeit. Was bildete diese Zicke sich eigent-

lich ein? Man wird doch unter Kollegen wohl mal einen Spaß machen dürfen?
»Ich weiß was Besseres«, sagte er deshalb grinsend. »Ich geb dir beide Nummern. Büro und privat.«

Das Ehepaar Ellermann im Auto

Das Spesenessen hatte 140 DM gekostet, und da vom Verlag nur 50 DM pro Person gestattet waren, mußte sie entweder eine dritte dazuerfinden oder 40 DM selbst bezahlen. Piefig, diese Spesenkontrollettis, schnaubte Marlene und schrieb auf die Rückseite der Rechnung unter »Bewirtete Personen«: Gerda Vögelmann, Lehrerin für Sexualkunde. Es fiel ihr in letzter Zeit immer mehr auf, wie klein und schrumpelig die Brötchen waren, die sie in ihrem Leben backen mußte.
Alles war so schrecklich langweilig und normal. Wie ging noch dieses Biermann-Lied: »Das kann doch nicht alles gewesen sein / das bißchen Sonntag und Kinderschrein ...« Genau so war ihr zumute – »Ich will noch 'n bißchen was Blaues sehn / und will noch paar eckige Rundn drehn ...« Jaaa, genau! Sag dem Abenteuer, daß ich komme. Sowie ich Zeit habe.
Jetzt fuhr sie erst mal nach ziemlich fettigen Spaghetti Carbonara mit ihrem dünnhaarigen Ehemann in einem gebrauchten Volvo in ihre Dreizimmerwohnung. Es gab bestimmt wieder mal keinen Parkplatz, und der, den Joachim nach Fünfmal-um-den-Block-fahren endlich finden würde, bescherte ihnen mit Sicherheit einen Strafzettel. Zu Hause setzt sich dann Ashley noch auf ein letztes Bier vor die *Tagesthemen,* während Gattin Melanie sich mit Ponds-Nährcreme das Make-up vom Gesicht wischt. Kontaktlinsen raus; wie gut, daß man das fettverschmierte Gesicht jetzt nicht mehr so genau erkennen kann. Ein kurzer Blick ins Wohnzimmer – da liegt er wieder, der Mann ihres Lebens, in seiner Lieblingsposition: Kopf in die

Kissen gesunken, Augen zu, Mund offen. Mittelschwere Schnarchtöne vibrieren durchs Zimmer. Laß ihn schlafen, wird die Frau denken, dann schnarcht er wenigstens nicht im Ehebett.
»Ich hab dich gefragt, warum du so ein bitterböses Gesicht machst. So schlimm war das Essen doch nicht.« Hajos Stimme war lauter geworden.
»Wie, was meinst du?« Marlene schreckte aus ihren Träumen. »Entschuldige, aber ich hab mich nur geärgert.«
»Doch nicht etwa über mich?« fragte er besorgt.
»Nein«, seufzte sie, »über meinen Kollegen.«
Beim Ton ihrer Stimme wurde Joachim hellhörig. »Der verknitterte Julio Iglesias? Hat er dir etwa einen unanständigen Antrag gemacht?« Es sollte locker-flockig klingen, aber irgendwie kam es ein bißchen gepreßt heraus.
»Nichts dergleichen.« Marlenes Stimme klang schroff und abwehrend. »Er hat eine Story von mir schlechtgemacht, eine Unverschämtheit.«
Während sich Joachim ihrem Haus näherte – wieder kein Parkplatz – und zur ersten Runde ansetzte, spürte er ein tiefes Gefühl der Erleichterung. Er wußte auch nicht, warum er ausgerechnet bei seiner eigenen Ehefrau immer so unsicher war. Da, ein Parkie, nur 200 Meter vom Haus entfernt – war wohl sein Glückstag.
»Hast du was dagegen, wenn ich im Wohnzimmer noch ein letztes Bier trinke?« fragte er, als er die Haustür aufschloß.
Sie lächelte, ohne die Lippen zu verziehen. »Nicht das mindeste, Liebling, nicht das allermindeste.«
Das Telefon klingelte. Sie hob ab. Jemand stöhnte. »Komm schnell her«, flüsterte Marlene, »unser Wichser ist wieder dran.« Sie lauschten.
»Was hast du an?« fragte eine heisere Männerstimme.
»Ich bin nackt«, hauchte Marlene und mußte an sich halten, um nicht laut loszuprusten. Sie fand diese Anrufe zu komisch.

»Faß deine Titten an«, forderte jetzt die Stimme, »und laß deinen Daumen ganz sanft über die Nippel kreisen.«
»Oh, du, ich bin so scharf, ich kann nicht mehr«, sagte Marlene und gab Hajo den Hörer.
Die Stimme: »Jetzt geh runter an die Muschi. Zieh deine Schamlippen auseinander, ganz vorsichtig ...«
»Das war's dann wohl, du altes Schwein«, sagte Hajo streng. »Wenn Sie noch einmal meine Frau belästigen, rufe ich die Polizei.« Klick. Der Wichser hatte aufgelegt.
»Der Ärmste«, sagte Marlene mitleidsvoll, »hoffentlich hat er keinen Herzinfarkt gekriegt vor Schreck.«
»Obwohl, seine Vorschläge waren gar nicht mal so schlecht«, meinte Hajo, und an seinen großen, schwarzen Pupillen erkannte die müde Marlene mit sinkendem Herzen die Ellermannsche Vorstufe von Geilheit. »Komm doch mal her.«

Zu Hause bei Schorse Föhrenbeißer

Er wachte auf, weil Shitface, sein pechschwarzer Bullterrier, ihm energisch das Gesicht ableckte. »Pfui, Shittie, hör auf, sofort, Platz, sage ich«, murmelte er schlaftrunken, während er seine diamantbesetzte Prolex vom Nachttisch zog und sie sich dicht vors Gesicht hielt. Halb eins – eine Tageszeit, die aufgrund heruntergezogener Rollos gottlob nicht bis in sein Schlafzimmer vordrang. »Kaffe«, brüllte er, »ein bißchen dalli, Rosaria, und eine Schachtel Marlboro Light.«
»Kleines Blickchen, Big Boss«, tönte die gleichmütige Stimme seiner portugiesischen Aufwartefrau aus der Küche. Sie arbeitete seit drei Jahren bei ihm und war mittlerweile durch nichts mehr aus ihrer mediterranen Ruhe zu bringen. Nicht durch seine nächtlichen Pokerrunden, nach denen sich die Nikotinschwaden am nächsten Morgen auch bei sperrangelweitem Öffnen sämtlicher Fenster nicht verflüchtigten, von den Brand-

löchern im ehedem weißen Teppichboden (120 DM pro Quadratmeter) ganz zu schweigen. Und nicht durch seinen vielseitigen Damenbesuch zu jeder Tages- und Nachtzeit; wenn Big Boss aus dem Schlafzimmer dröhnend nach einer neuen »Ladung Lummeltüten« verlangte, ging Rosaria in die Speisekammer – oben ganz rechts – und reichte sie stumm durch die Tür. Schorse war ein launischer, lauter, aber auch ein besonders großzügiger Chef. Rosaria war von montags bis freitags Putz-Bügel-Einkauf-Shitface-Ausführ-Frau und bekam dafür »drei Mille auf die Kralle«, wie Big Boss es nannte, das heißt in glattgebügelten Scheinen und schwarz wie eine Rabenfeder. Obwohl sie beide 52 Jahre alt waren, blieben Rosarias Gefühle ihrem Chef gegenüber eindeutig unerotischer Natur. Besonders, wenn sie ihn, wie jetzt, schlafgedunsen und übelatmig in seinem tigergemusterten Kingsize-Wasserbett daliegen sah. »Kaffee und Zigaretten«, sagte sie und schob ihm eine bereits glühende Marlboro zwischen die aufgesprungenen Lippen, an der er tief und gierig sog. Dann hielt sie ihm wortlos die Kaffeetasse hin. Ein Schluck, er sank aufatmend ins Tigermuster zurück.

»Was liegt heut an, Rosi?« fragte Schorse, denn da er Rosaria blind vertraute, führte sie auch seinen Terminkalender.

»Kleines Moment«, sagte sie und holte einen Zettel aus der Schürzentasche. Shitface knurrte tiefbeleidigt und stieß kleine Jaullaute aus. Rosaria drückte Schorse seine Kaffeetasse in die Hand, nahm die Gießkanne vom Fensterbrett und füllte eine Untertasse mit Blumenwasser. »Jetzt du halten große Schnauze«, befahl sie dem Hund, der selig das Wasser aufschlabberte. Dann las sie vor: »Vier Uhr kommt dicke Ede aus Pornoladen *Sugarbaby.* Will Sie fragen wegen Beteiligung.«

Schorse grunzte nur. Er hatte Ede vor ein paar Tagen im Laufe eines fast an ein Koma grenzenden Rausches irgend etwas mit viel Geld zugesagt, an das er sich jetzt nur noch sehr nebulös erinnern konnte. Das *Sugarbaby,* ein Edelpuff am Hans-Albers-

Platz, war in den achtziger Jahren ein wahrer Goldesel gewesen – die Mischung von Live-Shows und scharfer Privateinlage in den Séparées und Hinterzimmern hatte den Nerv und einiges mehr vieler Ehemänner und Geschäftsreisender getroffen. Da Ede ein gesundheitsbewußter Puff-Daddy war, verteilten jetzt seine Oben-ohne-Bunnies vorsorglich an jedem Tisch die notwendigen Präservative, eine Geste, die nicht von jedem Gast geschätzt wurde.
Die Umsätze waren deshalb drastisch zurückgegangen, eine Finanzspritze unter Freunden angesagt. Ede war sehr deutlich geworden. »Ich brauche mindestens 200 Mille, Schorse. Der Kunde bumst nicht mehr so oft, also muß ich meine Shows anschärfen. Gute deutsche Mädels gibt's nicht, die sehen nackt immer gleich nach Hausfrau aus. Die Schokomiezen aus Südamerika wiederum sind teuer. Davon abgesehen hab ich noch einiges gut bei dir. Wer hat denn das Kokspaket im Kofferraum versteckt, als bei dir die Bullen ankamen? Und wer hat Marion mit dem Schlachter aus Lüneburg verheiratet, als sie von dir schwanger war? Ein bildschöner Knabe übrigens. Sieht dir zum Glück überhaupt nicht ähnlich.«
»Noch'n Kaffe«, stöhnte Schorse jetzt. »Sonst noch was auf'm Zettel?«
»Was mit Dolce Vita, kann ich nicht lesen«, sagte Rosaria, »und abends Sie sich treffen in die Bullenterrierverein.«
Gottchen ja, Shitface mußte wieder etwas schärfer gemacht werden. Das Tier war einfach zu friedlich geworden in letzter Zeit. Doch was war Dolce Vita? »Steht 'ne Nummer dabei?« fragte er.
»Ist Gekritzel«, meinte Rosaria und reichte ihm den Zettel. Er entzifferte: 4801–3579. Und wählte …

Themenkonferenz. Michaelsen wollte bis morgen eine Liste möglicher Titelgeschichten auf dem Tisch haben. Jenna war genervt, weil die letzten drei Listen, die sie ihm hochgereicht hatte, jedesmal verschwunden waren. Und sie jedesmal was auf den Deckel kriegte, weil sie angeblich ihr Ressort nicht streng und effizient genug führte.

»Die Jungs von der oberen Etage wollen Sex, Sex und noch mal Sex«, seufzte sie. »Was haben wir liegen?«

Jochen Dummkovitz, ihr Stellvertreter, den ihr Michaelsen mit den Worten »Ein Freund von mir, geben Sie ihm eine Chance« aufs Auge gedrückt hatte, räusperte sich: »Ich glaube, gerade auf dem sexuellen Sektor haben wir uns nichts vorzuwerfen. Wir haben – Crossdresser, sexuelle Belästigung am Arbeitsplatz, den Seniorensex von Marlene, Nekrophile in Alaska von einem Freien, Mütter, die ihre Söhne lieben, und Polygamie in Utah.«

Jenna seufzte noch lauter. »Ich kann diese ganzen Schamlippenthemen nicht mehr sehen«, bekannte sie, und wir alle nickten bekräftigend. Zumal die Jungs aus der Chefriege ständig was bestellten und sich hinterher an nichts erinnern wollten. »Hat mein Kollege in Auftrag gegeben«, wehrten sie dann ab, oder: »So hab ich's mir aber nicht vorgestellt. Was soll denn meine Schwiegermutter aus Ulm dazu sagen, wenn sie so was liest?«

»Was ist eigentlich mit unserer Jugendsexualität?« warf ich ein. »Sollte die nicht Titel dieser Woche werden?«

»Sollte schon«, meinte Dummkovitz achselzuckend, »aber Michaelsen meint, es sind zu wenig Ostdeutsche drin.«

»Zu wenig Ostdeutsche?« kreischte ich. »Ein Viertel der Befragten kommt aus Dunkeldeutschland. Wozu haben wir denn einen Stellvertreter, der den Chef duzt, wenn fürs Ressort überhaupt nichts dabei herausspringt?«

Helga Brändli, unsere Sekretärin, steckte den Kopf herein: »Telefon für dich, Marlene. Ich stell mal durch.« Jenna reichte mir ihren Hörer mit den Worten: »Faß dich bitte kurz.«
»Marlene Ellermann am Apparat.« Kurz und geschäftsmäßig.
»Hier spricht Schorse.« Laut und privat.
»Ich kenne keinen Schorse«, sagte ich. »Wen wollen Sie denn sprechen?«
»Sind Sie diese scharfe Person mit rotblonden Locken, die ich gestern im *Cuneo* getroffen habe?« fragte er.
Wider Willen war ich leicht geschmeichelt. »Ich war gestern abend im *Cuneo*«, sagte ich.
Es war ganz still geworden in Jennas Büro. Alle spitzten die Ohren. Zeit, dieses Gespräch abzubrechen. »Ich bin mitten in einer Besprechung«, stellte ich deshalb energisch fest. »Rufen Sie mich später wieder an.« Und legte sofort den Hörer auf.
»Wer war das denn?« fragte meine Kollegin Petra Neumann sofort.
»Irgend so ein Spinner«, sagte ich nur.

Stachniak denkt schwer nach

Ob er sie inzwischen angerufen hatte? Seit Schorse mir das Angebot gemacht hatte, wüteten die 100 Mille in meinen Gedanken wie ein Schwelbrand. *100 Mille* für eine einzige Nacht – das wäre mein am leichtesten verdientes Geld, seit ich einmal über einen Luden in Dortmund für 20 Mille ein Portrait unter dem Titel »Ein Schweinehund mit Herz« geschrieben hatte. Wie viele meiner Geschichten war zwar das meiste aus der Achselhöhle gelutscht, aber es las sich gut: *»Sein Beruf hat ein Image wie Totengräber und Fußpilz zugleich, aber Jack Le Big, wie ihn das Dortmunder Milieu ehrfürchtig nennt, ist ein Zuhälter, der auf Moral hält. Jedes seiner Mädels hat ein Kuscheltier ihrer Wahl auf dem Zimmer, und wenn eine von*

ihnen Geburtstag hat, gibt's eine Runde mit dem Chef umsonst.«
Jack war in dem Artikel so goldig rübergekommen, so liebevoll und witzig, daß ihm danach die Nutten scharenweise zuliefen. Deshalb schickte er mir jedesmal, wenn ich dienstlich in Dortmund zu tun hatte, eins seiner Mädels aufs Hotelzimmer. Zum Nulltarif natürlich.
Doch die Geschichte damals war ein rein beruflicher Einsatz gewesen, während hier und jetzt nur mein Engagement als menschliches Schwein verlangt war. Eigentlich ein Freispiel für mich.
Ich tippte Marlenes Durchwahl.
»Was ist?« Die Stimme klang nicht gut.
»Ich bin's, dein Stachie«, flötete ich deshalb so harmlos wie möglich. »Hast du Lust auf'n Kaffee?«
»Kaffee ja, dich nein, und wo der Automat ist, weiß ich selber«, sagte sie und legte den Hörer auf.
Da kam mir eine blendende Idee.

Jürgen Michaelsen, bluthochgedrückt

Er starrte auf den Computerausdruck mit den Auflagenzahlen vor sich und runzelte unwirsch die Stirn. 120 000, also 1000 weniger als im letzten Quartal, sogar die *Bunte* zog an ihnen vorbei – so *konnte* es nicht weitergehen. Aber wie *sollte* es? Da er selbst die meisten Magazine nur mit Widerwillen las, Journalisten eine blühende Phantasie und angeborene Recherchenfaulheit unterstellte, deshalb nur die Hälfte der Reportagen in *Dolce Vita* glaubte, hatte er eigentlich keine Ahnung. Sollte man mehr in Richtung *Spiegel* gehen – große, politische Reportagen über Ausländerfeindlichkeit, Wirtschaftsmisere und Balkangemetzel? Er gähnte herzhaft. Oder in Richtung *Super Illu,* das heißt, den Leser für doof verkaufen

mit Sex, Sex und nochmals Sex, untermischt mit einer Prise *human interest?*
»Herr Michaelsen?« Seine Sekretärin, Fräulein Heischriek, steckte vorsichtig ihren lilagetönten Kopf herein (ihre Vorgängerin, eine pralle Blondine, hatte ihm seine Frau verboten, nachdem sie ihn in der Mittagspause nie erreichen konnte). »Haben Sie fünf Minuten Zeit für Herrn Stachniak?«
Michaelsen grunzte Zustimmung. Vielleicht hatte ja einer seiner Schreiberlinge ausnahmsweise mal eine gute Idee. »Fünf Minuten«, sagte er, »keine Sekunde mehr.«
»Die brauch ich auch nicht, Chef.« Mit drei großen Schritten federte der Starreporter bis vor den Mahagonischreibtisch, stand breitbeinig davor, bis ihn Michaelsen mit einem kurzen »Setzen Sie sich!« auf einen der Ledersessel verwies. Stachie nahm Platz, legte die Beine übereinander, zog diskret seine Hosenbeine über das Stück milchweiße, schwarzbehaarte Beinhaut, die aus den Socken leuchtete. »Ich habe eine Idee, Chef«, begann er forsch, wurde aber sogleich mit einem knappen »Herr Michaelsen reicht« in seine Arbeitnehmerschranken verwiesen.
Stachniak schluckte, blieb ruhig, nur sein auf- und abspringender Adamsapfel verriet unterdrückte Wut. »Ich habe eine Idee, Herr Michaelsen«, fuhr er fort. »Haben Sie einen Moment?«
»Sonst wären Sie nicht hier«, knurrte Michaelsen drohend. »Kommen Sie zur Sache!«
»Ich würde gern eine Serie über Puffs in Deutschland machen. Milieu, Drogenproblem, Anwohner. Jeder Serienteil soll einen anderen Aspekt behandeln. Zum Beispiel: Nutten und Aids in Hamburg; Zuhälterkriege in Frankfurt; Anwohner sind sauer in München; Ostmilieu rüstet auf in Berlin. Dazu jeweils einen Servicekasten für den interessierten Leser: Wo sind die Nutten am besten? Welche Nationalität entspricht dem deutschen Mann am meisten – Polin, Brasilianerin etc. Und dann natürlich einen Puff-Führer durch alle Städte und Dörfer.«

Michaelsen wippte mit den Spitzen seiner lackschwarzen Schuhe, Zeichen höchster Konzentration. »Klingt gut«, sagte er, »nur ein Nachteil: Sie sind dann ja für aktuelle Stories erst mal blockiert.« Stachie frohlockte. Das lief ja wie geschmiert.
»Nicht unbedingt«, meinte er eifrig. »Ich könnte das Ganze ja mit einem Co-Autor machen.«
»An wen dachten Sie?« fragte Michaelsen.
»Ich dachte an eine Autorin«, antwortete Stachniak schnell, »an unsere Edelfeder Marlene Ellermann. Die kann gut mit Leuten, und die hartgesottenen Luden packen bei ihr bestimmt viel besser aus als bei mir.«
»Wunderbar«, strahlte Big M., »ich bin mit allem einverstanden. Nur eins noch: keine Eigenbelege, nur korrekte Rechnungen. Nicht wieder so ein Ding wie damals aus Bangkok – Interview mit Repräsentanten der Gesundheitsbehörde, Bewirtung über 1 000 DM, ohne Quittung und Gästeunterschrift, weil angeblich keiner von denen schreiben konnte. Ich werde alles selber abzeichnen, ist das klar?«
Stachie – den Kollegen auch Herrn von Spesewitz nannten, weil er bekannt für sehr hohe Rechnungen in sehr guten Lokalen war, in die er angeblich seine Interviewpartner führen mußte – »Sonst hätten die nicht mit mir geredet, ich bin ja eher ein Bratkartoffelmensch« –, Stachie also nickte zahm. Und dachte an einen Scheck mit fünf Nullen. Obwohl bei Schorse Barzahlung wahrscheinlicher war. Er fühlte schon das Knistern der Scheine unter seinen Fingern.
»Sternenklar, Herr Michaelsen«, strahlte er.

Hans-Joachim Ellermann

Ottilie Menge lag mit aufgestellten Beinen auf der Liege vor dem Ultraschallgerät. Bluse und BH hatte sie über den Stuhl gehängt, ihr Unterhemd war in Taillenhöhe aufgerollt. Sie seufzte: »Seit Willie tot ist, kann ich einfach nicht mehr einschlafen, Herr Doktor.«

»Warum das denn nicht, Frau Menge?« fragte ich abwesend, während ich das körnige Bild auf dem Bildschirm musterte. Gallengrieß. Rechts oben ein Steinschatten, also ein großer Gallenstein. Dahinter insgesamt 20 kleine, zum Glück bewegliche Steine.

»Weil ich sein Schnarchen so vermisse«, sagte Ottilie. »62 Jahre lang bin ich mit Schnarchen eingeschlafen, jetzt diese Ruhe. Ich kann das einfach nicht aushalten.«

Ich liebte die kleine Frau Menge. Ihre grauen, hauchdünnen Schweinelöckchen, zwischen denen die rosa Kopfhaut durchschimmerte; ihre Perlonkniestrümpfe, die immer runterrutschten und blaugeäderte Knubbelknie freigaben; überhaupt, ihren gesamten übergewichtigen Altfrauenkörper, der fünf lebende Kinder zur Welt gebracht hatte und drei tote, der zwei Weltkriege überstanden hatte und 62 glückliche Ehejahre einem Mann treu geblieben war. Außerdem gehörte sie zu den ganz wenigen alten Leuten, die nicht von ihrem Stuhlgang besessen waren. »Erst mal zu den Gallensteinen, Ottilie«, sagte ich und legte meine Stirn in strenge Medizinerfalten. »Abnehmen ist angesagt, dringend. Ihre Steine sind direkt über dem Ductus cysticus, dem Gallenausführungsgang, und wenn eins von den kleinen Biestern in den Gallengang rutscht, dann Prost Neujahr.«

Sie kannte meine Rede und nickte brav. »Ich probier's«, sagte sie. *Same procedure as every time,* dachte ich, aber was soll's. Ottilie Menge war 82 Jahre alt, ob sie die fünf oder acht Lebensjahre, die ihr noch blieben, mit vergrößerter Fettleber verbrachte oder nicht, würde sich auf ihren Platz im Himmel gewiß nicht auswirken, der war ihr sicher. Ich schrieb also: »Leichte Fettleber, multiple, kleine Gallensteine, beweglich; Gallenwege nicht erweitert« auf ihre Karteikarte, als mir eine Idee kam. »Muß es denn Willies Schnarchen sein?« fragte ich.

»Ich versteh nicht«, meinte Ottilie und klickte ihren BH zu.
»Ich schnarche nämlich auch, Frau Menge«, sagte ich dann, »vielleicht tut's mein Schnarchen ja auch.«
Die weit geöffneten Augen der 82jährigen waren riesige Fragezeichen. Erschreckte Fragezeichen. »Was schlagen Sie vor, Herr Doktor?« erkundigte sie sich vorsichtig. »Daß wir beide in einem Bett ...?« Ihre Stimme versagte.
»Nicht, was Sie denken«, sagte ich schnell, »aber meine Frau könnte doch mein Schnarchen auf Tonband aufnehmen, und das spielen Sie sich dann beim Einschlafen vor.«
Ottilie Menge überlegte ein paar Sekunden. Skeptisch. Dann strahlte sie: »Aber Sie müssen ganz genauso schnarchen wie mein Willie. Ich werd's Ihnen mal vormachen. Hoffentlich krieg ich's auch so ähnlich hin.« Sie blähte ihre Nasenflügel, spitzte die Lippe und produzierte, langsam blau anlaufend, eine Tonfolge, die wie eine Mischung aus verröchelndem Meerschweinchen, abgerutschter Kreissäge und rasselnden Polypen klang.
»Ich will's probieren«, versprach ich.
Vor dem zweiten Behandlungszimmer wischte ich mir kleine Schweißperlen von der Stirn. Heute war die Hölle los – obwohl erst Donnerstag war und die Blaumacher eigentlich fast ausschließlich am Frei- oder Montag von ihren diffusen Beschwerden befallen wurden. Dann kamen sie an mit »so merkwürdigen Bauchschmerzen«, und wenn ich fragte: »Stuhl okay?«, fragten sie zurück: »Watt'n für'n Stuhl?« – »Schwester, die grüne Spritze«, sagte ich in solchen Fällen, denn das war unsere bewährte, extragroße Hypochonder-Spezial-Horror-Spritze. Die wirklich Kranken liebe ich, von den anderen lebe ich. Das ist mein Ärztemotto.
Der nächste, bitte.
Im Behandlungszimmer saß Wolfgang Platzer, und bei seinem Anblick stieg mein Adrenalinspiegel sofort. Ich war Arzt, nicht Vater Teresus, also leistete ich mir den geheimen Luxus, man-

che Patienten nicht zu mögen. Und Wolfgang Platzer stand obenan auf meiner Haßliste. Ein Alkoholiker, der Frau und Kinder schlug und seit drei Jahren arbeitslos war. Es gibt zwei Arten Alkis: die verwahrlosten, die in der Gosse enden, und die übergepflegten, die ihre Ärzte belästigen. Platzer, Haare streng gescheitelt, Gel bis zu den Augenbrauen, rote Säuferbacken, gehörte eindeutig zur zweiten Gruppe. Ein Versager mit viel Tagesfreizeit.
»Was macht die Leber?« fragte ich ohne Umschweife.
»Gut, gut«, grinste Platzer, »schon mal'n Bierchen, aber dann immer nur Clausthaler.«
Seine Gamma-GT-Werte waren seit seinem letzten Besuch von 139 auf 663 hochgegangen, also wußte ich, daß er wieder an der Flasche hing. »Nur meine Zehen tun verdammt weh«, klagte er, was ich ungerührt zur Kenntnis nahm. Kein Wunder, sein Harnsäurespiegel war gestiegen, die Niere mit der Ausscheidung überfordert, Gelenkprobleme also normal.
»Platzer«, sagte ich unverblümt, »wir beide wissen, was los ist. Mir ist es scheißegal, ob Sie Ihr Leben kaputtmachen, nur Ihre Familie tut mir leid. Aber ich bin leider machtlos. Wenn Sie nicht mitspielen und sich weiter in die eigene Tasche lügen, kann Ihnen keiner helfen. Ich verschreib Ihnen Uripurinol für die Zehen, mehr kann ich nicht tun. Auf Wiedersehen.«
Der nächste Patient lag bereits im Ultraschallzimmer.
»Hallo, Herr Sohlmann«, sagte ich mit forcierter Fröhlichkeit, denn vor dieser Untersuchung hatte ich Angst. Ernest Sohlmann klagte über Rückenschmerzen und Schwindelgefühl, aber da er, im Gegensatz zu einem Hypochonder, seine Symptome eher herunterspielte – »Wahrscheinlich nur 'ne Einbildung, Herr Doktor, doch meine Frau besteht drauf, daß ich Sie behellige« –, konnte ich das bohrende Gefühl einer schlimmen Vorahnung nicht loswerden.
Sohlmann lag mit nacktem Oberkörper auf der Liege und lächelte, obwohl ich ihm sofort anmerkte, wie schwer ihm

dieses Lächeln fiel. »Schon wieder ich, Herr Doktor«, sagte er entschuldigend, »mein verdammter Rücken macht immer noch Ärger.«

»Dann wollen wir mal«, meinte ich, schmierte seinen Bauch mit Gel ein, damit der Ultraschallkopf besser über seinen Körper glitt und der Schallstrahl einfacher in den Körper eindringen konnte. Dann schaute ich auf den Bildschirm.

Massagen, Fangopackungen etc. hatte Sohlmann bereits hinter sich – ohne Erfolg –, weshalb ich mir jetzt den Magen und insbesondere die Bauchspeicheldrüse genauer anschauen wollte, denn diese liegt so dicht an der Wirbelsäule, daß sich die Schmerzgefühle des Patienten oft überlagern.

Verdammt.

Da im Gegensatz zur Blase der Magen ein luftgefülltes und kein flüssigkeitsgefülltes Organ ist, war auf dem Bildschirm nur Schneegestöber zu erkennen. Eigentlich kein Wunder – mein Ultraschallgerät war acht Jahre alt und damit überaltert, aber bei einem Neuanschaffungspreis von 80 000 DM konnte ich mir derzeit kein technisch einwandfreies leisten.

»Was sehen Sie, Doktor?« fragte Sohlmann ängstlich. »Ist es was Schlimmes?«

Schon bevor das erste Lügenwort über meine Lippen kam, fühlte ich mich erbärmlich, aber ich war jung und neu zugelassen, Ehrlichkeit in jeder Lage folglich ein Luxus für später.

»Wahrscheinlich eine leichte Bauchspeicheldrüsenreizung«, sagte ich lahm. »Wir probieren es mal mit Antra, eine Woche lang. Wenn die Beschwerden anhalten, kommen Sie wieder.«

»Wie Sie meinen«, Sohlmann erhob sich ächzend.

»Tut mir leid, daß ich Sie so belemmern muß.«

»Keine Ursache«, sagte ich.

»Du siehst ganz schön fertig aus, mein Lieber.«
»Du nicht minder, meine Liebe.«
»Schmeckt dir meine Entenbrust nicht?«
»Das soll Ente sein? Schmeckt wie Hühnchen.«
»Spuck's aus, Alter! Welcher Streß gärt in deinen Adern?«
»Für 'ne Profischreiberin hast du manchmal eine merkwürdig pubertäre Wortwahl.«
»Also?«
»Hast du dich schon mal so richtig schweinisch gefühlt?«
»Meinst du menschlich oder sexuell? Sexuell schon lange nicht mehr. Leider.«
»Bleib jetzt bitte mal ernst.«
»Uihh, so schlimm?«
»Ich hab heute einen Patienten vertröstet, obwohl ich einen schlimmen Verdacht habe. Den ich aber nicht verifizieren kann, weil mein verdammtes Ultraschallgerät veraltet ist.«
»Da bleibt mir glatt die Entenbrust im Halse stecken. Wie schlimm ist denn dein Verdacht?«
»Sehr schlimm. Krebs.«
»Schlimmer Krebs?«
»Ja. Sehr wahrscheinlich tödlich.«
»Warum hast du ihn dann nicht zu einem Arzt geschickt, der ein besseres Gerät hat?«
»Weil es ja nicht sicher ist. Weil ich es mir nicht leisten kann, meine Patienten zu verunsichern. Vielleicht ist ja alles ganz harmlos.«
»Schrei nicht so. Wer schreit, gibt seine Schuld zu.«
»Entschuldige. Du hast ja recht. Wenn er nächste Woche wiederkommt, mach ich es.«
»Was kostet denn so ein neues Ultraschallgerät?«
»80 000 DM.«
»Wow!«

»Du sagst es.«
»Da müßte 'ne alte Nutte lange für auf den Strich gehn.«
»Schade, daß du keine alte Nutte bist.«
»Gib mir noch ein bißchen Sauce, bitte.«

Marlene im Bett

Ich lag im Bett und las *Magnus*, ein Schwulenmagazin, von dem ich mir Anregungen für die morgige Themenkonferenz erhoffte. Schwule Polizisten vielleicht? Die Kulturgeschichte des Dildos?
»Hör mal zu«, rief ich ins Badezimmer, wo ich dem Tschiep-tschiep-tschiep-Gezirpe entnehmen konnte, daß mein Gatte wieder mit seiner Zahnseide zugange war, ein Geräusch, das mich extrem erotisierte. *»Egal, ob es sich um eine mehr oder weniger naturalistische Nachbildung eines Hodensackes, einen Griff oder einen Standfuß handelt, sollte ein Dildo besonders gut und sicher in der Hand liegen. Ein Dildo soll an diesem Ende nicht wie eine abgeschnittene Fleischwurst aussehen, denn diese lieblos gestaltete Meterware rutscht schnell aus der Hand; verschwindet unter Umständen spurlos im After und ist dort lange zu suchen, manchmal nicht ohne ärztliche Hilfe ...«*
»Gott, ist das eklig«, rief Hajo, der inzwischen neben mir lag. »Hör bitte auf, mir vergeht der Appetit.«
»Welcher Appetit?« fragte ich süffisant und las weiter vor: *»In letzter Zeit drängen äußerst realistisch aussehende Dildos aus den USA auf den europäischen Markt. Nicht nur die naturgetreue Nachbildung von Jeff Strykers Prachtstück ist erhältlich, sondern auch Kong, der Abguß eines nicht weiter namentlich genannten Amerikaners.* Wäre das nicht eine Idee?«
»Was?« fragte mein Süßer. Er hatte bereits diesen schlupflidrigen Baby-kurz-vor-dem-Einschlafen-Blick, der mir verhieß,

daß ich auch diese Nacht wieder unbefriedigt meine Laken küssen würde.

»Du verkaufst deinen Schwanzabdruck an einen Dildohersteller. Die handliche Größe für den Altschwulen.«

»Du bringst mich heute abend nicht mehr auf die Palme«, meinte Hajo friedlich, drehte sich um und war – ich zählte mit – vierzehn Sekunden später eingeschlafen. Drei Minuten drauf fing die Schnarcherei an.

Das Telefon auf meinem Nachttisch klingelte. Es war ein Uhr zwanzig. Zu so nachtschlafender Zeit rufen nur Freaks oder die Polizei an. Wollte sich der Spanner rächen? Mit zitternden Fingern hob ich den Hörer hoch. »Ja?«

»Wer ist Ja?« Die rostige Ascheimerstimme am anderen Ende war mir seltsam vertraut.

»Wer ist denn da?« flüsterte ich zurück. Hajo wälzte sich auf die andere Seite und grunzte.

»Hier ist Schorse. Hab ich das Vergnügen mit Marlene Ellermann?«

»Was wollen Sie um diese Zeit?«

»Immer noch dasselbe.«

»Und meine Antwort ist immer noch nein.«

Ich knallte den Hörer auf. Mein Herz raste plötzlich.

»Wer war das denn?« fragte Hajo schlaftrunken.

»Dirty phone call«, sagte ich.

»Die Wichsersau?«

»Ein Kollege von ihm.«

Im Morgengrauen schlief ich ein.

Jenna und Marie

Wie immer, wenn ich Lola badete, stand ich knöcheltief im Wasser. Mein agiler Wonneproppen tobte, kreischte und spritzte; Michael, unser ständiger Lebensabschnittsbegleiter, hatte auf weichen Sohlen das Weite gesucht und sich zur Sportschau verkrümelt. »Kannst du mir mal ein großes Handtuch bringen?« rief ich. Schweigen. Hatte da jemand den Fernseher lauter gemacht?

»Darling, Lola tropft! Schmeiß bitte mal ein Handtuch rüber!«

Immer noch keine Reaktion.

Na warte. Ich holte mein Quietschbündel plitschig aus der Wanne, marschierte zum Sofa und setzte Michael die nasse Fracht mitten auf die gebügelte Hemdbrust. Aufkreischend sprang Mr. Lazy aus der Sofaritze, aber es war zu spät. Sein schönes neues Boss-Hemd sah jetzt aus, als hätte eine Bulldogge draufgepinkelt. »Bist du denn des Wahnsinns ...« schrie er, da klingelte es an der Haustür. Ich riß sie auf. Der Anblick meiner Schwester drückte mir sekundenlang die Luft ab. »Oh, hallo, du bist es«, sagte ich mühsam.

»Ich hatte hier in der Nähe zu tun«, meinte sie fröhlich, »und Lust auf eine Tasse Kaffee mit nur einer Kinderlautstärke. Läßt du mich rein, oder soll ich unter deinen Beinen durch?«

»Komm rein«, flüsterte ich.

Als vierfache Mutter folgte sie unwillkürlich den gurgelnden Lauten meiner Tochter. Michael hatte inzwischen sein Hemd ausgezogen und Lola abgetrocknet. Sie quietschte, während er mit einer Manschette ihre Ohren säuberte. Wie immer, wenn ich meine 18 Monate alte Knuddelmaus in ihrer ganzen fettfaltigen, schnurzeligen Nacktheit sah, mußte ich schwer an mich halten, nicht in sie hineinzubeißen. Marie schien's genauso zu gehen. »Nur einen Biß«, strahlte sie und ging aufs Sofa zu.

»Klar doch«, meinte Michael und hob Lola hoch, die auch ganz begeistert ihre Grübchenarme nach ihrer Tante ausstreckte.

»Hey, Moment«, rief ich und riß Lola an mich. »Ich zieh sie erst mal an, sonst erkältet sie sich.« Lola protestierte schrill, strampelte mit den Beinen, aber ich kümmerte mich nicht darum. Wo waren die Rollkragenpullover? Scheiße, das Au-

pair hatte wieder umgeräumt. Mit fliegenden Händen wühlte ich die Schubladen durch.
»Sag mal, Schwesterherz, ist irgendwas? 'ne Gräte verschluckt? Präseniler Streßinfarkt?« Marie war neben die Wickelkommode getreten.
Mein Herz klopfte aufdringlich durch die Rippen. Dann hatte ich den Haufen mit den Rollis entdeckt, stülpte den pinkfarbenen (wie für alle Mädchen unter 20 kam für Lola nur die Farbe Rosa in Frage) über ihren zappelnden Oberkörper und atmete tief durch. »Grade hatte sie 'ne Mittelohrentzündung«, meinte ich dann schwach, »da kann man nicht vorsichtig genug sein.«
Mit unbeweglichem Gesicht reichte mir Marie die Öko-Pampers: »Bist du sicher, daß das deine einzige Sorge ist?«
Ich nahm die Windel und vergrub mein errötendes Gesicht schnell und heftig in Lolas Prallbauch. »Der Po ist auch wieder wund«, sagte ich nur.
Marie schüttelte nur den Kopf. »Wahrscheinlich bist du in der Vorstufe zu den Wechseljahren«, seufzte sie. »Die sollen ja früh kommen in unserer Familie. Du weißt schon – schrumplige Schamlippen, Witwenbuckel und Damenbart. Der Arzt verschreibt dir ein Hormonpflaster, und wenn du zum Baden gehst, schwimmt es plötzlich neben dir.« Sie ging aus dem Zimmer und rief: »Gibt's hier jetzt 'nen Kaffee oder nicht?«
Als ich Michael und sie in der Küche mit den Tassen klimpern hörte, mich also sicher wußte, schob ich vorsichtig Lolas Rollkragen zurück. Da war er, der verräterische braune Fleck, eingebettet in zwei Speckfalten. Ein Leberfleck, den Lola mit ihrem Cousin Marco teilte. Und mit ihrem gemeinsamen Erzeuger, meinem Schwager Christoph, Maries Ehemann.
Eine dumme Nummer in einer unvorsichtigen Nacht war es, der Lola ihr kleines Leben verdankte. Ich bereute diese Nacht nicht, nur die Besetzungsliste hätte ich nachträglich gern verändert. Ein namenloser Staubsaugervertreter, ein auswärtiger Kollege (am besten Neufundland), meinetwegen auch Little

Michael, der damals sein Geld als Samenspender verdient hatte und inzwischen, dank meines guten Gehalts, zum puscheligen Hausmann mutiert war – was Lolas seelischem, nicht aber meinem sexuellen Wohlergehen zugute kam. Nennen Sie mich Hundeschnauze, aber meine Libido schrumpelt wie eine Backpflaume, wenn mich der Mann meines Herzens abends in einer rotkarierten Schürze empfängt, auf der HIER KOCHT DER CHEF steht. Selbst wenn dieser Schürzenjäger über zwölf Zentimeter feinstes Schwanzfleisch verfügt (im Ruhezustand!) und auch sonst nicht unansehnlich ist. Im Bett rieche ich halt lieber frischen Schweiß als altes Bratenfett.

»Ich muß los.« Marie stand in der Tür und sah mich nachdenklich an. »Darf ich meine Nichte zum Abschied küssen, oder flippst du dann wieder aus?«

»Sorry«, sagte ich, »bin im Augenblick ein bißchen daneben. Der Job schlaucht mich. Nimm und küß sie. Jeder kann mehr Liebe gebrauchen, als er kriegt. Hat schon Simone Signoret gesagt.«

Marie klemmte Lola auf die rechte Hüfte und fuhr mit dem linken Zeigefinger in den Rollkragen hinein. »Ein bißchen eng, der Rolli«, meinte sie nur. »Ich hab noch welche von meinen Gören, schick doch Michael mal vorbei.«

Marie und Christoph

»Ich war heute nachmittag bei Jenna.«

»Wie geht's ihrem Gigolo?«

»Ich find's blöd von dir, deinen Quasischwager so zu nennen. Schließlich ist er wie ein Vater zu Lola.«

»Ist er aber nicht. Der Vater, meine ich.«

»Das weiß ich selber. Hast du eigentlich 'ne Ahnung, wer der glückliche Samenspender von Lola gewesen ist?«

»Ich, wieso denn ich? Du bist doch ihre Schwester!«

»Schon, ja, aber irgendwas ist mit Lola, was sie mir nicht sagen will.«
»Deine überreizte Phantasie, Sweetheart.«
»Spinn woanders, Alter. Ich kenne Jenna, irgendwas quält sie. Ich glaube komischerweise, daß es mit Lolas Hals was zu tun hat. Immer die Rollkragenpullover, und wenn ich's mir recht überlege, dann hab ich das Kind noch nie nackt gesehen.«
»Ich bin müde, Marie. Darf ich jetzt einschlafen, oder müssen wir noch weiter über Lolas Hals spekulieren?«
»Ob Lola Aids hat? Vielleicht hat sie ja schon dunkle Flecken am Hals, wie dieser schwule Amerikaner in San Francisco, der kürzlich im Fernsehen war.«
»Ich schlafe schon.«

Themenkonferenz bei Dolce Vita

Die Mannschaft saß graugesichtig um den Konferenztisch, der Chef popelte mit einer Büroklammer in den Zähnen, wie immer, wenn ihm das dürftige Themenangebot die Magenschleimhaut übersäuerte. »Schleimann, was haben Sie«, donnerte er den Kulturressortleiter an, der daraufhin verschreckt in seinen Unterlagen raschelte.
»Wir haben ein Exclusivinterview mit Madonna«, sagte er, »und ein Streitgespräch von Udo Lindenberg und Heino über Rechtsradikalismus.«
Mit einem Ruck entfernte Big Boss die Klammer aus den Zähnen. Es gab ein leicht schabendes Geräusch, dann polterte er los: »Mit diesem Dünnschiß sollen wir die jungen Leser ködern? Mit zwei Altfuzzis, von denen kein Konzertveranstalter mehr ein Stück trocken Brot nimmt? Mit einer Mittdreißigerin, die Titten hat wie Pampelmusen? Haben wir an dem Interview wenigstens die Weltrechte, daß wir bei den Agenturen ein bißchen klappern können?«

Schleimann schluckte, sein Adamsapfel hüpfte rhythmisch mit: »Die Weltrechte nicht, aber wir sind die einzigen auf dem deutschsprachigen Markt.«
Michaelsens Stimme schwoll bedrohlich: »Wer hat also die verdammten Weltrechte?«
»Paris Match«, sagte Schleimann.
»Wieviel haben wir gezahlt?« Michaelsen brüllte jetzt.
»10 000«, hauchte der Kulturchef. Er hatte eine anspruchsvolle, 20 Jahre jüngere Frau und eine unter Hypotheken ächzende Eigentumswohnung, Servilität war deshalb erste Angestelltenpflicht. »Häuptling Braune Nase« wurde er von jüngeren Kollegen verächtlich genannt – Michaelsens Mastdarm sei sein zweiter Wohnsitz, flüsterten sie gelegentlich hinter seinem leicht gekrümmten Rücken. Was eine zwar richtige, aber auf die Mehrheit der Redaktion genauso zutreffende Beschreibung war.
»DM oder Peseten?« donnerte jetzt der Chef, und alle anderen freuten sich, vom unheiligen Bannstrahl diesmal nicht getroffen worden zu sein.
»Dollar, Herr Michaelsen.« Schleimann räusperte diskret drei Klöße heraus. »Gut angelegtes Geld, denn diese Frau zieht immer.«
»Okay, weiter. Gunter Friedrich Schönebier, lesen Sie den Nachrichtenspiegel vor.«
Die Themen waren diese Woche mehr als dürftig:

- Saudischer Playboy fordert die Demokratie und muß dafür in den Knast.
- Todeskandidaten werden für die Hinrichtung gesundgepflegt.
- Wie verändert Tempo 130 das Outfit von Autos?
- Stasi-Gelder nach Österreich
- Wie geht es eigentlich Bubi Scholz?
- Der Hundemörder von Rodenbach.

Michaelsen gähnte herzhaft. »Mir schlafen die Füße ein, Kinnings. Was ist mit dem Hundemörder? 'ne Glosse, 'n Krimi. was Pathologisches? Thomsen, sag an.«
Volker Thomsen ließ hastig den *Playboy* unter der Bildzeitung verschwinden. »Der Hundemörder ist ein ausgerasteter Lehrer, dem die Hundescheiße vor seiner Haustür so auf die Nerven ging, daß er sich jetzt heimlich in die Vorgärten schleicht, und wenn dort ein ahnungsloses Viech in einer Hundehütte vor sich hin dämmert, wirft er ihm ein vergiftetes Wiener Würstchen hin und schlitzt dem Tier die Kehle auf. Die Besitzer finden dann morgens einen Zettel vor: ›Der Hundekiller hat wieder zugeschlagen. Für eine hundefreie Stadt!‹ Insgesamt 14 Köter hat er auf dem Gewissen.«
»Glosse«, beschied Big M., der absolut kein Tierfreund war, »vier Blatt, keine Zeile mehr. Was ist, Heischreckchen?«
Die lilafrisierte Chefsekretärin war lautlos im Konferenzraum erschienen, flüsterte etwas in Marlenes Ohr, verschwand lautlos. »Sorry«, murmelte Marlene, »ein wichtiger Anruf. Bin gleich wieder da.« Sie ging in ihr Büro. »Hallo, hier Ellermann, *Dolce Vita*.«
»Hier Schorse, auch sehr süß.«
»Herr Föhrenweißer ...«
»Föhrenbeißer, bitte.«
»Herr Föhrenbeißer. Ein für allemal – ich bin an Ihrem Angebot nicht interessiert.«
»Okay, okay, schon verstanden. Warum machen Sie nicht statt dessen eine Geschichte über mich?«
»Über Sie? Was gibt es denn da Jugendfreies zu berichten?«
»Wenig. Aber Sie haben ja auch erwachsene Leser.«
»Herr Föhrbeißer ...«
»Föhrenbeißer, wenn ich bitten darf.«
»Herr Föhrenbeißer. Wir sind eine seriöse Zeitschrift, kein Pornomagazin. Und jetzt entschuldigen Sie mich bitte.«
Als sie wieder am Konferenztisch Platz nahm, glühten ihre

Ohrläppchen. Wenn sie ganz ehrlich in sich hineinhorchte, schmeichelte ihr sein Angebot. 100 000 DM! Dafür mußte 'ne mittelalterliche Frau wie sie lange in den Computer tippen. War sie denn tatsächlich noch so reizvoll, daß ein so abgebrühter Halunke wie dieser Schorse sie derart hartnäckig bedrängte? Eine durchaus schmeichelnde Vorstellung. Sie stellte den silbernen Redaktionsaschenbecher diskret auf einen Zeitungshaufen und musterte ihr Spiegelbild. Schmollte ein wenig mit Kußmund, übte den Schlafzimmerblick. Hmm, für ihre Jahre gar nicht mal so schlecht.

»Frau Ellermann, haben Sie sich genug bewundert?« Sie schreckte hoch. Aller Augen ruhten süffisant auf ihr und dem Aschenbecher. Was hatte sie verpaßt?

»Sind Sie einverstanden, Marlene?« Michaelsens Stimme klang scharf.

»Klar, kein Problem«, meinte sie schnell. Womit, um Gottes willen?

»Gut, dann setzen Sie sich mit Ihrem Kollegen Stachniak zusammen und besprechen die Details. Die Runde ist aufgehoben, meine Damen und Herren. An die Arbeit.«

Diese Stimme. Schon nach der ersten Silbe hätte sie zum Messer greifen können. Wie eine Woge aus Öl, wie Marzipan mit Zuckerstreuseln, wie ein zerborstener Fingernagel an der Wandtafel ...

»Wie ich mich freue, schöne Frau«, hauchte Stachniak an ihrem Hals und erzeugte einen Schauder, der ihr bis in die Waden ging. »Wann legen wir los? Heute nacht noch?«

»Stachie«, flehte Marlene den Kollegen an, »worum geht's eigentlich?«

»Hat dir denn keiner was von unserer gemeinsamen Serie gesagt?«

»Eine Serie? Toll! Gemeinsam? Ein Alptraum!«

»Alp mag stimmen, Traum leider nicht, meine Süße. Die Serie

ist beschlossene Sache und ist ab Heft 47 fest eingeplant. Jetzt haben wir Heft 39. Acht Wochen Zeit also.«
Marlene seufzte tief. Der Kelch, mit Essig gefüllt, kreiste aufdringlich vor ihren Lippen und würde nicht vorübergehen. »Thema?« fragte sie.
»Kiez in Deutschland. Vier bis sechs Themen in verschiedenen Städten. Ich fang an mit der Aids-Angst der Nutten in Frankfurt. Du bist vorgesehen für ein hochsensibles Ludenportrait in Hamburg.«
»Hmm«, überlegte Marlene, während das Journalistenschwein in ihr die Oberhand gewann. »Das könnte spannend werden. Wird nur schwierig sein, an einen Luden ranzukommen. Wer schlau ist in dem Gewerbe, drängt sich nicht gerade an die Öffentlichkeit. Fotos werden wir vergessen können. Oder nur mit Balken. Schade.«
»Mach dir keine Sorgen, Schatz«, sagte Stachie mit trügerischer Sanftheit. »Wir haben einen. Alles schon mit dem Chef geklärt.«
»Ist ja wunderbar«, freute sich Marlene. »Und wie heißt er?«
»Du kennst ihn«, meinte Stachie und zündete sich eine Zigarette an. »Er heißt Georg Föhrenbeißer.«

Bei Schorse Föhrenbeißer zu Hause

Er lag in seiner Kingsize-Marmorbadewanne, ließ sich den Massagestrahl des Duschkopfes lustvoll über die Wampe prasseln, während Shitface seine dickfleischige, rosa Zunge in das Champagnerglas steckte, das auf dem Wannenrand stand. »Shitties Zunge könnte ich auf Brot essen, so appetitlich finde ich sie«, sagte Schorse in den Hörer seines schnurlosen Telefons, wedelte das Tier weg und nahm selbst einen Schluck. »Die Kleine ist sicher ausgerastet, was hat sie gesagt?« Er hörte zu, lachte schallend. »Heute nachmittag um vier also. Rosaria soll mir schon mal meinen Fick-mich-Tiger-Tanga raussuchen. Man weiß ja nie.«

Wohlig aufseufzend rutschte er in den Schaum. Der Fisch zappelte am Haken. Ein wunderbares Gefühl. Vielleicht würde es ja sogar eine Gratisnummer werden. Das waren oft die besten. Dann würde er die 100 000 DM dem Roten Kreuz spenden. Oder dem Hamburger Verein für Gefallene Mädchen. Er kicherte, wollte den letzten Schluck aus dem Champagnerglas nehmen. »Shittie, du Sau, nimm sofort die Zunge raus. Und jetzt laß Papa mal. Igitt, viel zu warm. Hast du wieder ins Glas gesabbert?«

Marlene und Schorse

Schon von außen sah das Haus in der Oesterleystraße 75 nach reichen Hamburger Pfeffersäcken aus: weißgestrichener Jugendstil mit ornamentverzierten, großen Balkons und einer feudalen Eingangstür aus Holz mit Messingschloß. Ob die anderen Mieter wußten, welchen Kuckuck sie sich da ins Nest geholt hatten? Drinnen wurde gerade die Treppe gewischt, denn das erste, was Marlene wahrnahm, als sie keuchend und mit klopfendem Herzen (es gab, verdammt noch mal, keinen Fahrstuhl) in der vierten Etage ankam, war ein unwirsches, ziemlich dickes, hin- und herwedelndes Hinterteil. »Darf ich mal bitte durch?« fragte sie, bekam keine Antwort, stieg also über Eimer und Feudel, schwor sich, sofort das Rauchen aufzugeben, sah das Türschild und hatte das unangenehme Gefühl, daß sie durch den Spion beobachtet wurde. Sie holte tief Luft und klingelte. Klingelte noch mal. Und noch mal. Als sie kurz davor war, sich entweder erleichtert davonzuschleichen oder die Tür einzutreten, wurde diese einen Spalt weit geöffnet. »Sie wünschen?« fragte eine kleine, dicke, schwarzgelockte Frau.

»Ich habe einen Termin mit Herrn Föhrenbeißer«, sagte Marlene energisch. »Er erwartet mich.«
»Besichtigungstermin?« fragte die Frau und musterte Marlene skeptisch. »Sie erwischt haben falsche Tag. Señor besichtigt nur am Montag.«
»Herr Föhrenbeißer muß mich nicht besichtigen«, stellte Marlene fest, »er kennt mich.«
»Oh, dann Sie hier zum Probieren-Aus?« rief die Frau freundlich und riß die Tür auf. »Dafür Señor haben immer Zeit.«
Kopfschüttelnd betrat Marlene den Flur. Und sah sich hundertfach, denn Wände und Decke waren lückenlos mit Spiegelkacheln beklebt. »Um Gottes willen«, entfuhr es ihr, »wem ist denn das eingefallen?«
»Sie meinen viele Spiegel?« fragte die Frau. »Wenn Frau noch jung, sie sich gern sieht gespiegelt. Wenn Frau alt ...«
»Schon gut, Rosi, bitte keine Volksreden«, unterbrach sie das schwingende Vibratororgan ihres Chefs. »Bring uns zwei Kaffee, bitte, und laß uns dann in Ruhe. Wenn jemand anruft, sag, daß ich im Meeting bin. Das klingt immer gut.«
Er lachte laut und grollend, was Marlene Gelegenheit gab, ihn sich ein bißchen genauer anzusehen. Er hatte den zerknautschten Gesichtsausdruck eines gerade den Federkissen entschlüpften Altgockels, aber vielleicht hatte er immer so eine wüste Visage. Gekleidet war er im klassisch-lässigen Freizeitlook des Hamburger Luden: grau-flauschiger Jogginganzug von Versace (Stück 800 DM), an den Füßen Boxerstiefel aus weichem Büffelleder, und wo immer anatomisch möglich, klebte oder hing an seinem muskulösen Body etwas Goldiges, Glitzerndes. Beide Ohrläppchen schmückten kleine Brillis; merkwürdigerweise wirkte es an ihm kein bißchen schwul. Burkhard Driest für Arme, dachte sie, durchaus mein Typ.
»Bestandsaufnahme beendet?« erkundigte er sich freundlich, und Marlene errötete zornig. Eins zu null für ihn.
»Ich bin gezwungenermaßen hier, um ein Interview mit Ihnen

zu machen«, sagte sie. »Lassen Sie uns also die Sache professionell angehen. Wieviel Zeit haben Sie?«
»Soviel Sie wollen«, lächelte Schorse, und wider Willen mußte Marlene zugeben, daß er eigentlich, nun ja, wem's lag, also im Grunde genommen gar nicht mal so schlecht aussah. Sehr männlich irgendwie. Brutal männlich, klar, aber auch dafür würde es Abnehmerinnen geben. Im Vergleich zu ihm sah Hans-Joachim geradezu hänflingshaft aus. Ein Ashley Wilkes eben, wohingegen Schorse eindeutig Rhett Butler war.
Er führte sie in sein Wohnzimmer, das dominiert wurde durch eine riesenhafte, pinkbezogene Couch, die so weich und einladend aussah, daß man sich aus ihr nur äußerst widerwillig erheben würde. »Setzen Sie sich doch«, sagte Schorse, und Marlene versank. Von weit her plauschte Roy Orbison an ihr Ohr – ausgerechnet ihren Lieblingssong *Crying* hatte der Schuft aufgelegt, woher wußte er das bloß? Überhaupt – was war es gemütlich hier, gar nicht, wie man's von einem Loddel erwartete! Die Restmöblierung war weiß und grau, sparsam, überhaupt nicht plüschig und ordinär.
Sie würde ihren Anfang ändern müssen. Schade. Wie meist, wenn die Zeit drängte, hatte sie ihn nämlich schon fertig. Es machte ihr Spaß, ihn zu schreiben, bevor die Recherche anfing, einfach um zu sehen, ob Phantasie und Wirklichkeit auseinanderklafften oder nicht.
Bereits an der Tür begrüßt mich ein ausgestopfter Tigerkopf, hatte sie in ihren Computer getippt, *eine der vielen Trophäen des Großwildjägers S. F. Die meisten sind jedoch weiblich und längst nicht so gefährlich. Während er mich in sein Wohnzimmer geleitet, das an einen unaufgeräumten, viktorianischen Puff erinnert, streicht er sich immer wieder prüfend über sein blondgesträhntes Haar. »Sitzt das Haarteil schlecht?« frage ich süffisant. Schade, seine Haarfarbe ist offensichtlich echt.*
»Was ist eigentlich ein Besichtigungstermin?« fragte sie statt dessen, stellte ihren Recorder an, prüfte die Lautstärke – für ihn

würden acht reichen – und versuchte, sich in dem rosa Kissenhimmel gerade und konzentriert hinzusetzen.
Schorse lachte.
»Ganz einfach. Ich besichtige die Mädels, dann entscheide ich, wer sich für meinen Stall eignet und wer nicht.«
»Was sind Ihre Kriterien?« fragte Marlene und spürte diesen Adrenalinschub, der ihr signalisierte, daß dies ein gutes Interview werden würde. Ein Rausch, schöner als jeder Orgasmus, vor allem länger.
»Ganz persönliche, wie bei jedem Mann«, meinte Schorse und schaute sie aufmerksam an. »Ich mag's nicht zu klapprig, da bin ich deutscher Durchschnitt. Haarfarbe ist mir egal, nur toupiert und gesprayt soll's nicht sein. Achselhaare sind mir ein Horror. Absolutes No No.«
Seine Vorstellungen von Frauen sind fast romantisch, formulierte Marlene im Geiste ihren neuen Anfang, *und daß er keine Achselhaare mag, spricht nur für ihn.*
Sie nahm einen Schluck aus dem vor ihr stehenden hochstieligen Champagnerglas – deutlich kein Rüttgers Club, die Mädels mußten was abwerfen –, checkte diskret das rote Lämpchen am Recorder.
»Dafür bin ich persönlich ein absoluter Schamhaarfan«, fuhr er fort, »der Busch kann mir gar nicht dick genug sein.« Marlene verschluckte sich. »Wie sind Sie zu diesem Beruf gekommen?« fragte sie dann sachlich, um das Gespräch zu strukturieren und sich nicht von ihren unangebracht wohligen Gefühlen verwirren zu lassen. »Haben Sie nichts Ordentliches gelernt?«
Dieses Mal lachte er so scheppernd, daß Shitface erschrocken unter dem Sessel hervorsprang und ein drohendes Knurren ausstieß. »Halt's Maul, Shittie«, sagte Schorse und tätschelte seinen Hund am Kinn. »Sorry, aber das ist wirklich eine außerordentlich dumme Frage. Die Antwort liegt doch auf der Hand. Ich habe Volksschulabschluß, das heißt, die Frage war, mach ich was Handwerkliches, wo ich mir Trauerränder unter die

Fingernägel schufte, oder was Kriminelles, wo ich ein angenehmes Leben habe und vermutlich das Hundertfache verdiene. Die Wahl ist mir natürlich schwergefallen, aber …« Er breitete die Arme aus, zog die Augenbrauen hoch, fragte ganz direkt: »Können Sie das nachvollziehen?«

Das Schlimme war, sie konnte. Ihre Seele war eigentlich auch ein bißchen ankriminalisiert; Gangster-Movies, Mafiageschichten, das Milieu überhaupt übten eine große Faszination auf sie aus. Nichts war schlimmer als dieser Kleinbürgermief, dieses flach dahinplätschernde Leben bis zum Tod.

Es war inzwischen dämmrig geworden. Geradezu gemein kitschig ging die Sonne unter. Vom Sofa aus konnte Marlene, wenn sie ein bißchen den Hals verrenkte, sogar die Elbe sehen. Postkartenstimmung.

»Es wird in Ihre Story passen, daß ich ein uneheliches Kind bin«, sagte Schorse jetzt. »Die übliche miese Kindheit. Viel Schläge, viel Tütensuppen, weil meine Alte keinen Bock auf Küche hatte, auf mich auch nicht, zumal sie nicht genau wußte, wer zum Teufel mein Erzeuger eigentlich war. Nur wenn sie besoffen war, hatte sie Bock auf mich. Und das mehr, als eine Mutter eigentlich sollte.«

»Ich verstehe nicht«, meinte Marlene unsicher, »sie hat …«

»Sie hat mich in ihr Bettchen genommen«, sagte Schorse kurz, »und ziemlich unsittlich an ihren mütterlichen Busen gedrückt. Das ist meine Entschuldigung dafür, daß ich jetzt so verkorkst bin.« Marlene schwieg. Sie war zutiefst schockiert. Natürlich hatte sie schon von sexuellem Mißbrauch durch Mütter gehört, dies aber immer als Hirngespinste anderweitig gestörter Männer abgetan. Wie schrecklich für ihn. Und wie wunderbar für die Geschichte. Wie human-touch-ig.

»Ich möchte im übrigen nicht, daß Sie dies in der Geschichte erwähnen«, sagte Schorse, und während Marlene ein behutsames »Natürlich, klar«, murmelte, dachte sie ärgerlich: Scheiße. Immer die besten Sachen.

»Wie viele Damen arbeiten für Sie?« fragte sie sachlich, schließlich war sie zum Arbeiten hier. »Und wie halten Sie sie bei der Stange? Sie sind ja sicher nicht der einzige Zuhälter hier.«
»Sie bei meiner Stange zu halten ist nicht schwierig. Die ist nämlich bundesweit berühmt«, grinste Schorse; sie hätte sich denken können, daß er dies nicht ungenutzt vorübergehen lassen würde. »Ich habe 20 Mädels im knackfrischen Alter von 13 bis 30.«
»Und was passiert danach?« fragte Marlene, als Mittdreißigerin empört. »Landen die dann alle in der Gosse?«
»Im Gegenteil.« Schorse blieb friedlich. »Entweder ich verheirate sie gut, oder ich bring sie als Empfangsdamen in einem meiner Sexclubs unter. Wer für mich arbeitet, braucht sich um seine Rente nicht zu sorgen.«
»Klingt ja richtig sozial«, erwiderte Marlene sarkastisch. »Und wenn eine vorher aufhören will, noch mitten im Frischfleischstadium sozusagen?«
»Dann hau ich ihr die Hucke voll.« Schorse lächelte sanft. »Sonst noch Fragen?«
»Eine noch.« Es war ihr rausgerutscht, ehe sie es verhindern konnte. »Warum haben Sie mir so viel Geld für eine Nacht geboten?«
Verdammt, verdammt, verdammt. Zwei zu null, dachte Marlene und blickte angestrengt in den nun dunklen Nachthimmel.
»Ganz einfach. Weil ich eine Spielernatur bin«, sagte Schorse. »Die paar Scheinchen hab ich erstens in einer Nacht wieder eingespielt, wenn ich nicht grade 'ne Pechsträhne habe oder jemand anders die Karten mischt. Zweitens hab ich einen Blick für ungeförderte Talente, und Sie sind eine ausgesprochen erotische Frau, die lodert wie ein Vulkan, aber leider nur mit der Gießkanne begossen wird.«
»Was unterstehen Sie sich«, fing Marlene an, aber der Protest

klang schwach. »Ungeheuer erotisch«, diese Worte wärmten sie. Von den Knien an aufwärts.
»Na, der Hänfling, mit dem Sie verheiratet sind, drückt bei Ihnen mit Sicherheit nicht auf die richtigen Knöpfe«, meinte Schorse beschwichtigend. »Du mußt ganz anders angefaßt werden, Mädel. Ganz anders.«
Sie war so erglüht, daß ihr gar nicht auffiel, wie lässig er ins Du gerutscht war. »Und Sie glauben, dafür seien Sie der Richtige?«
»Ich *weiß* es«, sagte er nur. »Ich bin der Mann für dich.«

Die Ellermänner im Bett

»Wo warst du denn so lange?«
»Mein Interview hat sich tierisch hingezogen. Gott, bin ich müde.«
»Weißt du, daß es halb drei ist? Wen hast du denn interviewt, einen Nachtportier?«
»So ähnlich. Ich erzähl's dir morgen beim Frühstück. Laß mich jetzt bitte schlafen.«
»Ich bin aber überhaupt nicht müde.«
»Seufz. Das ist allerdings mal was ganz Neues.«
»Ich bin sogar außerordentlich wach.«
»Willst du mich im Halbschlaf vergewaltigen?«
»Hätte nicht übel Lust dazu.«
»Aber nur, wenn du mich dabei nicht aufweckst.«
»Ich werde mich bemühen.«
Elfeinhalb Minuten später.
»Das war wunderbar. Jetzt kann ich herrlich einschlafen.«
»Dafür bin ich wieder putzmunter. Scheiße.«

Ich frohlockte innerlich, als ich Sabine Wietgenmeier im Wartezimmer sah. Sie war eine schicke, schlankgetrimmte Endvierzigerin, die ihre Wechseljahre mit Hormonen in Schach hielt, dreimal die Woche zum Aeroboxen ging und jeden Tag hundertmal Kegelübungen machte, damit, wie sie es strahlend ausdrückte, »meine Muschi schön straff bleibt, das bin ich meinem Raimund schuldig«. Eine sehr körperbewußte Dame also, die kerngesund war, dies aber ärztlicherseits regelmäßig bestätigt haben wollte.

»Ich will meine TÜV-Plakette, Doc«, sagte sie gleich beim Eintreten, »man kann ja nicht vorsichtig genug sein.«

Und so ließ ich meine Apparate wirbeln.

EKG, Belastungs-EKG – das, wo der Patient auf einem Fahrrad strampelt –, Lungenfunktionsanalyse, Blutwerte. Dafür würde ich eine saftige Rechnung schicken können. 800 DM mindestens.

»Wollen wir noch eine Magenspiegelung machen?« schlug ich vor. Hoffnungsvoll. Scheinheilig fragen kostet ja schließlich nichts.

»Meinen Sie wirklich, Herr Doktor?« fragte sie und setzte hinzu: »Ich hab eigentlich gar nichts mit dem Magen.«

Ich legte meine Stirn in bedeutungsschwere Runzeln. »Es wäre einfach besser. Nur um alles auszuschließen.«

»Sie sind der Experte, Doc«, stimmte sie zu.

900 DM. Ich liebte sie heiß und innig, deshalb bekam sie auch ein kleines Bonbon mit auf den Weg: »Wenn ich nicht Ihre Krankenkarte hier vor mir liegen hätte, Frau Wietgenmeier«, sagte ich nonchalant, »also, mehr als maximal 35 würde ich Ihnen nicht geben.«

In ihrem Gesicht ging die Sonne auf. »Ehrlich gemeint oder nur lieb?« fragte sie kokett.

»Ich schwöre. Großes Indianerehrenwort. Die Kontaktlinsen

meiner Frau sollen herausfallen, wenn ich nicht die Wahrheit sage.«
»Schon gut, schon gut, Doc«, trillerte sie, warf mir eine Kußhand zu, verschwand.
Ich lächelte ihr hinterher. Ein wunderschöner Tag. »Der nächste, bitte«, rief ich in den Flur. Und erschrak tief.
Ernest Sohlmann sah schrecklich aus. Sein Gesicht schimmerte fahlgelb, die Augen glühten, er hatte in der Zwischenzeit mindestens zehn Pfund abgenommen. »Es geht mir richtig sauschlecht, Dr. Ellermann«, sagte er und setzte sich.
»Sie sehen auch nicht besonders wohl aus, Herr Sohlmann«, entgegnete ich schwach. »Haben sich die Symptome verändert? Sind die Schmerzen schlimmer geworden?«
»Die Schmerzen sind so schlimm geworden, daß ich nachts schreiend davon aufwache«, seufzte er. »Ich hab eine Todesangst, Herr Doktor. Bitte helfen Sie mir.«
Noch bevor er sich ächzend auf der Liege ausgestreckt hatte, wußte ich, daß es Krebs war. Bauchspeicheldrüsenkrebs. Vermutlich würde er das Jahr nicht überleben. Mir war plötzlich eiskalt, als ich das Ultraschallgerät einschaltete, Sohlmanns Bauch mit Ultraschallgel einrieb und den Ultraschallkopf auf seinem Unterleib hin- und herbewegte. Wie ein grießkörniges Gespenst tauchte der Magen auf. Nichts. Ich versuchte, seinen Magen mit dem Ultraschallkopf ein wenig zur Seite zu drücken, damit ich die dahinterliegende Bauchspeicheldrüse klarer erkennen konnte.
»Sehen Sie was?« fragte Sohlmann ängstlich.
»Noch nicht«, antwortete ich wahrheitsgemäß. »Haben Sie bitte noch etwas Geduld.« Da – was ich gefürchtet hatte: kleine, weiße Körner. Es konnten harmlose Kalkablagerungen sein, aber die fürchterlichen Schmerzen und der Abbruch des Pankreasganges sprachen dagegen, deuteten vielmehr auf ein malignes Pankreaskarzinom hin, den leider immer tödlich verlaufenden Bauchspeicheldrüsenkrebs.

Verdammt, dieses verfluchte alte Gerät! Ich drehte und drehte an allen Knöpfen, schaltete alle Lichtquellen aus, es half nichts. Die Körner blieben im Nebel, waren für eine präzise Diagnose nicht scharf genug zu erkennen. Mir blieb nichts als die Wahrheit. Doch wußte ich sie wirklich? Sollte ich ihm sein Todesurteil verkünden, wenn es womöglich doch etwas ganz Harmloses war?

Ich atmete tief durch. »Herr Sohlmann«, begann ich vorsichtig, »ich muß Sie zu einem Spezialisten schicken. Mein Ultraschallgerät gibt mir leider ein unklares Bild.«

»Was soll das denn heißen?« fragte Sohlmann ungeduldig. »Ich denke, Sie sind Arzt, Facharzt?«

»Das bin ich auch«, erwiderte ich, »aber meine Geräte sind einfach nicht genau genug. Es ist wichtig, daß Sie einen Spezialisten aufsuchen. Ich kann Ihnen Dr. Hartwig König empfehlen, einen Kollegen von mir, der wird Ihnen ganz genau sagen, was mit Ihnen nicht in Ordnung ist.«

»Sie wollen mir weismachen, daß ein zugelassener Arzt mit überalterten Gerätschaften auf die Menschheit losgelassen wird?« Sohlmann schrie es fast. »Es geht hier um Menschenleben, Herr Doktor! Ist Ihnen das eigentlich klar?«

Ich schämte mich. Heiß und heftig. Ich konnte nur hoffen, daß ich *sein* Leben nicht auf dem Gewissen hatte.

»Soll ich Dr. König anrufen?« fragte ich, sozusagen als Friedensangebot.

»Wenn Ihr Telefon nicht auch überaltert ist, gern«, antwortete Sohlmann böse, und ich konnte es ihm wirklich nicht verübeln.

»Hartwig? Hajo hier. Du hast doch dieses neue Ultraschallgerät? Gut, gut. Ich schicke dir jetzt einen Patienten von mir vorbei. Nein, es muß noch heute sein. Es ist wirklich dringend. Ja, er steht hier neben mir. Diffuse Magenbeschwerden. Ja, hab ich auch schon dran gedacht. Genau, das hoffe ich auch. Ich danke dir.«

Sohlmann war aufgestanden, wartete an der Tür. Als ich fertig war, drehte er sich um. »Nur noch eine Frage, Herr Doktor.«
»Jederzeit.«
»Muß ich sterben?«
Ich schluckte. Wie ich meinen Beruf manchmal abgrundtief haßte! »Wer wird denn gleich das Schlimmste annehmen«, sagte ich feige und schob ihn in Richtung Wartezimmer. Dann ging ich aufs Privatklo und übergab mich.

Redaktion Dolce Vita

Themenkonferenz. Das übliche Szenario: Michaelsen saß mit hochrotem Kopf am Tischende, die Schultern vorgedrückt wie ein wütender Stier, umkränzt von seiner Mannschaft, die die Köpfe senkte wie eine Schülerschar vor dem Anschiß des Schulleiters.
»Mit diesen Themen soll ich ein Heft machen?« brüllte er. »Für diese lächerlichen Vorschläge kassieren Sie Monat für Monat überdurchschnittliche Gehälter?«
Er hatte recht. Die Themenauswahl dieser Woche war auch diesmal dünn wie Sodawasser. Alle Vorschläge hatte Michaelsen wütend weggebügelt.
Faßbinders Todestag: »Ich weiß doch, wie dieser Oberschwuli unter die Erde gekommen ist. Weg mit Schaden.«
Die Holländer diktieren den Blumenweltmarkt: »Diese Billigtulpen, die schon nach drei Minuten ihre Scheißblätter hängenlassen? Wen interessiert denn das?«
Streitende Ehepaare: »Ich streite mich genug zu Hause, da will ich den Scheiß nicht auch noch lesen müssen, wenn ich dieses Blatt aufschlage.«
Es war einer dieser Tage. »Hat ihn die Alte wieder nicht rangelassen?« flüsterte Jenna am Tischende einer Kollegin zu. Doch Michaelsen hatte Ohren wie ein Luchs. »Ich habe genau

gehört, was da geraunzt wurde«, brüllte er über den Tisch. »Schön, daß Sie noch Zeit zum Witzeln haben, Fräulein Wissbach! Noch schöner wäre es allerdings, wenn Sie auch was Witziges anzubieten hätten?«

Jenna ließ sich nicht einschüchtern. Sie wußte aus Erfahrung, daß der Chef heute das Temperament eines bissigen Hundes hatte: Je mehr Angst der Gegner zeigte, desto gnadenloser würde er zubeißen. Sie holte deshalb tief Luft – Frechheit siegt – und sagte: »Hab ich doch, Herr Michaelsen.« Sie überlegte krampfhaft, wie sie ihr dürftiges Themenangebot zu einem rasend witzigen Bündel schnüren konnte.

»Dann legen Sie mal los«, sagte Michaelsen und seufzte ein Was-kann-da-denn-schon-kommen-Seufzen.

»Also. Wir haben eine tolle Reportage über eine Stadt in Australien, wo jede zweite Frau eine Lesbierin ist«, begann sie und schaute hilfesuchend in die Kollegenrunde. Keiner half ihr, keiner machte interessierte Geräusche. Schweigen.

»Das soll komisch sein?« fragte Michaelsen, trügerisch ruhig. »Lauter kesse Väter auf einem Haufen? Wer soll den Scheiß denn schreiben? Unser redaktionseigener kesser Vater, das wunderschöne Fräulein Fuß? Menstruieren die auch in den Boden wie unsere deutschen Lesben, oder bluten die beim Surfen in die Wellen? Das ist nicht witzig, das ist tragisch.«

Doch Jenna ließ sich nicht beirren. »Es gibt auch so etwas wie hintergründigen Humor«, behauptete sie. »Man muß sich ja nicht immer auf die Schenkel klopfen. Wir haben außerdem etwas über eine Befruchtungsklinik in Frankreich, wo ein Arzt mit offensichtlichen Neonazi-Gelüsten praktiziert. Er grast das Land nach blonden, blauäugigen Männern ab und fragt sie, ob sie ihm ihr kostbares Sperma geben wollen ...«

»Besonders sinnvoll in Frankreich«, fuhr Michaelsen dazwischen, »wo es ja nur so wimmelt von blonden Männern.«

»Deshalb hat er ja auch seine Fühler nach Deutschland ausgestreckt.« Jenna ließ sich nicht beirren.

»Er annonciert in medizinischen Fachzeitschriften auf seiner Suche nach geeigneten Spendern«, fuhr sie fort.
»Gut, gut, gut«, sagte ihr Chef ungeduldig. »Gibt es schon deutsche Spender? Lassen die sich fotografieren, am besten nackt, mit ihrem Instrument? Wenn ja, seh ich die Geschichte ganz groß.«
Jenna seufzte genervt. Daß sie sich in diesen Konferenzen immer auf das allerunterste Niveau begeben mußte! »Mit Fotos wird's schwierig werden«, sagte sie dann, »aber wir haben den Arzt, und einige Franzosen von hinten.«
»Hmmm, hmmm, hmmm«, machte Michaelsen enttäuscht. »Dann drei Einzelseiten. Schade. Sonst noch was?«
Marlene, die neben Jenna saß, gab ihr einen deftigen Rippenstoß. »Ach ja, die Reportage über Sex im Altersheim, sehr gut, sehr einfühlsam geschrieben.«
»Fotos?« fragte Michaelsen streng.
»Tolle Portraits von alten Leuten, der Atmosphäre im Altersheim ...«
»Außer Gruseloptik sonst noch was?«
»Dann haben wir noch ein paar Fotos von Schwesternhelferinnen im Einsatz.«
»Kurze Kittel?«
Jenna nickte erleichtert.
»Sehr kurze Kittel? Gute Figur, wahrnehmbare Titten, keine Pubertätspickel?«
»Weder noch.«
»Gut, zwei Doppel, zwei Einzel. Nächstes Ressort bitte. Herr Krähwinkel, was gibt's Neues aus der Medizin?«
Marlene war glücklich. Ein Rauschgefühl, wenn eine Geschichte endlich ins Blatt kam. »Danke, Jenna, hast du gut gemacht«, flüsterte sie, »ich verlasse jetzt diese unwirtliche Stätte. Mein Apple ruft.«
»Okay.« Auch Jenna war euphorisiert. »Halt dich bitte für die Graphik und die Dokumentation bereit. Mit der Rechtsabtei-

lung wird's diesmal sicher keine Scherereien geben. Alte Leute klagen ja zum Glück selten.«
Die Rechtsabteilung war eine gefürchtete Institution im Hause, denn sie ging jede Geschichte Komma für Komma, Silbe für Silbe auf die Gefahr einer Klage oder Gegendarstellung durch. Und Klagegründe gab es reichlich, oft bei Dingen, auf die der Redakteur selbst nie gekommen wäre. So bekam eine Frau, die vor 1000 Jahren ein Verhältnis mit Leonard Cohen gehabt hatte, ein Schmerzensgeld von 20 000 DM, weil in einer Bildunterschrift behauptet worden war, sie sei »eine der Gespielinnen des Sängers« gewesen. Ihr Anwalt dementierte dies entschieden und meinte, seine Klientin sei keinesfalls »eine« der Freundinnen, sie sei »die« Freundin, die einzige überhaupt gewesen, und eine derartig verleumderische Bildunterschrift würde die jetzt von seiner Klientin angestrebte Sangeskarriere in Nordafrika beeinträchtigen. Wann immer also die Herren von der Rechtsabteilung bei den genervten Redakteuren aufkreuzten – »Hat Herr Piesepampel wirklich zu Frau Piepenbrinck gesagt: Lecken Sie mich doch am A...?« –, brachten sie wieder die Schlappe mit der Cohen-Freundin aufs Tapet. Man könne nie vorsichtig genug sein. Die Redakteure seufzten dann und entschärften den Ausruf vorsorglich: »Sie können mich mal, Frau Piepenbrinck.« Oder: »Ich bin sehr enttäuscht von Ihnen, Frau Piepenbrinck.« Oder: »So nun wirklich nicht, Frau Piepenbrinck.« Die Texte verloren an Witz und Spritzigkeit, aber sie waren justitiabel geworden. Schreckliches Wort.
Marlene saß glückselig an ihrem Computer, die Finger flogen geradezu über die Tasten, als das Telefon klingelte. »Hallo«, flötete sie in den Hörer, »mit wem habe ich das Vergnügen?«
»Mit mir«, sagte eine Stimme.
»Du schon wieder«, sagte Marlene nur, denn sie erkannte die Stimme sofort. Schorse. Mein Gott. Ihr Herz klopfte. Streß oder Aufregung, das war unklar.

»Hast du heute abend Lust auf einen Szenebummel?« wollte er wissen.
»Was soll das denn sein?« fragte sie schwach und überlegte fieberhaft. Heute abend war ihr achter Hochzeitstag. Eigentlich wollten sie ins *La Ventana*. Ihre Ehe feiern. Oder beweinen. Je nachdem. Jedenfalls war sie bei Hans-Joachim im Wort.
»Ich kann heute abend leider nicht«, sagte sie bedauernd und fügte erklärend hinzu: »Heute ist mein Hochzeitstag.« Schweigen.
»Bist du noch dran?« fragte sie.
»Hast du eigentlich gemerkt, daß du mich duzt?« fragte er.
»Du duzt mich doch auch«, meinte sie automatisch.
»Morgen?«
»Wann?«
»Soll ich dich um 20 Uhr von der Redaktion abholen?«
»Um Gottes willen, das ist nicht nötig.«
»Genierst du dich mit mir?«
»Ehrliche Antwort?«
»Natürlich.«
»Ein ganz kleines bißchen.«
»Dann bin ich morgen um 19 Uhr in deiner Lobby.« Klack, aufgelegt. Sie starrte den Hörer an. Die Geschichte würde gut werden, das spürte sie. Schorse war interessant, voll von witzigen Anekdoten, und morgen würde er ihr die Szene zeigen. Sie brauchte eine Ausrede für Hans-Joachim, das war klar, denn normalerweise reichte ein ausführliches Gespräch für ein Portrait, soviel wußte auch ihr Mann. Überrecherchieren war noch nie ihre Sache gewesen. Zack und weg, hieß die Devise. Fakten verwirren nur. Was also konnte sie sagen? Besuch bei Muttern? Schlecht, denn die lebte in Florida. Bei Vatern? Noch schlechter, denn der war tot. Krise im Laden? Schon eher. Mal überlegen.
»Kann ich bitte mal meinen Mann sprechen?«
»Wen darf ich melden?«

»Liebe Frau Kullnermeyer-Schwarzenbrück, wie viele Frauen hat mein Mann denn?«
Kühlschrankstimme. »Ich probier's mal.«
Sechs Minuten. Irgendwann würde sie sie durchs Telefon erschießen. Dann: »Sweetie, ich bin im Streß. Grippewelle. Was gibt es? Sag nicht, du willst für heute abend absagen.«
»Wie kommst du denn da drauf? Ich schaufel mich natürlich frei für dich. Nur muß ich dann morgen abend länger arbeiten.«
»Deswegen rufst du mich in der Praxis an? Das ist doch nichts Neues bei dir. Bis heute abend. Ich komm direkt von der Praxis. Tschüs.«
Während sie sich wieder ihrem Computer zuwandte, überlegte sie, warum sie sich so mies fühlte. Es war doch alles glattgegangen. Zu glatt.

Katastrophe bei den Wissbachs

Marie schob ihren Kleinen durch den Stadtpark und langweilte sich. Sie überlegte kurz, ob sie sich zur Mama-Brigade auf dem Spielplatz gesellen sollte, entschied sich aber dagegen. Keinen Bock auf »Also, meiner schläft jetzt fast durch. Nur um drei muß ich ihn kurz hochnehmen. Und Ihrer?« – »Meiner zahnt gerade, wir sind nur noch am Laufen. Mein Mann spricht kein Wort mehr mit mir.« – »Also, meine hat jetzt diesen Durchfall. Ich weiß nicht mehr, was ich machen soll.« – »Wie sieht er denn aus?« – »Also, mehr so braungrünlich.« – »Mehr braun oder mehr grün?« – »Schwer zu sagen, so genau hab ich nicht hingeschaut.« – »Müssen Sie aber, die Farbe ist entscheidend. Braun ist gut, grün deutet auf Entzündung hin.« – »Um Gottes willen, dann setz ich beim nächsten Mal die Brille auf, wenn ich die Windel aufmache.«
Marie wollte mal wieder mit Leuten reden, die was Enganliegendes am Körper hatten, nicht immer diesen Mutterlook:

Leggings, weites Oberteil, so weit, daß bei Stillbedarf das wohlgenährte Baby drunterpaßte, Turnschuhe, praktischer Kurzhaarschnitt. Auch ihr eigener Look, wie sie leider zugeben mußte, obwohl sie sich heute in ein kurzes Strickkleid gequält hatte, so eng, daß sie entweder hochschwanger aussah oder den Bauch bis zum Muskelkrampf einziehen mußte. Sie wollte einfach mal ein Erwachsenengespräch führen. Egal, worüber. Rezession. Umweltverschmutzung. Irgendwas Interessantes.
Sie schaute in die Kinderkarre. Der Anblick von Little Marco erwärmte ihr Herz. Selig kaute er an seiner Saftflasche, gab dabei die schnurzeligsten Laute von sich. Sie beugte sich vor und führte ein kurzes Gespräch mit ihm: »Ja, mein kleiner Pieschi, ja, bist de denn, bist du denn am Flaschi, ja? Darf Mama smoochie, smoochie?«
Gurgel, gurgel, machte Marco und strahlte fünfzähnig.
O Gott, ich verblöde, dachte Marie. Sie schaute hoch, stellte fest, daß sie in der Nähe von Jennas Wohnung im Loogestieg war, und hatte augenblicklich Lust auf eine Tasse Kaffee. Ihr letzter Spontanbesuch war schließlich schon wieder ein paar Tage her, und Michi, der Hausmann, würde sicher zu Hause sein. Sie kaufte drei Berliner und klingelte. Wartete. Dann war Michael an der Gegensprechanlage.
»Ja, bitte?«
»Ich bin's, Marie, hast du 'ne Tasse Kaffee für mich?«
»Klar, komm hoch.«
Er drückte auf den Knopf, und wie jedesmal, wenn Marie den Hausflur betrat, verfluchte sie die Tatsache, daß es hier keinen Fahrstuhl gab und ihre Schwester im vierten Stock wohnte. Keuchend kam sie oben an. Michael stand in der Tür, mit Lola, die er in ein rosa Badetuch eingewickelt hatte. »Sorry, daß es so lange gedauert hat, aber ich mußte sie erst aus der Wanne holen«, sagte er.
»Macht doch gar nichts«, meinte Marie und trat ein. Wie immer sah es in Jennas Wohnung rödelig und gemütlich aus. Die

Betten waren nicht gemacht, überall Spielzeug, Zeitschriften, Essensreste.

»Nimmst du sie mal kurz?« fragte Michael. »Dann setz ich schnell Kaffee auf.«

Marie streckte die Arme aus, und während sie das kleine, feuchte Bündel an sich drückte, fiel ihr auf, wie selten sie bisher ihre Nichte im Arm gehabt hatte. »Ich mach sie mal eben fertig, beschäftige du bitte Marco«, rief sie in Richtung Küche und ging zum Wickeltisch. Sie legte Lola auf den Tisch, suchte nach den Pampers, den Öltüchern. Gragragra, machte Lola und drehte den Kopf hin und her. »So, jetzt mal nichts bewegen«, sagte Marie und wurde plötzlich ganz still. Was war das denn? Sie traute ihren Augen nicht. Ein braunes Muttermal. Auf der rechten Halshälfte, dicht unter dem Ohr. Das gleiche braune Muttermal, das alle ihre Kinder geerbt hatten. Von Christoph, der es auch hatte. Zufall? Doch plötzlich, eiskalt, eisklar, war kein Zweifel mehr möglich. Lola war Christophs Kind. Wie war das möglich? Hatte Jenna ihn während ihrer Recherchen zur Spermaspenderstory um eine Probe seines Göttertropfens gebeten und sie sich heimlich injiziert? Ihre Gedanken wirbelten wild umher.

»Der Kaffä ist färtig«, sang Michael aus der Küche, »kommst du?«

»Komme gleich«, rief Marie mechanisch und wickelte ihre – ja, was war sie denn eigentlich? Ihre angeheiratete Nichte? Der Bastard ihres Ehemannes? Lola schaute sie aufmerksam aus großen, braunen Augen an. Gragragra. Fröhlich patschte sie in Maries Gesicht. Sie zuckte zusammen. »Faß mich nicht an, du Unglückswurm«, hätte sie am liebsten geschrien, aber ihr war klar, daß Lola-Baby nicht das allermindeste dafür konnte. Jenna und Christoph. Hinter ihrem Rücken. Und nicht ein Wort. Sie hätte heulen können. Ob sie wohl gelacht hatten über sie? Ob sich Christoph über ihre sexuelle Schlaffheit beschwert hatte? Quälende Gedanken. »Kommst du endlich, oder kannst du die

Windeln nicht finden? Zweite Schublade rechts.« Michaels Stimme klang ungeduldig.
Die kurze Strecke bis zur Küche kam ihr endlos vor. Sollte sie Michael fragen? Aber was hatte er denn damit zu tun? Vielleicht war es doch besser, abzuwarten, bis sie wieder klar denken konnte. So tun, als wäre nichts ...
Nein. Sie mußte doch fragen. »Sag mal, wußtest du, daß Christoph Lolas Vater ist?« Klirrrrr, machte es, die Kaffeekanne zerbarst in Millionen Scherben, und als Marie in Michaels gerötetes, schuldbewußtes Gesicht blickte, war kein Zweifel mehr möglich. »Du wußtest es?« erkundigte sie sich ganz ruhig.
»O Gott, Jenna wird mich umbringen«, sagte er und holte tief Luft. »Ja, ich wußte es.«
»Und warum hast du mir nie etwas gesagt?«
Er hatte inzwischen die Scherben aufgefegt und wischte jetzt den Kaffee vom Boden. »Ich habe Jenna immer wieder gesagt, daß sie es dir beichten soll. Sie hat einfach Schiß gehabt vor dir.«
»Wie ist es passiert?« fragte Marie gepreßt. »Habt ihr parallel das Vergnügen gehabt, du und mein Mann?«
Michael schaute sie an. Sie haßte das Mitleid, das in seinen Augen lag, verspürte den rasenden Wunsch, sie ihm auszukratzen, Blut sollte fließen, und dann würde sie in seine Augenhöhlen spucken und sie unter ihren Füßen zermalmen, sie würde ...
»Meinst du nicht, daß das eine Sache ist, die nur euch beide was angeht?« Michaels Stimme klang psychiaterhaft – bitte bleiben Sie ganz friedlich, während ich Ihnen die Zwangsjacke anlege. »Ich werde Jenna sagen, daß sie dich heute abend anrufen soll.«
»Wenn's in ihre Terminplanung paßt, wäre ich dankbar«, sagte Marie schweinewütend, klemmte sich Marco unter den Arm, gab Lola, die sich inzwischen auf ihrem Kindersitz den Brei ins

Gesicht schmierte, einen Kuß und sagte zu ihr: »Du kannst schließlich auch nichts für deine mißratenen Eltern.«
Dann verschwand sie.
Michael ging zum Telefon.
»Ich muß ganz dringend Jenna sprechen. In einer Konferenz? Holen Sie sie bitte raus. Ja, allerdings, es geht um Leben und Tod.«

Marlene und Schorse

Marlene stand in der Damentoilette und rieb sich mit einem Feuchtigkeitstuch die Achselhöhlen frisch. Aus rein professionellen Gründen, beruhigte sie sich, mein Interviewpartner soll sich schließlich nicht durch meinen Achselschweiß ablenken lassen.
Dann stellte sie sich vor den Spiegel, musterte sich. Ungeheuer erotisch, hatte er gesagt, nun ja. Im Augenblick sah sie eher ungeheuer abgeschlafft aus. In der Graphik war sie durch – Kleintexte, Vorspann, Titel auch erledigt –, die Dokumentation und die Rechtsabteilung würden sie zu Hause anrufen. »Nicht vor Mitternacht«, hatte sie gewarnt, »ich bin auf Recherche.«
Ganz bewußt war sie heute in Jeans und T-Shirt im Büro erschienen, hatte sich, wie sie es nannte, »modisch abgebrezelt«. Schorse sollte nicht denken, daß sie sich seinetwegen in Schale schmiß.
»Hallo, Kollegin, was Heißes vor heute abend?« Marlene zuckte zusammen. Hinter ihr stand Sandra Örtel, Kollegin aus dem Moderessort, von allen Frauen gehaßt, von allen Männern heiß begehrt. Der Grund dafür war derselbe – ein Körper wie eine Eieruhr, aufreizend in hautenge Textilien gepreßt, den sie hüftschwenkend von Büro zu Büro bewegte. Noch schlimmer war, daß sie zusätzlich auch noch eine brillante Schreiberin

war und alle – Blond ist doof – Vorurteile aufs bösartigste widerlegte. Es wurden ihr Verhältnisse mit sämtlichen Vorgesetzten ihrer kurzen, rasanten Karriere vorgeworfen – sie war 27 Jahre alt –, und die meisten gab sie lächelnd zu. »Macht schärft mich halt an«, sagte sie. »Ich habe nichts gegen sexuelle Belästigung am Arbeitsplatz. Am liebsten belästige ich selber.« Natürlich brachten solche Sätze die meisten Frauen auf die Palme, zumal Sandra es meisterlich verstand, jedwedes nach Emanzipation riechende Thema auf den Konferenzen lächerlich zu machen. »Haben wir als gestandene Frauen es denn nötig, uns über Vergewaltigungen aufzuregen?« fragte sie. »Ich habe immer Tränengas dabei, und wer heutzutage so naiv ist, sich nicht zu bewaffnen, der hat selber schuld.« – »Da hat unsere Sandra eigentlich recht«, sagte Michaelsen dann augenzwinkernd, und schwupp war das Thema passé, monatelange Recherchen in Frauenhäusern, Polizeistationen, Selbsthilfegruppen für den Papierkorb.
»Für dein Alter siehst du heute abend richtig scharf aus, Kollegin«, sagte Sandra und musterte Marlene aus schmalen Augen. »Wie alt bist du eigentlich? Sag nichts, laß mich raten. Ende Dreißig? Oder schon mehr? Egal, es gibt ja auch Kerle, die auf Reifere stehen.«
»Weißt du was, Sandra? Für mich bist du ein ganz dummes, zu viel geficktes Huhn, und je weniger ich deine dämliche Visage sehe, desto besser geht's mir. Also verschon mich und mach 'ne Fliege.«
»Ts ts ts, sind wir aber empfindlich heute. Hormonstörungen? Dafür ist es doch noch ein bißchen früh.« Sie verschwand im Kloabteil. Penetrantes Weib, dachte Marlene ärgerlich, sie strullert auch noch laut.
Als sie mit dem Fahrstuhl in die Lobby hinunterkam, sah sie ihn sofort. Breitbeinig saß Schorse Föhrenbeißer auf einem der Besuchersessel und blätterte die Magazine des Verlages durch, die auf einem Tisch vor ihm ausgebreitet waren.

»Guten Abend«, sagte sie, räusperte sich einen kleinen Kloß aus dem Hals.
»Hochinteressante Lektüre habt ihr hier«, meinte er und hielt die Zeitschrift *Du und dein Kind* hoch; Titel: »Darf ein Dreijähriger noch Bettnässer sein? Die Psychologenrunde tagt.«
Marlene nahm ihm die Zeitschrift aus der Hand und fragte: »Hast du eigentlich Kinder?«
Seine Augen wurden schlitzig: »Warum fragst du? Gehört das zur Geschichte?«
»Entschuldige die indiskrete Frage«, meinte Marlene, leicht angepiekst. »Hast du oder hast du nicht?«
»Ich habe zwei Töchter und einen Sohn«, sagte Schorse kurz, »Sie wohnen bei ihren Müttern.«
»Bist du von allen geschieden?«
»Ja.«
»Warum?«
»Weil die Banane krumm und deine Nase lang ist.«
»Du willst also nicht drüber reden.«
»Richtig.«
»Okay, dann reden wir später drüber. Wo willst du mit mir hin?«
»Meinst du jetzt oder überhaupt?«
»Ich meine eindeutig jetzt.«
Schorse zückte einen Zettel. »Also, dein Einverständnis natürlich vorausgesetzt: Wir fahren jetzt auf die Reeperbahn. Da kenne ich einen sehr guten Italiener. Dann Rundgang durch die Puffs. Schwulensaunas, Folterkeller, der ganze Schmäh. Ich stell dir meine Kumpels und meine Frauen vor, wenn du willst. Anschließend holen wir Shitface ab und fahren mit ihm zum Stadtpark. Da zeig ich dir die Drogenhändler, die Stricher, die Spanner und die Exhibitionisten. Und dann fahren wir zu mir. Okay soweit? Eindeutig genug?«
»Ich muß um Mitternacht zu Hause sein«, sagte sie nur und beschloß, sein anzügliches Angebot einfach zu ignorieren. Sei-

ne Einladung, ihr die Hamburger Unterwelt zu zeigen, war viel zu spannend, als daß sie sich jetzt wegen dieser Kleinigkeit mit ihm hätte streiten wollen. »Weil ich dann nämlich eine von meinen Geschichten mit der Rechtsabteilung durchgehen muß. Sag mir also bitte rechtzeitig Bescheid, meine Armbanduhr ist nämlich zur Reparatur.«

»Kein Problem«, sagte Schorse und hielt ihr die große Glastür auf. Draußen stand ein mitternachtsblauer Mercedes 600.

»Wow«, entfuhr es Marlene unwillkürlich.

»Netter Schlitten, nur die Parkplatzsuche ist schwierig«, meinte Schorse lässig und öffnete die Beifahrertür. Marlene versank in edlem Leder. »Rock, Pop oder Klassik?« fragte Schorse und stellte seinen CD-Player an.

»Klassik, bitte.« Sekunden später perlte das Klavierkonzert Nr. 5 von Beethoven durch den Wagen, und sie fuhren Richtung Reeperbahn. Vorbei am Operettenhaus, am »Zillertal«, der berühmten Davidswache. Es war ein ungewöhnlich heißer Aprilabend, Menschenmassen drängelten sich an Bars und Restaurants vorbei. Wie immer, wenn nach einem langen Winter endlich die Sonne schien, waren die Hamburger halbnackt und aufgekratzt. Selbst die Nutten, die an den Straßenecken koberten, hatten Frühlingsgefühle und boten besonders gut aussehenden Männern Rabatte an.

»Deine Mädels auch?« fragte Marlene.

»Meine Mädels sind selbständige Unternehmerinnen«, erwiderte Schorse. »Wenn sie weniger umsetzen, ist ihr Anteil kleiner. Meiner bleibt natürlich immer gleich. Ich muß ja schließlich auch leben.«

»Und nicht zu schlecht«, bemerkte Marlene mit spitzem Blick auf den Mercedes.

»Der ist sicher«, sagte er, ihren Blick mißdeutend, »den kennt jeder auf dem Kiez. Wenn der auch nur ein Schrämmchen hat, werd ich zum Tier. Das ist bekannt.«

Das *Piccola Grotta* wirkte von außen wie eine billige Italo-Kaschemme, Stil Anfang Siebziger. Auch das Interieur sah nicht nach Innenarchitekt aus: braune Deckenlampen, gehäkelte Gardinen, Messingtheke und Aldo, ein kugeliger Mittfünfziger mit Schnauzbart, der mit ausgestreckten Armen auf Schorse zukam: »Amico mio«, rief er, »che bella sorpresa! Was für Glanz in meiner Hütte. Geht's gut?«

»In Begleitung schöner Damen geht's mir doch immer gut«, sagte Schorse und steuerte zielsicher auf einen Tisch am Fenster zu, von dem aus man das Geschehen auf der Reeperbahn aufs voyeuristischste bewundern konnte.

»Recht so?« fragte er höflich. »Welcome to the Sexy Horror Fleischbeschau.«

Marlene zündete sich eine Zigarette an und schaute aus dem Fenster. Das pralle Leben. Da sie jetzt nicht aufdringlich Notizblock oder Diktiergerät zücken wollte, notierte sie innerlich ihren neuen Einstieg. *Die Straße ist ganz in rosa Neon getaucht – erotisches, schwimmendes Nachtlicht, das die Sünde schön, die Freier geil und die Nutten sinnlich macht* – ein bißchen dick aufgetragen, Marlene, aber was soll's. *Er sitzt am Fenster des Italieners beim Campari* – klingt besser als das Lüneburg-Pilsener, das er gerade runterzischt – *und kontrolliert seine Mädels mit strengen Blicken. ›Wieso geht Marion jetzt nach oben? Ihre Schicht hat doch gerade angefangen‹, murmelt er in die Rauchkringel seiner Marlboro und erhebt sich.*

»Sind das da deine Mädels?« fragte Marlene und zeigte auf drei blutjunge, allesamt blonde Mädchen in Miniröcken und gefährlich hohen Plateausandaletten, die vor den Geschäften von einem netzbestrumpften Bein aufs andere traten, rauchten, auf jeden Mann zugingen, ein paar Worte wechselten, gegebenenfalls zu den anderen zurückschlenderten.

»Das Geschäft scheint trotz Frühlingshormonen nicht gut zu laufen heute abend.«

Schorse grunzte unwillig. »Mir gehört nur Marisa, die zweite

von rechts«, sagte er, »ein Neuzugang aus Osnabrück. Die anderen sind von der Konkurrenz.«
»Hast du eigentlich gar keine Probleme mit deinem Beruf?« fragte Marlene, und es war eine echte, keine Reporter-Frage. »Wünscht du dir nicht manchmal, was menschlich Wertvolleres zu sein, Gehirnchirurg zum Beispiel oder Missionar?«
Aldo hatte inzwischen zwei dampfende Spaghettiteller auf den Tisch gestellt, Parmesankäse drübergerieben und sich mit einem »Buon appetito« wieder zurückgezogen. Schorse hielt den Mund dicht über den Teller und schaufelte drauflos. Kleine Grunzlaute entfuhren ihm. Schlürf, schmatz, und weg. Leicht angeekelt blickte Marlene zur Seite. Gut, daß sie hier niemand kannte. Dieser Abend noch, und dann Schluß. Infos hatte sie genug, sie schrieb schließlich keine Doktorarbeit. Fakten verwirren nur – wer sagte das noch immer? Gott ja, Stachie; unangenehmer Gedanke, schnell weggedrückt.
»Wärst du nicht auch lieber Schriftstellerin, Pastorin oder Albertine Schweitzer?« fragte Schorse gerade, zog die Finger genüßlich über den Teller – tschiep, tschiep, tschiep – und leckte sie ab.
»Das ist ja wohl was anderes«, sagte Marlene beleidigt. »Ich beute schließlich keine Menschen aus.«
»Und was machst du hier mit mir?« fragte Schorse zurück. »Du triffst dich mit mir, weil du 'ne Story schreiben mußt, nicht, weil du mich so sympathisch findest.«
»Stimmt«, sagte sie ehrlich.
»Na also«, meinte er kühl, »dann halt auch dein großes Maul.« Er warf einen Hunderter auf den Tisch – mindestens 30 DM Trinkgeld, wie sie schnell kalkulierte – und zog sie hinaus auf die Straße. Nach ein paar Schritten standen sie vor Marisa, die gerade ein Kundengespräch führte. Der Kunde sah aus wie ein in die Jahre gekommener Wäschesack, schmale Schultern, die Restmasse im Laufe der Jahrzehnte nach unten gerutscht. »Kannst du es nicht ein bißchen billiger machen?« fragte er

gerade, da sah Marisa ihren Chef und schüttelte energisch den Kopf. »Ich mach die Preise ja auch nicht«, meinte sie bedauernd. »Versuch doch bei einer andern dein Glück.« Der Freier zog sich enttäuscht zurück.

»Darf ich die Damen miteinander bekannt machen?« fragte Schorse formvollendet. »Marlene – Marisa, und umgekehrt.«

Marisa war eine echtblonde Naturschönheit, Anfang Zwanzig und voll im Saft, wie Marlene, die sich jeden zweiten Tag ins Lady-Fitneßcenter quälte, neidisch feststellte.

»Kollegin?« fragte Marisa ungläubig.

»Wieso, wäre das so ungewöhnlich?« Marlene war leicht beleidigt. Wirkte sie auf dieses Junggemüse schon zu alt für den Strich? Eine Frechheit!

Schorse griff ein. »Marlene ist von der Presse und schreibt eine Geschichte über mich«, erklärte er, »deshalb würde sie gern auch mal mit dir reden. Nicht jetzt, während der Arbeitszeit, irgendwann in den nächsten Tagen.« Keine Frage, ein klarer Befehl.

Doch Marisa war nicht eingeschüchtert. »Morgens brauche ich meinen Schönheitsschlaf«, sagte sie lässig. »Also früher Nachmittag.«

Beim Weggehen drehte sich Marlene noch einmal um. Sah direkt in Marisas Augen. Ein Zwinkern, unmißverständlich. Marlene zwinkerte zurück. »Sag mal, warum hat ein so tolles Mädchen so was nötig?« fragte sie, während sie mit Schorse auf die Herbertstraße zuging.

»Kann ich dir ganz schnell beantworten«, meinte er, »keine Ausbildung, zwei kleine Kinder, kein Mann. Marisa schafft nachts bis zu 800 DM an. Davon behält sie 500, ich den Rest. Da sie eine Sozialwohnung hat und eine billige Oma, braucht sie nur drei Nächte pro Woche zu arbeiten. Der Rest ist Privatleben. Kein schlechter Deal, oder?«

Eigentlich gab Marlene ihm recht. Eigentlich. Trotzdem – »Was wird aus ihr, wenn sie nicht mehr knackig ist? Was ist mit

Aids? Wo steckt sie den Ekel weg bei all den widerlichen Freiern?«
»Das kannst du sie alles beim Interview fragen«, wehrte Schorse ab, den dieses Gespräch sichtlich langweilte. »Wenn du hier mit einer Sozialarbeiterseele ankommst, bist du fehl am Platz. Hier leben wir nach eigenen Regeln. Kiezregeln eben. Capito?« Seine Stimme klang streng.
Also hielt Marlene den Mund. Guckte nur. Mit immer größeren Augen. Ging mit Schorse die berüchtigte Herbertstraße entlang, eine kleine Seitengasse der Reeperbahn, die durch zwei schwere Holzportale begrenzt und für Frauen eigentlich verboten war. Dahinter: Kopfsteinpflaster und kleine, fast bieder anmutende Häuschen mit grell erleuchteten Fenstern. Dahinter saßen die Damen vom Gewerbe und gingen äußerst spießigen Beschäftigungen nach. Einige strickten oder häkelten, andere lösten Kreuzworträtsel. Eine ältere Kollegin in hautengem Leder schälte seelenruhig Kartoffeln. Nur ihre Berufskleidung – Strapse, Minimalst-Röcke und knappe Mieder, aus denen silikonverstärkte Kugeln quollen – machten deutlich, daß es sich hier nicht um ein Kaffeekränzchen handelte. Schorse führte Marlene in Haus Nr. 28. Roter Klinker, zwei Stockwerke, voll unterkellert – was das wichtigste war, wie er ihr erklärte. »Der ist nämlich für viel Geld schallisoliert, so daß die Schreie der Kunden nicht auf die Straße dringen.« Schreie? Unwillkürlich hielt sich Marlene an Schorses Jackettärmel fest.
Am Hauseingang empfing sie Eva-Maria, eine große, schlanke Frau mit Brille und hochgeschlossenem schwarzem Kostüm, die als Chefsekretärin hinter jeden Vorstandsschreibtisch gepaßt hätte, wären da nicht ihre schenkelhohen Lederstiefel mit Sporen gewesen. »Meine Arbeitskleidung«, sagte sie, als sie Marlenes Blick bemerkte. »Die meisten Kunden wollen zur Einstimmung getreten werden.« Sie gingen in einen Raum, dessen Wände vollhingen mit Peitschen. Zwei-, drei-, neun-, zwölfschwänzige Monster ringelten sich bis auf den Fußboden.

»Richtig auspeitschen will gelernt sein«, erklärte Eva-Maria sachlich und ließ eine Neunschwänzige durch die Luft zischen. »Der Peitschenschlag muß weh tun, darf aber möglichst keine Spuren hinterlassen. Die meisten meiner Kunden sind Hochkaräter aus Industrie und Politik, da soll nach meiner Behandlung nichts zu sehen sein. Darf ich bitten?«
Aus dem Kellergeschoß tönten die *Meistersinger* von Wagner. »Zu Sadomaso paßt er am besten«, erklärte Schorse. »Dieses Publikum ist im Gegensatz zum normalen Freier sehr viel gebildeter, da können wir nicht mit Julio Iglesias kommen. Außerdem ist der nicht düster und brutal genug.« Das Kellergewölbe war tiefschwarz – Wände, Decken, Teppichboden. An den Wänden standen mannshohe Käfige, in denen ekstatisch sich windende Männer angekettet waren. Alle trugen Gesichtsmasken. »Wunderbar, schlag mich, fester, fester, jaaa, soo ist es gut, o Gott, weiter!« riefen sie, während sie von Dominas ausgepeitscht wurden. Im Eckkäfig lag ein Mann am Boden, mit geöffnetem Mund, in den genüßlich eine Frau hineinpinkelte.
Marlene wendete sich angeekelt ab, kämpfte mit einem Brechreiz. Das war zuviel für ihr spießiges Nervenkostüm. Schorse musterte sie belustigt.
»Na, kannst du noch, oder willst du an die frische Luft?«
Sofort kam die harte Reporterin in ihr durch. »Aber selbstverständlich«, sagte sie, und sie betraten den nächsten Raum.
»Unser Babyzimmer«, erklärte Eva-Maria sachlich. »Hier behandeln wir den gestreßten Herrn, der von Familie und Karriere überfordert ist und für kurze Zeit in den Mutterleib zurück möchte. Wir sind sozusagen sein geborgter Uterus.«
»Und was kostet der Spaß?« fragte Marlene und blickte ungläubig auf einen circa 60jährigen Mann, der mit angewinkelten, gespreizten Beinen nackt auf einem der Tische lag. Vor ihm stand eine »Krankenschwester«, cremte und puderte ihn liebevoll ein. »Ja, mein kleines Schätzchen«, gurrte sie. »Ja, mein

Kleiner, biddu denn ganz wund geworden? Muddi Mama wieder pudern.« Dann griff sie hinter sich zu einem Stapel Adult Pampers und wickelte ihr »Schätzchen« fachfraulich. »Ja, so ist es brav. Soll die Mama auch das kleine Schwänzchen einreiben? Ja? Tut das meinem Baby gut?«
»Vorstandsmitglied«, flüsterte Eva-Maria. »Rund drei Millionen im Jahr. Eine Behandlung bei uns kostet 800 DM. Ein lieber Dauerkunde. Oder sollte ich sagen Patient?« Dann ging sie auf den Wickeltisch zu, tätschelte das Riesenbaby: »Na, bist du auch schön brav gewesen? Dann darfst du jetzt an Mamis Brust.« Routiniert knöpfte sie ihre Kostümjacke auf, hob eine Brust aus dem Korsett, das sie daruntertrug, und hielt sie an seinen Mund: »Nicht wieder beißen«, mahnte sie, »sonst nimm vorher lieber das Gebiß raus.«
Marlene wollte gerade gehen, da erstarrte sie. Ein Mann stand in der Tür. Er trug einen riesigen, hellblauen Strampelanzug mit Häschenmuster, in der rechten Hand hielt er eine Ein-Liter-Babyflasche. Sie starrte, er starrte zurück. »Guten Abend«, sagte das Baby.
»Guten Abend, Herr Michaelsen«, antwortete Marlene.

Schorse und Marlene

»Das war wirklich dein Chef?« fragte er.
Sie hatte die Hände über die Augen gelegt, wußte nicht, ob sie kichern oder schreien sollte. »Leibhaftig«, sagte sie. »Hoffentlich kostet mich das nicht meinen Job.«
»Ach was«, beruhigte Schorse sie, »den hast du doch voll in der Hand. Wahrscheinlich bekommst du jetzt eine Gehaltserhöhung, paß mal auf.«
»Ich weiß nicht«, erwiderte Marlene. »Dieser Abend war too much. Wie spät ist es eigentlich?«
Schorse schaute auf seine Prolex. Zwei Minuten vor Mitter-

nacht. »Halb elf erst«, sagte er. »Wir haben noch viel Zeit. Hast du Lust auf einen Stadtparkbummel? Shitface müßte bewegt werden, außerdem hätte ich dir gern mal meinen Lieblingsspanner gezeigt. Eine Hamburger Institution. Er steht seit 15 Jahren vor demselben Gebüsch und trägt ein rotes Stirnband. Und unterm Mantel nichts.«
»Klingt aufregend, aber mir reicht's für heute. Ein anderes Mal«, wehrte sie ab. »Vielleicht noch ein kleines Schnäpschen zum Abschlaffen, dann winkt der Bettzipfel.«
»Genau mein Gedanke«, murmelte Schorse. Laut sagte er: »Laß uns doch zu mir gehen. Rosaria macht die tollsten Daiquiris.«
Und da Marlene an diesem Abend Lust auf Cocktails und eine eckige Runde hatte, ging sie mit.
In der Tat: Die Erdbeeren, die Rosaria püriert in den weißen Rum quirlte, waren frisch, es gab richtigen Limonensaft dazu, und zu Marlenes großem Erstaunen war sie auch überhaupt nicht genervt, um diese Zeit noch einmal geweckt zu werden.
»Ich zahle übertariflich«, sagte Schorse nur, »weit übertariflich.«
Also saß Marlene ganz entspannt im Hier und Heute auf einem großen, rosa-weichen Sofa, und aus einem Daiquiri wurden zwei, macht ja nichts, ist ja viel Obst drin, dann ein dritter, aller guten Dinge, genau, da hat der Volksmund recht ... Es war so wunderbar entspannend hier, so kuschelig, hmmm, war das jetzt noch ein Daiquiri, eine nicht pürierte, glitschige Erdbeere oder eine feuchte Lippe? Egal, es fühlte sich ganz wunderbar an, sie hatte ja noch Zeit, viel Zeit, alle Zeit der Welt. In weiter Ferne sah sie einen Mann, der sich anzog. Oder auszog? War es denn schon Morgen? Aber der Wecker hatte ja noch gar nicht geklingelt. Lieber wieder Augen zu. So wunderbar weich ...

»Welche Nummer in der Ottenser Landstraße? Gute Frau, ich weiß ja nicht, vor welchem Haus ich Sie absetzen soll.« Ungeduldig drehte sich der Taxifahrer zu dem bewegungslosen Bündel auf dem Rücksitz um. »Ich hasse diese Besoffenen«, sagte er dann laut. »Hoffentlich kotzt sie mir jetzt nicht beim Aufwachen das Auto voll.«
»Nr. 15«, krächzte das Bündel, setzte sich ruckartig hoch, rieb sich die Augen. »Um Gottes willen, wie spät ist es?«
»Viertel vor drei«, teilte ihr der Taxifahrer ungerührt mit. »Ihr Mann wird sich freuen. Oder sind Sie Single?«
»Ich war beruflich unterwegs«, sagte Marlene mit etwas festerer Stimme.
»Den Beruf kenne ich«, grinste er nur. »Das macht 32,40 DM bitte.«
Natürlich fand sie das Schlüsselloch nicht, stocherte herum, flog fast in den Flur, als die Wohnungstür plötzlich mit einem Ruck aufgerissen wurde.
»WO WARST DU?«
Hans-Joachims Stimme klang so schneidend, so eiskalt und wütend, daß sie schlagartig nüchtern wurde. »Wieso bist du denn noch auf?« fragte sie, um Zeit zu gewinnen und ihre Gedanken zu ordnen.
»Das wagst du noch zu fragen?« Seine sonst so ruhige Stimme überschlug sich fast. »Wenn alle halbe Stunde deine blöde Rechtsabteilung hier anruft? Von wegen, du bist um Mitternacht zurück – inzwischen ist es fast drei Uhr morgens! Ich habe schon dreimal die Polizei angerufen, wollte eine Vermißtenanzeige aufgeben. WO WARST DU ALSO?«
Der eheliche SuperGau. Und sie war sooo müde, wollte nur ins Bett. »Ich war unterwegs«, sagte sie matt.
»Mit wem?«
»Mit einem Zuhälter. Die Sexserie, du weißt doch.«

»Bis morgens um drei? Wo hast du recherchiert, in seinem Bett?«

Durch den Nebel ihrer alkoholischen Betäubung wühlte sich plötzlich eine blendende Idee. Das war's. »Ich war im Spielcasino«, sagte sie. »Luden zocken gern. Der gesamte Kiez ist dagewesen. War superspannend.« An seinem plötzlichen Schweigen merkte sie, daß sie auf der richtigen Fährte war. »Wir beide sollten auch mal gehen«, schlug sie auf dem Weg ins Badezimmer vor. »Vielleicht haben wir Glück, und du kannst dir ein neues Ultraschallgerät kaufen.« Bravo, Marlene, dachte sie, du bist wirklich in Form. Und das bei mindestens drei Promille im Blut.

Im Badezimmer warf sie einen kurzen Blick in den Spiegel. Sie sah fürchterlich aus. Richtig verrödelt. Verschmiertes Augen-make-up, fahle Haut, blasse Lippen. Als sie vor der Klobrille stand und sich die Jeans runterzog, fiel ihr ein Zettel entgegen. »Es war wunderbar mit dir«, stand darauf. »Wer hätte das gedacht?«

Sie ließ sich plumpsen. Ihr Herz klopfte wie ein Preßlufthammer. Was für ein saublöder Scherz! Sie spülte den Zettel ins Klo hinunter.

»Tut mir leid, daß ich so ausgerastet bin«, hörte sie aus weiter Ferne Hajos Stimme durch die Badezimmertür. »Hast du wenigstens was gewonnen?« Das Telefon klingelte. »Die Rechtsabteilung ist wieder dran«, brüllte er. »Bist du fertig da drinnen?«

Marlene lief ins Schlafzimmer und nahm mit zitternder Hand den Hörer auf. Räusperte sich kurz den Kloß aus dem Hals. »Ellermann.«

»Na endlich.« Der Verlagsanwalt klang sehr ungeduldig. »Wir probieren es seit Stunden. Also. Hat die Krankenschwester wirklich gesagt, daß sie von den Altersheiminsassen immer in den Po gekniffen wird?«

»Hat sie wirklich«, sagte Marlene schwach.

»Ist es ein wörtliches Zitat: ›Je öller, je döller – das ist das Motto der Patienten unseres Altersheims‹? Nicht daß hinterher eine gerichtliche Klage vom Sozialamt kommt.«
»Ich schwöre.« Marlene legte den Hörer auf, drehte sich zu ihrem Mann um, der im Bett lag und im Pyjama und ohne Brille wie ein Riesenbaby aussah. Apropos Baby – »Weißt du, wen ich in Hamburgs schärfstem Sadomaso-Club getroffen habe?« fragte sie. Doch Hajo war schon eingeschlafen. Marlene kuschelte sich an seinen Rücken – und blieb schlaflos.

Marlene und ihr Kater

»Sag mal, du siehst ja aus wie ein Stück Schifferscheiße.«
»Danke, Chefin, sehr aufbauend.«
»Im Ernst, was ist los? Hast du gesumpft?«
»Alles im Dienst der Sache, meine Sexrecherche hat etwas länger gedauert.«
»Apropos. Du weißt, die Serie läuft in meinem Ressort. Das heißt, ich will sie brillant und schnell auf dem Tisch. Wir können ein paar Streicheleinheiten aus der Chefetage gut gebrauchen. Wann kann ich mit dem Zuhälterportrait rechnen?«
»In einer Woche, jetzt muß ich erst mal meinen Rausch ausschlafen.«
Das Telefon auf ihrem Schreibtisch klingelte. »Ellermann.«
»Fühlst du dich auch so gut wie ich?«
Natürlich wußte sie, wer dran war. »Wer ist da, bitte?«
»Schorse. Tu nicht so, als wüßtest du das nicht.«
»Sag mal, hast du mir gestern was in die Drinks gemischt? Ich hab den totalen Blackout.«
»Dafür kann ich mich um so genauer erinnern.«
»Erspar mir die Einzelheiten. Ich muß in eine Konferenz. Ich melde mich, wenn ich noch Fragen habe.«
»Willst du denn nicht mehr in den Stadtpark mit mir?«

»Vielen Dank, aber ich hab genug Material. Bis die Tage.«
»Du hast mir versprochen, daß ich die Geschichte vorher lesen kann. Vergiß das bitte nicht.«
»Ja, ja. Obwohl – die ganze Geschichte hab ich nicht versprochen. Nur deine Zitate.«
»Versuch nicht, mich zu bescheißen, Marlene! Das haben schon Schlauere als du bereut.«
»Reg dich nicht auf, Schorse. Grüß Shitface von mir. Ciao.«
»Marlene?«
»Was denn nun noch?«
»Es war wirklich toll mit dir.«
»Ich weiß nicht, wovon du sprichst. Ciao.« Sie knallte den Hörer auf. Warum hatte sie plötzlich Schorse gegenüber ein schlechtes Gewissen? Schließlich war er nur ein Zuhälter. Trotzdem – seine Stimme hatte irgendwie so klein geklungen. So kleinejungenklein. Ihre Gier auf Nikotin war plötzlich gnadenlos. Jetzt sofort eine ZIGARETTE! »Stachie«, rief sie ihrem eintretenden Kollegen strahlend zu, »dich schickt der Himmel. Hast du mal 'ne Zigarette da?«
»Abaimma«, flachste er und schob ihr seine Schachtel über den Schreibtisch. »Ich freue mich, dich bei so guter Laune anzutreffen. Bin ich der Grund?«
»Der Grund nicht, aber der Anlaß«, sagte sie. »Was machen deine Sexrecherchen?«
»Gut, gut«, antwortete er. »Und deine? Ist dein Kisch-Preis-verdächtiges Ludenportrait schon geschrieben?«
»Die Recherchen sind abgeschlossen«, sagte sie geheimnisvoll
»In einer Woche kannst du die Geschichte lesen.«
Stachies Augen verengten sich zu Schlitzen. »Wie bist du mit Schorse klargekommen? Hat er richtig ausgepackt?«
»Lies meine Geschichte«, sagte Marlene nur und nahm sich zwei Zigaretten aus Stachies Schachtel.

Stachie und Schorse

»Pack aus, Kumpel. Hast du oder hast du nicht?«
»Hab ich was?«
»Mit Marlene.«
»Mit Marlene was?«
»GESCHLAFEN, GEBUMST, GEVÖGELT, ES GETRIEBEN, DICH HORIZONTAL UNTERHALTEN. Oder muß ich deutlicher werden?«
»Warum schreist du denn so?«
»Weil ich mir in dem Fall hundert Scheine verdient habe. Weil ich gestern beim Pokern 18 Mille verloren hab. Weil du mir die Kohle versprochen hast. Weil ich deswegen diese verdammte Serie angeleiert habe und mich jetzt in versifften Vorstadtpuffs herumtreiben muß. DARUM!«
»Warum fragst du nicht Marlene?«
»Glaubst du im Ernst, die sagt mir was?«
»Der Kavalier genießt und schweigt.«
»Du bist aber kein Kavalier. Du bist Schlitzohr. Schweinehund und Lude.«
»Hab ich dich jemals beschissen, Stachie? Hab ich jemals meine Spielschulden bei dir nicht bezahlt?«
»Es gibt immer ein erstes Mal.«
»Dann halt die Klappe und laß mich weiterschlafen.«

Marie-Viola stellt Lolas Vater zur Rede

Er sah so verdammt unschuldig aus. Leise vor sich hin summend lag er in seinem Lieblingsschaukelstuhl, Marco auf dem Schoß. Die *Sesamstraße* lief. Nichts hätte häuslicher und friedlicher sein können. Der Rest ihres Quartetts war bei einem Geburtstag und demolierte anderer Leute Kinderzimmer – eine wunderbare Vorstellung –, im Ofen brutzelte eine Kräuterpoularde, und Marie hätte am liebsten den Vorschlaghammer aus dem Werkzeugkasten geholt und ihn wortlos auf Christophs Kopf schnellen lassen. Da, da, da – du Schuft, du mieses Schwein!

»Sweetie, du bist ja schon da«, rief er erfreut, »dann übernimm doch mal den kleinen Hopser. Ich bin mit meiner Karikatur für den *Sächsischen Merkur* noch nicht zufrieden. Regine Hildebrandt sieht eindeutig zu weiblich aus.« Dann stutzte er. »Was ist denn mit dir los? Drei Kröten gleichzeitig verschluckt?«

Marie holte tief Luft. Natürlich wäre es diplomatischer, einen günstigen, ruhigen Zeitpunkt abzuwarten, sich langsam vorzutasten, vielleicht war ja alles ein ganz dummes Mißverständnis ...

»Hast du mich mit meiner Schwester betrogen?« Vornehme Zurückhaltung hatte ihr der liebe Gott einfach nicht mitgegeben. Bleischwere Stille. Nur die *Sesamstraße* plärrte nichtsahnend: Der – Die – Das – ein Superriesenspaß!

»Ach Gott, das ist doch schon gar nicht mehr wahr.« Christophs Stimme war so leise, daß Marie sie kaum verstehen konnte. »Und es war nur ein einziges Mal.«

»Wann?«

»Ist das denn wichtig?«

»Ich will alles wissen. Jede Einzelheit. Damit ich dich hinterher in Einzelteile zerfleischen und als Chappi in Dosen stopfen kann.«

»Als du mich mit diesem Schlagerfuzzi betrogen hast«, sagte er.

»Falls du Tony Cazzone meinst, mit dem war nie was. Außerdem ist das ja wohl was anderes, von Berufs wegen ausnahmsweise mal danebenzutreten, als sich an der eigenen Schwägerin zu vergreifen. Bist wohl zu faul, zum Fremdgehen aus dem Haus zu gehen! Aber du bist nicht Woody Allen!« Mit zusammengesackten Schultern saß Christoph da. Auch der kleine Marco schien zu spüren, daß dicke Luft herrschte. Er schaute

mit großen Augen von Mama zu Papa und blieb ausnahmsweise muckmäuschenstill.
»Es tut mir wahnsinnig leid, Marie. Aber es war wirklich nur einmal – und im Grunde denkt ja auch keiner mehr dran.«
»Ach ja?« sagte Marie, ging auf ihren Mann zu und schob seinen Hemdkragen zur Seite. »Und was ist das?«
»Mein Leberfleck«, antwortete er, »na und? Marco hat einen. Die anderen Kinder auch. Alle haben ihn geerbt.«
»Richtig«, sagte sie eisig. »Alle deine Kinder haben ihn geerbt. Auch Lola.«
Sie ging in die Küche, holte sich ein Bier aus dem Kühlschrank. Ihre Hände zitterten. Was nun? Scheidung? Von ihrer Schwester konnte sie sich ja leider nicht scheiden lassen. Außerdem wäre sie als Alleinerziehende mit vier Kindern der Totalflop auf dem Liebesmarkt.
Selbst eine Anzeige in der *Zeit* – »Attraktive, jugendliche Mutter, 36 Jahre, kreativ tätig, vier K. (abgekürzt sah es irgendwie harmloser aus), sucht liebevollen Partner mit viel Sinn für Humor« – würde ihr nur Freaks und potentielle Kinderschänder bescheren; das war die traurige Wahrheit.
Christoph stand in der Küchentür. Aschfahl. »Bist du ganz sicher?« fragte er. Sie schaute ihn an. Fast tat er ihr leid. Wenn es sich nicht ausgerechnet um ihre Schwester handeln würde und nicht ausgerechnet ein Baby entstanden wäre, hätte sie ihm längst verziehen. Schließlich war sie auch kein Unschuldsengel, war durchaus im Laufe ihrer Ehe das eine oder andere Mal zur Seite gesprungen. Sechsmal, um genau zu sein, wenn sie das eine Mal mit dem 21jährigen Fotolaboranten von *Dolce Vita* mitzählte, der damals die Tony-Cazzone-Fotos entwickelt hatte. Damals, als sie noch Fotografin und nicht nur Muttertier war.
»100 Pro«, sagte sie. »Hast du denn nichts davon gewußt?«
»Ich hatte so eine Ahnung«, gab er zu, »weil Lola immer Rollkragenpullover trägt.«

Es klingelte an der Haustür. »Scheiße, die Kinder sind schon zurück. Wir reden später«, rief sie, während sie die Tür öffnete – und zurückprallte.
»Hallo, Schwesterherz«, sagte Jenna. Sie hatte Lola auf dem Arm. »Darf ich reinkommen, oder schmeißt du mich die Treppe runter?«
»Dazu bist du mir viel zu stark«, meinte Marie. »Komm rein. Wenn du dich unter meine Augen traust mit deinem Wechselbalg.«
»Es ist ja außerdem noch deine Nichte«, wagte Jenna schüchtern einzuwenden. »Ich hab Kuchen mitgebracht. Deinen Lieblingskuchen.«
»Schokohimbeerschweinekuchen?«
»Genau den.«
»Immerhin ein Anfang«, sagte Marie. »Komm rein, Lola, lern deinen Daddy kennen.«

Ellermanns Praxis

Montag. Sämtliche Blaumacher und Krankfeierer Lurups saßen heute morgen mal wieder bei mir in der Sprechstunde. Die üblichen Wischiwaschi Klagelieder: »Herr Doktor, ich fühl mich so beschissen.« – »Wo denn am beschissensten?« – »So hier am Bauch, der fühlt sich ganz aufgebläht an.« – »Waren Sie denn schon beim Frauenarzt?« – »Klar, aber der hat nichts gefunden.«
Bauch war beliebt. Die meisten Krankmelder hatten's an der Wampe. Doch als verantwortungsbewußter, neu zugelassener Arzt mußte ich alle Beschwerden ernst nehmen.
Auch die von Michelle Gatermann, einer bildhübschen, stinkefaulen Sekretärin, die die Arbeit wirklich nicht erfunden hatte.
»Schade, daß Sie schon vergeben sind«, sagte sie mit Grübchen-

lächeln. »Meine Mutter meint immer, du siehst so gut aus, du brauchst deinen Doktor nicht zu machen, du heiratest einfach einen.«

»Tja, leider«, stimmte ich zu – und tastete ihren kerngesunden Unterbauch ab, während sie etwas von merkwürdigen Bauchschmerzen erzählte.

Stuhl war normal, kein Blut oder Schleim. Auch kein Teerstuhl, der auf eine Blutung im oberen Gastrointestinaltrakt hingewiesen hätte. Die Milz war normal groß, die Darmgeräusche okay.

»Wie lange soll ich Sie krank schreiben?« fragte ich resigniert.

»Wie lange können Sie denn?« Die Grübchen vertieften sich.

»Bis Mittwoch. Wenn Sie bis dahin nicht gesund sind, empfehle ich eine Untersuchung im Krankenhaus. Die sind besser ausgestattet als ich.«

Diese Drohung wirkte meistens. Sooo krank waren die wenigsten. Auch Michelle zog hastig ihren Pullover über den kranken Bauch. »Das wird schon«, sagte sie tapfer. »Ich bin ja zäh.«

»Der nächste, bitte.«

O Gott, Irmgard Döring, die hatte mir gerade noch gefehlt; der Kotfan, wie wir sie in der Praxis nannten. Sie war eine ehemalige Alkoholikerin, seit acht Jahren trocken, die seit ihrem spirituellen Entzug kettenrauchte und merkwürdigerweise auf Kot fixiert war. Ihren eigenen, zum Glück. Sie war besessen von der Idee, Bandwürmer zu haben, die sich in ihrem Körper festfressen und ihre Eingeweide zernagen würden. Also brachte sie zu jedem Arztbesuch eine Kostprobe ihres Kotes mit.

So auch heute. »Frau Döring«, sagte ich ergeben, »was kann ich für Sie tun?« Den kleinen Plastikcontainer hatte ich bereits aus den Augenwinkeln wahrgenommen.

»Herr Doktor«, begann sie, »es ist wieder soweit. Der Wurm hat wieder zugeschlagen.«

»Sind Sie ganz sicher?« fragte ich verzweifelt, denn inzwischen hatte sie den Container auf meinen Schreibtisch gestellt, ihre Hand war bereits am Deckel.

»Ganz sicher, Herr Doktor«, sagte sie und öffnete ihn. »Schauen Sie selbst, es wimmelt ja nur so von diesen weißen Viechern. Ganz verseucht bin ich, ich fühle es.«

Ich wagte einen Blick. Versuchte mir einzureden, der Inhalt sei eine neutrale Substanz. Ein Stück Lehmboden vielleicht oder ein mulschiger Apfel. Es half nichts. Scheiße sieht eben aus wie Scheiße. Vor allem riecht sie so. Und die von Frau Döring roch irgendwie besonders danach. »Lassen Sie mir die Probe am besten da«, sagte ich entschieden, »wir werden sie gründlich untersuchen und Ihnen dann Bescheid geben.«

Als sie gegangen war, griff ich zum Telefon und rief meine Sprechstundenhilfe Cornelia an. » Frau Döring war hier«, sagte ich nur.

Cornelia kam sofort. Näherte sich mit abgewandtem Gesicht dem Container, nahm ihn mit spitzen Fingern hoch, schmiß ihn in unseren geruchsneutralen Entsorgungsbehälter. »Was schreibe ich ihr auf?« fragte sie.

»Das Übliche«, antwortete ich, »ein Rezept über Kohletabletten und das Versprechen, daß davon auch die hartnäckigsten Würmer weggehen.«

»Kohletabletten hatten wir doch letztes Mal«, gab Cornelia zu bedenken.

»Dann Rizinusöl, verdammt noch mal«, schrie ich. Frau Döring machte mich fertig.

»Schlechte Laune, Chef?« fragte Cornelia besorgt.

Ich riß mich zusammen. »Warum kommen alle Freaks dieser Welt ausgerechnet zu uns?«

Sie zuckte die Schultern. »Ist doch wunderbar«, meinte sie, »Freaks sind doch der Pfeffer in der faden Suppe des Lebens.«

»Da hast du recht.« Ich war versöhnt. Und außerdem hatte ich für abends eine lustige Story für Marlene parat.

»Wir sind beim Essen. Nicht schon wieder Frau Döring«, sagte Marlene entschieden und biß von der Heimservice-Pizza ab, die natürlich wieder viel zu kalt und mit zu dickem Teigboden geliefert worden war. Aber da es weder sie noch Hajo an den häuslichen Herd drängte, war ihre kulinarische Versorgung an den meisten Abenden ziemlich junkfoodig. Jeder von ihnen hatte drei Rezepte, die er aus dem Effeff beherrschte, aber an denen hatten sie sich inzwischen übergegessen. Hajo war spezialisiert auf Roulade bürgerlich, Lammrücken und Spaghetti mit Hacksauce, Marlene brillierte mit knusprigen Bratkartoffeln, Apfelkuchen und einer Quarkspeise, auf die sie weiße Baisers zerbröselte. Doch heute abend war Pizza-Time, denn beide waren schlapp, müde und froh, daß sie zu Hause waren.

»Bist du noch sauer wegen gestern abend?« fragte Marlene vorsichtig, denn Hajo war beim zweiten Glas Rotwein und hatte glasig-entspannte Augen.

»Hast du denn wenigstens was gewonnen im Spielcasino?«

Das Telefon klingelte. »Ich geh schon«, sagte Marlene, »wahrscheinlich die Redaktion. – Ellermann.«

»Ich bin's, Schorse.«

»Was willst du?«

»Deine Stimme hören.«

»Hast du nichts Spannenderes zu tun?«

»Nein.«

»Bin gleich wieder da«, rief sie Richtung Küche, dann, leiser: »Bitte ruf mich nicht zu Hause an. Das ist mir unangenehm.«

»Ich ruf dich an, wann und wo und wie es mir paßt.« Klick.

Nachdenklich ging sie in die Küche zurück.

»Wer war dran?« fragte Hajo.

»Ein Kollege, nichts Wichtiges«, sagte sie.

Marlene bei der Hamburger Sparkasse

»Kann ich bitte meine Auszüge haben?«
»Ihre Kontonummer, bitte.«
»14455 Strich 203978.«
Der nette, junge HASPA-Angestellte klickerte auf seinem Computer, aus dem Printer rasselten die Auszüge. Er lächelte Marlene freundlich an. »Wow, haben Sie im Lotto gewonnen, Frau Ellermann?«
»Schön wär's. Warum fragen Sie? Seh ich so reich aus?« Merkwürdiger Typ. Wollte er sie anmachen? Verscheißern?
Immer noch lächelnd reichte er ihr die Auszüge. »Damit dürften Ihre Überziehungszinsen wohl abgedeckt sein.«
Der Kleine schien wirklich eine schwere Scheibe zu haben. Okay, ihr Gehalt war fällig, aber da sie mit 12 000 DM in den Miesen war, gab es wirklich keinen Grund für die HASPA, sich zu freuen. Höchstens der 14% Überziehungszinsen wegen, die sie jedesmal kassierten. Eine Frechheit eigentlich. Sie blätterte die Auszüge durch. Die *Berliner Morgenpost* buchte immer noch ab, obwohl sie das Abo längst gecancelt hatte. Dafür waren die 2000 DM, die sie für einen Kommentar in *Diese Woche* – unter Pseudonym natürlich – zum Thema »Macht Fernsehen gewalttätig?« geschrieben hatte, immer noch nicht drauf. Lausige Zahlungsmoral. Da. Was war das denn? Eine Zahl mit ungewöhnlich vielen Nullen. Eins, zwei, drei, vier, fünf. Und eine Eins davor. 100 000 DM. Eine Zahl, die sich auf ihren Auszügen nahezu exotisch ausnahm. Es konnte sich nur um eine Fehlbuchung handeln. Mal sehen, wer so doof war, ausgerechnet ihr so viel Geld zu überweisen. Was würde passieren, wenn sie damit jetzt abhaute? Sich 'ne schöne Zeit in der Karibik machte? Konnte sie dafür gerichtlich belangt werden? Sie schaute noch mal. »Verwendungszweck: Nachtdienst« stand da. Mehr nicht. Fehlbuchung vom Eppendorfer Krankenhaus? Dann wußte sie plötzlich, von wem das Geld war. Wie

angewurzelt stand sie vor dem HASPA-Counter. Der nette junge Mann schaute sie auffordernd an, denn die Kundenschlange hinter ihr scharrte bereits ungeduldig mit den Füßen. SCHORSE! Daß sie nicht eher daraufgekommen war! Das Geld war sein Liebeslohn. LIEBESLOHN – für welche Liebe denn, es war doch gar nichts passiert! Doch Schorse war kein Mann, der sein Geld für nichts zum Fenster rausschmiß. Wollte er sie bestechen, sie dazu bringen, daß sie nur Gutes über ihn schrieb? Ogottogottogott. So viel Geld! Was konnte sie damit alles anfangen! Wenn sie es behielte. Was natürlich ausgeschlossen war. Zumindest moralisch ganz und gar nicht einwandfrei.

Anruf beim Teufel

»Hast du mir das Geld überwiesen?«
»Und dir auch einen wunderschönen guten Morgen.«
»Schorse, ich scherze nicht, sag mir sofort die Wahrheit!«
»Wenn du mich so lieb bittest: Ja, ich bekenne mich schuldig.«
»Warum hast du das gemacht, um Gottes willen?«
»Eigenartige Frage. Das war doch unsere Abmachung.«
»Welche Abmachung, wenn ich fragen darf?«
»Sex gegen Kohle.«
»Gott, kannst du primitiv sein!«
»Primitiv, aber deutlich.«
»Darf ich fragen, von welchem Sex du sprichst?«
»Von dem Sex zwischen dir und mir. Insgesamt dreimal.«
»Du bist ja nicht ganz dicht. Ich kann mich an überhaupt nichts erinnern.«
»Ich dafür um so besser. Und meine Videokamera auch.«
»Videokamera? Du hast alles aufgenommen?«
»Alles. Und schon mindestens dreimal angeguckt. Macht mich immer noch richtig scharf.«

»Schorse, ich flehe dich an: Nimm das Geld wieder und laß mich in Ruhe!«
»Tut mir leid, Liebling. Wer mit dem Löwen spielt ..., wie es so schön heißt.«
»Wer mit dem Feuer spielt, zitier bitte richtig, wenn schon.«
»Kommt darin um. Außerdem, was regst du dich so auf? 100 Mille für drei Nummern, das sind 33.333 für eine, davon können meine Mädels nur träumen.«
»Ich erinnere mich an überhaupt nichts mehr.«
»Das ist schade, denn mir hat es viel Spaß gemacht. Wann kann ich die Geschichte lesen?«
»Wenn ich sie fertig habe.«
»Wann wird das sein?«
»Meine Güte, du fragst wie mein Chefredakteur.«
»Der mit der Windel?«
Unwillkürlich mußte sie loskichern.
»Genau der. In einer Woche wahrscheinlich.«
»Du hörst von mir.«

Bei Dolce Vita ist schon wieder dicke Luft

Jürgen Michaelsen studierte den Computerbogen mit finsterer Miene. Die Verkaufszahlen vom letzten Heft. Aufgeteilt nach Abos, Kiosk, Auslandsumsätzen. In allen Sparten sah es lausig aus. 11,3 Prozent weniger als im Vergleichsquartal des Vorjahres. Obwohl sie die Anzeigenpreise drastisch senken mußten, wurde es für die Anzeigenabteilung immer schwieriger, neue Kunden zu bekommen bzw. die alten zu behalten. »Warum soll ich 80 000 DM für eine Farbdoppelseite hinblättern, wenn ich dafür im *Stern* werben kann?« hatte der Ferrero-Küßchen-Werbeleiter gefragt. »Der Stern mag ein Blatt von gestern sein, aber die Auflage ist mit 1,3 Millionen noch immer sensationell.«

Darauf war schwer was zu sagen. Diese Woche hatte der *Stern* den aidskranken Schlagersänger Rivero Nero auf dem Cover: »Sing mir das Lied vom Tod« – das würde wieder mindestens 100 000 sensationsgeile Käufer mehr bringen. Selbst die *Bunte* konnte mit einem Exclusivinterview mit Prinzessin Stephanie von Monaco bei den Mediendiensten klappern: »Warum ich jetzt Zwillinge will«. Und was hatte *Dolce Vita?* Eine schwachsinnige Umfrage über Sex an deutschen Schulen – »Lehrfach Liebe«. Wer war verantwortlich für diesen Quatsch? Er selbst, Scheiße. Und zu allem Überfluß trifft er auch noch diese Ellermann in seinem Puff! Sein Verdrängungsmechanismus arbeitete auf Hochtouren, schaffte es jedoch nicht ganz, den ganzen Vormittag wehte ein Windelzipfel durch seine Gedanken und verhöhnte ihn.

Schlecht gelaunt trommelte er seine Mannschaft zusammen. Stellvertreter, Ressortleiter, Reporter. Ängstlich standen sie fünf Minuten später vor seinem Schreibtisch. Was konnte diese Zwangsvorladung bedeuten? Wie bei einer Steuerprüfung, betrieb jeder klammheimliche Gewissenserforschung. Ärger wegen Spesen? War er draufgekommen, wie viele seiner Leute unter anderem Namen, also »schwarz«, schrieben? Jeder hatte einen Düdel Dreck am Stecken.

»Ich möchte jetzt von jedem einzelnen wissen, welche Titelthemen er in der nächsten Zeit für dieses Blatt zu schreiben gedenkt«, fing Michaelsen an. Kollektives Aufatmen. Ach so, nur das übliche Kriegsgeschrei. Jeder von ihnen hatte eine Titelliste im Kopf, die er, leicht aufpoliert, bei solchen Gelegenheiten immer wieder vorschlug – was nicht weiter auffiel, weil die wenigsten davon jemals realisiert wurden.

»Ich höre«, donnerte Michaelsen.

»Liebe ’93«;

»Aids vernichtet die deutsche Kultur«;

»Neues Buch über Lady Di«;

»Neues Buch über Prinz Charles«;

»Fürstin Gloria ist pleite (diesmal wirklich)«;
»Das geheime Liebesleben des Björn Engholm – Schwulenclubs und Puffmütter aus Schleswig-Holstein packen aus«;
»Boris und Babs – ist er wirklich der Vater?«.
Michaelsen grunzte. Das tat er aus Prinzip, damit sich die Redaktion nicht etwa einbildete, er sei womöglich zufrieden. Diesmal grunzte er besonders laut. »Geben denn diese sogenannten Puffmütter auch eidesstattliche Erklärungen ab? Kriegen wir Fotos von Björn in Action? Erinnert euch bitte an die letzte Politikerschlacht. Oskar und Christa, angeblich im Heimporno. Wunderbar. Nur leider hatten die beiden Masken auf. Hätten also auch Oskar und Christa Müller aus Posemuckel sein können.«
Faltermeyer trat vor, räusperte sich: »Sie wissen doch, wie es in diesem Rotlichtmilieu zugeht, Jürgen. Da läuft alles nach Treu und Glauben. Mit irgendwelchen Formularen kann ich da nicht rumwedeln. Und Fotos sind ganz ausgeschlossen.«
»Also abgehakt«, sagte Michaelsen genervt. »War's das schon?«
Jennas Auftritt. »Unsere Sexserie wird nächste Woche starten können. Zwei Stücke liegen vor: Marlenes Ludenportrait, das sich gut als Titel eignet, und Stachies ›Aufstand der Frankfurter Nutten‹, ebenfalls titelträchtig.«
Ein angedeutetes Grinsen schlich sich in Michaelsens Mundwinkel. »Hmm, klingt gut. Die Ludenstory ganz besonders. Psychogramm eines Zuhälters. Exclusiv in *Dolce Vita.* Gefällt mir. Wann kann ich's lesen?«
»Spätestens übermorgen.«
Wenn sie meinen Puff auch nur mit einer Silbe erwähnt, dachte er, dann fliegt sie. Fristlos.

Sie saß vor ihrem Apple und stierte auf die Mattscheibe. Dort stand der Schluß ihrer Geschichte:
Im Kiezmilieu kursiert ein Witz: Was hat Schorse mit Hitler gemeinsam? Beide lieben ihre Hunde. Doch damit hört die Gemeinsamkeit auch schon auf, denn die Hunde könnten unterschiedlicher nicht sein. Blondie war ein reinrassiger Schäferhund, der einen Einbrecher auf 100 Meter Entfernung roch und bei dessen Näherkommen sofort zerfleischte, ein scharfer, unerbittlicher Wachhund. Shitface ist genau das Gegenteil von dem, was man von Hunden seiner Rasse erwartet – häßlich zwar wie alle Bullterrier, aber trotz aller Schärfungsversuche seines Herrchens, der das Tier ständig auf Trainingsplätze schleift, ist er ein friedliebendes Tier geblieben, das menschliche Schöße liebt – das hat er mit Herrchen gemeinsam – und freudig erregt zu jaulen anfängt, wenn es an der Haustür verdächtige Geräusche hört.
Shitface und sein Herrchen sind seelenverwandt – beide zeigen dem unvorbereiteten Betrachter eine zunächst furchteinflößende Visage. Beide knurren, weil sie denken, das gehöre halt dazu. Beide ärgern sich, wenn allzu schnell gemerkt wird, wie butterweich sie eigentlich sind. Aber paßt es denn zu unserem Klischee vom Kiez, wenn ein Zuhälter keinen Geburtstag seiner Mädels vergißt, wenn er hochselbst mit dem Manager von »Spielzeug Rasch« einen Mengenrabatt für Teddybären aushandelt, die er auf jedes Bett plaziert – damit sich die Männer wie bei Muttern fühlen? Sagt er. Was natürlich rührend daneben ist. Denn die meisten Männer sind ja gerade da, weil es nicht *so wie zu Hause ist. »Ich bin ein guter Zuhälter«, sagt Schorse Föhrenbeißer. Und wenn es wirklich so etwas geben würde, hätte er wohl recht.*
Marlene legte genervt die Lakritzstange weg – Scheiß auf Gesundheit – und griff zur Zigarette, inhalierte so tief, daß die

Lungenflügel weh taten. »100 000 DM«, flüsterte sie leise vor sich hin. Der Klang dieser Zahl hatte etwas Berauschendes. 100 000. Gern hätte sie das Geld in Händen gehabt, das Knistern der 100 Scheine gespürt. So blieb die Summe seltsam abstrakt. Was sollte sie bloß tun mit dem Geld?

Sofort zurückgeben, das war das einzig Richtige. Das moralisch Einwandfreie. Das Langweilige. Und dann? Schorse damit auf die Palme bringen? Zu riskant.

Sie saß da und fühlte richtig, wie ihr Herz immer schwerer wurde. Mein Gott, worauf hatte sie sich bloß eingelassen? Wie naiv, sensationslüstern und bescheuert hatte sie sich verhalten! Wenn das Hans-Joachim erfuhr. Der Druck in ihrem Magen verstärkte sich. Fremdgehen war schlimm genug, aber was Horizontales mit einem Zuhälter! Im Vollrausch! Ohne Kondom! Sie mußte sofort einen Aidstest machen lassen.

Das Telefon klingelte.

»Bist du es, Marli?« Hajos Timing war immer untrüglich. »Wollte nur mal deine Stimme hören.«

Marlenes Herz klopfte wie ein außer Rand und Band geratener Vorschlaghammer. Sie japste richtig, als sie herausbrachte: »Was ist denn los? Ärger in der Praxis?«

»Mein Ultraschallgerät hat jetzt endgültig den Geist aufgegeben. Mitten in der Untersuchung. Es wurde so heiß, daß wir dachten, das Scheißding explodiert.«

Und plötzlich wußte Marlene, was sie mit ihrem Sündenlohn anfangen würde. Ganz leicht und unbeschwert wurde ihr plötzlich zumute. »Was willst du heute abend essen, Liebling?« fragte sie.

»Lieb, daß du fragst«, sagte Hajo müde, »aber mir ist jetzt wirklich nicht nach Essen zumute.«

»Essen kann man immer«, sagte sie fröhlich. »Ich überrasch dich einfach.« Dann legte sie den Hörer auf.

Eine Zentnerlast war ihr von der Seele genommen. Lieber Gott, betete sie Richtung Wolkendecke aus dem Fenster. Ich weiß, daß ich wirklich Mist gebaut habe. Ich tu es auch nicht wieder. Bitte, verzeih mir und mach meinen Mann nicht allzu mißtrauisch.

Das Telefon klingelte wieder. Sicher Hajo, der sich, ihren Kochkünsten zu Recht mißtrauend, Zürcher Geschnetzeltes wünschen würde, da kannte sie ein einfaches *Brigitte*-Rezept.

»Nicht schon wieder Geschnetzeltes«, lachte sie ins Telefon.

»Gut geschlafen?«

»Hallo, Schorse. Ja, vielen Dank.«

»Mäuse auf dem Konto sind das beste Ruhekissen, sage ich immer wieder.«

»Kann schon sein.« Sie wollte das Gespräch so schnell wie möglich beenden.

»Stör ich dich?«

»Nur ein bißchen.«

»Das ist gut. Ich wollte nämlich jetzt bei dir vorbeikommen, um deine Geschichte zu lesen.«

»Das ist wirklich nicht nötig, ich schick sie dir mit der Post.«

»Der Post trau ich nicht.«

»Per Kurier dann eben.«

»Bemüh dich nicht. Shitface braucht sowieso ein bißchen Bewegung.«

Sie seufzte. Seiner Hartnäckigkeit war sie einfach nicht gewachsen. Er wäre ein sensationeller Enthüllungsreporter geworden.

»Dann komm um 17 Uhr. Nicht später. Ich will heute früh nach Hause.«

»Ist die häusliche Kuschelnummer angesagt? Damit der Alte nicht mißtrauisch wird?«

»Schorse«, sagte sie ganz ruhig, »tu mir bitte einen Gefallen.«

»Fast jeden.«

»Laß mich in Ruhe!«

Dann legte sie den Hörer auf. Der Druck in ihrem Magen war wieder da.

»Marlene?« Jenna stand in der Tür. »Der Chef wartet auf deine preiswürdige Geschichte. Kannst du sie bitte mal ausdrucken und mir hochbringen?«
»Kein Problem«, sagte Marlene.

Im Chefzimmer

Zum erstenmal an diesem Tag lächelte Michaelsen. Er legte die letzte Manuskriptseite auf seinen Schreibtisch und nahm die Beine runter, wie immer, wenn ihn etwas erregte. »Ganz toll«, sagte er dann zu Jenna Wissbach, die auf der Besuchercouch Platz genommen hatte. »Allererste Sahne. Titel für nächste Woche. Ich will den Text ungekürzt, keine Verschlimmbesserung wie sonst. Jedes Wort, jedes Komma, alles bleibt. Hast du mich verstanden? Titel: ›Schorse, der Lude aus Gold.‹ Ran an die Arbeit.«
Wie auf Flügeln schwebte Jenna ins Büro zurück. Sogar der Schwesterstreß mit Marie-Viola war im Augenblick vergessen. Titelgeschichte! Das Highlight jedes Ressortleiters! Sie riß die Tür zu Marlenes Büro auf. Eine dicke Rauchwolke quoll ihr cntgegen.
»Ich denk, du hast dir die Qualmerei abgewöhnt«, sagte sie mahnend in die Wolke hinein. »Du weißt doch – frühe Falten, eingetrocknete Eierstöcke, aschiger Mundgeruch.« Es sollte scherzhaft klingen, aber Marlene wurde zur Furie: »In meinem Büro kann ich machen, was ich will. Und wenn ich auf meinen Computer kotze, ist das auch meine Angelegenheit.«
»He, he, he«, meinte Jenna beschwichtigend, »junge Frau! Auch Ärger ist nicht gut für die Durchblutung. Ich hab gute Nachrichten. Komm bitte mit in meine rauchfreie Zone.«
»Sorry«, sagte Marlene kleinlaut, »was gibt es? Der Chef hat die Story nicht zerfetzt?«
»Besser«, strahlte Jenna.

»Er findet sie sogar okay, und ich muß sie nur einmal umschreiben?«
»Noch viel besser.«
»Gar nicht umschreiben?«
»Nächstes Heft. Titel.«
Stolz lehnte sich Jenna zurück und genoß Marlenes Verblüffung.
»Wow«, rief Marlene, »mein erster Titel. Hoffentlich tritt nächste Woche Kohl nicht zurück. Oder Engholm wird mit einem Mann erwischt.«
»Wird schon nicht«, sagte Jenna zuversichtlich. »Ich merz jetzt nur mal deine üblichen Rechtschreibfehler aus, und dann geb ich den Text gleich in die Graphik, damit die Kollegen mit dem Layout klarkommen.«
Die Ressortsekretärin Helga Brändli steckte den Kopf zur Tür herein. »Jenna, ein Herr für dich im Empfang.«
O Gott, Schorse. Den hatte sie total vergessen. Ungelegen wie eine Fußwarze kam er ihr. »Laß ihn hochkommen«, sagte sie ergeben und ging in ihr Büro.
»Das hier ist also deine Legebatterie«, grinste Schorse ein paar Minuten später im Türrahmen. Sie warf ihm einen prüfenden Blick zu. Er trug das Imponier-Outfit, stellte sie resigniert fest, hoffentlich kam jetzt niemand rein. Enge Jeans mit breitem Gürtel, obenrum eine schwarze Lederjacke, die über dem Gürtel endete. Cowboystiefel, in die er – wie er ihr in jener unseligen Nacht verraten hatte, bevor sie die Besinnung verlor – vor dem ersten Tragen hineingepinkelt hatte, damit sich das Leder dehnte. Ekelhaft, aber zu ihm paßte es.
Ungefragt hatte er Platz genommen. Sosehr sie diese raumverdrängende Unbekümmertheit einerseits nervte, so sehr bewunderte sie ihn insgeheim dafür. Er fürchtete sich offensichtlich vor nichts und niemandem, während sie schon verschreckt war, wenn sie einen Anruf aus der Chefetage bekam oder Hajo abends einmal einsilbiger war als sonst. Ständig hatte sie das

Gefühl, etwas falsch gemacht zu haben. Schorse dagegen war überzeugt davon, immer im Recht zu sein.
»Wo ist dein Werk?« fragte er jetzt und blätterte in einer Zeitschrift. »Ich bin schon hochgradig gespannt.«
Sie verfluchte sich innerlich, ihm damals dieses Versprechen gegeben zu haben. Nie wieder, schwor sie sich; lieber laß ich Jackie Onassis, Frank Sinatra und den Papst von der Interviewklinge springen, aber nie wieder laß ich meine Geschichten vorher lesen.
Zögernd gab sie ihm das Manuskript.
»Ich hol mir mal 'nen Kaffee«, sagte sie, weil sie es nicht ertrug, dabeizusein, während er las. Wieder diese Unsicherheit. Michaelsen, der notorische Nörgler, war begeistert gewesen, was also konnte so ein intellektueller Schlichtie wie Schorse schon einwenden. Wahrscheinlich verstand er sowieso nur die Hälfte.
Als sie wieder zurückkam, saß er mit unbeweglicher Miene da. Das Manuskript lag säuberlich gestapelt auf seinem Schoß.
»Na«, fragte sie betont forsch, »wie gefällst du dir?«
Er verzog keine Miene.
»Zufrieden?« hakte Marlene nach, leicht beunruhigt.
Endlich öffnete er den Mund. »Das kann ja wohl nicht dein Ernst sein«, meinte er schließlich.
Jetzt war sie doch ernsthaft besorgt. »Was genau meinst du denn, Schorse? Du bist doch unheimlich gut weggekommen, richtig sympathisch wirkst du.«
»Sympathisch?« Seine Stimme blieb ganz leise. »Wie ein Volltrottel, meinst du wohl. Wie ein seniler, sentimentaler Hornochse. Was glaubst du denn, du unbeleckte Vorstadtmutter, was passiert, wenn dieser Scheiß gedruckt wird?«
»Du wirst wahrscheinlich überrannt von Mädels, die für dich arbeiten wollen«, scherzte sie schwach.
Er ging nicht darauf ein. »Ich werde zum Gespött des Gewerbes«, sagte er, immer noch ganz ruhig. »Keiner wird mich mehr

respektieren. Ich kann auswandern und in Honolulu einen Callgirl-Ring aufbauen.«

»Ist doch auch nicht schlecht. Zumindest ist das Wetter dort besser.«

Langsam stand er auf. Mit dem Manuskript in der Hand stand er vor ihr. »Ich ziehe hiermit meine Erlaubnis zurück«, sagte er und lächelte sie an. »Tut mir leid für dich.«

Sekunden später hatte ihn der Fahrstuhl verschluckt.

Jenna stand in der Tür. Sie hatte Lola auf der Hüfte, die jeden Tag ein Quentchen Niedlichkeit mehr zu entwickeln schien.

»Tschüs, Starautorin«, sagte sie strahlend, »ich muß zum Schwesterntreffen. Die Halbgeschwister wollen sich beschnuppern.«

»Die Halbgeschwister?« fragte Marlene automatisch, ohne richtig hinzuhören.

»Cousins natürlich, Freudsche Fehlleistung«, sagte Jenna schnell. »Ich laß dich jetzt allein. Schau noch mal in die Graphik, ob du mit dem Aufmacherfoto einverstanden bist. Ich find's gut – Lude und Bullterrier auf dem Sofa. Klischee, aber witzig.« Weg war sie, eine Duftwolke von Parfüm und Baby zurücklassend.

Telefon.

»Marlene«, sagte Michaelsen, und unwillkürlich stand sie ein bißchen strammer. »Gratuliere. Eine ganz tolle Geschichte. Sie haben sich aufs Wesentliche konzentriert, Marlene. Sie verstehen, was ich meine?«

»Jawohl, Herr Michaelsen«, sagte sie.

»Dann werden wir ordentlich klappern bei den Nachrichtendiensten: ›Ein Lude packt aus – wie es im Hamburger Rotlichtmilieu wirklich zugeht.‹ Können Sie dazu vielleicht einen kleinen Text schreiben und ihn in die Nachrichtenredaktion geben?«

»Mach ich, Chef«, sagte Marlene automatisch – und zündete sich eine Zigarette an. Ein Blick auf die Uhr. Um Gottes willen.

Viertel vor sechs. Hajo erwartete sein Überraschungsmenü. Sie wühlte in ihrer Schreibtischschublade zwischen Tamponschachteln, Schokoladenresten, Kugelschreibern, bis sie die kleine Schachtel mit Valium fand. Gott sei Dank. Noch drei Stück drin.

Marlene und Hans-Joachim bei Zürcher Geschnetzeltem

Auf dem Tisch sah es aus wie nach einer Verkehrskarambolage. Hajo streckte aufseufzend die Beine lang. »So toll hast du die Rösti noch nie hingekriegt«, schwärmte er. »Besser hätte es meine Mutter auch nicht gekonnt. Danke, Zuckertäubchen, jetzt ist mir schon besser.«
Marlene sah Tisch und Mann wie durch eine dicke Watteschicht. Sie war hinüber. Ein Wunder, daß sie nicht ihre Finger mit in die Pfanne hineingeschnetzelt hatte, so beduselt war sie. Valium, Wein, Angst, schlechtes Gewissen – ein potenter Cocktail, den sie schlecht vertragen hatte.
»Freut mich«, sagte sie. »Hast du noch Lust auf Nachtisch?«
»Woran dachtest du?« fragte er.
»Mach die Augen zu«, sagte sie. »Augen auf.«

Eine Stunde später – im Bett

»Ich bin immer noch ganz fertig«, flüsterte Hans-Joachim, drehte sich zum Nachtisch herum, nahm den Scheck vorsichtig zwischen zwei Finger und wedelte mit ihm hin und her. »Und das hast du alles im Spielcasino gewonnen? Unfaßbar.«
Marlene lag neben ihm und wurde gebeutelt von wahnsinniger Liebe zu ihrem Mann, einem gigantischen Schuldgefühl und riesigem Stolz. Und Panik. All das verschmolz zu

einem Wackerstein, der immer schwerer und schwerer wurde.
»Ich hatte eben Glück«, sagte sie matt.
»Und du willst nichts davon selbst behalten?« fragte er ungläubig. »Entschuldige, aber so edel bist du doch nicht.«
»Ich brauch das Geld nicht«, sagte sie schroff. »Ich hab es leicht verdient, also kann ich mich auch leicht davon trennen.« Hajo drehte sich zu ihr und küßte sie liebevoll. »Ich danke dir«, sagte er zärtlich. »Du bist die wunderbarste Frau der Welt. Womit hab ich dich bloß verdient?«
»Du hast mich überhaupt nicht verdient«, sagte sie und meinte es ehrlich, wenn auch entschieden anders als er.

Gespräch unter Schwestern

»Marco hat seinen ersten Zahn schon mit vier Monaten gehabt.«
»Und Lola hat gleich zwei auf einmal gekriegt. Einen oben und einen unten.«
»Und mit acht Monaten konnte er schon laufen.«
»Und als Lola acht Wochen alt war, hab ich sie vor die Lautsprecherboxen gelegt und sie hat nach der Musik dirigiert.«
»Alle Babies rudern unkoordiniert mit den Armen.«
»Lola konnte schon mit fünf Monaten Mama sagen.«
»Und Marcos erstes Wort war Fernbedienung.«
»Dafür hat sie schon mit einem Jahr im Swimmingpool nach Ringen getaucht.«
»Und Marco weiß schon, was ein Penis ist.«
Sie schauten sich an und lachten.
»Hast du mir verziehen?« fragte Jenna.
»Bleibt mir was anderes übrig?« fragte Marie zurück. »Nur such dir fürs zweite Kind bitte einen etwas weiter entfernten Verwandten aus.«

»Ich will kein zweites Kind. Eine Legehenne in der Familie reicht.«
»Besser Legehenne als Schmierenschreiberin.«
»Bäh.«
»Du auch Bäh.«

Am nächsten Morgen

Michaelsen hatte sich selbst in die Graphik bemüht, was bedeutete, daß es sich um eine äußerst wichtige Story handelte. Normalerweise ließ er sich das fertige Layout vorlegen, tippte mit seinem dicken Zeigefinger auf die Fotos, die ihm nicht gefielen, und sagte: »Dat is 'ne Gurke. Weg damit.«
Das konnte bis zu fünfmal hintereinander passieren und trug leider in den seltensten Fällen tatsächlich zur Verbesserung der Optik bei. Meist wurden Fotos von älteren Mitmenschen (»Wer will denn diese Schrumpelheinis sehen? Wir sprechen den jüngeren Leser an, nicht den scheintoten.«) ausgetauscht gegen Bilder von Frauen in verschiedenen Stadien der Nichtbekleidung. Strapse paßten Michaelsens Meinung nach überall hin – zur Greenpeace-Reportage, weil nackte Haut so viel mit Natur zu tun hat, oder zum Bericht über Tierquälerei, schließlich wird auch das menschliche Fleisch oft genug geschunden.
Die Graphiker protestierten, wenn sie jung und ambitioniert waren, die älteren seufzten nur noch, aber ändern konnten sie alle nichts. Michaelsen war Chef und als solcher gegen Kritik von Untergebenen völlig immun.
Die Reportage über Schorse war deshalb so richtig nach seinem Geschmack. Das Aufmacherfoto hatte er bereits geändert, denn Hund und Mann waren ihm, wie er dem erbitterten Graphiker erklärt hatte, »als Image nicht erotisch genug. Schließlich geht es nicht um einen Schäferhundeverein«. Statt dessen prangten

jetzt drei blutjunge Prostituierte auf der Doppelseite, von unten fotografiert, so daß ihre Beine endlos wirkten und die Tangas minimal. Auch den Titel hatte er umformuliert. »Wo Bumsen billig ist«, hieß er jetzt, was alle rangniederen Angestellten grauenhaft primitiv fanden. Nur Jenna hatte einen schüchternen Vorstoß gewagt: »Sollten wir nicht besser ›Liebe‹ sagen? ›Bumsen‹ klingt so proletenhaft.«
Michaelsen winkte genervt ab. »Alberne Prüderie«, sagte er nur. »Warum die Dinge nicht beim Namen nennen?«
Ein paar intensive Sekunden lang haßte ihn Jenna von ganzem Herzen. Was für ein Superarschloch, dachte sie. Dann fiel ihr ein Spruch ihrer Mutter ein: Es gibt Menschen, die sind so widerlich, daß sie keine Strafe mehr brauchen; sie sind durch sich selbst gestraft genug. Ein schwacher Trost, dachte Jenna, hoffentlich stimmt er wenigstens. Die Tatsache, daß sich der Chef für eine Story besonders einsetzte, mußte man sich leider mit einer immensen Beschneidung des eigenen journalistischen Mitspracherechts erkaufen. Wie gesagt, sein Lieblingsspruch – »Ich bin nicht schlauer, aber stärker« – war eigentlich deutlich genug. Wenigstens hatte er nicht im Text herumgepfuscht. Im Gegenteil.
»Die Story ist so gut, nicht ein Wort wird geändert«, hatte er angeordnet.
Marlene betrat die Graphik. O Gott, sie sieht ja aus wie ein ersoffenes Suppenhuhn, dachte Jenna erschrocken, ob sie irgendeinen Virus hat?
»Jenna, ich muß dringend mit dir sprechen«, sagte Marlene leise.
»Gleich«, wehrte Jenna ab. »Wir sollten besser hierbleiben, solange der Chef im Layout herumfummelt. Nur so können wir das Schlimmste verhindern.«
»Gleich ist zu spät«, drängte Marlene mit blassen Lippen. »Laß uns bitte ganz kurz zu dir ins Zimmer gehen. Bitte.«
Jenna nickte.

»Kann ich die Tür zumachen?« fragte Marlene, kaum waren sie in Jennas Büro.

»Du meine Güte, was bist du heute morgen konspirativ! Spuck's schon aus, was dir auf der Seele brennt.«

Also spuckte Marlene. Ein bißchen ließ sie allerdings aus. Die ominöse Nacht zum Beispiel. Was blieb, war ihr Versprechen, die Geschichte von Schorse gegenlesen zu lassen, und die Tatsache, daß er jetzt massiv auf sein Recht pochte.

Als sie fertig war, wartete sie auf ein Donnerwetter, aber Jenna blieb ganz ruhig. »Das ist alles?« fragte sie.

»Ja, reicht das denn nicht? Die Story muß gekippt werden, sofort. Michaelsen wird schäumen. Wahrscheinlich schmeißt er mich raus.«

»Hat der Typ was Schriftliches?« fragte Jenna nur. »Nein, aber mein mündliches Versprechen.«

»Laß mich das mal mit der Rechtsabteilung checken. Schlimmstenfalls steht Aussage gegen Aussage. Was will dieser Kerl denn eigentlich? Die Story ist doch positiv für ihn. Viel zu positiv, für meinen Geschmack.«

»Das sieht er eben anders«, sagte Marlene, die plötzlich eine abgrundtiefe Müdigkeit spürte, »und was sag ich ihm, wenn er sich wieder meldet?«

»Sei am besten gar nicht da«, riet Jenna und zwinkerte.

Als Marlene in ihr Büro zurückkam, klingelte das Telefon wie auf Bestellung. Auf dem Display ihres Apparates sah sie, daß es Schorses Nummer war. Also ging sie nicht ran. Wie gut, daß sie kein Bildtelefon hatte.

Jetzt hätte ich gern einen fetten Mafia-Kontakt, dachte sie plötzlich.

Anruf. »Wer spricht?«

»Marlene.«

»Was willst du?«

»Ich hab da ein Problem.«

»Name, Adresse, Autokennzeichen.«

»Danke.«
»Für dich doch alles, Schätzchen.«
»Bye, Gino.«
»Keine Namen bitte. Du weißt, wir werden abgehört.«
Das Telefon klingelte schon wieder. Sie verließ das Büro.

Die Ellermannsche Praxis

Gerade hatte ich einen Patienten verarztet, der über eine vergrößerte Schilddrüse klagte. In der Tat fühlte sie sich leicht geschwollen an. Des Rätsels Lösung: Er nahm zum Essen immer Jodsalz, und zwar ziemliche Mengen. Wunderbar, solche Simpelfälle. Wer steht nicht ab und zu auch mal gern als kleiner Gott da?
Heute gehörte mir sowieso die Welt. Gleich als erstes hatte ich ein neues Ultraschallgerät bestellt, sogar einen fünfprozentigen Rabatt ausgehandelt, so daß mich das Ganze nicht mehr als 75 000 DM kosten würde. Vom Rest würden wir eine Weltreise machen, das hatte sich Marlene wahrlich verdient. Ich liebte sie inniglich an diesem wunderschönen Morgen. Sogar die Hamburger Sonne hatte sich ausnahmsweise aus ihrem Wolkenbett bequemt und schien ein bißchen.
»Der nächste, bitte«, jubilierte ich geradezu ins Wartezimmer. Frau Fenchel. Eine reizende Dame Ende Fünfzig, Hundefreundin. Mit ihrem 73jährigen Lebensgefährten betrieb sie eine Foxterrierzucht in Volksdorf, verströmte deshalb ein so intensives Odeur nach Hund, daß ich jedesmal die Fenster aufriß, wenn sie das Behandlungszimmer betrat.
»Welch Glanz in meiner Hundehütte«, flachste ich auch diesmal am weit geöffneten Fenster, als Frau Fenchel reinkam. »Was kann ich diesmal für Sie tun?«
»Sie könnten erst mal das Fenster zumachen, Herr Doktor«, sagte sie mit ihrer tiefen, von vielen Filterlosen geschwängerten

Stimme. »Ich hab's nämlich gern ein bißchen gemütlich.« Sie setzte sich, holte einen Zettel heraus, faltete ihn auseinander und las vor: »Herzdrücken rechts.«
»Wo genau?« fragte ich. Sie zeigte auf die Stelle. »Da ist kein Herz, Frau Fenchel«, seufzte ich, »da ist höchstens Ihre Milz.«
»Meins schon«, sagte sie hartnäckig und schaute wieder auf ihren Zettel: »Gallenstechen, aber unregelmäßig. Schmerzen beim Bücken.«
»Liebe Frau Fenchel«, begann ich behutsam, »all diese Beschwernisse sind ganz normal. Sie sind jetzt wie alt? Frühe Fünfziger?«
»Schmeicheln Sie mir nicht, Doktor«, sagte sie unwirsch. »Meine Krankenkarte liegt vor Ihnen. Ich bin Jahrgang '37.«
»Ach so, also dann sind es halt einfach, nun ja, degenerative Erscheinungen. Daran können wir wenig ändern.«
»Sie meinen Verschleiß?« fragte sie direkt.
»So könnte man es nennen«, gab ich zu.
»Dann sprechen Sie doch deutsch mit mir. Fremdwörter machen die Sache auch nicht besser.«
»Sie haben recht, Frau Fenchel.« Mich konnte heute nichts aus der Fassung bringen. »Kann ich sonst noch was für Sie tun?«
Statt einer Antwort rollte sie ihren Blusenärmel hoch. Ihr Arm sah aus wie nach einer Masern-Röteln-Attacke. Flohstiche, wie ich sofort erkannte.
»Mal 'ne Frage.« Frau Fenchel druckste ein bißchen herum. »Ich geb meinen Hunden immer dieses Antiläusemittel Fenthiol. Davon springen die Viecher zwar von den Hunden weg, aber dafür leider auf mich und meinen Lebensgefährten drauf. Gibt's nicht vielleicht ein Mittel, das wir nehmen könnten, damit die Viecher auch von uns weggehen?«
»Da bin ich echt überfordert, Frau Fenchel«, sagte ich ehrlich. »Ich erkundige mich mal und sag Ihnen dann Bescheid, okay?«

»In Ordnung«, sagte sie, rollte den Ärmel wieder herunter und erhob sich. »Aber machen Sie schnell, die Stiche jucken nämlich ungeheuer.«
»Sie würden alles für Ihre Hunde tun, stimmt's?« fragte ich.
Sie drehte sich in der Tür um, musterte mich erstaunt.
»Ich würd mein Leben für sie geben«, sagte sie.
Ihre Tierliebe rührte mich, obwohl sie mir völlig unverständlich war. Bei jedem Pißwetter mit der Töle raus, Blut und Wasser schwitzen, wenn die Miezekatze rollig wird, überall kitzlige Tierhaare – nein, danke! »Tschüs, Frau Fenchel«, sagte ich.
Dann rief ich Marlene an. Nicht da. Wahrscheinlich war sie mit dieser Kiezgeschichte beschäftigt. Ich schaute kurz ins Wartezimmer. Nur noch ein Patient. Neuzugang. Sah komischerweise ein bißchen nach Kiez aus. Aber ich konnte mich täuschen. Als Arzt bin ich zwar Spitze, aber als Mensch ein bißchen naiv. Sagt jedenfalls Marlene immer. Und Ehefrauen haben ja bekanntlich immer recht.
»Nehmen Sie bitte Platz.«
Der große, paketschultrige Mann, der vor meinem Schreibtisch Platz nahm, kam mir seltsam vertraut vor, aber da ich kein Gesichtsgedächtnis habe, konnte ich es mir auch einbilden. An den geplatzten Äderchen auf beiden Wangen erkannte ich sofort den fortgeschrittenen Alkoholiker. Auch seine leicht gelblichen Augäpfel wiesen darauf hin.
»Sie sind zum erstenmal hier, Herr –«, ich schaute auf die Krankenkarte, die meine Sprechstundenhilfe vorbereitet hatte, »Herr Föhrenbeißer?«
»Ich komme auf Empfehlung«, antwortete der Mann.
»Das freut mich«, sagte ich. »Wer hat mich Ihnen denn empfohlen?«
»Eine schöne Frau.«
Aha, er machte auf geheimnisvoll. Sollte er ruhig. »Weswegen sind Sie hier?« fragte ich.

»Ich will mich durchchecken lassen.« Er lächelte. »Meine Lebensversicherung verlangt den General-TÜV von mir.«
»Sehr vernünftig«, lobte ich erfreut. »Ist doch immer schön zu wissen, daß noch alles in Ordnung ist.«
Das Telefon.
»Hallo, Liebling«, sagte ich, »ich ruf zurück. Hab gerade einen Patienten hier.«
»Ihre Frau?« fragte der Mann, als ich den Hörer aufgelegt hatte.
»Ja«, antwortete ich kurz.
»Schon lange verheiratet?«
»Ein paar Jahre.«
»Glücklich?«
»Danke, ja.« Ich war erstaunt. Ein merkwürdiger Mensch. Ich räusperte mich: »Wir fangen am besten mit Blut- und Urinabnahme und mit dem Belastungs-EKG an. Die notwendigen Ultraschalluntersuchungen machen wir danach.«
»Warum nicht gleich?« fragte er, und ich fand, daß seine Stimme etwas Lauerndes bekommen hatte. »Auf einen Rutsch, sozusagen.«
»Das geht leider nicht, weil mein altes Ultraschallgerät seinen Geist aufgegeben hat und das neue erst in einigen Wochen geliefert wird«, antwortete ich ein bißchen ärgerlich. Mußte ich mich vor diesem Mann rechtfertigen?
»Sicher nicht ganz billig, so ein Ding«, meinte er.
»Nein.« Ich stand auf. »Darf ich Sie jetzt zur Blutabnahme bringen?«

Marlene und Jenna

Lola saß friedlich unter Jennas Schreibtisch und zerfetzte buntbedrucktes Papier in kleine Stücke, die sie dann fröhlich einspeichelte und runterschluckte. »Ist Druckfarbe nicht gefährlich für kleine Kinder?« fragte Marlene und schielte besorgt

nach unten, ob es sich nicht vielleicht um eine ihrer Geschichten handelte. Ach so, »Kleine Männer – große Frauen« von einer Freien. Die konnte ruhig verspeist werden.
»In Bosnien wickeln die Krankenhäuser ihre Neugeborenen in Zeitungspapier«, sagte Jenna. »Angeblich so steril wie Windeln. Wenn die Druckerschwärze frisch ist. Setz dich, Mädel. Du siehst fertig aus. Hat er sich gemeldet?«
»Er hat's den ganzen Tag probiert. Ich bin nicht rangegangen.«
»Gut so. Ich hab inzwischen die Rechtsabteilung kontaktiert. Die meint auch, wenn nichts Schriftliches vorliegt, können wir die Sache riskieren. Sind alle Zitate echt, oder hast du Formulierungshilfe geleistet wie sonst?«
»So gut wie echt«, gab Marlene zu. »Trotzdem hab ich Angst.«
»Brauchst du wirklich nicht zu haben. Unwahrscheinlich, daß ein Lude wegen einer solchen Sache vor Gericht geht. Die haben doch alle Dreck am Stecken.«
»Trotzdem«, meinte Marlene zögernd. »So ein Mann hat ja auch andere Mittel.«
Jenna beugte sich zu Lola runter, weil diese leicht würgte, und zog ihr einen Papierfetzen aus dem Mund. Als sie wieder auf ihrem Platz saß, schaute sie ihre Kollegin prüfend an. »Wieso habe ich das Gefühl, als ob du mir was verschweigst?«
»Keine Ahnung. Weil du gern Hellseherin spielst.«
»Mädel, verarsch mich nicht. Ich seh dir doch an, daß dir eine Kröte im Hals steckt.«
»Das bildest du dir ein.«
Jenna seufzte. »Wenn du nicht reden willst, kann ich dir auch nicht helfen. Nur eine Frage noch – beruflich oder privat?«
Marlene dachte kurz nach. »Beides«, gab sie dann zu.
»Scheiße«, sagte Jenna mitfühlend, dann wurde sie sachlich: »Wir haben vier Doppelseiten, aber 22 Blatt Text, du mußt also ganz leicht kürzen. Am besten, du legst schon mal los, und ich kümmere mich um die Kleintexte. Den Titel haben wir zum Glück wieder rückgängig machen können. Selbst Chefs sind

manchmal einsichtig. Der neue heißt: ›Schorse – ein Lude mit Herz‹. Wie findest du das?«
Lobheischend sah sie Marlene an, doch die dachte nur: Das verzeiht mir Schorse nie.

Stachie wird richtig ärgerlich

»Schon wieder du.«
»Allerdings, Schorse. Und zwar so lange, bis du mir die Wahrheit sagst.«
»Und die wäre, deiner unmaßgeblichen Meinung nach?«
»Daß die Nummer längst gelaufen ist.«
»Interessant.«
»So ein Honigkuchenstück schreibt die doch nicht, wenn du sie nicht in der Mache hattest. Aus jeder Zeile tropfen die Hormone.«
»Du wirst ja richtig lyrisch auf deine alten Tage.«
»Schorse, Spielschulden sind Ehrenschulden.«
»Mein lieber Stachie, wie oft soll ich es dir denn noch sagen? Ich hab mit der Frau nie was gehabt. Ludenehrenwort.«
»Vergiß nicht, daß ich so einiges über dich weiß.«
»Nichts, was du beweisen kannst.«
»Ist das dein letztes Wort?«
»Mein letztes Wort ist – du arme Sau. Schlaf gut.«

Schorse und Shitface

Er lag im Bett und fühlte sich mies. Ob es an den zahlreichen Entre-Deux-Mers lag, die er gestern mit seinen Mädels im *Rive* geleert hatte – zweimal im Jahr führte er seinen Stall zwecks Hebung des Betriebsklimas in ein gutes Restaurant –, ob er sich beim Kickboxen übernommen hatte, ob er sich über Marlenes

Geschichte immer noch aufregte oder ob er einfach alt wurde: er wußte es nicht, es war ihm auch scheißegal. Tatsache blieb, daß er seinen zentnerschweren, unerfreulich pochenden Kopf kaum von den Satinkissen hochkriegte und der Becher Caffè Latte, den ihm Rosaria stumm auf den Nachttisch gestellt und auf seine auffordernde Handbewegung hin an die Lippen gehoben hatte, seine übliche Weckwirkung verfehlte.
»Shit, viel zu heiß«, fluchte er und spuckte den Milchkaffee in hohem Bogen auf die Satinbettdecke. Schwanzwedelnd stand sein Hund am Bett, weil er seinen Namen gehört hatte. »Ist ja gut, Shittie, du bist diesmal nicht gemeint«, murmelte Schorse und fühlte sich gleich ein wenig besser. Dieser häßliche Köter schaffte es doch immer wieder, ihn aufzumöbeln. Lag wahrscheinlich daran, daß Schorse keine Kinder hatte. Zumindest keine, mit denen er lebte, korrigierte er sich schnell. Was ging ihm heute morgen bloß alles durch den Kopf? Rosaria hatte sich entfernt, also mußte er für den nächsten Schluck die Tasse selber hochheben. Diesmal war der Kaffee richtig. Drei große Schlucke, und er fühlte sich geistig fit genug für die Lektüre der Morgenzeitungen. *Bild, St. Pauli Nachrichten, Neue Revue,* und wenn wieder nackte Mädels auf dem Cover waren, also jede zweite Woche, auch der *Stern.* Noch ein Schluck Kaffee. Es ging doch nichts über eine freiberufliche, von Bürozeiten unabhängige Tätigkeit. Das Telefon klingelte.
»Eigentlich nein«, knurrte Schorse ins Telefon.
»Mit Sicherheit doch.« Die hellwache Stimme gehörte seinem Kollegen Killermatze, der sich auf südamerikanische Transvestiten spezialisiert hatte und deshalb Schorse nicht ins berufliche Gehege kam.
»Was gibt's, Alter?«
»Ich lese gerade eine Zeitschrift namens *Dolce Vita.*«
»Na und? Was interessiert mich das?«
»Sollte dich irgendwie. Du bist auf der Titelseite.« Hammerschlagartig war Schorse wach. Er spürte eine so rasende Wut

und eine so abgrundtiefe Enttäuschung, daß ihm ganz heiß wurde. Er warf die Bettdecke zurück und rief: »Rosaria, komm sofort her.«
Erschrocken stand sie in der Türschwelle. »Chef sich haben verbrannt die Zunge?«
»Besorg mir sofort die Zeitschrift *Dolce Vita.* Aber dalli-dalli!«
»Wie heißen Zauberwort?« fragte Rosaria leicht beleidigt.
»Bitte, liebste Rosaria, bitte, bitte besorg mir eine *Dolce Vita.*«
»So schon besser«, sagte sie und verschwand.
Schorse stand auf. Sein Herz klopfte laut vor Wut. Wie konnte Marlene nur? Ausdrücklich hatte er ihr die Veröffentlichung untersagt, und sie scherte sich einen Teufel darum. Das würde sie büßen. Heiße Rachegedanken zischten wie giftige Pfeile in seinem Kopf herum. Ihren Mann anrufen, ihm alles erzählen? »Hallo, Herr Doktor, Ihre Frau ist wirklich sensationell im Bett. Glückwunsch!« Sie in der Firma anschwärzen? Aber den Gedanken verwarf er schnell. Diese Presseschweine wollten Auflage machen, die lachten doch nur über einen wie ihn. Er wurde noch saurer. Vielleicht wußte sein Anwalt Klaus Meerwein Rat.
»Schorse hier. Hast du fünf Minuten?«
»Du schon wieder. Was ist es diesmal? Hat dir Muscle Mike ein Mädel ausgespannt? Du weißt genau, daß ich da anwaltlich nichts machen kann.«
»Nichts dergleichen, Klaus. Die *Dolce Vita* hat 'ne Geschichte über mich drin.«
»Ach du Superscheiße! Ist dein Drogending in Amsterdam aufgeflogen? Der Typ, mit dem du gedealt hast, kam mir von Anfang an nicht koscher vor. Sicher ein Pressespitzel.«
»Ich wünschte, es wäre die Drogenkiste. Die Story ist über *mich.* Eine Art Psychogramm oder so. Ich hab sie noch nicht gelesen, ein Kumpel rief mich an. Kauf sie dir, dann reden wir weiter.«

»Ich schick gleich meine Sekretärin los. Stehen denn irgendwelche saftige Lügen drin, außer denen, die du selbst erzählst?«
Schorse dachte nach. »Nicht direkt«, mußte er dann zugeben.
»Hat dich der Schreiber falsch zitiert?«
»Nein«, sagte Schorse zögernd.
»Was ist dann dein Problem, Schorse?« Die Stimme des Anwalts klang ungeduldig. »Du mußt doch ursprünglich mit der Story einverstanden gewesen sein. Wo drückt denn jetzt das Korsett?«
»Lies das Ding, dann wirst du mich verstehen«, sagte Schorse nur und legte auf.
Inzwischen war Rosaria wieder da und plazierte stumm die *Dolce Vita* auf dem Nachttisch: »Chef sehen gut aus in Zeitung«, meinte sie, »viel besser als in echte Leben.«
Er nahm die Zeitschrift hoch und schaute sich an. SCHORSE – EIN LUDE MIT HERZ stand in roten Buchstaben auf dem Cover, das ihn mit Shitface auf seinem Sofa zeigte. Er sah wirklich gut aus, das mußte er zugeben. Richtig echt blond wirkten seine Haare, auch die Falten in seinem Gesicht waren wie weggebügelt.
»Hmm«, machte er und spürte, wie sich, eigentlich gegen seinen Willen, die knochenharte Wut in ihm ein bißchen auflöste. Wahrscheinlich hatte Marlene sogar recht – für so einen Softie würden viele Frauen gern arbeiten. Wenn er Glück hatte, meldete sich sogar die eine oder andere Studentin bei ihm. Ungeahnte Möglichkeiten taten sich auf.
Das Telefon klingelte.
»Schorse hier.«
»Also, ich weiß nicht, wo da dein Problem liegt«, sagte Klaus Meerwein. »Die Story liest sich für mich so, als ob du die Alte gevögelt hättest – so zuckerweich und total daneben ist sie. Wie sieht sie denn aus, diese Marlene Ellermann?«
»Gut«, sagte Schorse kurz und bemühte sich, seine Stimme

weiterhin genervt klingen zu lassen. »Mein Problem ist, daß mich dieser weichgespülte Scheiß sehr wahrscheinlich meinen Ruf in der Branche kosten wird. Die Kumpels lachen doch jetzt über mich, ich werde zum Gespött vom Kiez, zum Betbruder von St. Pauli.«

»Seit wann scheißt du dich denn wegen anderer Leute ins Hemd?« fragte der Anwalt. »Ich jedenfalls werde dich nicht vertreten, weil ich mich mit jeder Art von Verleumdungsklage oder Gegendarstellung lächerlich machen würde. Außerdem hast du mein Honorar für deinen letzten Prozeß, den du im übrigen auch verloren hast, noch nicht bezahlt.« Schorse mußte nachdenken. »Was war das denn noch?« fragte er kleinlaut. Es stimmte, in unwichtigen Dingen war seine Zahlungsmoral ein bißchen lasch.

»Es ging um den Lackschaden an deinem Mercedes, weil angeblich die Boxerhündin von Muscle Mike an deinen kostbaren Kotflügel gepißt hat. Der Richter hat das Verfahren wegen Geringfügigkeit eingestellt. Und jetzt steh auf, mein Junge, dusch dich kalt und geh an die Arbeit, was immer man in deinem Beruf Arbeit nennt.«

Schorse setzte sich aufs Sofa, schlug die *Dolce Vita* auf und las. Klaus hatte recht – positiver und wärmer hätte er sich selbst nicht beschreiben können. Worüber hatte er sich bloß so aufgeregt?

»Seine Haare sind zu blond, seine Augen zu blau und sein Körper insgesamt zu massig – aber hätte er von allem ein bißchen weniger, dann würden ihn auch hartgesottene Feministinnen nicht von der Bettkante schubsen.«

Er schmunzelte. Nicht übel. Ein süßes Schlitzohr, diese Marlene. Zu schade, daß sie verheiratet ist. Doch das war eigentlich ihr einziger Fehler. Ihm wurde plötzlich butterweich, als er an sie dachte. Mein Schnuddel, dachte er zärtlich und hatte, ausgesprochen gegen seinen Macho-Willen, plötzlich eine starke Sehnsucht nach ihr. Er würde sie anrufen und sich entschul-

digen. Was war nur in ihn gefahren, daß er sie so unter Druck gesetzt hatte?
Das Telefon klingelte. Er nahm sich vor, jedem Kumpel eins überzubürsten, der sich jetzt dickmachen würde.
»Hallo«, bellte er in die Muschel. Schweigen.
»Falls dies ein *dirty phone call* ist, du alte Drecksau, dann bist du bei mir genau richtig«, brüllte er.
»Schorse?« Die weibliche Stimme klang ausgesprochen piepsig. Marlene. Er mußte sich setzen.
»Was willst du?« fragte er, ein bißchen sanfter, aber immer noch kratzbürstig. Allzu leicht sollte die Versöhnung nun auch wieder nicht über die Bühne gehen. Aus Erfahrung wußte er, daß sie nach ein bißchen Streß um so inniger verlaufen würde. Und danach war ihm jetzt – nach einer innigen Versöhnung mit Marlene.
»Ich muß dir was gestehen«, fing sie an. Zögernd. Ein Wort nach dem anderen.
»Schieß los«, sagte er. »Du hast den Text nach meinen Wünschen geändert und willst ihn mir jetzt vorlegen. Hab ich nichts gegen. Komm vorbei.«
»Schorse.« Jetzt klang die Stimme richtig flehentlich. »Es ist etwas passiert, und ich kann mich nur wahnsinnig bei dir entschuldigen und hoffen, daß du mir verzeihst. Es war wirklich nicht meine Schuld«, setzte sie hastig hinzu.
Schorse schmunzelte und betrachtete sein Titelbild. Ein wunderbares Gefühl, wenn eine Frau so zappelte. »Kannst du bitte etwas genauer sein«, sagte er dann schroff. »Ich hab nicht den ganzen Tag Zeit.«
»Also, ich wollte die Geschichte zurückziehen. Ganz bestimmt. Aber als ich in den Verlag kam, da war sie schon abgefahren.«
»Was heißt abgefahren?« fragte er. »Ihr seid doch kein Bahnhof. Sprich deutsch mit mir, Mädel.«
»Also abgefahren heißt, sie war schon in der Druckerei.«

»Dann hättest du in die Druckerei fahren und die Druckerpressen anhalten sollen«, meinte er. »Und nun?«
»Nun steht sie in *Dolce Vita,* und zwar diese Woche. Als Titel.«
Sie schwieg. Er auch, aber aus anderen Gründen. Sein Gehirn arbeitete fieberhaft. Wie holte er jetzt das Optimale aus dieser Situation heraus? »Schorse, bist du noch dran?« Sie bettelte jetzt. »Soll ich dir ein Heft mit Kurier vorbeischicken? Du siehst wirklich richtig gut aus, Ehrenwort.«
»Das kann doch wohl nicht dein Ernst sein.« Ein neutraler Satz, der ihm Zeit zum Nachdenken ließ. »Und was stellst du dir jetzt vor?«
»Ich weiß auch nicht, Schorse«, sagte sie. »Soll ich dir das Geld zurücküberweisen?«
»Das Geld hast du dir redlich verdient«, beschied er sie barsch. »Behalt die Lappen.«
Da hatte er eine wunderbare Idee. Das Schmunzeln wurde zu einem breiten Grinsen. Wie gut, daß sie ihn jetzt nicht sehen konnte; er saß da wie eine dicke Katze vor der Sahneschüssel.
»Bring das Heft vorbei«, meinte er nur, »dann sehen wir weiter.«
»Ich setz mich sofort ins Taxi«, sagte sie devot. »Soll ich Brötchen mitbringen?«
Wie niedlich kleinbürgerlich sie sein konnte. Wunderbar, wie wenig sie ihm gewachsen war. »Bring dich«, sagte er, »das reicht.«

Ellermann ist glücklich

Er stand vor seinem Ultraschallgerät und fühlte sich wie ein frischgebackener Vater. Neu, unberührt und vor allem bezahlt (!) stand sein Baby vor ihm, glänzte fröhlich und war ganz seins. »Laß uns eine kleine Praxisparty machen«, sagte er zu seiner Sprechstundenhilfe Cornelia. »Lad unsere treuesten Patienten

ein, probier vielleicht ein paar Prominente, die schmücken immer.«
»Und dann?« fragte Cornelia verblüfft zurück. »Was soll ich als Anlaß auf die Einladungskarten schreiben?«
»Schreib doch einfach, zu Sekt, Käsehäppchen und zu einer kostenlosen Ultraschalluntersuchung«, schlug er vor und grinste wie ein Honigkuchenpferd. »Das ist doch mal was Originelles. Ruf am besten auch den *Luruper Stadtanzeiger* an, vielleicht haben die auch Lust.«
»Chef, ich glaub, Sie verrennen sich«, meinte Cornelia vorsichtig, »aber ich will's gern probieren.« Dann ging sie zurück zum Tresen und sagte zu ihrer Kollegin Petra Duve: »Der Chef dreht durch.«
»Weshalb diesmal?«
»Er will 'ne Einweihungsparty für sein neues Ultraschallgerät. Jeder Gast soll 'ne kostenlose Untersuchung bekommen.«
»Wie gut, daß er kein Gynäkologe ist«, meinte Petra ungerührt und biß in ihr Käsebrot. »Wann soll der Spaß denn sein?«
»In den nächsten Tagen.«
»Dann sag ich meinem Verlobten Guido Bescheid, der kann sich 'ne Extramark mit den kalten Platten verdienen.«
»Okay, aber nur Käse und Wurst, für Lachs und Aal ist der Umsatz hier nicht hoch genug.«
Sie seufzten.
»Was ist das hier eigentlich für eine Kassette?« fragte Cornelia und zeigte auf ein Tonband, auf dem das Wort »Schnarchgeräusche« stand.
Petra lachte: »Das ist für Frau Menge. Hat der Chef eigenmündig für sie draufgeschnarchelt.«
»Ich versteh nur Bahnhof«, sagte Cornelia.
»Du würdest es eh nicht begreifen«, meinte Petra und steckte das Tape in einen Umschlag.

Ich werde geliebt, ich werde gebraucht, ich werde wahnsinnig

Lola und Marco waren genau gleich groß, mit dem Unterschied, daß Lola bereits, Chaosspuren hinterlassend, durch die Wohnung flitzte, während sich Marco noch, vor Kraft strotzend, aber bewegungsunfähig, frustriert auf dem Boden hin- und herrollte, nicht vorankam und aussah wie ein dicker, kurzbeiniger Wurm. Michael saß zwischen ihnen, vor sich auf dem Boden eine große Schüssel Karottenkartoffelbrei, und fütterte die Halbgeschwister. »Mund auf, Lola«, schmeichelte er, »da kommt die große Eisenbahn, jaaa, und jetzt den Bahnhof ganz weit auf.« »Grrrrr, spitter«, machte Lola, drehte blitzschnell den Kopf zur Seite, hob die Ärmchen, witsch, watsch – schöne orangefarbene Flecken auf dem weißen Oberhemd würde das geben. Aus der Windelgegend von Marco wies ein brubbelndes Geräusch auf ungestörte Verdauung hin. »Weit auf, mein Kleiner«, sagte Michael mit inzwischen nacktem Oberkörper. »Mach schön happi happi!« Brav öffnete Marco das Mäulchen, weit auf, ein Löffel fand Platz, noch ein zweiter. »Jetzt schlucken«, mahnte der Babysitter, »runter damit!« Marco öffnete ganz leicht die Lippen, und pruuust – in weitem Bogen schoß der Brei auf Michaels Hose. Warm und weich fühlte es sich an, wie reingepinkelt. Also zog er die Hose ebenfalls aus. Jetzt saß er in rotgepunkteten Boxershorts da und klatschte den Kindern Brei auf Mund und Nase, wischte Übriggebliebenes ab und klatschte erneut.

Irgendwie bin ich karrieremäßig im Augenblick nicht gerade auf dem Höhepunkt, sinnierte er und warf einen schuldbeladenen Blick in Richtung Schreibtisch, auf dem sich Bücher, Fachzeitschriften und Unrat türmten. »Die Kommunistische Partei Griechenlands von 1941 bis '49« – wie war er nur auf dieses schwachsinnige Thema gekommen? Wen auf dieser Welt interessierte es, daß Oberst Bazirkidis Ende September

1943 in die Leitung der EKKA eingetreten war, der sogenannten Nationalen und Sozialen Befreiung, wie es auf griechisch hieß? Zumal der heiße Flirt mit Elena auf Mykonos, dem Michael seinen damaligen Enthusiasmus verdankte, ja auch längst Vergangenheit war. Jetzt brütete er, wenn seine Hände gerade mal nicht breibeschmiert waren, über Riesenstapeln vergilbter Dokumente, war in seinem Manuskript inzwischen auf Seite 68, und sein Doktorvater wurde langsam ungeduldig. Aber die Arbeit ödete Michael derartig an, daß er sich – nicht immer, aber immer öfter – in die Kinderbetreuung flüchtete.
Der Hausschlüssel drehte sich im Schloß. Das konnte nur die Kindsmutter von Lola, seine beruflich so viel erfolgreichere Lebensgefährtin Jenna Wissbach sein, die auf einen Sprung hereinschaute. Da war sie schon, umweht von einer *Spellbound*-Wolke. »Ich will nur 'ne Kleinigkeit essen, dann muß ich wieder weg«, sagte sie, küßte Kinder und Mann flüchtig und verschwand in der Küche. »Warst du heute nicht auf dem Markt?« kam es vorwurfsvoll. »Es sind ja gar keine frischen Sachen im Haus.«
»Nein«, sagte Michael, betont mit Hausmannstimme. »Nachdem ich Lola gebadet und gewickelt hatte, sie sich dann zum erstenmal an diesem Tag vollspuckte und von Kopf bis Fuß neu eingekleidet werden mußte, wir dann 30 Minuten auf den Knien durch die Wohnung rutschten, weil ihre Schmusedecke weg war, die wir dann endlich im Wasserkasten des Gästeklos wiederfanden, kam Marco, weil deine Schwester zum Bodybuilding wollte und fand, die beiden Halbgeschwister müßten sich besser kennenlernen – und jetzt bin ich seit einer Stunde am Füttern und HATTE KEINE ZEIT, AUF DEN MARKT ZU GEHEN.«
»Schon gut, mein Lieber«, beschwichtigte ihn Jenna, »ich kann ja was in die Mikrowelle schieben. Reg dich bloß nicht auf.«
Da sie gleich wieder verschwinden wollte, galt die Devise: Streitvermeidung um jeden Preis. Ein Streit, das wußte Jenna,

würde nämlich in eine Grundsatzdiskussion über die ungerechte Rollenverteilung in ihrer Beziehung ausarten; Michael würde drohen, alles hinzuschmeißen und sich in Alaska als Lachsfischer ein neues Leben aufzubauen – und sie hatte sooo fürchterlich viel zu tun! Also ging sie mit ihrem Teller ins Wohnzimmer, verzichtete nach einem Blick auf ihre karottenverschmierte Tochter darauf, sie hochzunehmen und zu knuddeln, und sagte zuckersüß: »Laß uns heute abend mal richtig schick weggehen.«

»Woran dachtest du?« fragte Michael zurück. »McDonald's oder Pizzeria? Woanders haben wir doch Hausverbot mit Lola.«

»Was Schickes«, sagte Jenna verführerisch, »nur du und ich.«

»Gute Idee«, meinte Michael sarkastisch, »und wenn wir keinen Babysitter finden, fragen wir einfach den Kindsvater. Der macht's bestimmt gern.«

»Davon bin ich überzeugt.« Jenna ließ sich nicht aus der Ruhe bringen. »Ich mach das schon. Hab einfach Lola fertig, wenn ich komme, dich auch, und dann laß dich überraschen.«

»Wäre nicht schlecht, mal ein Abend nur unter Erwachsenen«, seufzte Michael sehnsüchtig.

»Finde ich auch, dann kannst du mir genau erzählen, wie weit du mit deiner Doktorarbeit bist.« Jenna war so schnell wieder draußen, daß das Kissen, das Michael nach ihr schleuderte, nur noch mit einem dumpfen Wumm die Tür traf.

»Tür aua«, sagte Lola mit großen Augen.

Marco hatte inzwischen seine Pampers aufgerissen und pieselte auf den Teppichboden. In einem so perfekten Bogen, wie es nur winzig kleine Männer schaffen.

Er war bereits geduscht und angezogen – sogar seinen Intimbereich hatte er gebabypudert, man wußte ja nie. Auch Shitface schien zu spüren, daß sein Herrchen in besonderer Erwartung am Frühstückstisch saß. Rosaria hatte Schorse ein Katzenmahl, wie sie es nannte, serviert – salzhaltige Kost, um den Kater in Schach zu halten, bestehend aus Rollmöpsen, Rote-Bete-Salat und drei Salzgurken. Doch im Gegensatz zu sonst fühlte Schorse sich seltsam appetitlos, fast ein wenig aufgeregt, auch wenn er einen Zusammenhang mit Marlenes bevorstehendem Besuch niemals zugegeben hätte. Er war schließlich kein dummer Schulbengel mehr mit Eierschalen hinter den Ohren, er war ein gestandener Geschäftsmann, gefürchtet auf dem Kiez, von eisenhartem Ruf und ebensolchem Bizeps ... Es klingelte. Schnell steckte er sich eine Zigarette an, das wirkte souveräner. Das *Dolce Vita*-Heft lag aufgeschlagen neben dem Salzgurkenteller. Er kleckerte ein bißchen Gurkenlake über das Aufmacherbild, Marlene sollte nicht den Eindruck haben, ihr Geschreibsel sei heilig und unantastbar.

»Guten Morgen, Schorse.« Sie stand bereits in der Tür, Rosaria stellte eine zweite Tasse auf den Tisch. »Darf ich reinkommen?«

»Dumme Frage«, knurrte er, »du bist doch schon da.« Sie setzte sich. Schlug die Beine übereinander, die, wie er nicht zum erstenmal feststellte, zwar nicht Marlene-Dietrich-Format hatten, aber doch außerordentlich gut geformt waren. Sie trug einen kurzen, schwarzen Wollrock, sehr kurz. Auch das entging ihm nicht, aber sein Auge war ja auch geeicht auf diese kleinen, femininen Einzelheiten. Obwohl es draußen warm war, trug sie wahrscheinlich einen Slip darunter – schade.

»Entschuldige«, sagte er, »ich hab eben nicht zugehört. Du sagtest was?«

»Ich sagte gerade, daß alle meine Kollegen ganz begeistert von der Geschichte waren. Und von dir natürlich«, fügte sie schnell hinzu.
Er zwang völlige Ausdruckslosigkeit in sein Gesicht – Pokerface. »Soll mich das etwa beruhigen?« fragte er kalt. »Deine Leute interessieren mich eine feuchte Hundeschnauze. Ich hab mit meinen zu tun, und die rufen hier seit heute morgen um sechs an und machen sich über mich lustig.«
»Ich wußte gar nicht, daß Zuhälter so früh aufstehen«, sagte Marlene und lächelte vorsichtig.
»Die stehen nicht auf, die gehen ins Bett«, korrigierte er sie scharf. Ihr Lächeln verschwand. Gleich fing sie an zu heulen. Das würde er nicht aushalten. Das Telefon klingelte.
»Hallo.«
»Moin, Schorse.« Money Joe war Frühaufsteher und zwang seine Mädels, mit ihm jeden Morgen um acht Uhr an der Alster zu joggen. »Wie geht's, wie steht er?«
»Was willst du? Es ist mitten in der Nacht.« Schorse warf einen beziehungsreichen Blick auf Marlene – siehst du, es geht schon wieder los, sollte der heißen, aber sie blätterte in ihrem Scheißheft und schaute nicht auf.
»Seit wann hast du denn Beziehungen zur Presse?« fragte Money Joe. »Ich dachte, ich seh nicht recht, als ich heute beim Kiosk vorbeijoggte. Lude mit Herz, ausgerechnet so ein Schweinehund wie du. Hast du die Alte bezahlt, die dieses Gesülze über dich geschrieben hat?«
»Ja«, sagte er nur. Die Wahrheit würde ein intellektuelles Nullgewicht wie Joe ja eh nicht begreifen. Und was war die Wahrheit? Marlene blickte kurz hoch. Ihre Blicke trafen sich. Plötzlich war alles klar. Jedenfalls für ihn. Er wußte genau, was er wollte. Sie.
»Ich kann auch nichts für diese Scheiße«, sagte er deshalb ins Telefon, »ich bin selbst sauer genug.«
»Sauer, wieso dat denn?« fragte Joe verblüfft.

»Selbstverständlich habe ich meinen Anwalt eingeschaltet«, sagte Schorse und legte den Hörer auf.
»Du hast einen Anwalt eingeschaltet?« fragte Marlene.
Das Telefon klingelte wieder.
Schorse fluchte. »Ja.«
»Hier ist Klaus«, sagte sein Anwalt. »Ich hab das Ding jetzt vorliegen und muß dir sagen, daß wir nicht die geringste Handhabe gegen *Dolce Vita* haben. Vergiß es also. Frag doch diese Marlene, ob sie nicht für dich arbeiten will. Die Alte scheint ja schwer begeistert von dir zu sein. Sieht sie denn wenigstens gut aus?«
»Das sehe ich genauso«, sagte Schorse. »Du hast alle Vollmachten. Mach sie fertig, die Schweine.« Klick.
Marlene saß ganz still auf ihrem Stuhl. Shitface lag auf ihrem Schoß und leckte über ihr nacktes Knie. »Du verlierst langsam den Biß, mein Lieber«, sagte Schorse. »Wir müssen dringend wieder auf den Übungsplatz. – Das war mein Anwalt«, bemerkte er dann überflüssigerweise. »Die Sache wird teuer für euch.«
»Da bin ich nicht so sicher«, muckte Marlene auf. »Unsere Anwälte haben mir gesagt, daß wir das Ding ziemlich schnell niederschlagen können. Die Zitate stimmen, der Rest ist Pressefreiheit, die ich im übrigen in keiner Weise ausgenutzt habe. Im Gegenteil.« Ihre Stimme wurde lauter. »Einige Kollegen haben sich gewundert, wie positiv ich dieses Ludenportrait geschrieben habe. Die haben mir unterstellt, ich hätte was mit dir.« Das absolut falsche Stichwort. Zu spät. Verflucht und zugenäht.
»Und was hast du geantwortet? Die Wahrheit?« fragte er lauernd.
»Natürlich«, sagte sie trotzig.
»Und?«
»Was und? Ich hab gesagt, ihr spinnt wohl. Was soll ich denn mit einem Zuhälter? Mich mit Aids anstecken, bestenfalls mit Tripper?« O Gott, sie war so nervös, daß sie sich immer tiefer

in die Scheiße ritt. Wie konnte sie bloß? »Das war daneben«, sagte sie reuevoll. »Mir sind die Nerven durchgegangen. Das Ganze wächst mir irgendwie über den Kopf. Für derartige Komplikationen bin ich zu schlicht gestrickt.«

»Manchmal gibt es ganz einfache Antworten auf ganz komplizierte Fragen«, sagte er ruhig und schaute sie an.

»Und wie lautet die einfache Antwort in diesem Fall?« fragte Marlene und wußte es bereits.

»Komm mit«, sagte er, »dann zeig ich sie dir.«

Schorse, Marlene und Shitface im Bett

Diesmal hatte sie keine Ausrede. Hellwach war sie in diese fürchterliche Lage hineingestolpert. Links neben ihr lag Schorse mit geschlossenen Augen und leicht geöffnetem Mund, selig in ein postkoitales Nickerchen versunken, rechts neben ihr Shitface und leckte mir rauher Zunge sanft über ihren ausgestreckten Arm. Wäre die Situation nicht aufs allerextremste verfahren, sie hätte sich sauwohl gefühlt. Zum erstenmal seit mindestens einem Jahr hatte sie wieder einen Orgasmus gehabt, und was für einen! Erstaunlich, wozu sie sexuell noch fähig war. Ihre leicht vertrocknete Libido hatte sich aufgerichtet wie eine vertrocknete Pflanze nach einem warmen Sommerregen. Leider kam dieser warme Guß aus der absolut verkehrten Wolke.

Leise stand sie auf, stieg vorsichtig über den Hund hinweg, sammelte ihre verstreut herumliegenden Kleidungsstücke ein und verließ das Schlafzimmer.

Im Flur traf sie auf Rosaria. »Badezimmer zweite von links«, sagte die und verschwand wieder in der Küche. Im Badezimmer stellte Marlene fest, daß sie ihren BH vergessen hatte. Doch zurück wollte sie nicht. Zu riskant. Ihr Fluchtinstinkt war so stark, daß sie nackt ins Taxi gestiegen wäre, nur um Schorse nicht mehr begegnen zu müssen. Leise wollte sie die Haustür öffnen. Verdammt, zugeschlossen. Es blieb ihr nichts anderes übrig, als dem Geräusch des Staubsaugers nachzugehen. Im Wohnzimmer stand Rosaria und saugte emsig vor sich hin. »Entschuldigung«, sagte Marlene leise. Keine Antwort. Sie berührte die Perle leicht an der Schulter. »Entschuldigung«, wiederholte sie, »können Sie mich bitte rauslassen?« Rosaria guckte verständnislos. »Raus, aus der Tür?« wiederholte Marlene verzweifelt und drehte einen imaginären Schlüssel um. »Jetzt sofort, gleich!«

Endlich kapierte Rosaria. Sie ging in die Küche und kam mit einem großen Schlüsselbund wieder. Suchte den Haustürschlüssel. Und suchte. Marlene war kurz davor, sich gegen die Tür zu schmeißen. Endlich fand Rosaria den Schlüssel, steckte ihn ins Schloß. Beim Türöffnen fragte sie: »Boss nicht gut?«

»Wie bitte?«

»Nach Nummer mit Boss alle bleiben zum Frühstück«, sagte Rosaria. »Du weg. Boss nicht gut?«

Marlene mußte lächeln. »Boss sehr gut«, sagte sie, »aber ich muß zur Arbeit.«

Endlich draußen. Frische Luft. Sie atmete tief durch und rief ein Taxi.

Im Chefbüro

Michaelsen ließ sie zu sich rufen, kaum daß sie von ihrer heimlichen Zigarette auf dem Klo in ihr Zimmer zurückkam. »Bitte sofort zum Chef kommen«, sagte Fräulein Heischriek, »er hat nicht viel Zeit.« Marlenes ohnehin strapazierte Nerven flatterten. Das konnte nur was Schlimmes bedeuten, Kündigung oder Abmahnung. Sicher hatte Schorses Anwalt angerufen, obwohl ... Was obwohl? Obwohl sie gerade zwei äußerst zärtliche Stunden mit ihm verbracht hatte? Er hatte ihr mit keinem Wort versprochen, daß er danach auf gerichtliche Schritte verzichten würde, er hatte sie nur so geküßt, wie sie glaubte, daß Rhett Butler Scarlett auf der dunklen Treppe geküßt hatte – obwohl sie später leider lesen mußte, daß Clark Gable aufgrund eines schlecht angepaßten Gebisses so starken Mundgeruch hatte, daß Vivien Leigh alle Kußszenen nur mit äußerstem Widerwillen ertragen hatte. Im Gegensatz zu ihr.

Mit lästig klopfendem Herzen stand sie kurz darauf im Chefzimmer. Michaelsen hatte die amerikanische Chefposition eingenommen, beide Füße mitsamt Schuhen auf den Schreibtisch gelegt. Er telefonierte. »Mich interessiert es nicht, daß immer mehr Großväter ihre Enkel sexuell mißbrauchen. Wer will denn einen faltigen Opa an der Kinderwiege sehen? Mach ein schönes Interview mit Ornella Muti, und sieh zu, daß sie nicht wieder ihre Bluse so hoch zuknöpft wie beim letztenmal. Ich will Titten sehen, sag ihr das. Nein, natürlich nicht mit diesen Worten.« Klick. Suchend wanderte sein Blick über den Schreibtisch. »Wo sind meine Büroklammern?« brüllte er dann.

»Haben Sie Ihre schon wieder verlegt?« Heischreckchen stand in der Tür mit einer neuen Schachtel, die sie auf den Schreibtisch stellte, und mahnte: »Aber nicht wieder so doll kratzen. Der Zahnarzt hat ziemlich geschimpft beim letztenmal.«

»Mein Gebiß gehört mir«, sagte Michaelsen nur, zog eine Büroklammer aus der Schachtel und reichte sie ihr. Wortlos bog sie sie gerade und gab sie zurück. Ein konzentriertes Popelmanöver begann. Abwartend stand Marlene in der Tür, als Michaelsen sie endlich wahrnahm: »Komm rein, Mädel!« rief er jovial. »Setz dich! Kaffee, Selters, Cola?«

»Danke, nichts«, sagte Marlene und nahm Platz. Endlich hatte die Büroklammer ihren Dienst getan und wurde im Papierkorb entsorgt.

»Was gibt's?« fragte Michaelsen.

»Sie haben mich doch gerufen«, meinte Marlene leicht ent-

nervt. »Ich nehme an, es geht um die Zuhältergeschichte. Also, der Mann hat nichts gegen uns in der Hand, die Anwälte sagen ...«
»Nun halt mal die Luft an, Mädel«, sagte Michaelsen leutselig. »Ich verstehe nur Bahnhof. Welche Anwälte?«
Zu weit vorgeprescht, Marlene, dachte sie und sagte vorsichtig: »Vergessen Sie's. Was wollten Sie denn von mir?«
Michaelsen grinste – ein ausgesprochen ungewohnter Gesichtsausdruck, der ihn wie eine leicht debile Bulldogge aussehen ließ. Trotzdem, es entspannte die nervöse Angestellte vor seinem Schreibtisch total. »Glückwunsch«, sagte Big Boss. »Ich habe gerade die IVW-Zahlen bekommen, absolute Spitzenklasse. Dieses Heft ist das bestverkaufte im Quartal. Und 87% der Leser haben es gelesen, davon rund 50% sogar ganz. Ein Rekord! Ich möchte, daß Sie sich sofort an den nächsten Serienteil setzen. Nuttenaufstand in den Dörfern. Titel: ›Wir wollen nicht mit den Bauern vögeln.‹«
O Gott, dachte Marlene. »Ja, stimmt denn das so?« fragte sie vorsichtig.
»Das wird schon stimmen«, meinte Michaelsen, »hättest du etwa Lust, mit einem Bauern ...?«
Marlene seufzte. Nicht, weil er sie ständig einseitig duzte, daran war sie längst gewöhnt, sondern weil sie es haßte, mit unklaren Rechercheaufträgen loszufahren. Sie wußte genau, welche Bilder ihm vorschwebten – nackte Mädelns auf dem Heuhaufen, daneben eine Kuh und ein Bauer, der sich gerade die Arbeitshose hochzog. Am besten noch die wütende Bäuerin mit der Mistgabel in der Tür.
»Bis wann schaffst du es?« fragte Michaelsen jetzt. »Stachie hat zwei Folgen fertig, die eine läuft diese Woche, die andere nächste, ich will deine Story also spätestens in zehn Tagen auf dem Tisch. Capito?« Sie war entlassen.
In Jennas Büro ließ sie erst mal ihrem Frust freien Lauf: »Warum bleiben diese Schwachsinn-Storys immer an mir hängen?«

jammerte sie. »Nuttenkrieg auf dem Dorf. So was Bescheuertes! Kannst du nicht mal mit ihm reden?«
Doch Jenna, ausnahmsweise ohne Lola, war mit dem Verfassen eines Kommentares zum Thema »Paragraph 218, Segen oder Fluch?« beschäftigt und blickte nur kurz hoch: »Du bist halt im Augenblick auf die schlüpfrigen Themen gebucht«, sagte sie grinsend. »Mach das Beste draus. Auf deinem Schreibtisch liegt ein Clipping über einen Nachtclub in Scharnebek mit viel Animierbetrieb und viel Zoff. Ruf die Leute mal an. Andiamo.«
Warum müssen eigentlich alle in dieser verdammten Redaktion ihre Rede immer mit italienischen Befehlsbrocken aufmotzen, ärgerte sich Marlene und verschwand im Klo. Ob sie sich dem Namen *Dolce Vita* verpflichtet fühlten? Schnell eine durchziehen; gerade saß sie genüßlich auf der Brille und paffte, als jemand die Klokabine neben ihr betrat. »Hey, Marli, bist du das?« fragte eine Stimme. Scheiße, ausgerechnet Sandra Örtel, mit der sie sich gemeinsam das Rauchen abgewöhnt hatte. »Ich rieche was«, rief Sandra triumphierend, »100 DM sind fällig, meine Liebe.« Stimmte leider, um stark zu bleiben, hatten sie sich gegenseitig 100 DM bei jedem Rückfall versprochen. Marlene blieb stumm, doch Sandra wurde ihrem Ruf als hartnäckige journalistische Schnüffelnase gerecht. Schnell stieg sie auf die Brille, schaute über die Kabinenwand. »Ha!« rief sie. »Ertappt! Du kannst mir auch ’nen Scheck geben.« Sie verschwand, es rauschte im Wasserkasten, weg war sie.
Auf ihrem Schreibtisch fand Marlene das Clipping »Zoff im *Blauen Engel*« und eine Nachricht von ihrer Sekretärin:
»Dein Mann erinnert Dich an die Praxisparty. Du sollst Dich aufrüschen, hat er gesagt.«
Ach du Elend, die Ultraschall-Einweihungsparty! Die hatte sie völlig verdrängt, obwohl sie ja eigentlich deren Patentante war. Zumindest die Geburtshelferin. Marlene, du versteigst dich. Es klingelte. Langsam machte sie dieses Geräusch wahnsinnig. »Ellermann.«

»Ich bin's«, sagte Schorse. »Warum hast du dich denn so heimlich aus dem Staub gemacht?«
»Weil ich noch einen kleinen Tagesjob habe«, erwiderte sie.
»Sehe ich dich heute abend?« fragte er.
»Ich fürchte, nein«, meinte sie. »Mein Mann gibt eine Party in seiner Praxis. Da muß ich Frau Doktor spielen.«
»Ich weiß«, sagte er nur.
»Woher weißt du?« fragte sie unbehaglich. Spionierte er ihr etwa nach? »Weil ich auch eine Einladung habe.«
»Ich verstehe nur Bahnhof«, meinte sie.
»Macht nichts«, meinte er, »ich seh dich dann. Tust du mir noch einen Gefallen?«
»Kommt drauf an.« Sie war vorsichtig geworden.
»Laß den Schlüpfer weg«, sagte er und legte auf.
Marlene öffnete das Bürofenster. Ihr war plötzlich heiß. Sehr heiß.

Ellermanns Praxisparty

Die Praxisräume waren bereits eine halbe Stunde nach Partybeginn so brechend voll, daß Marlene und Hans-Joachim, die sich verspätet hatten, nur schiebend und quetschend vorwärtskamen. Alle Eingeladenen waren erschienen, selbst einen weit über Lurups Stadtgrenzen hinaus bekannten Sänger wie Tony Cazzone schien die Gratisaufnahme mit dem Ultraschallgerät so zu reizen, daß er mit seiner jungen, blonden Ehefrau Loki von Koppenfels (er nannte sich jetzt Tony Cazzone von Koppenfels) und seinem neuen Manager Mike Rogers, der mit einem Stapel Autogrammpostkarten hinter ihm herschlich, höchstpersönlich erschienen war. Leider, so stellte Marlene mit einem schnellen Rundblick fest, war er der einzige Promi, alle anderen waren Hajos Patienten, schönheitsmäßig ein ähnliches Kaliber wie der Scharnebeker Bauer, den sie am Nachmittag noch besucht hatte. Da er richtig häßlich war, hatte er bisher keine arbeitssüchtige, gebärfreudige Frau gefunden, die auf seinem Hof Kühe melken und das Blut geschlachteter Schweine zu Blutwurst rühren wollte. »So ab und zu juckt es mir halt in der Hose«, hatte er entschuldigend seine häufigen Puffbesuche erklärt. Ebenso den Grund, warum sich die Mädels unisono über seine brutalen Hände beschwerten. »Ich bin halt das Kühemelken gewohnt«, meinte er treuherzig. »Da muß man eben doller ziehen, bevor was rauskommt.«

»Ich nehm jetzt mal ein Bad in der Menge«, sagte Hajo. »Amüsier dich gut.« Marlene wanderte zum Büfett – Karstadtniveau, stellte sie naserümpfend fest, Wurst, Käse und Schmalz. Sie nahm sich eine Flasche Clausthaler und faßte als nächstes Ziel das Ultraschallgerät ins Auge, das mit einer riesigen knallpinkfarbenen Schleife umwickelt und von einer Menschentraube umringt war. »Ihre Leber ist ziemlich stark vergrößert«, hörte sie die Stimme ihres Mannes. »Sehen Sie den vergrößerten linken Leberlappen? Da sind deutliche Fetteinlagerungen. Die Funktion Ihrer Leber ist erheblich gestört.«

»Meine Leber weiß eben, wer Herr im Hause ist.« Die Stimme kannte sie doch! Ihr blieb aber auch nichts erspart! Tatsächlich – da lag Schorse mit nacktem Oberkörper auf der Lederliege, auch die Hose war geöffnet und hing auf halber Oberschenkelhöhe.

Hajo war über ihn gebeugt und bewegte den Ultraschallkopf hin und her. »Sie sollten das Trinken erheblich reduzieren.« Seine Stimme war leiser geworden und klang sehr doktorenhaft. »Die Leber sieht wirklich nicht gut aus.«

Fasziniert standen die Leute um das Gerät und schauten auf den Bildschirm. »So sieht deine Säuferleber bestimmt auch aus, Karl-Detlef«, sagte eine Frau gut vernehmlich. »Ich sag's ja immer – eine Flasche Wodka am Tag reicht wirklich.«

Marlene wollte sich gerade zurückziehen, da traf sie Schorses Blick. »Das reicht mir, Herr Doktor«, sagte er schnell, wischte

sich die Gleitcreme vom Bauch, zog sich an und stand auf. Am Büfett hatte er Marlene wieder eingeholt. »Bist du nicht stolz auf dich?« fragte er.
»Worauf sollte ich stolz sein?« fragte sie zurück.
»Du bist doch der Anlaß für diese Party.«
»Der Grund vielleicht, der Anlaß sicher nicht.«
»Werd jetzt nicht spitzfindig, meine Süße«, erwiderte er ärgerlich. »Du weißt genau, wovon ich rede.«
Plötzlich hatte Marlene genug. »Natürlich weiß ich das«, sagte sie, »und wenn jede Nutte ihren Liebeslohn so anlegt wie ich, hätten wir bestimmt keine sozialen Probleme mehr.« Sie wollte gehen, aber er hielt sie zurück. »Bist du sauer, weil ich dich beim letztenmal nicht bezahlt habe? Aber für jede Nummer 100 Mille abzudrücken, ist selbst für mich ein bißchen viel.«
Sekundenlang war Marlene sprachlos. »Lieber Schorse«, sagte sie mit soviel sozialer Arroganz wie möglich, »zwischen uns liegen derart riesige kommunikative Abgründe, daß ich jedes Gespräch für überflüssig halte. Oh, hallo, Hajo!« Dr. Ellermann war hinter ihrem Rücken aufgetaucht und legte den Arm um ihre Schultern.
»Ihr kennt euch?« fragte er erstaunt.
»Das kommt davon, wenn du dich weigerst, *Dolce* Vita zu lesen. Schorse war einer meiner Gesprächspartner für die Kiezserie und Aufhänger der letzten Nummer. Ich war selbst erstaunt, ihn hier zu sehen.« Gott, wie heiß ihr wieder war. Schlechtes Gewissen, oder doch schon die Vorwechseljahre?
»Herr Föhrenbeißer ist seit kurzem ein Patient von mir«, erklärte Hajo und sah prüfend von einem zum anderen. »Deshalb stand er auf der Gästeliste.«
Schorse schien die Situation sehr zu amüsieren. Er hatte wieder dieses fiese Grinsen aufgesetzt, das ihm Marlene am liebsten mit der flachen Hand vom Gesicht gewischt hätte. »Dann will ich das Eheglück nicht länger stören«, sagte er sanft und verschwand in der Menge.

»Kennst du diesen Herrn besser?« fragte Hajo spitz.
»Nicht so gut, wie ich dich kenne«, gab Marlene zurück und küßte ihn auf die Nasenspitze, die vor Aufregung glänzte. »Bekomme ich auch noch meine ganz private Ultraschalluntersuchung?« Verführerisch sah sie ihn an. So lange, bis er sichtbar zerschmolz.
»Aber erst, wenn alle gegangen sind«, sagte er versöhnt.
»Nur du und ich, Doc«, gurrte sie, »und natürlich Fräulein Ultra Schallie, deine neue Freundin.«
Beim Luftschnappen vor der Praxistür traf sie auf Schorse, der gerade in seinen Mercedes steigen wollte, natürlich wieder frech in zweiter Reihe geparkt. Schorse sah finster drein.
»Kommst du noch mit?« fragte er kurz.
»Ich kann wirklich nicht, das siehst du doch«, sagte sie und legte beschwichtigend ihre Hand auf seinen Arm.
»Wann seh ich dich wieder?«
»Wollen wir eine Landpartie machen?« Die Idee war ihr ganz plötzlich gekommen. »Die Puffs auf dem Dorf besuchen? Du hast doch sicher überall Kollegen.«
»Was willst du von mir«, fragte er mißtrauisch, »doch nicht nur allein mit mir im Auto sein?«
Sie fühlte sich ertappt. »Ich soll eine Geschichte machen über den Nuttenstreik auf dem Dorf«, gab sie kleinlaut zu, »und da wollte ich das Angenehme mit dem Nützlichen verbinden und deine Kontakte ausnutzen.«
»Wenn du dich anschließend auf dem Rücksitz dafür bedankst«, sagte er ohne Umschweife, »dann kannst du alles haben.«
Er hatte wieder diesen Blick wie Rhett Butler in der Bibliothek von Familie Wilkes, wo er Scarlett belauscht, wie sie Ashley, dieser blassen Gurke, eine Liebeserklärung macht, und als sie merkt, daß Rhett alles gehört hat, wirft sie ihm ein Buch an den Kopf, und er lacht und ...
»Einverstanden«, sagte sie. »Ich hol dich morgen um zehn Uhr ab.«

»Na, bist du zufrieden?«
»Hast du den Cazzone gesehen? Der hat sich auch unter das Gerät gelegt, aber als ich dann ein paar Gallensteine entdeckte, hat sein Manager sofort abgebrochen, weil er meinte, das schade seinem Image. Zu lächerlich!«
»Meine Chefin hatte mal was mit Cazzone.«
»Mama Jenna?«
»Vor ganz langer Zeit. Zu ihrer Entschuldigung gibt sie an, daß sie schwerstens hinüber war.«
»Apropos hinüber. Läuft da was zwischen dir und diesem Zuhälter?«
Pause.
»Wie kommst du denn da drauf?«
»Weiß ich auch nicht. So'n Gefühl. Die Art, wie er dich anschaute. Die Art, wie du wegschautest. Also?«
»Und wenn ich hätte?«
»Was soll denn diese blöde Frage? Ich will eine einfache Antwort. Hast du oder hast du nicht?«
»Ich hab 'ne andere Frage. Hast du eigentlich damals mit mir den Film *Ein unmoralisches Angebot* gesehen?«
»Den, wo Redford wie eine zerknitterte Indianerin aussieht? Und Demi Moore Titten von hier bis Hongkong hat? Wir haben doch hinterher noch gewettet, ob sie echt sind oder nicht, aber da uns keiner die Frage ehrlich beantworten konnte, wissen wir bis heute nicht, wer die Wette gewonnen hat.«
»Genau. Sag, wie hättest du dich denn an der Stelle des Ehemannes verhalten? Hättest du mich für eine Million Dollar mit Robert Redford schlafen lassen?«
»Mit Robert Redford sofort. Das hätte dir ja auch Spaß gemacht, du stehst ja perverserweise auf diese Knitterfredies.«
»Erstens ist Redford kein Knitterfredie, sondern einer der attraktivsten Männer der Welt, und zweitens bin ich erstaunt

über dich. Du würdest mich also verkaufen, wie ein billiger Vorstadtlude.«

»Na, billig ja nun gerade nicht. Gerade sprachen wir von einer Million Dollar.«

»Bestechlichkeit ist also für dich nur eine Frage des Preises.«

»Aber selbstverständlich. Jeder hat einen Preis. Selbst Mutter Teresa. Für eine Million Dollar würde die auch ihren Rock hochheben. Und das Geld hinterher in ein Waisenhaus stecken. Ist doch völlig okay.«

»Du meinst also, wenn man mit seinem erbumsten Geld was Soziales tut, dann ist es moralisch vertretbar.«

»Eigentlich schon. Aber irgendwie sind wir gesprächsmäßig ein bißchen abgerutscht. Ich hatte dir doch eine ganze andere Frage gestellt. Was war es noch?«

»Du hast mich gefragt, ob ich dich noch liebe.«

»Interessant. Und was hast du geantwortet?«

»Rutsch rüber, dann zeig ich's dir.«

»Bin schon da.«

»Das fühle ich.«

»Fühl doch mal. Ich werd so gern von dir gefühlt.«

Schorse und Marlene auf Recherche

Befriedigt stellte sie fest, daß er diesmal auf sein Luden-Freizeit-Outfit verzichtet hatte. Keine Boxerschuhe, keine glitzernde Jogginghose, sogar die goldenen Ohrstecher hatte er rausgenommen. Sie wußte, es war ihr zuliebe, und das rührte sie. Jeans, Hemd, Lederjacke – wären da nicht die blonden Strähnen und die blutunterlaufenen Augen gewesen, hätte man ihn glatt als Lehrer durchgehen lassen, der in den siebziger Jahren seine wilde Zeit hatte, jetzt immer noch Led Zeppelin und Eric Burdon hörte und auch ansonsten hoffnungslos dem Zeitgeist hinterherhinkte.

»Komm rein«, sagte er, »ich bin gleich soweit.«
Rosaria, die Unverwüstliche, stand am weit geöffneten Schlafzimmerfenster und putzte die Scheiben mit einer Zeitung.
»Hoffentlich nicht mit *Dolce Vita«,* sagte Marlene scherzhaft.
»Wir nehmen nur anspruchsvolle Magazine«, meinte Schorse augenzwinkernd. »Auf geht's.«
Draußen tobte typisch Hamburgisches Schmuddelwetter. Alle Fenster waren geschlossen, bis auf eins, aus dem in diesem Moment eine Frau ihren Kopf herausstreckte und wütend »Hamburg ist nicht Honolulu« schrie. Schorse und Marlene schauten sich an und lachten. »Einen Vorteil hat dieses Nieselwetter«, meinte Marlene, »die Haut ist besser durchfeuchtet, die Faltenbildung setzt nicht so früh ein.«
»Wie alt bist du eigentlich?« fragte Schorse.
Marlene erstarrte. Wie alle Frauen über 28 haßte sie diese Frage.
»Schätz mal«, sagte sie kokett.
»Ich denk nicht dran«, meinte er, »wenn ich richtig schätze, bist du ja doch nur sauer. Also sag's, stell dich nicht so an. Ich bin 41«, log er.
»Wow«, sagte Marlene ehrlich, »ich hätte auf Ende Vierzig getippt.«
»Vielen Dank«, meinte Schorse, leicht beleidigt, »und jetzt du. Auf die Plätze, fertig ...«
»Ich bin 31«, unterbrach ihn Marlene schnell. Seit einiger Zeit zog sie regelmäßig ein paar Jährchen ab. Sie mußte sich nur merken, wieviel bei wem, manche Menschen hatten ein widerlich gutes Gedächtnis.
»Hmm«, sagte Schorse, »wenn du es sagst, wird's schon stimmen.«
»Was soll das nun wieder heißen?«
»Alle Frauen, die ich kenne, geben nicht ihr richtiges Alter an. Du wirst da keine Ausnahme sein. Die meisten ziehen fünf Jahre ab. Für 36 hast du dich gut gehalten. Gratuliere. Besonders dein Körper ist noch tipptopp in Schuß.«

»Mein Gesicht etwa nicht?« fragte sie.
Sie waren inzwischen auf der Autobahn Richtung Lüneburg. Schorses Mercedes glitt satt und lautlos über die nasse Autobahn, drinnen war es warm und gemütlich, und es roch nach Leder und Tabak. Schorse lenkte lässig mit der linken Hand, die rechte lag auf der Beifahrersitzlehne und spielte mit Marlenes Haaren. Shitface lag glücklich grunzend auf dem Rücksitz. Schade, daß er Zuhälter ist, dachte Marlene plötzlich. Selbst ein Schrotthändler wäre mir lieber.
»Rechts oder links?« fragte Schorse. Sie waren von der Autobahn abgefahren, Richtung Scharnebek, das elf Kilometer von Lüneburg entfernt war. Marlene schaute aus dem Fenster und dachte, wie immer, wenn sie durch die norddeutsche Tiefebene fuhr: Hier möchte ich nicht tot am Zaun hängen. Sie fand alles trist und piefig – die roten Klinkerbauten, die Edeka-Läden, in denen es nur abgepackte Sachen gab, die muffigen Kneipen mit ihren schlechtgelaunten Wirten, die jeden so mürrisch bedienten, als wäre man kein zahlender Gast, sondern Tante Frieda, die sich zu lange auf der Besuchercouch breitgemacht hat.
»Ich hasse deutsche Dörfer«, sagte Marlene inbrünstig.
»Ich nur norddeutsche«, lächelte Schorse. »In Bayern verstehe ich kein Wort, da fühle ich mich fast wie im Ausland.«
Als sie in Scharnebek ankamen, verlangsamte Schorse das Tempo, weil es so stark regnete, daß kaum etwas zu erkennen war. Hupend überholte sie ein grünschwarzrot lackierter Rödelfiesta, auf dem hinten ein Schild mit der Aufschrift »Lachen Sie nicht. Ihre Tochter könnte auf dem Rücksitz liegen« klebte.
»Wenn der meine Tochter abholen würde«, drohte Schorse, »würde ich ihm sofort die Vorderscheibe eintreten.«
»Wie alt sind deine Töchter eigentlich?« fragte Marlene neugierig.
»Zwölf und vierzehn, und mehr erfährst du nicht«, sagte Schorse barsch.

»Bist du ein strenger Vater?«
Er seufzte. »Du gibst nicht auf, oder?«
»Bist du's, oder bist du's nicht?«
»Streng? Wenn ich sie sehe, bin ich's.«
»Wissen deine Töchter eigentlich, was du machst?«
»Sie wissen, daß ich Geschäftsmann in Hamburg bin.«
»Würdest du sie denn auch für dich arbeiten lassen?«
Schorse war dunkelrot angelaufen. »Wenn du nicht sofort mit deiner dusseligen Fragerei aufhörst, schmeiß ich dich raus und fahr allein zurück, haben wir uns verstanden?« Drohend sah er sie an.
»Sorry«, sagte sie eingeschüchtert. »Eine dumme Frage.«
»Saudumm, und jetzt Themawechsel.«
»Stopp«, rief Marlene, »hier ist es.«
Der *Blaue Engel* sah von außen wie ein biederes Einfamilienhaus aus. Rotgeklinkert, der Vorgarten jägerzaunmäßig und durch diverse Gartenzwerge gesichert. An den Fenstern hingen Tüllgardinen. Sie klingelten. Die Tür wurde von einer schlanken Mittvierzigerin geöffnet, die sich mit den Worten »Ich bin Erika Kruse, ihr werdet die Pressefuzzis sein. Kaffee ist noch warm, kommen Sie bitte rein« vorstellte und sofort in Richtung Küche verschwand. Schorse folgte ihr direkt, Marlene langsamer, denn sie warf diskrete Blicke nach rechts und links, doch überall waren die Türen fest verschlossen, und auch der Flur verriet nichts über das anrüchige Treiben in dem oberspießigen Klinkerhaus.
»Darf ich mir mal die Hände waschen?« fragte Marlene. Sie mußte zwar nicht, aber sie schnüffelte gern in anderer Leute Badezimmer herum. Besonders Allibert-Schränke hatten es ihr angetan. Waren Präservative drin oder Wechseljahrspillen, Haarfärbemittel oder Hämorrhoidencreme – all das konnte ihr wichtige Hinweise auf die Benutzer geben.
»Dritte links«, sagte Erika Kruse, ohne sich umzudrehen.
Das Klo war enttäuschend. Weiß gekachelt, kein Allibert über

dem Waschbecken, lediglich auf einem Regal lag eine Schachtel Tampons und eine Packung Gefühlsecht – wie in jedem biederdeutschen Haushalt. Sie ließ die Wasserspülung rauschen und wusch sich die Hände.

In der Küche hatte Schorse bereits am Tisch Platz genommen und mit Frau Kruse gemeinsame Bekannte durchgehechelt. Es stellte sich heraus, daß sie zusammen mit Muscle Joe den Konfirmandenunterricht in Thieshope besucht und eins ihrer Mädchen früher mal für Schorse gearbeitet hatte.

»Bist du denn jetzt umgestiegen, Schörschken?« fragte Erika. »Oder was willst du hier?«

»Ich helf nur meiner Freundin ein bißchen bei der Recherche«, erläuterte er, zündete sich ein Cigarillo an und sah sich suchend um.

»Aschbecher gibt's hier nicht«, sagte Erika energisch. »Hier ist Nichtraucherzone. In den Zimmern wird so viel gequalmt, da brauch ich wenigstens hier ein bißchen frische Luft.«

Die Tür ging auf, und ein junges Mädel im Bademantel ging wortlos an den Kühlschrank, holte sich eine Flasche Orangensaft und verschwand wieder. »Das war Jodie«, wurde sie von Erika vorgestellt, »ein Neuzugang aus Amerika.«

»Könnte mir auch gefallen«, meinte Schorse. »Wieviel zahlst du ihr?«

»50 Prozent vom Umsatz«, sagte die Chefin, »bei Sonderleistungen 70 Prozent.«

»Was sind denn Sonderleistungen?« fragte Marlene neugierig. »Oral, von hinten?«

»Du liebes bißchen, Mädel«, Erika war ehrlich erstaunt, »das war vielleicht anno Krug was Besonderes. Heute fängt es bei anal an, dann Golden Shower, die übliche S-und-M-Chose. Das Teuerste ist der Doppelstecker.«

»Doppelstecker?« fragte Marlene ratlos.

»Wie schon der Name sagt«, erklärte Schorse leicht ungeduldig. »Doppelte Steckdose, also zwei Mädels.«

»Aha«, meinte Marlene und kam sich schrecklich provinziell vor. Es wurde Zeit, daß sie die Journalistin herauskehrte. Sie räusperte sich, checkte ihren Recorder. »Frau Kruse«, begann sie, »Sie sind Chefin dieses Etablissements hier …«
»Ich führe einen Betrieb mit 15 Angestellten«, unterbrach Erika. »Wir bieten erotische Massagen und Entspannungstherapien jeder Art an.«
Marlene mußte schmunzeln. Zu komisch, wie bemüht um einen Hauch von Respektabilität dieses Gewerbe war. »Ich höre, daß Ihre Angestellten mit den Arbeitsbedingungen nicht so zufrieden sind«, fuhr sie fort, »daß es, wie soll ich sagen, zu Arbeitsniederlegungen gekommen ist?«
»Wenn Sie auf den Vorfall anspielen wollen, wie eins meiner Mädels den Penis eines Gastes wieder ausgespuckt hat, weil er eine unflätige Bemerkung gemacht hat, das war ein Betriebsunfall, keine Arbeitsniederlegung«, empörte sich Erika. Kleine, rote Flecken bildeten sich auf ihren Wangen, sie sah ärgerlich aus.
»Davon spreche ich doch nicht«, beruhigte sie Marlene, die sich insgeheim über diese kleine Anekdote freute. Ein ausgespuckter Schwanz, in der Tat. »Wie hat sich denn der Freier verhalten?« fragte sie. Es gehörte nicht zum Thema, interessierte sie aber trotzdem.
»Der war so genervt, daß das arme Mädel eine halbe Stunde lang Wiederbelebungsversuche machen mußte. Zum Nulltarif natürlich, denn der Kunde ist König und kann ja nichts dafür, wenn sein Schwanz ausgespuckt wird.«
»Alles klar«, meinte Marlene und beobachtete Schorse, der lautlos und zielstrebig sämtliche Schränke und Schubladen öffnete, bis er Becher, Milch und Zucker fand. Dann machte er es sich am Küchentisch bequem und schenkte sich einen Kaffee ein. »Meine junge Kollegin hier«, er nickte in Richtung Marlene, »recherchiert für eine Geschichte über unzufriedene Nutten in der Provinz. Dein Laden wurde erwähnt, Erika. Angeblich

benehmen sich die Bauern hier daneben. So daneben, daß dir immer mehr Mädels weglaufen. Was ist los?«
Seine Stimme klang freundlich, nicht hämisch oder anklagend. Marlene sah, daß sich Erika sichtlich entspannte, und gratulierte sich zu ihrem Entschluß, Schorse mitgenommen zu haben. Er paßte gut in diese ländliche Puffküche, die sich in nichts von anderen biederdeutschen Wohnküchen unterschied, bis auf die Silberschale, die, randvoll mit Präservativen, auf der Fensterbank stand.
Erika schenkte sich eine Tasse Kaffee ein und seufzte: »Es ist nicht so einfach, auf dem Land ein kultiviertes Etablissement zu führen«, klagte sie. »Die Bauern hier wollen schlichte Kost. Die brauchen keine hochgestochenen Gespräche, wenn sie vom Ausmisten oder Melken kommen, die wollen eine möglichst problemlose Nummer, bei der sie meist einschlafen, und danach haben sie am liebsten einen Schnaps und eine Schlachtplatte, wie bei Muttern, nur ein bißchen schärfer.«
»Aber das klingt doch eigentlich ganz vernünftig«, meinte Marlene. »Wo genau liegt denn der Hund begraben?«
»Ich weiß nicht, worauf Sie hinauswollen«, sagte Erika. »Ärger gibt es doch in allen Berufssparten.«
»Und in allen Spalten.« Schorse grinste anzüglich.
»Halt die Klappe, Saukopf«, wies ihn Erika freundlich zurecht. »Du wirst dir bestimmt noch mal dein 55jähriges Maul verbrennen.«
»Ich denke, du bist Ende Vierzig?«
»Halt die Klappe«, sagte Schorse zärtlich.
Inzwischen war es eng geworden in der Küche, denn die Mädchen waren nacheinander in die Küche gekommen, hatten sich aus dem Kühlschrank bedient, am Tisch Platz genommen und hörten zu. Keine von ihnen war älter als 25, Marlene kam sich plötzlich uralt vor.
»Ich bin zwar eigentlich noch nicht im Dienst, aber dich verwöhn ich trotzdem«, sagte eine Dunkelhaarige, sehr Hüb-

sche mit leicht rheinischem Akzent zu Schorse. »Hast du hier auch einen Hof?«
»Ich bin beruflich hier«, sagte Schorse seriös. »Von der Presse.«
»Wat will'n die Presse hier uff'm Dorf?« meinte ihre Kollegin, eindeutig als Berlinerin identifizierbar. »Hier läuft nix Schweinisches ab, auch wenn's hier jenug Schweineställe jibt.« Sie lachte wiehernd.
Marlene räusperte sich erneut. »Was habt ihr an eurem Job auszusetzen?« fragte sie direkt. »Ich habe gehört, daß ihr eure Arbeit niedergelegt und im Dorf demonstriert habt. ›Kein Sex mit Ferkeln‹, stand auf den Plakaten. Ihr wollt also mehr Geld. Das verstehe ich. Was sonst noch?«
Die Mädels guckten sie perplex an. »Demo?« fragte Erika. »Hier hat's nie 'ne Demo gegeben. Muß 'ne Verwechslung sein.«
»Darf ich mal telefonieren?« fragte Marlene und wählte, nachdem Erika im Empfangszimmer das Telefon aufgeschlossen hatte, die Nummer ihrer Redaktion. »Hier Marlene«, sagte sie kurz, »gib mir mal Jenna. Es ist mir egal, ob sie gerade Lola füttert, es ist wichtig, und ich brauch sie jetzt. Hallo, Chefin. Sag mal, ich bin hier in Scharnebek im *Blauen Engel.* Ja, genau, die Nuttenrevolte. Schön wär's. Die Mädels hier sagen, sie seien nie auf 'ner Demo gewesen. Ich versteh es auch nicht. Lies dir doch den Zeitungsausschnitt auf meinem Schreibtisch noch mal durch. Vielleicht steht was Erhellendes drin. Ja, ich warte.«
Sie ließ ihren Blick durch den Raum schweifen, konnte aber nichts Exotisch-Anrüchiges entdecken. Drei Sofas, Beistelltisch, ein riesiger Fernseher mit Videogerät, auf dem diverse Filme lagen. Sie reckte den Hals. Aha: *Die Mördertitten schlagen zu, Bumsbabsi aus Barmbek, Debbie Does Dallas* – sogar ein amerikanischer Kultfilm war also dabei, beachtlich. »Ja, ich bin noch dran. Wie bitte? Das kann doch wohl nicht wahr sein.«
Sie ging in die Küche zurück, ließ sich auf einen Stuhl fallen und sagte: »Ich brauch einen Schnaps.«

»Was ist los, Marlene?« fragte Schorse besorgt, der ihr Verhalten merkwürdig fand.
»Die Geschichte über die Demo ist am 1. April erschienen. Ein Aprilscherz also«, sagte Marlene und wußte nicht, ob sie lachen oder weinen sollte. »Und keinem ist das Datum aufgefallen.«
»Und nun?« fragte Erika kopfschüttelnd. »Zum Besaufen ist es noch zu früh, außerdem müssen meine Mädels fit sein für die Abendschicht.«
»Ich hab eine Idee«, meinte Schorse plötzlich. »Was nicht ist, kann ja noch werden.«
»Und die wäre?« fragte Marlene argwöhnisch.
»Laß mich nur machen«, sagte Schorse und klatschte in die Hände. »Wollt ihr euch ein kleines Extrahonorar verdienen?« fragte er in die Runde. Alle nickten. »Dann zieht euch an, keine Berufskleidung, aber auch keine Skianzüge. Wir treffen uns vor der Tür. Erika, wo ist das nächste Schreibwarengeschäft?«
»Um die Ecke«, sagte sie.
»Okay. Marlene, du kommst mit. Erika, du setzt neuen Kaffee auf. Wenn wir wiederkommen, brauchen wir was Warmes im Bauch. Hast du zufällig 'ne Fotokamera im Haus? Gut. Es kann losgehen.«

Bei Dolce Vita

»Die Fotos sind wirklich sensationell«, sagte Jenna. »Du hattest doch gar keinen Fotografen dabei. Hast du die selbst gemacht?«
»Wunder gibt es immer wieder«, antwortete Marlene und lächelte geheimnisvoll. »Der Fotograf verzichtet im übrigen darauf, namentlich erwähnt zu werden, und bittet uns, sein Honorar an die Aidshilfe zu überweisen. Ist das nicht großzügig?«
»Sehr großzügig«, sagte Jenna, die bereits das Manuskript las. »Hmmm«, meinte sie, blickte hoch und stoppte Marlene, die

sich samtsohlig zur Tür rausschleichen wollte. »Hey, junge Frau, nicht so eilig! Setz dich doch mal für einen Augenblick.« Marlene nahm zögernd Platz. »Es liest sich wunderbar«, begann Jenna, und Marlene entspannte sich ein bißchen, »fast märchenhaft. Und genau das ist mein Problem. Es klingt alles zu glatt.«

»Zu glatt?« fragte Marlene. »Was ist an einem Nuttenaufstand denn glatt? Babystories sind glatt, Berichte über goldene Hochzeiten, aber ein Nuttenaufstand auf dem Dorf? Was Unglatteres gibt es doch gar nicht.«

»Schrei nicht so«, wies sie Jenna kühl zurecht. »Wer schreit, hat unrecht, das weißt du doch.« Marlene, die diesen Ton von ihrer Chefin nicht gewohnt war, schwieg eingeschüchtert. »Also – hier steht – ich zitiere: *Und so versammelten sie sich eines frühen Abends vor der Schicht, setzten ihre Teddybären akkurat auf die Betten, zogen die Überdecken glatt, schminkten sich – nur dezent, denn sie waren ja politisch tätig, nicht horizontal – und gingen auf die Straße. Anfangs schämten sie sich ihrer großen Plakate, auf denen ›Kein Sex mit Ferkeln‹ stand. Schließlich gingen sie damit ja auch an Geschäften vorbei, deren Besitzer bisher freundlicherweise so getan hatten, als hielten sie die leichtbekleideten Kundinnen, die am frühen Nachmittag bei ihnen Zutaten fürs Frühstück einkauften, nicht für das, was sie ganz offensichtlich waren – Nachtarbeiterinnen, Frauen also, die dafür verantwortlich waren, daß viele Ehemänner dieses Dorfes ebenfalls Nachtschichten einlegten. Zunächst stutzten die Frauen, als sie die Plakate sahen. Sie konnten sie nicht richtig entziffern, nur das Wort Ferkel, und glaubten deshalb an eine Demo der Landwirtschaftsinnung. Else Meier von Edeka stutzte als erste: ›Kein Sex mit Ferkeln‹, las sie laut vor, als die Nuttentruppe an ihrem Geschäft vorbeiging. ›Friedhelm, komm doch mal her. Bist etwa du damit gemeint?‹*« Jenna hielt inne. »Wie gesagt, es liest sich schmiegig.«

»Wo liegt denn das Problem?« fragte Marlene.
»Das Problem ist, daß ich dir kein Wort glaube. Es liest sich so, als hättest du dir alles ausgedacht. Als hättest du bei deinem Freund Schorse auf dem Schoß gesessen und die Story mit ihm zusammen bei einem Glas Champagner zusammengeschustert. Deine Phantasie und sein Fachwissen. Stimmt's?«
Marlene überlegte kurz und heftig. Alle Beteiligten hatten ihr Stein und Bein schwören müssen, nicht zu plaudern, aber dafür hatte schließlich jede von ihnen einen halben Tausi (aus Schorses Hosentasche) abgezockt – kein schlechtes Geld für zwei Stunden getürkte Demo. »Natürlich hab ich ein bißchen übertrieben«, gab Marlene zu. »Übertreibung macht anschaulich, wie du weißt. Das Wesentliche stimmt aber.«
»Ein wirklich seltsamer Zufall, daß die Mädels ausgerechnet an dem Tag demonstriert haben sollen, als du da warst«, sinnierte Jenna und schaute Marlene mißtrauisch an. Sie sah so selbstgefällig aus, das gefiel ihr nicht. Irgendwo war hier ein stinkender Hund begraben. Andererseits – Marlene war eine ihrer besten Mitarbeiterinnen, hatte sie noch nie belogen. Zumindest hatte Jenna es noch nie bemerkt.
»Gar nicht seltsam«, sagte Marlene, »ich hab schließlich meine Connections, Leute aus dem Milieu. Die haben mir gesteckt, was laufen würde.«
Es klang einleuchtend. Und die Geschichte war ansonsten gut. Außerdem nervte Michaelsen, und Jenna wurde schließlich nicht für moralische Überempfindlichkeit bezahlt. »Also gut«, sagte sie schließlich, »ein bißchen Bauchgrimmen hab ich schon, aber vergessen wir's. Bring die Fotos ins Layout. Setz dich an die Kleintexte. Ich ruf mal die Rechtsabteilung an, aber ich seh keine größeren Probleme.« Marlene war schon in der Tür, als sie sich noch einmal umdrehte: »Hast du noch was gesagt?«
»Mach keinen Scheiß«, sagte Jenna und wandte sich wieder ihrem Schreibtisch zu.

Stachie und Schorse in der Kneipe

»Was ist nun schon wieder, Stachie? Geldsorgen? Potenzprobleme? Wo drückt die Sandale?«
»Du weißt genau, wo sie drückt, du Sack. Am Beutel.«
»Also doch Potenz. Ich wußte es. Was könnte es sonst anderes sein bei einem Mann deines Alters?«
»Verdammt noch mal! Ich brauch Geld. Und zwar sofort. Gestern abend war ich wieder im *Interconti* ...«
»In der Spielbank? Hast du da nicht Hausverbot?«
»Ich hab den Croupier bestochen.«
»Wieviel?«
»25 000.«
»Ich mach dir einen Vorschlag. Ruf meinen Kumpel von den *St. Pauli Nachrichten* an, der braucht immer gute Leute. Pro Story kriegst du da 2500 DM, in einer Woche bist du die Schulden los.«
»Willst du mich verarschen? Ich hab mit meinem Schweineblatt genug Sex am Hals. Nun sei mal nicht so, Schörschken, 25 Scheine, das ist doch ein Taschengeld für dich.«
»Nein. Dir Geld zu leihen oder das Geld ins Klo zu spülen ist dasselbe. Für das, was ich dir bisher geliehen und nie wiederbekommen habe, könnte ich mir eine Villa am Mittelmeer kaufen.«
»Schorse, du schuldest mir noch 100 000 DM.«
»Ich schulde dir gar nichts. Mit Marlene ist nichts für Geld gelaufen. Frag sie selber.«
»Ich weiß genau, daß du mich bescheißt. Das wirst du bereuen. – Au! Was war das denn?«
»Stachie, mein Lieber, du siehst schlecht aus! Geh mal zum Arzt. Ich kann dir einen guten empfehlen.«
»Es geht mir tatsächlich beschissen. Was für ein Arzt denn? Ich brauch keine Abtreibung, ich hab tierische Herzschmerzen.«
»Nicht verzagen, Schorse fragen.«

»Wir kennen uns«, sagte Hans-Joachim und blickte auf die Karteikarte. »Horst-Peter Stachniak. Jetzt hab ich's. Sie sind ein Kollege meiner Frau! Wie nett, daß sie mich im Kollegenkreis weiterempfiehlt.«
»Ihre Frau hat Sie nicht weiterempfohlen«, sagte Stachie und blickte Dr. Ellermann lauernd an. »Ich hab den Tip von Schorse Föhrenbeißer, einem gemeinsamen Freund von Ihrer Frau und mir.«
Der Name versetzte Hajo einen Stich, aber er blieb ganz ruhig. »Was kann ich also für Sie tun?« fragte er und dachte: Was für ein Superscheißkerl! Hoffentlich hat er was Harmloses, aber schön Schmerzhaftes.
»Ich hab diese merkwürdigen Atembeschwerden«, sagte Stachie leise. »Es klingt kitschig, aber mir tut mein Herz richtig weh.«
O je, bloß kein Herzklappenfehler, dachte Dr. Ellermann, dann wäre nämlich eine Operation nötig, und die Wartelisten bei guten Kardiochirurgen waren lang. »Am besten machen wir eine Echokardiographie«, schlug er deshalb vor. »Sie haben Glück. Vor drei Wochen habe ich ein neues Ultraschallgerät bekommen. Sonst hätte ich Sie nämlich an einen Kollegen verweisen müssen.«
Stachie wurde hellhörig. »Ein neues Gerät? Wie teuer ist denn so was?«
»Rund 80 000 DM«, antwortete Hajo freundlich, während er Stachies Brustkasten mit Gel einrieb und vorsichtig den Ultraschallkopf aufsetzte. »Ein ganz schöner Batzen. Aber das Gerät ist sein Geld wert.«
Er schaute auf den Bildschirm, auf dem sich jetzt wie in einer dunklen Höhle die Herzkammern, -vorhöfe und -klappen abzeichneten. Zu seiner Erleichterung stellte er fest, daß die Herzklappen in Ordnung waren. Beide Herzkammern waren

leicht vergrößert, aber das deutete auf eine – meist harmlose – Muskelentzündung hin, die mit entwässernden Medikamenten leicht behandelt werden konnte. Auch die Luftnot des Patienten sprach dafür.
Hajo war so konzentriert, daß er die Frage seines Patienten zuerst nicht verstand. »Welches Geld?« fragte er. Stachie lachte verlegen. »Sorry«, sagte er, »eine alte Reporteruntugend, überall die Nase reinzustecken. Ein Freund von mir will sich selbständig machen, und deshalb interessiert es mich, wieviel so eine Praxis abwirft. Oder haben Sie die 80 000 DM aus Ihrer Portokasse bezahlt?«
Der Arzt holte tief Luft – eins, zwei, drei, der Patient ist König –, dann antwortete er: »Es geht Sie zwar wirklich überhaupt nichts an, aber es ist ja auch kein Geheimnis. Meine Frau hat mich ein bißchen unterstützt.«
»Wow«, staunte Stachie. »Das muß aber beim letztenmal eine saftige Gehaltserhöhung gewesen sein.«
»Mit Gehalt hat das nichts zu tun«, sagte Dr. Ellermann schnell, »sie kommt aus gutem Hause.«
»Aha, ich verstehe. Schwiegervater hat vorzeitig was vom Erbe rausgerückt. Wie günstig für Sie.«
Hajo hatte endgültig genug. »Ich verschreibe Ihnen das Entwässerungsmittel Lasix«, schloß er das Gespräch ab, »davon bitte einmal täglich 40 mg. Eine Woche lang, dann kommen Sie wieder zur Nachuntersuchung. Auf Wiedersehen.«
»Auf Wiedersehen, Herr Doktor«, sagte Stachie spöttisch und dachte: BINGO!

Marlene im Büro

»Stachie, was willst du? Du siehst, ich bin am Wirbeln.«
»Deine Story über Transvestiten aus Rio, die den deutschen Markt kaputtmachen?«

»Wie immer weißt du bestens Bescheid.«
»Ich komm gerade von deinem Mann.«
»Wieso das? Wolltest du dich krank schreiben lassen, weil übermorgen Himmelfahrt ist?«
»Tolle Praxis. Richtig modern eingerichtet.«
»Dachtest du, er untersucht auf einer Schrotthalde?«
»Das Ultraschallgerät hat mir ganz besonders gut gefallen.«
Marlene schaute von ihren Computertasten hoch. Eine kleine, heiße Ader pochte hinter ihrer Stirn. »Du siehst wieder wie ein Vorstadtmafioso aus, der eine Kröte verschluckt hat, Stachie. Spuck sie aus.«
»Hast du ihm das Ding bezahlt?«
»Und wenn ich es hätte? Was geht es dich an?«
»Anders formuliert: Hast du das Ding mit dem Geld bezahlt, das dir Schorse dafür gegeben hat, daß du sein Ding ...«
»Wenn du soviel blühende Phantasie in deine Geschichten stecken würdest, wäre aus dir vielleicht auch ein guter Journalist geworden.«
»Also, hast du?«
»Selbst wenn ich – und ich betone, daß ich nicht habe –, aber selbst wenn, was hast du davon?«
»100 000 DM.«
»Wofür?«
»Für die Vermittlung einer einmaligen Nummer.«
»Woher willst du wissen, daß die Nummer einmalig war?«
»Du gibst es also zu!«
»Ich gebe gar nichts zu. Du hast ein Rad ab. Aber ich geb dir 'ne Mark, wenn du jetzt verschwindest. Subito.«
»Wenn du es mir nicht sagst, geh ich zu deinem Mann. Außerdem kostet es ja nicht dein Geld.«
»VERSCHWINDE. UND ZWAR SOFORT.«
»Du hörst von mir.«

Ein Anruf in Not

»Dieses Schwein!«
»Was soll ich denn jetzt machen, Schorse?«
»Du hältst dich da völlig raus. Hast du eine Ahnung, wann er die Redaktion verläßt?«
»Meistens so gegen 19 Uhr.«
»Okay.«
»Willst du noch mal mit ihm reden?«
»So kann man es auch nennen.«
»Schorse?«
»Was ist?«
»Danke.«
»Ich werde noch auf deine Dankbarkeit zurückkommen.«

Anruf bei Stachie

»Na, Schorse, wie schaut's aus?«
»Gut. Wollen wir heute abend essen gehen?«
»Gern. Wann und wo?«
»Ich hol dich ab. Paßt es dir gegen 19 Uhr?«
»Paßt wie die Faust ins Auge.«
»Ciao.«

Er zog sich sorgfältig an. Schorse mochte im Ludenschick herumlaufen – er dagegen, ein Starreporter, der die Portiers sämtlicher Luxushotels duzte und drei weiße Smokings sein eigen nannte, der sich erst kürzlich auf einem Bildungsurlaub die Lider hatte straffen und die Nase etwas verjüngen lassen, konnte sich keine textilen Nachlässigkeiten erlauben. Außerdem ging es um viel Geld.
Als er sein Haus verließ, im hellgrauen, schick angeknitterten Versace-Anzug und tadellos weißen, tadellos gebügelten Boss-

Hemd, und die Faust im Gesicht erst spürte, als sein Nasenbein zersplitterte, da dachte er nur: Die Blutflecken krieg ich nie wieder raus.

Die Ellermänner schon wieder bei Zürcher Geschnetzeltem

»Wieso ist denn dein Kollege auf der Intensivstation?« fragte Hajo leicht besorgt. »Ich hab ihn doch vor einer Woche gründlich untersucht und lediglich eine Herzmuskelentzündung bei ihm festgestellt.« Es gab Zürcher Geschnetzeltes mit Salat, das Marlene eigenfraulich zubereitet und zu dem sich ihr Ehemann die Bemerkung verkniffen hatte, daß seine Mutter es wesentlich besser konnte. Da er dringend ein paar Pfunde abspecken wollte, kamen ihm die fetttriefenden Rösti und die leicht klumpige Fleischsauce durchaus gelegen als Begründung dafür, daß er fast alles auf dem Teller ließ. Marlene ging es ähnlich, aber das hätte sie nie zugegeben. Kochen langweilte sie zwar grauslig, trotzdem ging sie regelmäßig auf den Wochenmarkt, um dekorative Kräutertöpfe zu kaufen und diese dann auf der Fensterbank vertrocknen zu lassen. Jeden Samstag öffnete sie ihren Kühlschrank, warf alles weg, was verschimmelt, vergammelt oder bei dem das Verfallsdatum überschritten war, und kaufte wieder neu ein.

»Stachie ist ja auch nicht wegen seiner Herzgeschichte drin«, sagte Marlene und verdrängte ein paar schuldbewußte, düstere Gedanken. »Er ist zusammengeschlagen worden. Irgend jemand mochte ihn nicht und hat ihm eins aufs Nasenbein gedrückt. Wenn er Glück hat, sieht er in Zukunft so aus wie Belmondo.«

Gott sei Dank, dachte Hajo, es droht mir also kein Prozeß wegen Fehldiagnose. »Wundert mich irgendwie nicht«, sagte er ganz unärztlich, »ein Superarschloch, dieser Mann.«

»Stimmt«, meinte Marlene und kratzte die ölige Salatsauce vom Radicchio. »Trotzdem werd ich ihm mal einen Blumenstrauß schicken. Jenna war schon da und hat erzählt, daß sein Gesicht nicht wiederzuerkennen ist.«
»Im Prinzip kein Verlust«, meinte Hajo ungerührt und schob den Teller von sich.
»Hat's nicht geschmeckt?« fragte seine Frau.
»Doch, doch, ganz köstlich«, beteuerte Hajo, »ich hab mir ja auch zweimal nachgenommen.«
»Da muß ich wohl auf dem Klo gewesen sein«, sagte Marlene nur und ließ es dabei bewenden.

Das Telefon klingelte.
»Geh du ran.«
»Ne, du, ich hab jetzt keine Lust, meine Stimme hat Feierabend.«
»Der Anrufbeantworter ist ja an. Wenn's was Spannendes ist, können wir immer noch rangehen.«
Die Segnungen der Technik.
»Hier ist der automatische Anrufbeantworter von Dr. Hans-Joachim Ellermann und Marlene Ellermann. Leider sind wir beide im Augenblick nicht zu Hause, aber wenn Sie uns eine Nachricht hinterlassen wollen, dann sprechen Sie bitte jetzt nach dem Pfeifton. Sollten Sie zufällig ein Einbrecher sein, nur eine Information – es lohnt im Augenblick nicht. Ein Kollege von Ihnen war vor zwei Wochen da. Warten Sie noch ein paar Monate, dann haben wir alles ersetzt.«
»Hier ist Schorse.« Die Stimme klang rauh und ungeduldig. »Ich würde gern mit Frau Doktor Ellermann sprechen, von der ich überzeugt bin, daß sie jetzt gerade neben dem Anrufbeantworter sitzt ...« Bei diesen Worten riß Hajo den Hörer an sich: »Hier spricht Doktor Ellermann. Kann ich Ihnen vielleicht helfen?«
»Ich glaube, nicht. Meine Leber ächzt zwar wie immer, aber

daran bin ich gewöhnt«, sagte Schorse ruhig und arrogant. »Ist Ihre Frau zu Hause?«
»Moment bitte.« Hajos Lippen wurden ganz schmal. »Ich schau mal, ob sie greifbar ist.«
»Greifbar ist immer gut«, meinte Schorse und wartete.
Marlene spülte inzwischen das Geschirr in der Küche ab und mimte auf lässig. »Was will er?« fragte sie.
»Mit dir sprechen.« Hajos Stimme war spitz. Er drückte ihr das drahtlose Telefon in die nasse Hand. »Du solltest dir in Zukunft Informanten mit besseren Manieren aussuchen.«
»Schorse, was kann ich für Sie tun?« fragte Marlene geschäftsmäßig und verfluchte ihr Leben mit sämtlichen Komplikationen. »Wir waren gerade beim Essen.«
»Warum ißt du nicht bei mir?« fragte Schorse, und seine Stimme hatte wieder diesen Mama-ich-bin-hingefallen-Ton. »Ich dachte, wir hätten was zu feiern.«
»Ich weiß wirklich nicht, wovon Sie sprechen.« Hajo hatte inzwischen demonstrativ ein Küchentuch ergriffen und polierte die Gläser, sorgfältig und mit unverwandtem Blick auf Marlene. »Rufen Sie mich am besten morgen mal im Büro an.«
»Steht dein Alter neben dir, oder warum bist du so komisch?«
»Da haben Sie ausnahmsweise mal recht«, sagte Marlene und legte den Hörer auf.
»Was wollte er?«
»Quatschen wegen dieser blöden Serie. Er hat da angeblich einen neuen Informanten für mich.«
»Irgendwie stinkt dieser Fisch ganz gewaltig«, sagte Hajo wütend und wischte so heftig am Glas, daß es in mehrere große Stücke zerbrach. »Warum sagst du mir nicht ganz einfach die Wahrheit? Wir haben doch schon ganz andere Dinge miteinander durchgestanden. Schlimmer als die drei Abtreibungen, von denen ich nur durch Zufall erfahren habe, oder deine Liaison mit dem 18jährigen Rastafari bei unserem Jamaikaurlaub kann der hier doch auch nicht sein. Spuck's aus, Schatz,

mehr als dich aus dem Fenster schmeißen tu ich nicht, Ehrenwort.«
Ach ja, dachte Marlene sehnsüchtig. Das wär's. Einfach die Wahrheit sagen. Liebling, es stimmt, mich drückt da eine Kleinigkeit. Ich hab mit einem kiezberüchtigten Zuhälter geschlafen, der mich jetzt im Liebesrausch verfolgt, und ich finde ihn auch, ich weiß nicht, wie, auf jeden Fall hat er meinetwegen Stachie krankenhausreif geschlagen. Und Hajo würde sie in die Arme nehmen und »Aber Liebling, und damit quälst du dich so?« flüstern. Ach ja.
»Also, ich weiß gar nicht, wie ich anfangen soll«, begann sie zögernd.
»Beim Anfang«, sagte Hajo und schenkte beiden ein Riesenglas Vin Santo ein. »Und wie gesagt, wir wohnen im ersten Stock, mehr als die Rippen brichst du dir nicht.«
Es klingelte. »Wer um Himmels willen ...«, sagte Marlene, das Schlimmste, nämlich Schorse, ahnend, und lief zur Tür. Es gelang ihr sogar, sie zu öffnen, obwohl ihre schweißglitschigen Hände mehrfach von der Klinke rutschten. Vor ihr stand ein junger Mann mit Fahrradhelm, Schlabbershirt und Radlerhose und drückte ihr ein Päckchen in die Hand. »Bitte hier unterschreiben«, sagte er höflich und verschwand dann wieder.
Marlene hielt das Päckchen so vorsichtig, als enthalte es eine Stinkbombe. Auf dem Umschlag stand nichts; sie riß ihn auf, drin steckte eine Videokassette, ebenfalls unbeschriftet. SCHRECK LASS NACH – das Pornoband ihrer unseligen Nacht mit Schorse! Und wie sie ihn kannte, war dies sicher nur eine Kopie, das Original zeigte er wahrscheinlich gerade im Freundeskreis. Ich möchte eine achtwöchige Schlafkur machen, dachte Marlene, und erst aufwachen, wenn mein Leben wieder ruhig und langweilig ist.
»Was ist denn, Marlene?« Hajo stand im Flur. »So spät noch ein Kurier, was wollte der denn?«

»Unterlagen für die Serie«, sagte Marlene schnell und schloß die Wohnungstür.
»Ein Video?« fragte Hajo ungläubig. »Seit wann arbeitest du denn mit Videos?«
Ihre eigentlich recht ausgeprägte Fähigkeit, schnell und sicher zur passenden Notlüge zu greifen, wurde in letzter Zeit zwar etwas überbeansprucht, aber sie funktionierte trotzdem: »Das ist ein alter Pornofilm aus dem NDR-Archiv«, log sie blitzschnell. »Die Graphik will ein paar Standbilder daraus abfotografieren.«
»Pornofilm?« Wie alle Männer war Hajo bei dieser Aussicht schnell ablenkbar. »Genau, was dieser alte Körper heute abend noch gebrauchen könnte. Leg ihn ein, dann schauen wir ihn uns zusammen an.«
»Nein, heute abend nicht«, sagte Marlene. »Heute abend kriegst du alles in natura.« Ich bin Scarlett, dachte sie und unterdrückte ein herzhaftes Gähnen, und Hajo ist ausnahmsweise mal Rhett. Er liebt mich zwar leidenschaftlich, aber er denkt, daß ich von Ashley doch nie loskomme. Deshalb will er mich verlassen, und ich muß ihm in dieser Nacht beweisen, daß er bei mir bleiben soll. Er wird mich die rote Treppe hochtragen, es wird die Nacht der Nächte werden.
»Einverstanden«, sagte Rhett, »aber nicht in Sport-BH und Baumwollschlüpfer. Zieh das an, was ich dir zum letzten Geburtstag gekauft habe.« Unruhig ging Rhett im seidenen Bademantel, der einen Blick freiließ auf eine dicht behaarte Männerbrust, im Schlafzimmer auf und ab. Sein männlich harter Blick schweifte zum Himmelbett. Er wartete auf Scarlett. Doch die wühlte noch in der Kommode, um nach dem feuerroten Seidenensemble zu fahnden, bestehend aus nippelfreiem BH und schrittlosem Tangaslip. Unter den Schießer-Doppelripps von Ashley wurde sie fündig und zwängte sich hinein. Ich bin sexuell so erregt, dachte sie, daß ich mich gleich lechzend auf ihn stürzen werde. Ich kann kaum noch

an mich halten, was an meiner rasenden Geilheit liegt, nicht etwa daran, daß dieser blöde Tanga tierisch in meiner Pofalte klemmt. Ich betrete mein Südstaatenschlafzimmer im Bundesstaat Ikea, da liegt er, mein Othello, mein Rhett, mit lasziver Heldentrichterbrust, und liest den *Spiegel*. Huch, ist das aufregend.

In einer Wolke von Leidenschaft nähere ich mich dem Subjekt meiner Begierde, setze mich auf seine Bettkante, will meine Hand auf sein üppiges Brusthaar legen und es zerwühlen, will dann seinen weichen, weißen Männerkörper mit kleinen Schmetterlingsküssen bedecken, damit er mich ins Land der Wollust entführt, bis mir die Sinne schwinden. Da, seine dunkle, tiefe Stimme. »Was ist, Liebling?« hauche ich.

»Sag mal, ist dir das Ding nicht zu klein?« flüstert Rhett. »Soll ich es vielleicht umtauschen? Den Kassenbon hab ich, glaube ich, noch. Du weißt ja, ich bewahre so was immer auf.«

Ein Schrei zerreißt die Luruper Nachtruhe.

Konferenz bei Dolce Vita

Die Entladung von Michaelsen dauerte geschlagene 20 Minuten, denn die geplante Titelgeschichte von Martin Kleinschmidt, dem redaktionellen Unglückswurm, war explodiert wie eine Handgranate. Nach wochenlanger Recherche in sämtlichen Altersheimen Süddeutschlands hatte er herausgefunden, daß Renate Schmidt, die Chefin der bayerischen SPD, ihre kranke Mutter in ein staatliches Heim abgeschoben hatte. Mit viel Raffinesse und noch mehr Konfekt war es ihm gelungen, Frau Gerda Wiedenbrück und ihre Zimmergenossin Hermine Waldner zu der Aussage zu bewegen, daß die alte Frau Schmidt jeden Sonntag weinend im Bett lag und ein jammervolles »I mog nimmer« in die Kissen schluchzte, eindeutig bayerisch. Auch Fotos der traurigen Greisin hatte er sich erschlichen, indem er die Schwesternhelferinnen dreimal in die nahe gelegene Pizzeria einlud. Wirklich rein beruflich, wie er seiner mißtrauischen Ehefrau erklärte, die es merkwürdig fand, daß die Häufigkeit von Martins Spesenessen in direkt proportionalem Verhältnis zum Alter und zum Taillenumfang der Bewirteten standen. Michaelsen, der sich maßlos geärgert hatte, daß *Dolce Vita* sowohl die Krauseals auch die Engholm-Affäre verschlafen hatte, wollte sensationell nachlegen und hatte eine Coverstory mit dem Titel: »Was geht mich meine Mutter an? – Das gewissenlose Privatleben der Renate Schmidt« geplant. Alles war fertig – Layout, Kleintexte –, bis ein junges, ehrgeiziges Wiesel von der Rechtsabteilung zum Nachprüfen der Fakten im Altersheim angerufen hatte und ein paar Fragen zuviel stellte. Die alte, vernachlässigte Dame hatte zwar eine Tochter namens Renate Schmidt, doch die war leider Lehrerin in Tengen.

»Schickst du Scheiße los, kriegst du Scheiße wieder«, tobte Michaelsen und schaute angewidert in seine Untergebenenrunde. »Ihr braucht gar nicht so hämisch zu grinsen. Hätte euch ganz genauso passieren können. Macht lieber Vorschläge für einen neuen Titel. Ein bißchen plötzlich, wenn ich bitten darf, ich will hier nicht überwintern.«

Martin Kleinschmidt war inzwischen mit einem gehauchten »Mein Magengeschwür, ich muß sofort meine Medikamente nehmen« aus dem Konferenzsaal gestürzt. »Wichtelmann«, rief ihm Michaelsen hinterher, »aber wenn die nächste Gehaltsrunde kommt, dann wird wieder die Hand aufgehalten. Nun, meine Herren – und meine Damen –, ausnahmsweise mal nichts Aufgewärmtes. Ich höre.«

»Vielleicht was über die männlichen Wechseljahre«, schlug ein Kollege zögernd vor. »Die sollen bei manchen Männern ja genauso schlimm sein wie bei Frauen.«

Michaelsens Kraterfalte auf der Stirn vertiefte sich. »Soll das eine Anspielung sein, werter Herr Kollege?« fragte er.

»Um Gottes willen, Chef«, der Kollege stolperte fast über seine Worte, »Sie sind doch noch viel zu jung dafür.«
»Eben«, sagte Michaelsen, »der nächste, bitte.«
Eckard Prespeloh, ein junger Praktikant, meldete sich todesmutig. »Ah, der Nachwuchs«, sagte Michaelsen gönnerhaft. »Was haben Sie denn Schönes vorzuschlagen?«
»Ich war kürzlich in Amerika und hab da 'ne Sendung gesehen«, begann Prespeloh und wurde sofort unterbrochen.
»Schön für Sie, unwichtig für uns«, sagte Michaelsen. »Tempo bitte, ich will in die Kantine.«
»Das war 'ne Talkshow über sexuelle Abartigkeiten«, fuhr Prespeloh tapfer fort. »Und über eine Gruppe Männer, die gerne Babies wären.«
»Ich verstehe nur Bahnhof«, sagte Michaelsen ganz ruhig, »aber es klingt so albern, daß wir sicher darauf verzichten können.«
»Laß ihn doch, Michi.« Klaus Schmalgruber, sein dünnbrettbohriger Stellvertreter, legte dezent das *Penthous*-Magazin zur Seite, in dem er bislang geräuschlos geblättert hatte. »Das klingt doch komisch. Erzählen Sie weiter, Herr Pressewohl.«
»Also, diese Männer, die sich Infantilisten nennen, wollen wieder zum Kind in sich zurück. Sagte jedenfalls der Psychologe, der dabei war.«
»Interessant«, meinte Michaelsen unbewegt. »Weiter.«
»Angeblich sind diese Infantilisten als Babies nicht richtig gestillt und gehätschelt worden, deshalb holen sie sich ihre Streicheleinheiten als Erwachsene. In Amerika gibt es viele solcher Babymännergruppen. Die laden dann sogenannte Krankenschwestern ein, meistens Prostituierte, die sie wickeln, pudern und baden. Dann trinken sie Milch aus litergroßen Nuckelflaschen. Sieht sehr komisch aus.«
»Ist doch ein Superthema, Michi«, begeisterte sich Schmalgruber. »Bestimmt gibt es solche Spinner auch bei uns. Stell dir die Fotos vor – ganz Deutschland lacht.«
»Ich finde das Thema auch gut«, mischte sich Jenna ein, die

Morgenluft witterte, »zumal es hervorragend in unsere Serie paßt. Marlene könnte ein bißchen ihre Kiezkontakte anzapfen und den nächsten Serienteil darüber schreiben.«
Marlene zwang ihre Mimik auf ausdruckslos.
»Was meinen Sie dazu, Marlene?« Michaelsens Stimme klang seidenweich. »Würde Sie dieses Thema reizen?«
Darauf kannst du deinen fetten Arsch wetten, daß mich dieses Thema reizen würde, dachte sie. Und du auf dem Titel, mit Windel und Flasche, das bringt mit Sicherheit Auflage. »Ich halte die Sache für ziemlich schwachsinnig«, sagte sie, knapp an Michaelsen vorbeiblickend. »Amerika ist ja bekanntermaßen sehr viel prüder als wir, da gibt es solche verquälten Auswüchse noch eher. Außerdem ist Adult Pampers ein guter Werbekunde von uns, die würden wir mit dieser Story mit Sicherheit vergraulen.«
»Unsere Starautorin hat mal wieder recht. Wie immer«, sagte Michaelsen und klopfte energisch auf den Tisch. »Eine Sache noch. Wie ihr alle wißt, ist unser aller Stachie in eine unvorhergesehene Faust gerannt. Er liegt im Barmbeker Krankenhaus, und wie ich ihn kenne, hat er bereits sämtliche Schwestern verführt und langweilt sich. Blumen, Karten und Besuche sind deshalb erforderlich. Großzügige Spenden, und nur solche erwarte ich, bitte bei meiner Sekretärin Frau Heischrieck abgeben.«
Krachend schob er seinen Stuhl zur Seite und verließ den Konferenzraum. Da, wo er gesessen hatte, krümmten sich 27 Büroklammern.

Dialog der Früchtchen

»Wie geht's, mein Täubchen?«
»Danke, hervorragend. Vielen Dank noch mal fürs Tape. Sehr aufmerksam von dir, es mir nach Hause zu schicken.«

»Hast du's dir schon angeschaut?«
»Das spar ich mir fürs Alter auf. Was willst du?«
»Dich wiedersehen. Wann hast du Zeit?«
»Schorse, ich bin erstens eine berufstätige und zweitens eine verheiratete Frau.«
»Die Reihenfolge ist interessant.«
»Ich muß auflegen.«
»Heute abend im *Cuneo*?«
»Da geh ich zwar hin, aber mit meinen Schwiegereltern. Ein andermal.«
»Ich muß total pervers sein, aber ich finde irgendwas an dir.«
»Ich an dir auch.«
»Was hast du gesagt? Deine Stimme war plötzlich so leise.«
»Nichts von Bedeutung. Ich leg jetzt auf.«
»Hast du gesagt, daß du mich auch liebst?«
»Du hast wohl nicht mehr alle Tassen im Schrank.«

Die Ellermänner im Cuneo

Hajo fand die Idee, mit seinen Eltern ins *Cuneo* zu gehen, absolut schwachsinnig. »Was sollen denn die Alten in dieser Kiezkneipe?« hatte er ungläubig gefragt, worauf Marlene etwas gereizt mit »Mein Gott, das Leben besteht doch nicht nur aus *Blockhouse*!« geantwortet hatte. Da Rhett am Abend zuvor leider eingeschlafen war, bevor es mit Scarlett richtig zur Sache ging, hielt er lieber den Mund und gab nach.
Daß er den Geschmack seiner Eltern leider richtig eingeschätzt hatte, zeigte sich sofort an Inge Ellermanns kritischem Blick, den sie über Gäste und Einrichtung des Lokals wandern ließ, kaum daß Oberkellner Luigi sie zu ihrem vorbestellten Tisch führte. »Wird hier auch richtig saubergemacht?« fragte sie und fuhr mit dem Zeigefinger über einen Bilderrahmen. »Irgendwie sieht's mir hier ein bißchen schmuddelig aus.«

»Nicht so laut, Mutti«, mahnte Ehemann Günther, »du sollst hier essen, nicht einziehen. Mir gefällt es.« Kein Wunder, denn zwei Tische weiter hatte eine üppige Blondine Platz genommen, in Begleitung eines älteren Herrn, der ganz eindeutig nicht ihr Opa war. Ach Gottchen, dachte Günther sehnsüchtig und warf einen Blick auf Inge, die gerade mit gespitzten Lippen die Speisekarte studierte. Eine Nacht noch mal 50 sein!
»Und was nimmst du, Günther?« Inges Stimme war scharf geworden, denn sie hatte seinen Blick gesehen, den er sofort zögernd aus weichen Gefilden nahm, und gnadenlos richtig gedeutet.
»Ich hätte Appetit auf ein saftiges Steak«, sagte er, »gibt's hier denn so was?«
»Schwiegervater, wir sind hier beim Italiener«, erklärte Marlene, der klar wurde, daß dies ein langer Abend werden würde. »Fleisch ist hier keine Spezialität. Nimm lieber Pasta.«
»Paste, was ist das jetzt wieder für ein neumodischer Quatsch«, sagte Inge und zerkrümelte eine Brotscheibe. »Gibt's hier denn wenigstens eine ordentliche Pizza?«
»Pasta sind Nudeln, Mama«, klärte Hajo sie auf.
»Sag das doch gleich.« Inge war bei der zweiten Brotscheibe angelangt. »Mein Gott, guckt euch diese Gäste an. Dreht euch jetzt nicht um, aber eben ist so ein richtiger Ganoventyp reingekommen, und wenn seine Begleitung einem ehrenwerten Beruf nachgeht, will ich Inge Meysel heißen. Ha, nicht umdrehen, sie sitzen direkt hinter uns.«
Marlene, berufsbedingt neugierig, musterte die Bilder, drehte vorsichtig den Kopf – SIE HÄTTE ES AHNEN SOLLEN! Schorse saß vergnügt am Nebentisch, ihm gegenüber sein Starmodell Marisa. Beide waren in die Speisekarte vertieft. Dieser Mann bringt mir nichts als Flatternerven, dachte Marlene, was soll ich nur mit ihm machen? Ihr war klar, daß er mit frecher Absicht dieses Lokal gewählt hatte. Doch warum? Um sie zu verunsichern, ihr das Leben schwerzumachen, ihre Ehe zu

zerstören? Er hatte gesagt, daß er sie irgendwie mochte, doch wie »irgendwie« mochte denn ein Zuhälter, der Frauen gegen Geld mit anderen Männern schlafen ließ? Sie war völlig verrückt, daß sie überhaupt darüber nachdachte. Da blickte er auf, zog amüsiert die Augenbraue hoch, und Marlene spürte wieder dieses ziehende Gefühl in der Bauchnabelgegend und dachte: »Da sitzt der echte Rhett, und nur bei ihm kann ich Scarlett sein.« Jetzt bist du total abgedreht, meine Liebe, rief sie sich zur Ordnung, drehte sich wieder zu ihrer Tischrunde und sagte betont lässig: »Du wirst es nicht glauben, Hajo, aber Schorse ist heute abend auch hier.«

»Deinetwegen?« Es war ihm rausgerutscht und sofort peinlich, denn seine Eltern drehten sich gleichzeitig um und musterten Schorse ausgiebig, der sie freundlich mit einem »Guten Abend, Herr und Frau Ellermann« begrüßte.

»Woher weiß der unsere Namen?« fragte Inge verblüfft.

»Weil ich ihm gesagt habe, daß wir heute mit euch hier sind«, erklärte Marlene und merkte, daß dies keine Erklärung war, die ihren Mann zufriedenstellte. »Wir stehen in beruflichem Kontakt«, fügte sie deshalb etwas gespreizt hinzu. »Ich schreibe eine Serie über Sexualität.«

Inge rümpfte die Nase. »Und was hat dieser Mann damit zu tun? Ist er ein Playboy?«

»Nein, Mama, er ist ein Zuhälter, und jetzt laßt uns endlich das Essen bestellen. Luigi, ich nehme Spaghetti al pescatore«, sagte Hajo energisch zum Kellner, der geduldig wartend am Tisch stand. »Mutti, was nimmst du? Wie wär's mit Fettuccine mit Spargel und Pilzen?«

»Eigenartige Kombination, aber warum nicht«, sagte Inge und klappte die Speisekarte zu. »Und ein Glas Weißwein, aber lieblich, wenn's geht.« Luigi notierte, ohne die Miene zu verziehen, und verschwand.

Schorse war inzwischen mit Marisa in eine angeregte Unterhaltung vertieft, und obwohl Marlene genau wußte, daß diese

ihretwegen ganz besonders angeregt geführt wurde, fühlte sie einen Stich.
Sie beobachtete Schorse aus den Augenwinkeln. Sein zerfurchtes Gesicht, das trotzdem nicht alt und verlebt, sondern seltsam jung und lebendig wirkte. Seine redfordblauen Augen – so knallblau, daß Marlene Kontaktlinsen vermutete, was Schorse jedoch heftig abgestritten hatte. Seine breiten Schultern, die jedes Hemd zu sprengen schienen. Sein schiefes Lachen, wenn ihn etwas amüsierte, was oft geschah, denn er schien das Leben leichtzunehmen. Dieses ganze weich-harte, neurotisch-bodenständige, ludenhaft-ehrliche Kraftpaket. Ich bin verliebt in ihn, dachte Marlene plötzlich, ach du Superscheiße.
»Wieso denn Nudeln?« Inge schaute genervt auf ihren Teller. »Ich hab doch fetten Schinken mit Spargel bestellt.«
Hajo holte tief Luft: »Mama, wir haben Fettuccine bestellt, jetzt iß und halt den Mund.«
Doch Inge war nicht so leicht einzuschüchtern: »Fetten Schinken, sag ich doch.«
»Nudeln, sag ich, und jetzt Schluß.« Hajo reichte es. »Und wenn du, Vater, deinen Blick freundlicherweise vom Busen deiner Nachbarin weg auf deinen Scaloppine-Teller lenken würdest, wären wir alle glücklich.«
»Oh, Entschuldigung«, sagte Günther schnell. »Ist ja ein ganz schön dünnes Stück. Mögen die Italiener das denn so?«
»Das mögen die Italiener so, und jetzt Schluß mit dem Genörgel. Guten Appetit.«
Schorse schien sich glänzend zu amüsieren, denn sein schallendes Gelächter drang durchs gesamte Lokal. Marlene hielt es nicht mehr aus. »Entschuldigt mich, ich muß mal für kleine Mädchen«, sagte sie und stand auf.
»Los, geh!« sagte Schorse am Nebentisch leise, und Marisa erhob sich folgsam. »Für dich tu ich alles, Chef«, sagte sie. »Aber was findest du nur an dieser Schnalle? Die ist doch viel zu alt für dich.«

»Halt die Klappe und verschwinde.« Mit einem leichten Klaps auf den Po schickte er sie auf den Weg. »Und sag nur, was wir besprochen haben. Nicht mehr und nicht weniger. Capito?«
»Aye, aye, Sir«, sagte Marisa und verschwand.
Marlene hatte gerade festgestellt, daß sie ihre Tage bekommen hatte, und erleichtert in ihrer Handtasche nach einem Tampon gewühlt. Wenigstens eine unerwünschte Schwangerschaft bleibt mir erspart, dachte sie, wo ich nach der Geburt erst mal einen Vaterschaftstest machen lassen müßte, um zu wissen, wer der richtige Daddy ist. Wieder kein Klopapier, fluchte sie ärgerlich und klopfte an die Trennwand: »Entschuldigen Sie, können Sie mir bitte ein paar Blatt Klopapier abgeben?« Eine Hand schob eine Rolle unter der Tür durch.
»Vielen Dank«, sagte Marlene.
»Da nich für«, antwortete eine weibliche Stimme. Als Marlene fertig war und vor die Tür trat, stand Marisa vor dem Spiegel und restaurierte ein Gesicht, das in keiner Weise restaurationsbedürftig war. Die Welt ist ungerecht, dachte Marlene und holte Lippenstift und Puderquaste aus ihrer Tasche.
»Guten Abend«, grüßte Marisa höflich.
»Guten Abend«, sagte Marlene.
»Sie wollten mich doch noch mal interviewen.«
»O Gott, das hab ich in der Hektik ganz vergessen. Wir holen's nach, ja?«
»Ich würde gern mal in die Zeitung kommen. Ich hab viel zu erzählen.«
»Das glaub ich sofort. Wie erreiche ich Sie?«
»Am besten über Schorse. Und Sie können gern du zu mir sagen.«
»Haben Sie selbst kein Telefon?«
»Doch, schon. Aber Schorse hat gern den Überblick, was so läuft bei uns.«
»Kann ich mir vorstellen.«
Schweigen. Verdammt, dachte Marisa, ich hab völlig verges-

sen, was ich sagen sollte. Irgendwas, um sie eifersüchtig zu machen, aber was noch? »Schorse ist ein unheimlich toller Chef. Die Mädels sind alle ganz heiß auf ihn.« War's das?
»Kann ich mir ebenfalls gut vorstellen.«
Nein, das war's wohl nicht gewesen, dachte Marisa, so gleichgültig, wie diese Schnepfe ihre Lippen nachzog. Und dann auch noch so ein häßliches Orange. »Wie finden Sie eigentlich den Chef?«
»Ich finde Herrn Föhrenbeißer außerordentlich sympathisch.«
»Und dazu noch spitze im Bett, was will man mehr.«
»Wie bitte?« Aha, die Schnepfenstimme wurde schrill. Marisa war auf dem richtigen Dampfer.
»Na ja, Sie haben ihn doch auch testen dürfen, oder nicht?«
»Ich weiß nicht, woher Sie Ihre Informationen haben, aber diese ist mit Sicherheit falsch.«
»Ah ja, dann ist es wohl nur ein Gerücht. Obwohl der Kiez ja meistens gut informiert ist.«
»Gerücht? Man redet über mich?«
»Na ja, wenn Schorse sagt, wir könnten uns von Ihnen eine Scheibe abschneiden, dann wird man als Kiezmädel natürlich ein bißchen neugierig. Was sind denn Ihre Tricks?« Schorse würde ausflippen, wenn er zuhören könnte, aber er hörte es ja nicht. Außerdem – die hektisch roten Flecken auf den Schnepfenwangen deuteten auf Gefühle hin. Aber mehr auf Wut als auf Eifersucht, und das war klar gegen Schorses Weisungen. »Nimm sie richtig ran als Frau«, hatte er befohlen. »Sie soll sich verzehren nach mir, wenn sie das Klo verläßt.« »Finden Sie nicht auch, daß er ein absoluter Weltmeister im Küssen ist? Normalerweise laß ich mich von keinem Mann auf den Mund küssen, viel zu intim, aber der Chef hat so eine weiche, zärtliche Zunge, da kann ich einfach nicht nein sagen.«
»Stimmt«, hörte sich Marlene zu ihrer Verblüffung sagen, »küssen kann er wirklich gut.«
BINGO, dachte Marisa erleichtert. »Oral übrigens auch.«

»Macht er das denn bei jeder?« Diese Frage, eindeutig eifersüchtig, war Marlene herausgerutscht, ehe sie sich auf die Zunge beißen konnte.
»Nicht bei jeder. Nur bei seinen Lieblingsfrauen.«
»Das beruhigt mich ungemein.«
»Bei seiner neuen Freundin zum Beispiel.« Ha, die Fischin zappelte, Marisa freute sich. Schorse würde hochzufrieden sein.
»Er hat eine neue Freundin?« Es sollte lässig klingen, klang aber so unlässig wie *Das Wort zum Sonntag.*
»Hat er Ihnen nicht von ihr erzählt? Wundert mich. Er redet doch im Augenblick von nichts anderem.«
»Ein neues Mädel? Arbeitet sie für ihn?«
»Mädel würde ich sie nicht nennen, obwohl, jung genug ist sie. Corinna studiert noch – Psychologie und Afrikanistik.« Eine wilde Kombination, aber die einzige, die Marisa so schnell eingefallen war.
»Wie lernt ein Mann wie Schorse eine Studentin kennen?«
»Durch Ihre Story in *Dolce Vita.*« Jetzt flutscht's, dachte Marisa.
»Dann könnte ich ja im Grunde eine Vermittlungsgebühr kassieren.«
»Würde Schorse auch bestimmt bezahlen. Er ist schwer verliebt.«
Und wieso macht er mir dann Liebeserklärungen am Telefon, dachte Marlene und versuchte, durch tiefes Durchatmen den Stein auf ihrem Magen wegzukriegen. Du hast kein Recht auf ihn, sagte sie sich streng, du bist verheiratet. Glücklich verheiratet. Oben sitzen dein Mann und deine Schwiegereltern. Und zum Nachtisch kannst du Zuppa inglese bestellen. Das Leben ist gut zu dir. »Herzlichen Glückwunsch an den Chef«, sagte sie deshalb mit steifer Oberlippe. »Und guten Abend noch.«
»Ich dachte schon, du bist ins Klo gefallen«, wurde sie von Inge begrüßt, als sie wieder am Tisch Platz nahm. Inge hatte einen Teller mit Cremepuffs vor sich und war glücklich, Günther

nuckelte traumverloren an einer Schorle und ließ die Blicke wandern.
»Ich hab meine Tage bekommen«, erklärte Marlene überflüssigerweise.
»Dann wird's ja wieder nichts mit einem Enkelkind«, sagte Inge enttäuscht. »Habt ihr schon mal an Adoption gedacht?«
»Wenn du ein fünfjähriges deutsches Heimkind oder ein farbiges Baby aus Südamerika als Enkel haben willst, kein Problem«, sagte Marlene sarkastisch, weil sie den sozialen Dünkel ihrer Schwiegereltern kannte.
Schorse hatte sich erhoben. Er grüßte spöttisch, indem er kurz die Fingerspitzen an die Stirn legte. »Wünsche, wohl gespeist zu haben.« Und zu Marlene: »Ich habe übrigens die Klage gegen *Dolce Vita* zurückgezogen. Damit du Bescheid weißt. Schlaf gut.«
»Ihr duzt euch?« fragte Inge verblüfft. »Also, nicht daß ich eigen bin, aber mit einem Zuhälter?«
»Entschuldigt mich«, sagte Marlene, drängte sich am Tisch vorbei und erwischte Schorse vor der Restauranttür.
»Vielen Dank«, sagte sie atemlos.
Er guckte sie prüfend an. »Wofür?«
»Wofür wohl? Daß du die Klage zurückgezogen hast. Mir ist ein Stein vom Herzen gefallen.«
»Ich hab nie 'ne Klage angestrengt«, sagte er und grinste unverschämt.
»*Was* hast du?«
»Wollte dich nur ein bißchen in Wallung bringen, mein Schatz. In Wallung bist du nämlich unwiderstehlich.«
Er beugte sich zu ihr und küßte sie auf die Lippen. Kurz und sanft, ohne Zunge, fast brüderlich. Ihre Zunge dagegen war unwillkürlich zwischen seine Lippen geflutscht, aber er bremste sie. »Du vergißt dich, Liebling.«
Dann hakte er sich bei Marisa ein, die Marlene freundlich zuzwinkerte, und verschwand um die Ecke.

»Kannst du mir bitte sagen, was das alles zu bedeuten hat?« Hajo stand mit seinen Eltern auf der Straße und schaute sie wütend an. Inge schüttelte nur den Kopf, Günther wehrte bedauernd das Angebot einer süßen Nutte ab. »Ich bestehe auf einer Erklärung. Und zwar hier und jetzt.«
Und plötzlich wußte Marlene, was sie zu tun hatte. Nach Hause gehen und Hajo reinen Wein einschenken. Sich eine eigene Wohnung nehmen und in Ruhe über ihre Zukunft nachdenken.
»Ich bin sicher, daß du für dieses Gespräch auf die Anwesenheit deiner Eltern verzichten kannst«, sagte sie. »Laß uns fahren.«
Kopfschüttelnd verabschiedeten sich die Ellermänner senior. »Dabei hätte unser Hajo jede haben können«, sagte Inge und hakte sich bei Günther ein. »Diesen schlechten Frauengeschmack kann er nicht von dir haben.«

Ein Beziehungsgespräch droht

»Ich höre«, sagte Hajo und nahm einen großen Schluck Jack Daniels. Direkt aus der Flasche, eine Geste, die so wenig zu ihm paßte, daß Marlene merkte, wie mühsam er seine Fassung behielt. »Es hat im übrigen wenig Zweck, wenn du die Affäre abstreitest. Ich hab meinen Doktor zwar in Humanmedizin und nicht in Psychologie, aber wenn mir die Tatsachen so massiv ins Gesicht geschleudert werden, kann selbst ich sie richtig deuten.«
Marlene sagte nichts, nahm ihm die Flasche aus der Hand und ebenfalls einen tiefen Schluck. »Die Sache ist kompliziert«, begann sie zögernd, weil sie sich ihre Strategie noch nicht zurechtgelegt hatte. Alles gestehen? Auch das Schlimmste, oder nur das weniger Schlimme?
»Was ist daran kompliziert?« fragte Hajo schneidend. »Du hast

mich betrogen. Daß der Mann, mit dem du es getan hast, ausgerechnet ein Zuhälter ist, macht die Sache zwar schmuddeliger, aber keineswegs komplizierter. Habt ihr wenigstens Kondome benutzt, oder muß ich jetzt einen Aidstest machen lassen?«

Das Telefon klingelte.

Marlene nahm den Hörer so vorsichtig auf, als fürchte sie einen Schlangenbiß. »Hallo?«

»Hier ist Schorse. Habt ihr schon geschlafen?«

»Nein, wir unterhalten uns.«

»Habt ihr denn nichts Besseres zu tun um diese Zeit?«

»Mein Mann hat sein Interesse angemeldet, ein paar Details aus unserer Beziehung zu erfahren. Ich bin gerade dabei, diese zu formulieren.«

»Kannst du dich bitte noch etwas gespreizter ausdrücken?«

»Ich bin gerade dabei, meinem Mann von uns zu erzählen.«

»Was denn, um Himmels willen?«

»Alles.«

»Hey, Mädel, mach keinen Fehler.« Schorses Stimme klang ernsthaft besorgt. »Dir kann doch niemand etwas nachweisen. Und ich halte die Klappe, großes Ludenehrenwort.«

Marlene senkte die Stimme, obwohl Hajo in der Küche saß und wohl kaum mithören konnte: »Ich muß diese ganze Sache endlich mal loswerden. Ich brauch 'ne Beichte. Am besten auch 'ne Absolution, aber die werd ich wohl nicht kriegen.«

»Und wofür, wenn ich bitten darf? Für den einen heißen Vormittag?«

»Nein, für die eine bezahlte Nummer.«

»Ich hab nie für eine Nummer bezahlt, mein Schatz.«

»Sag mal, spinnst du? Und die 100 000 DM auf meinem Konto? Wofür waren die?«

»Das war heißes Geld aus Amsterdam. Das mußte ich wegdrücken. Und da du mir gefällst, hab ich es halt in deine Richtung gedrückt.«

»Sehr interessant. Und das Video von uns? Was ist da drauf?«
Aus dem Hörer gluckste es leise. Schorse schien sich prächtig zu amüsieren. »Da ist eine Sendung von *Verzeih mir* drauf.«
Es klickte. Aufgelegt.
Marlene holte tief Luft. Ihr Herz klopfte so stark, daß sie rote Schleier vor den Augen sah. Sie mußte zu Schorse, sofort. Ihm den Hals abdrücken. Ihn bewußtlos schlagen. Ihn so leidenschaftlich lieben, daß er es nie vergessen würde. Ihn ...
»Darf ich wissen, mit wem du gesprochen hast?« Hajo schwankte leicht.
»Du darfst alles wissen, aber jetzt muß ich erst mal los. Bis später.«
Sie war wie im Rausch. Mantel an. Raus auf die nächtliche Straße. Zum Taxistand. »Oesterleystr. 75 bitte.« Erschöpft sank sie in die Polster. Ihr Leben war im Augenblick so gründlich aus den Fugen, daß klare Gedanken völlig unmöglich waren.
Zwanzig Minuten später stand Marlene vor Schorses Haus und klingelte Sturm. Von außen hatte sie gesehen, daß Licht brannte, also drückte sie weiter auf den Klingelknopf, obwohl sich in der Wohnung nichts rührte. Endlich – die Tür wurde einen Spalt weit geöffnet, Rosaria stand im Bademantel da und rieb sich die Augen. »Wir alle schlafen«, sagte sie, »Chef auch.«
Doch Marlene quetschte sich an ihr vorbei in die Wohnung. Aus Schorses Zimmer drang Licht und gedämpfte Musik. »Offenbar ist der Chef wieder aufgewacht«, sagte sie zu Rosaria und schüttelte die Hand ab, die sich in ihren Arm verkrallt hatte. »Es dauert auch nicht lange.«
»Chef haben Besuch.« Rosaria, die treue Seele, gab nicht auf. »Bewerbung. Da darf er nicht gestört werden. Sonst sehr ärgerlich.«
Marlene hatte inzwischen die Tür zum Schlafzimmer geöffnet und war eingetreten. »Schorse, ich muß dir etwas sagen ...« – dann versagten ihre Worte. Es konnte nur ein ganz besonders schlechter Film sein, in den sie da geraten war. Mama kommt

nach Hause und erwischt Papa mit 'ner andern. Und während Mama erschlagen in der Tür steht, dreht sich Papa wie in Zeitlupe um, und das Mädel sieht sehr verschreckt aus. Nur daß dieser Film ganz anders ablief. Papa hatte so ein merkwürdiges Grinsen im Gesicht, und Marisa sah auch keineswegs erschrocken aus. Im Gegenteil. Sie setzte sich hin und nahm die Zigarette aus dem Aschenbecher, die dort vor sich hin kokelte. Ein tiefer Zug. Dann sah sie Schorse an: »Soll ich mich rar machen, Chef?«

»Mach dich rar, meine Süße«, sagte Schorse, »morgen mußt du wieder fit sein.«

Dann wandte er sich Marlene zu, die wie erstarrt in der Tür stehengeblieben war. »Ein bißchen spät für einen Hausbesuch, meinst du nicht auch?« Wohlig rekelte er sich in die Kopfkissen und klopfte auf seine Bettseite: »Nimm doch Platz.«

»Ich störe wohl«, sagte Marlene.

»Jetzt nicht mehr«, sagte Schorse. »Wir waren gerade fertig. Was kann ich für dich tun? Brauchst du wieder ein Interview?«

Marlene fühlte sich wie ein angepiekster Ballon, aus dem die Luft entwichen war. Pffft, nur noch schlaffe Plastikfetzen. »Ich wollte dir eigentlich nur was sagen«, Kleinmädchenstimme, »aber ich hab nicht damit gerechnet, daß du noch Besuch hast.«

»Ich hab oft Besuch«, sagte Schorse und schaute sie prüfend an, fast lauernd. »Besonders nachts. Das gehört halt zu meinem Beruf. Und nun sag, was du sagen willst, und dann geh. Ich bin postkoital abgeschlafft und brauche meinen Schönheitsschlaf.«

»Warum bist du auf einmal so unfreundlich zu mir?« Zu ihrem Horror stellte Marlene fest, daß ihre Stimme etwas Weinerliches bekommen hatte. »Hab ich dir was getan?«

»Du hast mir viel getan«, bestätigte Schorse, wie zu sich selber. »Aber das ist Schnee von gestern. Neuer Tag, neues Unglück, wie schon meine Oma immer sagte.« Er stand auf, Marlene wandte die Augen ab, denn er war nackt, wie die Göttin ihn

geschaffen hatte. Diese Nacktheit war zuviel für sie, Erinnerungen kamen hoch, die sie jetzt nicht gebrauchen konnte.
»Ich habe beschlossen, meinen Mann zu verlassen«, sagte sie und wartete auf Schorses Reaktion. Schorse holte tief Luft, sah sie aufmerksam an. »Und was habe ich damit zu tun?« fragte er.
»Alles«, sagte Marlene ganz ruhig. »Ich liebe dich nämlich auch.«
»O Gott«, stieß er hervor, »das hat uns gerade noch gefehlt.«
Sein Gesicht war unergründlich, während er wortlos in Boxershorts und Jeans stieg und die Fenster weit öffnete, als wolle er ein Gespenst oder eine lästige Fliege verjagen. Er sieht aus wie Rhett, als ihm Scarlett gesteht, daß sie immer nur ihn geliebt hat, und er nur seine Koffer weiterpackt und sagt: »Mein Kind, es ist mir ganz gleichgültig«, dachte Marlene plötzlich, und die Vorstellung machte ihr angst. Liebte er sie nicht mehr? Hatte er sie je geliebt? Oder hatte er sich nur ein perverses Späßchen mit einer Kleinbürgertante erlaubt?
»Warum sagst du nichts?« fragte Marlene. »Findest du das so schrecklich? Ich dachte, ich bedeute dir auch etwas.«
Schorses Pupillen waren nachtschwarz und leuchteten gefährlich. »Du bist eine tolle Frau, Marlene«, sagte er dann vorsichtig, »aber keine Frau für mich. Leider. Mag sein, daß ich mich sekundenlang in der Illusion gewiegt – oder heißt es gewogen, egal – habe, daß wir beide, du und ich, was miteinander hätten anfangen können. Aber unsere Welten sind so verschieden, daß die Sache in einen Mordsstreß für beide ausgeartet wäre. Was willst du mit einem Luden? Mich bei Freunden und Kollegen als ›mein Bekannter in der Kommunikationsforschung‹ vorstellen? Und was will ich mit einer konventionellen Frau? Dich jedesmal belügen, wenn ich mit einem anderen Mädel schlafe? Kinder habe ich bereits, von Frauen, die mich beide hassen wie die Pest, und zwar zu Recht. Ich bin ein lausiger Vater. Und ein noch lausigerer Partner. So, und jetzt verschwinde, bevor ich

es mir anders überlege und meine Jeans wieder ausziehe. Du siehst nämlich ausgesprochen appetitlich aus.«
Sie war ihm also wirklich ganz gleichgültig. Sie war einem Traum aufgesessen. Einem Alptraum. Zeit, daß sie wieder erwachte. »Ich geh dann jetzt«, sagte sie schweren Herzens. »Es war nett mir dir.« Sie drehte sich um und verließ ihn.
»Doppeltes Schnäpschen«, Rosaria stand mit einer Flasche Underberg in der Tür, »ist gut für angeknackste Magen und Seele.«
»Mach ihn dreifach«, sagte Schorse. Seine Augen schimmerten feucht. Verdammt, dachte er. Verdammt, verdammt, verdammt.
Rosaria schaute ihn besorgt an. »Chef haben Wind gekriegt in die Augen?«
»Ich hab Wind gekriegt in die Seele, Rosaria«, sagte er, »ziemlich kalten Wind. Und jetzt nimm die Flasche mit und verschwinde, sonst trink ich sie aus, und das verträgt meine Leber nicht.«

Marlene auf dem Rückzug

Sie war tieftraurig, aber wie von einer bösen Versuchung befreit. Wie gut, daß er mich weggeschickt hat, redete sie sich ein, ich wäre sehenden Auges in eine Katastrophe gerannt. Zeit, daß du erwachsen wirst, Mädel. Zu Hause angekommen, schloß sie leise die Wohnungstür auf. Vielleicht hat sich Hajo ja auch eine Nutte ins Bett geholt, dachte sie plötzlich und kicherte. Man konnte das Leben einfach nicht ernst nehmen. Zumindest ihr Leben nicht.
Doch Hajo saß im Bett und las *Diese Woche*. Er schaute nicht hoch. »Ich hab deine Koffer schon vom Boden geholt«, sagte er nur. »Den roten Samsonite behalte ich, wenn du nichts dagegen hast.«

»Und ich hab Schluß gemacht«, teilte ihm Marlene ohne Umschweife mit. Und dann: »Willst du mich noch?«
Er schaute sie lange an. »Bedauerst du es?«
»Ein bißchen«, sagte sie ehrlich.
»Liebst du mich denn noch?«
»Ein bißchen ziemlich.«
»Immerhin ein Anfang«, sagte er und schlug die Bettdecke zurück. »Komm her.«
Mittendrin fragte er: »Hast du was drin?«
War das nun eine typische Ashley- oder eine Rhett-Frage, dachte Marlene und sagte: »Und wenn nicht?«
»Um so besser«, lachte er und machte weiter.
Ganz eindeutig wie Rhett Butler.

Epilog. Marlene und Hans-Joachim

Vor dem Museum für Völkerkunde drängten sich Schaulustige und Kamerateams, denn die Verleihung des diesjährigen Schmidt-Holtzmann-Preises für Journalistik war, zumindest für Hamburger Verhältnisse, zu lokaler Wichtigkeit aufgepumpt worden. *Dolce Vitas* Chefredakteur Jürgen Michaelsen, stolz und fassungslos zugleich, daß einer seiner »Hanseln« den ersten Preis bekam, hatte wochenlang vorher Prominenz und Tageszeitungen mobil gemacht. Einmal im Leben wollte er den Namen seines Blattes von aller Welt gewürdigt wissen. Monika Peitsch und Altmodell Maxie Ebelseder hatten zu-, Friede Springer und Jil Sander leider abgesagt. Dafür war Tony Cazzone mit Entourage gekommen, seinem Ruf gerecht werdend, demgemäß er so pressegeil war, daß er sogar zur Öffnung einer Klotür erscheinen würde.
»Hättest du diesen Ansturm erwartet?« Vorsichtig schob Dr. Hans-Joachim Ellermann seine hochschwangere Ehefrau Marlene durch die Menschenmasse ins Auditorium. Dort waren die

Branche sowie der zweite und dritte Preisträger bereits versammelt. Die Ellermänner kamen zu spät, denn die Laudatio, die die Preisträgerin vom Vorjahr, Dr. Lea Kusserow von *Geo* (»Das Liebesleben der Wale«), zu halten gezwungen war, hatte bereits begonnen.
Marlene und Hans-Joachim zwängten sich auf ihre reservierten Plätze und lauschten: »Geschichten über Sex gibt es viele, doch wenige, die diese körperdominierte Materie so brillant sezieren und transzendieren, die über die schnöde Fleischlichkeit hinaus einen Mann beschreiben ...«
»Sag mal, soll ich das sein?« flüsterte Marlene ihrem Mann zu, lauschte plötzlich, da, schon wieder, ganz eindeutig. »Fühl mal, unser Fußballer ist wieder im Einsatz ...« Und Hajo legte seine Hand auf ihren Bauch und war ganz einfach wunschlos glücklich.

Schorse

Shitface durfte ausnahmsweise vorne sitzen. Ihm war bewußt, daß das ein wirklicher Sonderfall war, er verhielt sich deshalb muckshundestill. Schorse fuhr wie immer im rekordbrechenden Affenzahn – wusch – durch rote Ampeln – schwenk –, am Radfahrer vorbei. Knapp die Kinderkarre verfehlt. Schlich da etwa wieder eine Oma bei Rot über den Zebrastreifen? Eine Unverschämtheit. HUUUP!
Gelangweilt stellte er das Radio an: *Wir senden eine Aufzeichnung aus dem Völkerkundemuseum, wo heute abend der Schmidt-Holtzmann-Preis für die beste Reportage des Jahres 1993 verliehen wurde. Den ersten Preis bekam diesmal Marlene Ellermann von* Dolce Vita *für ihre Reportage »Schorse – ein Lude mit Herz«.*
»Frau Ellermann, eine ungewöhnliche Themenwahl. Wie kamen Sie darauf?«

»Ich lernte Herrn Föhrenbeißer durch Zufall im Cuneo *kennen ...«*
Diese Stimme, die noch immer die merkwürdigsten Dinge mit seinem Magen tat. Er drehte das Radio ab und sofort wieder an.
»War er denn wirklich so faszinierend, wie Sie ihn beschrieben haben? Einen Zuhälter stellt man sich ja im allgemeinen nicht so freundlich und kultiviert vor.«
»Schorse ist ein ungewöhnlicher Mann.« Marlene lachte. *»Ich wünschte, es gäbe mehr Männer wie ihn.«*
»Was sind denn Ihre nächsten Pläne, Frau Ellermann? Portrait einer Puffmutter?«
»Wie Sie sehen, bin ich hochschwanger, also werde ich beruflich erst mal ausfallen ...«
Schorse stellte das Radio ab und griff zum Telefon. Ihre Nummer kannte er noch immer auswendig, obwohl mehr als ein Jahr vergangen war.
»Ellermann.«
»Schorse.«
Pause.
»Leg nicht auf. Ich wollte dir nur zu dem Preis gratulieren.«
»Vielen Dank. Du warst ja nicht unbeteiligt an der Sache.«
»Bist du wirklich schwanger?«
»Und wie.«
»Und es ist nicht zufällig mein Kind?«
»Zufällig nicht.«
»Ich würde dich unheimlich gern mal wiedersehen.«
»Das wird schwierig sein. Ich stehe kurz vor der Entbindung.«
»Wie wär's mit heute nacht?«
»Und sonst hast du keine Wünsche?«
»Bitte. Nur einmal noch. Ich bin mit Shitface im Stadtpark. Bei dem Exhibitionisten mit dem Stirnband, erinnerst du dich noch?«
»Ich hatte leider nie das Vergnügen.«
»Ausgang Saarlandstraße, zweites Gebüsch von links. Ich war-

te. Bis Mitternacht. Wenn du dann nicht kommst, spring ich in die Alster.«

Sie legte den Hörer auf.
Hajo putzte sich gurgelnd die Zähne.
»Ich muß noch mal in die Redaktion«, sagte sie.
»Jetzt noch? In deinem Zustand? Du hast doch schon Mutterschaftsurlaub.«
»In einer Stunde bin ich zurück.«
Am Taxistand stand ein Wagen. Sie stieg ein und sagte: »Zum Stadtpark, bitte.«
Als sie ausstieg, hörte sie Shitface schon von weitem bellen.